法医秦明

VOICE OF THE DEAD

遗忘者

法医秦明 著

众生皆有面具
一念之间，人即是兽

北京联合出版公司
Beijing United Publishing Co.,Ltd.

唐果／女／摄影师

　　小时候，唐果家里不富裕，妈妈生了弟弟后，生活变得更加拮据。但爸爸妈妈还是很开心，甚至花大价钱请了摄影师来拍家庭合照。那是唐果第一次看到照相机。

　　长大后，去城里打工的唐果学会了拍照，成了一位摄影师。她喜欢把镜头对准女孩们，让她们的笑容清晰地留在相片里。这样，就再也没有人能把她们忘记了。

洪萌冉／女／高中生

初中时，洪萌冉被人"咸猪手"过。当时，她止不住地颤抖，想要喊出声来，却因为太紧张而忘记了。她不明白，公交车上那么多人，就没人看见吗？就没人帮她吗？为什么他们跟自己的父母一样，对自己视若无睹？

从那天开始，洪萌冉悄悄地攒起了零花钱。她想着，或许有一天，她开上了自己的车子，就再也不用挤公交车了。只有那样，她才再也不用担心被人侵犯了。

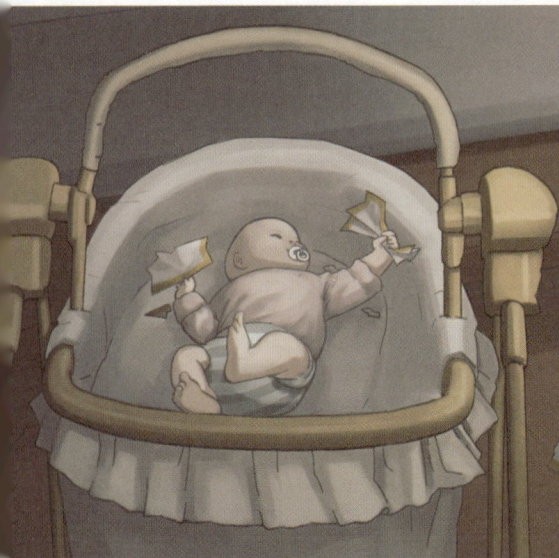

单雅／女／家庭主妇

如果不是没有办法，单雅并不想辞职。她喜欢早晨第一个到达公司打卡，喜欢把表格做得干净漂亮挑不出错，就算辛苦，她也感觉到自己实实在在地活着，燃烧着。

但结婚之后，一切似乎都变了。没错，必须有一个人留在家里带孩子，而丈夫的工作显然要重要得多。她理所当然地成了留在家里的那一个。她不再拿自己的工资，而成了拿丈夫工资的角色。单雅发现，那种真实把握自己命运的感觉，好像不知不觉中消失了。

众生

她们，曾经被遗忘

她们，不该被遗忘

谨以此书献给热爱法医的你

————————

法医明
秦医
VOICE OF THE DEAD

序言

万劫不复有鬼手，太平人间存佛心。抽丝剥笋解尸语，明察秋毫洗冤情。

一双鬼手，只为沉冤得雪；满怀佛心，唯愿天下太平。

众生皆有面具，一念之间，人即是兽。

法医秦明系列的第八本，也是众生卷的第二季，从今天起，开始起航。

曾几何时，我担心以同样的写作手法给大家写故事，总会遇到瓶颈，会引起读者的审美疲劳。所以，我一直很担心看法医故事的读者会越来越少。可是，从本卷第一季《天谴者》的销售业绩来看，我的担心是多余的。

2012年我写下法医秦明系列万象卷第一季《尸语者》第一案后，就一直有亲爱的读者们在背后支持我、推动我。不知不觉走过了七年，我所担心的"七年之痒"并没有出现，相反，支持我、推动我的读者群体越来越大。不知道该说些什么，才能表达我内心对读者们的感激之情。

为了你们，老秦不会停下自己的脚步。

即便是七年已过，我相信自己的初衷未改——我依然想让更多的人来接受法医职业、了解法医知识、理解和支持法医事业。法医职业真的很不容易，不仅要掌握大量的专业知识，接触常人不愿意接触的事物，进出于极端恶劣的环境，还要承受微薄的工资和环境的压力。为生者权，为逝者言。我们负重前行，渴望你们的喝彩。同时，我希望可以用自己的笔，让善良的人提高防范意识，让心存恶意的人可以放下屠刀。我一直相信，只要我笔耕不辍，一定可以换来解剖刀的片刻安宁。

在三部法医秦明系列网络剧之后，大银幕上也出现了中华人民共和国公安法医的身影，系列网络大电影也一样如火如荼地播映。这些作品的推进，鞭策着我继续把法医职业的宣传工作努力地做下去。我希望所有的读者们，都可以一如既往地支持我，支持法医职业！再次谢谢你们！

现在，来说一说这本书的缘起吧。

其实在我的工作中，经常会遇见很多所谓的"风俗"。准确地说，我们应该将这些"风俗"称为"恶俗"，它们是封建的遗毒，还存在于一些阴暗的角落。

比如我曾经听过，如果女孩子夭折，要将尸体肢解并弃于路上，才能够保证下一胎生男孩，这样的"风俗"不是"恶俗"是什么？这不仅仅是男尊女卑封建思想的延续，更是对遗体、对道德伦理的侮辱和践踏。再如，婚礼上的恶俗"闹新房"，大家应该都不陌生，但因为"闹新房"而闹出人命案，也是有过的。

对于这些恶俗，我本人是深恶痛绝的。

近些日子，我听到和法医专业无关，却让人心惊的一则报道。某地居然开办了一个"女德班"，宣讲所谓的"女德教育"，教育女孩要恪守"妇道"、逆来顺受。这实在是让人大跌眼镜。

已经是"9012"年了，已经是社会主义新中国了，女德？女德是什么鬼？

想一想我过去办理过的案件，确实，男尊女卑的思想已经被摒弃很多年了，男女平等的口号也喊了很多年了，但是男女平等对于国人来说，真的入脑入心了吗？

这是个值得思考的问题。

我希望我们可以将"男尊女卑"的思想永远丢进不可回收的垃圾堆，防止那些封建恶俗的"复辟"，也要警惕那些打着女权旗号却刻意歪曲其含义的人，抛弃偏见，尊重真正的两性平等。只有这样，才不会出现因为这些陈旧思想而发生的惨案，抑或是令人唏嘘的悲剧。

狭隘而陈腐的思想，会让人的心理扭曲，想要让更多人沐浴在阳光之下，必须将这些毒瘤从人们的心底抠掉。尊重每一个个体，才能让我们所有人，都可以快乐地生活在一个平等的社会当中。

女性能顶半边天，她们不应该被遗忘。

照例申明，本书中所有人名、地名、故事情节均属虚构，如有雷同，概不负责。书里真实、接地气的内容，便是那些公安刑事技术人员兢兢业业的工作态度，和一丝不苟的严谨精神，以及卓越超群的推理细节。

相信大家可以看到，有那么一群人，正在守卫着共和国的蓝天白云。

今天是我三十八周岁的生日，我为第八部法医秦明系列小说写下序言。希望你们能够喜欢本书。

2019年1月10日

法医 秦明
VOICE OF THE DEAD

法医秦明
VOICE OF THE BEAR

CONTENTS

法医秦明
VOICE OF THE DEAD

目 录

法医秦明

VOICE OF THE DEAD

引 子

我像迷失的灵魂一样游荡着，然后发现，我确实迷失了。

——

丹尼尔·凯斯

1

三狗子靠着围墙边坐了下来，抬头看了看满天的星光。

这种靠着围墙的感觉是那么的熟悉，毕竟三狗子坐了两年的牢，刚刚才出来。

那一次的被捕经历告诉他，城市里的天眼监控实在是太厉害了，简直让人无法遁形。即便他花了一个月的时间去踩点、去准备，也只偷了那么一点点钱，还被抓了进去。他没想到因为他是累犯①，居然被判了两年。

两年真的很难熬。在牢里的时候，三狗子就想好了，再也不在城市里作案了，那实在是一件性价比极低的事情。到处都是监控，还没人用现金。

在农村，似乎更好下手，但又很难偷到值钱的东西。出来后的这一个礼拜，他必须天天下手，才能勉强填饱肚子。

但这一次，他感觉自己要转运了。

昨天，三狗子在镇子里吃小笼包的时候，听见了两个人的议论。说是在试枪山的山脚下，有那么一户人家，挺奇怪的。他们家房子盖得很偏僻，和村子的其他人家相距很远。距离最近的一户人家，也离他们有三公里的距离。这家人似乎不在乡镇里活动，活动范围顶多是穿过试枪山，去附近的市郊城乡接合部。

村里人对这一家人似乎并不了解，大抵知道他们家是在十几年前就搬过来的，山下有一块不小的土地。一家四口，天天神神秘秘的，即便是遇见同村人也不太开口说话，更不用说参加村里的活动了。老两口六十多岁了，日常是种地。姐弟两个人很少露脸，三十好几的姐姐几乎在家里不出门，也不去找个对象结婚生子，但长

---

① 累犯：指被判处有期徒刑以上刑罚，服刑完毕或者赦免后，在法定期限内又犯必须判处有期徒刑以上刑罚之罪的罪犯。

得还不错。而三十出头的弟弟也没见带个媳妇回来，成天打扮得像是个公子哥儿，喜欢去城乡接合部游荡，也偶尔会在镇子上的"娱乐场所"出现，但不和别人攀交情。顶多，和某些女性攀交情。

接下来的对话，让三狗子不自觉地竖起了耳朵。

"那小子有女人缘。"一人说，"我经常看到他和不同的女人一起出现，而且这些女人穿得珠光宝气的，估计这小子挺有钱。"

"是哦，上次在镇子里，我看见他掏口袋掏出一大把现金。你说，现在谁还带现金？说明这钱肯定不干净。"另一人猜测道。

就这么两句话，让三狗子对自己接下来的"工作对象"有了清晰的认识。

可是没想到，试枪山有这么大！

山脚下，哪边的山脚下，这两个人根本就没有说。三狗子从傍晚开始，沿着试枪山的山脚下几乎整整绕了大半圈，走到了大半夜，才借着月光，看到远处有一幢孤零零的二层小楼。

胜利在望，但体能消耗殆尽了。

三狗子靠在围墙边，看着满天的星光，喘着粗气。

真是功夫不负有心人啊，这里真好，没有监控，还能看得到星星。

环顾了四周，三狗子发现这座建筑的后面有一大块菜地，里面种着不少罂粟。这东西，三狗子可认得，十年前，他因为种这个，还被警察给治安处罚了。既然敢干这种勾当，看来这人家肯定有钱。

三狗子戴好了手套和口罩，准备开始"工作"了。两米多高的围墙对他来说，形同虚设。要不是走了几个小时山路实在太累，更是不费吹灰之力。

跳入院墙的三狗子蹲在两层小楼旁边，静静地听了两分钟。除了院墙外面传来蛐蛐叫声，几乎听不到任何声音。

另外，还有一股难以形容的异味。

那，不是化粪池的气味。

这一点，三狗子很确定。

三狗子看了看手腕上的手表，已经凌晨两点了，这个时候，人们睡得最熟，也是最好的作案时间。他悄悄地从口袋里掏出一个弱光手电筒，打开，照了照四周。

在手电光和月光的联合作用下，这座两层的自建房被照亮了。红漆铁门，看起来很坚固；黑色的铸铁防盗窗，似乎也没那么容易被破坏。

三狗子走到红漆大门边，推了推，纹丝不动。讨厌的是，这扇大门居然都找不到锁眼。这就比较麻烦了，擅长技术开锁的三狗子，遇见了不用门锁的"物理封门法"，几乎是毫无办法的。

又看了一楼的几扇窗户，三狗子几乎要绝望了。

那黑色的铸铁防盗窗，栏杆缝隙只有十几厘米，钻进去是不可能了。三狗子也尝试了去掰弯其中的一两根栏杆，却发现全是徒劳。用水泥封闭安装螺丝的防盗窗，坚不可摧，硬度估计堪比看守所牢笼了。

"妈的，神经病啊，把自己家做成监狱？"三狗子低声骂了一句。

费了这么大力气找到这个地方，要是这么轻易放弃，实在不是他三狗子的风格。他在院内换不同的视角去观察这座两层小楼，突然发现围墙的上方，有一扇小小的窗户。

这扇边长五十厘米的正方形窗户，应该是卫生间的换气窗，而以城里人的惯用防盗思维，都会把这种小小的换气窗忽略。

这是唯一的机会了。

三狗子重新翻上了围墙，沿着围墙的顶端，走到了换气窗的下方。

似乎，那股异味更加浓重了。

三狗子双手搭上换气窗的下缘，一用力，整个身体腾空，然后一只脚踏上墙壁，一只膝盖已经跪在了换气窗的窗台之上。

这一刹那，三狗子绝望了。

换气窗里，也有三根坚实的铸铁栅栏。

"看来下次得背着乙炔枪来！"三狗子气愤地朝换气窗里吐了口唾沫，准备放弃，离开。

为明天吃饭问题焦心的三狗子，正准备跳下窗台时，他肩膀上别着的弱光手电筒闪过了换气窗，卫生间瞬间被照亮了。

"怎么里面有一团黑乎乎的东西？我看错了？"三狗子开始疑心那股异味了。

不会吧，这窗户和门都关得死死的，即便真是尸体的臭味，也不至于能穿透门窗吧。

卡在窗台上，想了半天，三狗子还是按捺不住自己的好奇心，用手电筒再次照向了窗内。

光线掠过卫生间内，在墙壁瓷砖上反光。

光线照射下的洗脸池和马桶旁边的地面上并没有异物，但是地面似乎有深色的液体，在光线的反射下，隐隐约约地发着微光。毕竟有窗户玻璃的遮挡，屋内的情况模糊不清，三狗子并不能确认自己看到了什么。

他挪动手电筒，向卫生间深部的浴室照去。一幅白色的浴帘上，似乎还有着什么样的图案。因为没有空气的流动，浴帘纹丝不动。

不过，从浴帘的下方，伸出了一双粗壮的大腿，呈九十度角张开，平摊在地上。

三狗子的血压瞬间飙升，他不敢相信浴室里究竟有什么。不过，一双大腿的上面，被浴帘遮盖的部分，还能是什么？

险些掉下窗户的三狗子的惊险经历还不算完。

那双大腿的中间，有一团东西。三狗子颤抖的手拿着的颤抖的手电筒，恰好直射那团东西。在漆黑的浴室之内，那团东西被照得最亮。

那是一个拳头大的绿色的肉团。

绿色的、似乎还有面目的肉团。最可怕的是，这个肉团的四周，小手小脚都已经可以辨别清楚。

那，那明明就是一个胚胎，一个绿色的，感觉面目狰狞的胚胎！

胚胎在两腿之间，似乎还在蠕动……

"鬼！鬼生子！"三狗子直接从窗户上跳到了围墙之外，双腿摔得疼痛到麻木。但他顾不了那么多，拖动着并不太听使唤的双腿，在夜色中狂奔。

2

十二三岁的男孩，个头不高，瘦弱的肩膀上背着一个偌大的书包。虽然每天要背这么多课本和课外书，但这是他自己要坚持的。因为午休的时光，全部是靠这些各种各样的书度过的。

天气阴沉沉的，似乎暴雨就要来临。

男孩拉了下书包带，让书包更加紧贴背部，并加快了自己的脚步。

市郊的第十五中学算是个不错的中学，在这里，考上重点高中的概率会大大提高。所以，母亲把他的户口转到了外公外婆的名下，毕竟，外公家那里是学区。

可是男孩对这所学校实在没有什么好印象。一来，母亲为了转户口进学区这事情，好像和外公外婆争吵了很多次。究竟是什么原因他不知道，他只知道自己从小到大见过外公外婆的次数总共不超过三次，所以他们之间没有什么感情，他们对自己并不好。二来，他从小在乡下长大，到了城里，似乎和同学们有些格格不入。倒不是他不想融入他们，但他们看着他的眼神，总有一种说不出的鄙视。

当然，男孩认为，这些都不是最主要的原因。自己不喜欢这所学校的最主要原因，是它实在太远了。每天他早上去上学，晚上才能回到家里。不仅要坐七站公交车，还要再走上三公里。周而复始，即便才刚刚上初二，他就已经非常疲倦了。

而且，一旦天气有什么突然性的变化，淋雨淋雪就成了常事。

男孩抬头看了看天上的乌云，又低头看看脚下不知道还要走多久的小路，摇了摇头。每天浪费这么多时间在路上，如果这些时间全部用来看书，他可以看更多的书，学到更多的知识。不过，这不是他能改变的。

"嘀嘀"的车喇叭声，让男孩下意识地朝路边靠了靠，侧身让摩托车从他的身旁驶过。摩托车上，一位父亲载着放学的女儿，一路边聊边笑。

男孩眼眶有些泛红，他深深地叹了口气。自己就没有这么好的命。父亲似乎全身心都投入在他的厂子里，即便是回家也是各种忙，别说来接送自己上下课了，甚至连正眼看自己一下，似乎都没有过。

男孩的母亲是最爱他的人，可是母亲在镇卫生院工作，也是整天忙得不可开交。是嘛，谁没有个头疼脑热的？都二十一世纪了，农村的医疗条件也改善了，人们也重视自己的身体健康了，这么大的镇子，卫生院就那么几个医生，母亲自然会忙到焦头烂额。

为了男孩的安全，母亲说了好几次，让父亲给男孩买手机。可是父亲每次进城，都会忙得忘了这一茬。何况，现在手机已经开始流行起来了，好几个同学都有了手机。男孩认为自己才是最需要手机的那一个，然而，他并没有。

哦，对了，今天是自己的生日。不用说，父亲肯定是忙忘了，但母亲一定不会忘。她会给自己准备什么样的生日礼物呢？是一顿肯德基？还是《灌篮高手》的漫画全集？再贪心一点儿，会不会是最新式的CD（光盘）机，配上周杰伦刚刚出的《范特西》专辑？

男孩这样想着，腿上也似乎更加有力气了，他健步如飞，向家里奔去。

远远的，家就在那里。两层楼的小砖房，虽然破，但是很温馨，男孩一直这么觉得。

这个小村子、这座小砖房，就是父亲和男孩土生土长的地方。但是，父亲并不喜欢这里，他说他天天埋头办厂赚钱，就是为了以后能在龙番市中心，有一套自己的三居室。因为去了城里，就不用经常脚上踩泥巴，就不用天天闻见屋后的化粪池的臭味了。

离家越来越近，男孩的心突然凉了一下。因为他真真切切地听见从自己家里传出了争吵声。

又吵架了？又是为了妈妈以前的那个男同学？

男孩放慢了脚步，同时侧耳倾听从家里传出来的争吵声。

"你别逗了！你知道这个值多少钱吗？"男人的声音。

"我自己买的，我能不知道？"女人的声音。

"你平时那么省，会舍得给自己买这么贵的东西？"

"哼，看来你是真忘了。"

"你今天要进城，你为什么不和我说？你进城不就是为了见他吗？"

"我都说了多少遍了！我和那人没关系！没关系！没关系！我也不想见他，不想见！"

"没关系？没关系半夜喝多了给你打电话？没关系送你这么贵重的东西？"男人几乎吼了起来。

"我说了这是我自己买的！"女人争辩道。

"这么多年了，你就是对他念念不忘对吧？我天天这么累这么辛苦，为的是什么？你为什么还这么不安分？"

"我念念不忘？我念念不忘他，会跟着你来这个地方？住这样的房子？干那么累的工作？我和我爸妈都翻脸了！你还不相信我？"

"你要是真忘了，就别没事总进城。"

"要是我们之间连这点信任都没有，那就分手吧。"女人的声音小了，却充满了悲伤。

"行啊，你啰唆了半天就为了这句话对吧？行啊，你走啊，你去找他啊！"男人怒吼道。

男孩小跑了几步，来到自己家的门前，正在掏钥匙准备开门，却闻见了一股令人恶心的气味。他侧目一看，居然有一个瘦弱的女孩正在他家的门边蹲着，脸上是说不清的表情。

她是男孩曾经的小学同学，怎么会在这时候出现在自己家门前？怎么浑身会带着这么熏人的气味？她是在偷听自己家的"丑事"吗？

出于对她"偷听"行为的不齿，和对她浑身气味的厌恶，男孩恶狠狠地瞪了同学一眼，便要开门回家。

正在此时，大门突然拉开了，吓了男孩一跳。

穿着灰色连衣裙的母亲怒气冲冲地走了出来，没有定睛去看愣在门口的男孩和那个浑身奇怪气味的女孩，而是径直向镇子的方向走去。

男孩稍微宽心了一些，毕竟妈妈没有带行李，这次不算太严重。

他踏进家门，第一眼就看见了桌上的一个包装盒。这个包装盒他不陌生，每天放学后经过的手机店，柜台上一直都展示着这台诺基亚公司新出的旗舰版手机——诺基亚8310。那是男孩做梦都不敢去想的奢侈品。

男孩连忙打开了塑封已经被拆开的手机盒，映入眼帘的，是一张卡通贺卡，上面有母亲写的一行娟秀的小字。

儿子，你十三周岁的生日礼物，我猜你一定特别喜欢。有了它，你就不会再淋雨淋雪了。一个电话，妈妈就来接你！

一股暖意从男孩的心里喷涌而出，他拿起手机，转身准备出门。

"你去哪儿？"父亲严厉的声音在背后响起。

"找我妈。"

"不准去！"

"你有资格管我吗？"男孩转过头，愤愤地看着父亲。用这么挑衅的眼神去看父亲，男孩还是第一次。

"我是你爸！"男人怒不可遏地起身。

"你有资格吗？"男孩丢下一句话，把手中母亲留下的生日贺卡狠狠地拍在桌子上，转身离去。

一道惊雷闪过，豆大的雨点浇了下来。男孩顾不上瞬间湿透的身体，向雨雾中跑去。

那个浑身臭气的女孩已经不在自己家门前了，但空气中似乎还留存着那种令人厌恶的气味。

爸爸看到贺卡，应该知道自己有多浑蛋了吧，他现在一定是一副惊愕后悔的样子。等我把妈妈叫回来，他肯定得道歉。一家三口，还能有一顿像样的生日晚餐。妈妈会去哪里呢？不用说了，一定是去卫生院。

男孩一边在雨中奔跑，一边想着。

"刺——"

突然间，远方传来一阵尖锐的刹车声。

这令人心惊肉跳的刹车声，不知道为什么让男孩心中一阵剧烈颤抖。他停下来，循声望去，可是在雨雾中，什么也看不到。

男孩加快了脚步，向着刹车声发出的方向跑去。

镇政府门前，不宽的马路上，停着一辆载重卡车。卡车没什么好奇怪的，这条镇里的大路，每天都会有数百辆卡车经过。奇怪的是，司机正在大雨中捶胸顿足。

一股不祥之感涌上心头，男孩三步并作两步，跑向了卡车。

马路上，躺着一个人，穿着灰色的连衣裙。连衣裙早已被雨水浸湿，皱皱地贴在地面上。那人的头旁，有一大摊血迹，血滴在雨点的击打下，不安地跳动着。

那不是母亲，又能是谁？

男孩跌倒在离母亲十米远的路边，一股酸水从胃里涌了出来。那一瞬间，他的脑海里尽是家门口空气里那股奇怪的味道。

哇的一声，男孩吐了出来。

3

尖叫声，碰撞声，还有激烈的争吵声。

他努力地凝神，想去听清楚那些声音究竟在说些什么，可一切都是徒劳。

声音越来越大，越来越刺耳，但依旧模糊到无法辨明任何一个字，他依旧听不清这些声音究竟是怎么回事，究竟从哪里来。

刺耳的声音让他越来越烦躁不安，越来越呼吸不畅，不知道是不是因为缺氧，他的头越来越痛，以至于痛到浑身鸡皮疙瘩都冒了出来。

突然，一双温暖的手掠过了他的脸庞，那种熟悉的温度，那种令人无比舒适的柔软度，让他顿时放松了下来，头痛也迅速缓解。周遭的环境安静了下来，他享受那双柔软的手的抚摸，想睁眼看看眼前的一切。

眼前似乎有一个模糊的身影正在靠近，看不清身形，但就是那么的熟悉。他努力地想抬起双臂，环抱眼前的身影，可是双手却怎么也不听使唤。

不知为什么，身影在眼前停住了，若即若离。抚摸他脸颊的温暖的手，突然消失了。

他有些心急，想叫住眼前的身影，希望她不要离去。可是声音卡在喉咙里，发不出来。而此时，身影似乎在慢慢远去。

他挣扎着想要留住身影，却始终无法动弹，他拼尽全力想要挪动自己的四肢，却毫无办法。

身影越来越小，越来越远，直到看不见了。他绝望了，想哭，心酸到无法呼吸。

突然，一股令人极端厌恶的气味飘进了他的鼻腔，残忍地折磨着他的嗅觉神经。心酸变成了胃酸，不断地翻腾。呕吐中枢受到了刺激，正在通过神经指挥着膈肌和腹肌的收缩。胃内没有东西，所以他一直在干呕着。

刺耳的电话铃声在耳边响起。

他意识清醒了一些，意识到刚才的那一幕，不过是一场支离破碎的噩梦。

现在，他似乎已经回到了现实当中，可奇怪的是，他依旧无法挪动他的四肢。电话铃声越来越急促，他也越来越着急。

"对了，老秦教过我，'鬼压床'的时候，转动眼珠，说不定可以缓解。"

他这样想着，尝试转动自己的眼珠。慢慢地，他的意识越来越清晰，越来越清晰，终于，他从床上坐了起来。

他一边揉着酸痛的胳膊，一边拿起电话。

"几点了？还没起来？这么久都不接电话！是不是又在干坏事？"大宝说。

"睡眠瘫痪症。"他简短地回答道。

"你可拉倒吧，咋不说你脑瘫呢。"林涛的声音。

看起来，对方开着免提。

"说吧，什么事？难道今天周末，又有事？"

"一级勤务①啊大哥！一级勤务还有个屁周末啊！赶紧来上班。"大宝笑骂道。

"哦，我忘了。"他揉了揉眼睛，挂断了电话。

---

① 一级勤务，就是所有民警每天早八点到晚十点在岗，取消所有节假日，禁止所有休假。

似乎是上次中毒的后遗症，最近一段时间，他的睡眠总是有各种各样的问题。要么就是失眠，要么就是梦魇，今天还来了个"鬼压床"。

他愣在床上，回忆着刚才似乎是在半梦半醒之间出现的影像，想得有些出神。他深深地吸了一口气，想要缓解一下胸中的压抑。

这一下深呼吸，倒是没有缓解他的压抑，反而直接逼着他从床上跳了起来，冲到马桶边一阵干呕。

原来那熟悉而厌恶的气味，并不是梦境中的幻觉。

他干呕了几下，用毛巾捂着口鼻，皱着眉头，推开了窗户。

窗外模模糊糊的嘈杂声随着窗户的打开，骤然清晰了。

"物业费白交了吗？昨晚就坏了，到现在还没修！"一个一身运动服的晨练男士义愤填膺地喊道。

"我们都联系了，维修的车坏在路上了，我这不在催着嘛，对不起，对不起。"物业经理对着男人点头哈腰。

"有没有搞错？要不要我派车去接他？这都七八个小时了车还修不好？"男人不依不饶，"这是下水道啊！下水道崩了都不修？我们这是高档小区！高档小区好不好？还要闻这种农村才有的化粪池味儿？"

"对不起，对不起，我保证今天上午修好，保证！"物业经理哭丧着脸，发誓赌咒。

他心生烦躁，皱着眉头把窗户重重关上，顺手从书桌上拿起一瓶男士香水，在房间里喷了喷，这才撤去了覆盖口鼻的毛巾。

他到卫生间简单洗漱，重新坐回书桌，在香水味中，发了一会儿呆，回味着那说不清是痛苦还是幸福的梦境。

无意中的一瞥，他看见了床头正在一闪一闪工作中的万能充电器。他拿下充电器，把玩了一会儿，悠悠地叹了口气。

他把电池拿下，熟练地装进那只诺基亚8310手机里，把手机揣进裤兜，披上外衣，匆匆离去。

法医秦明

VOICE OF THE DEAD

| 第一案 |

床底的她

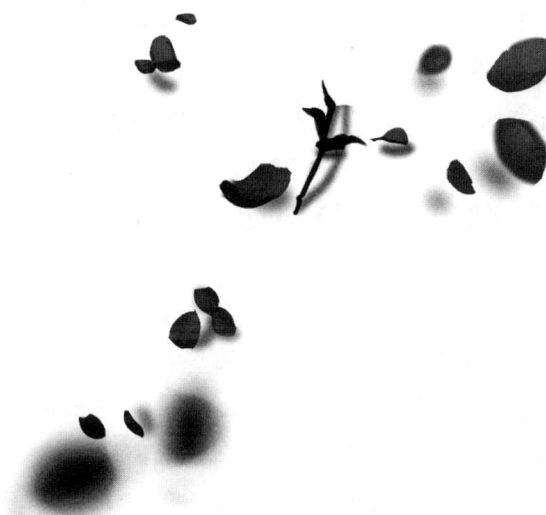

不管对什么事情都不能有先入为主的观念。

——

东野圭吾

1

我半躺在自己的靠椅上，双眼微闭，面色憔悴，精疲力竭。

大宝把一张大脸凑了过来，对着我左看右看。

"你不要离我那么近好不好？"我瞪了瞪离我不超过十厘米的那张大脸，有气无力地吐槽道，"你这样子我总担心你会亲我一下。"

"老秦你这是怎么了？不就参加个周二接访吗？又不是第一次！"大宝好奇地问道，"难道比出勘现场还累吗？"

省公安厅的法医有一个职责，就是要参加每周二的接待信访活动。

"我就在想，能不能在接访的过程中，给我们发现个冤案什么的。"我摇了摇头，无奈地说道，"这么多年了，一起冤案都没有过。今天接的这位，是青乡的王云，你们都知道吧。"

"老信访户了。"林涛一边看着杂志，一边说，"每周二都要来公安厅门口大喊大叫一番，引得路人都以为我们公安厅做了什么见不得人的事情呢。"

"这案子查来查去，事实都很清楚了嘛。"大宝说，"王云的弟弟王智谈了个对象，对方家里要四万块钱彩礼，王智回家要钱，家里不给钱，王智就跳河自尽了。结果这个王云一口咬定王智是被女方家给杀害的，一直上访。"

"所以这一家人真是够过分的，这么点彩礼都不给人家，还往人家头上扣屎盆子。"韩亮听着大宝的描述，摇了摇头。

"你是有钱人，对没钱的人来说，四万块可不是小数目。"陈诗羽漫不经心地说。

"四万块的彩礼并不过分，人家养一个女儿也不容易啊。"韩亮说，"而且，都考虑到结婚这一步了，准备彩礼也是对未婚妻的尊重吧？"

"尊重？"陈诗羽合上手中正在看的书，反问道，"夫妻之间的尊重，和彩礼有什么关系？给的彩礼多，就能证明有尊重？彩礼给得少，就没尊重了？"

"我觉得，女方要彩礼，倒不一定是要尊重。"大宝插话道，"那是面子问题吧？左邻右舍结婚都有，我没有，那我面子上也过不去啊。"

"不说面子，就是这地位的问题也要考虑啊。"林涛说，"连四万块钱都不给，都能让步，那这女的婚后在家里岂不是没法混了。"

"你们几个，是都觉得没有彩礼，婚后就没地位了呗？"陈诗羽反驳道，"夫妻关系中的地位，是以彩礼的多少来决定的吗？"

程子砚举了举手，说："我觉得，所谓的彩礼，要是能给予小家庭，作为新建家庭的启动资金，也不是不可以。"

"但现在的彩礼，都是给女方家里的，搞得和卖女儿一样。"陈诗羽打断了程子砚的话，说，"我看这风俗不要也罢。"

"以后谁娶了你挺幸运的，彩礼钱省了。"韩亮哈哈一笑。

"我要是结婚，肯定不会选择用钱来证明地位的男人。"陈诗羽冷淡地说道。

"这个我信。"林涛飞快地应道。

"小羽毛这话说得对，夫妻之间的地位和经济无关，男女本身就是平等的。"我说。

大宝指着我笑道："对了，老秦，上次我到你家，是谁又洗碗又拖地来着？"

"别跑题了，喀喀。"我岔开话题，说，"这个案子，部里的专家都被请来了，现场勘查、调查和尸体检验情况都明确他是自己主动投河并且溺死的。这个上访是没有依据的。"

"这人上访需要依据？"林涛摇了摇头，说，"上访不要紧，这人每周二来厅里，就是为了骂人。老秦今天也被骂得够呛吧？"

"不都说法医医患关系好吗？我今天祖宗十八代被骂一遍，子孙后代也要被诅咒，我招谁惹谁了。"我挪了挪身子，缓解一下腰部的疼痛，"还得打不还手、骂不还口啊。"

"医患关系好？"大宝自嘲地说，"嘿，你那'堂兄'的事儿，事主还在到处发帖呢。[①]"

"有理不能说，对待撒泼的人还要笑脸相迎，这实在太有损警威了。"我说。

"就是，即便是我们有理，但只要你退让一步，人家一定会进一步骑到你头

---

① 见《法医秦明：无声的证词》中"林中尸箱"一案。

上。"大宝说。

我沉默了一会儿，说："无论是自然界还是人类社会，不过都是一场此消彼长的过程。"

"等会儿，等会儿，你再说一遍，这一句好，我记下来。"大宝拿出笔记本，一边涂写，一边说道。

"不过这个王智也真是的，为了四万块的彩礼就跳河了。"韩亮说道，"如果两个人不合适，分手就是了，干吗要寻死觅活的呢？"

"是啊，有些人谈恋爱是不需要寻死觅活，分手也不需要负责呢。"陈诗羽继续低头看书，但不失时机地接茬道。

韩亮一怔，想起陈诗羽还在对那个"热评事件①"耿耿于怀，于是没有反驳，就像是没听到似的，低头玩起了他的诺基亚手机。

"哎，林科长，你帮我看看，这个报告的格式对吗？"程子砚见气氛有一些尴尬，连忙打起了圆场。

我也感觉气氛不对，连忙对大宝说："对了，上次让你联系那个厂家，购买气相色谱仪的，你联系了没有？"

理化科准备买一台气相色谱仪，因为和法医病理的仪器属一个厂家，于是他们为了把预算控制好，拜托我们先询价。这事情我告诉大宝好久了，估计他是忘了。此时，正好可以用来岔开话题。

大宝见我挤眉弄眼地对他使眼色，突然有些蒙，但大概知道我的意思，于是夸张地拿起电话并拨通，用比平时高出八度的声音和对方说："喂？请问你们就是卖'色相'的对吧？"

我刚喝进去的一口水"噗"地喷了出来。

"哦，错了错了，你们是卖气相色谱的对吧？"大宝笨拙地纠正道，"我们是省厅啊，我们理化科想买你们的'色相气谱'。"

大宝挂了电话，办公室里已经笑成了一团，之前的尴尬气氛早已一扫而光。

大宝一脸窘迫地解释道："这仪器名字怎么那么拗口……"

"笑什么呢？"师父推门进来，往桌子上扔了一个文件夹，说，"凌晨的事情，经过一上午的外围调查，差不多有结果了。不过你们还得去。"

---

① 见《法医秦明：天谴者》中"消失的凶器"一案。

"真漂亮啊，感觉这就是人间天堂了。"大宝站在龙东县新桥镇现场旁边的田地里，用手抚摸着美丽的花朵。

"当然漂亮，那是罂粟。不过这花期已经过了，不然更茂盛。"韩亮靠在车门上，双手捧着诺基亚，说道。

大宝像是触电了一样跳开，说："我去，居然敢种罂粟！"

"种植超过五百株罂粟，就够犯'非法种植毒品原植物罪'了。这也就是没人举报，不然妥妥地被抓起来，判处五年以下有期徒刑。"韩亮的眼神还是没有从小小的手机屏幕上移开。

"怪不得把家安在这个鸟不生蛋的地方。"大宝心有余悸地搓搓手。

几名警察拿着工兵铲来到大宝身边，说："李法医让一下，我们奉命铲除这些罂粟。哦，还有林科长那边说通道已经打开了，让你和秦科长过去。"

我点点头，开始和大宝穿勘查装备。这时，我远远地看见林涛脸色苍白地走出了现场的小院落。

"怎么样？情况清楚吗？"我边穿边问。

林涛没有说话，打了个手势，大概意思是说自己支撑不住了，然后扶着一棵小树，干呕了起来。

"喂喂喂，你至于吗？不就是腐败尸体吗？你又不是没见过。"大宝嬉笑道。

林涛此时已经缓过神来，眼泪汪汪地说："这房子密封得好，你们……你们还是戴着防毒面具进去吧。"

我微微一笑，心想什么大场面没见过？于是我和大宝没有戴防毒面具，便拎起勘查箱走进了室内。

进了一楼的大门，我就觉得不对了。虽然房子里面的冷空调开着，室外的炎热有所缓解，但是那扑面而来的尸臭味，还是让我不自觉地用手臂揉了揉鼻子。

一楼现场很整齐，没有什么异样，但是走上二楼，我就知道林涛为什么会有那么大的反应了。

二楼客厅中央的房梁上，吊着一个男人，此时已经巨人观模样了，大量的蛆虫在尸体上蠕动着。尸体是绿色的，不断有绿色的腐败液体顺着尸体的足尖滴落到地上。地面上并不整洁，红色和绿色的液体掺杂在一起，流淌得到处都是。液体里，还有密密麻麻的乳白色的蛆虫欢快地汲取着营养。

和视觉冲击相比，更刺激的，是嗅觉的冲击。由于房子的密封性好，我们在外面并没有意识到里面的气味会严重成这样。从上了二楼开始，我就承受了我工作十多年来没有接触到的气味的考验。我很清楚，那只是尸臭，只不过是比平时遇见的高出数倍浓度的尸臭气味。

我和大宝对视了一眼，又一起看了看和我们一起进入现场的龙番市公安局的韩法医，二话不说从勘查箱里取出了防毒面具戴上，这才稍稍改善了现场气味对我们嗅觉神经的摧残情况。我们心里不禁也暗暗佩服韩法医入此现场而色不变的魄力。

确实，作为省公安厅的法医，自认为相比那些连碰尸体都不多的其他单位的法医来说，耐受能力还是不错的，但是和基层法医相比，这种对尸臭的耐受力，还是远远不够的。

二楼是两室一厅一卫的结构，主次卧室分列两侧，中间是一个小客厅以及一个装修不错的卫生间。

我们顺着林涛铺设的勘查踏板，来到了二楼的主卧室。主卧室里的地板上，横竖仰卧着两具尸体，都已经巨人观模样，同样有大量的蛆虫在尸体上附着。可以看出，主卧室就是作案的第一现场，因为墙壁、房顶上有不少喷溅状的血迹，地面上的血泊也触目惊心。和客厅地面上绿色为主的腐败液体不同，这里地面上主要是暗红色的已经腐败了的血液。

"看来自产自销①的问题不大。"我放心了一些。这样完全封闭的现场，杀人后选择自缢死亡的案件还是比较多见的。

"老秦，卫生间还有一个。"大宝的声音从隔壁传来，"哦，不，是两个。"

"根据调查，这家人姓汤，是十几年前从龙东县栗园镇搬过来的，一家四口，老头、老太以及儿子、女儿姐弟俩。"韩法医在用调查情况来印证现场情况，说，"一般不和邻居打交道，估计就是为了秘密种植罂粟赚钱吧。但认识他们的人，都说这老两口儿特别溺爱儿子，导致这个儿子，叫什么来着？我看看，哦，叫汤辽辽，性格十分跋扈。"

我点了点头，说："姐弟俩都没有婚配，是吧？"

韩法医点点头，指了指房间外面，说："这里是老两口儿，卫生间里的是姐姐。杀人的、在客厅里缢死的，就是汤辽辽了。当然，还需要DNA去验证。另外，还有一个。嗯，你一会儿去卫生间看看吧。"

---

① 自产自销是警方内部常用的俚语，意思就是杀完人，然后自杀。

尸体都已经高度腐败呈巨人观模样了，但是根据尸体的性别和穿着，还是能与调查情况对号入座的。

我顺着勘查踏板来到了卫生间，还是被里面的景象震惊了。

事发时，卫生间里的女死者应该正在洗澡，所以全身赤裸。她被杀的时候，也应该流了不少血，但是因为洗澡间地面上大量的积水，导致血液被稀释。在积水干涸的时候，把淡红色的血迹固定在了地面上。尸体腐败后，产生的大量腐败液体，又把干涸的淡红色血迹给染成了墨绿色。

更为触目惊心的，是死者张开的双腿之间的一个拳头大的胚胎。胚胎也因为腐败而成了墨绿色，手脚都可以清清楚楚地看到，一根脐带连接着胎盘，都已经脱出了女尸的体外。

此时，大宝正在检验这个胚胎，说："胚胎已经长成人形了，估计三四个月大小吧。"

"报案人，就是看到了这个，才吓得报警了。"韩法医说。

"我看材料说，报案人，是个小偷是吧？"我问。

韩法医点点头，说："他是在镇子上听说这家人估计比较有钱，来了之后又看到这里种罂粟，所以决定黑吃黑。不过，他没有办法进入屋内。在上了二楼窗户的时候，用手电筒照到了这团胚胎，还说胚胎在动弹，说是'鬼生子'。回去以后，想了两个小时，还是怕得不行，于是报警了。"

"幸亏他没进入屋内，不然还真说不清楚。"大宝说。

"情况比较清楚了，我们去尸检，结束后再和痕检碰一下，差不多就能结案了。"我环顾了现场，发现没有其他的异样，说道。

我们刚刚走出现场，正好遇见了迎面走来的陈诗羽和程子砚，她们按照我的要求，去配合一些外围的调查。

陈诗羽在距离我们十米远的地方，就皱起了眉头，用手微微遮挡着自己的鼻子，说："味儿真大。"

"车载香水已经备好了。"韩亮还是靠在车门上，回应道。

陈诗羽白了韩亮一眼，把手中的一份资料给我看，说："按你说的，去国家电网查了电表。这家人的用电时间区间在之前都是非常有规律的。不过，从八月十日晚间开始，用电量就一直处于一种比较恒定的状态。国家电网的同志说，这应该是开空调，没有变换温度的一个正常用电曲线。"

"这就是死亡时间了。"我微微一笑，"案发时间应该是八月十日，距离今天有半个月了。看尸体的状态，也差不多。"

"能不能专业一点？我们法医就要按照法医的推断方式来好不好？"大宝摸索了一下勘查箱里的钢尺说，"我量蛆的长度，也差不多。"

"怎么就不专业了？查明案发时间，用蛆的长度来测算远比这些客观依据误差大。有更精确的方式，就不要拘泥于专业了好不好。"我笑着说道。

我看了看程子砚，她连忙说："查了，五公里范围之内，找不到一个监控头。在我们图侦领域来看，这就没有意义了。"

我点点头，说："这种自产自销，重头戏还是在林涛那里。"

林涛此时正一手拿着餐巾纸擦汗，一手接过韩亮递过来的香水往身上胡乱喷着。

"你这是怎么了？脸色煞白的？"陈诗羽好奇地问道。

"不行，这现场……真不行。"林涛心有余悸。

"你不是天天吹嘘你不怕腐败尸体，只是怕鬼吗？"陈诗羽边嘲笑着说道，边顺手递上了一包纸巾。

"没说怕腐败尸体啊，就是看到那个小孩子，我的天，实在是挑战我的极限。"林涛摇了摇头，像是要把脑袋里不好的回忆都给甩掉一样。

"不是一家四口吗？还有小孩子？"陈诗羽狐疑地翻了翻手中的调查材料，说。

"那个姐姐，怀孕了。"我耸了耸肩膀。

"不是没有婚配吗？"程子砚也好奇地问道。

"怀孕和婚配有什么关系？"韩亮一边说，一边收起自己的诺基亚。

程子砚意识到这一点，脸唰的一下就红了。

"嘿，你还敢说这个话题？脸皮咋就那么厚呢？"陈诗羽斜眼看着韩亮。

"就是。"林涛一边用着陈诗羽递来的纸巾，一边附和道。

韩亮摊了摊手，也不解释什么，上车打着了发动机。

"不是怀孕吗？怎么已经是小孩子了？是婴儿吗？"程子砚还是很好奇这点。

"不是婴儿，是胚胎。"大宝回答道，"韩亮，你这香水太难闻了。"

"难闻吗？贵得很呢。"韩亮系好安全带，开始挪车。

"别理他，他虽然嗅觉灵敏，但是经常分不清什么是好闻的，什么是不好闻的。"我说。

"可是，你们还没有解剖，怎么能看到胚胎啊？"程子砚不解道。

"掉出来了啊。"大宝对这个问题见怪不怪了，"韩亮，为什么你的香水是臭的？"

"你香水才是臭的！难道你闻尸臭会是香的？"韩亮一脸莫名其妙。

"掉出来了？"程子砚默念了一句，有些恐惧。

"这个叫作死后分娩。"我解释道，"尸体腐败后，腹腔内大量腐败气体压迫骨盆底时，可使直肠中的粪便排出、肛门脱垂、妇女的子宫或阴道脱垂。当孕妇死后，胎儿因受腹腔内腐败气体压迫而被压出尸体外称为死后分娩。在过去，有些死后分娩发生于已被放入棺内埋葬的孕妇，也称为棺内分娩。"

程子砚打了个寒战，不再说话。

2

对于法医来说，无论多么恶劣的现场和尸体，一旦到了殡仪馆，就不至于那么难以忍受了。毕竟少了现场环境以及那种被封闭现场闷得更加浓烈的尸臭味的刺激，加上全新风空调的调整作用，法医都可以全心全意、不受伤害地完成自己的工作。

所以对于五具尸体的检验工作，分成两组的省、市两级公安机关法医也只花了不到六个小时就完成了。而且从殡仪馆出来，身上黏附的尸臭味甚至被全新风空调吹得减轻了一些。

"现场是完全封闭的现场，室内和室外是完全隔绝的。人是无法通过除了门窗外的途径出入的，而且门窗也没有暴力破坏的痕迹。虽然现场有翻动的痕迹，但依旧不能改变这是一个完全封闭现场的客观事实。"林涛站在龙番市公安局专案会议室的前端，用激光笔指着幕布上的照片，说道。程子砚在一旁配合他翻动着幻灯片。

"那为什么有翻动？"我问道。

"不清楚，估计是自己家人在争吵的时候翻动的。"林涛说，"因为所有翻动的物品上没有黏附血迹，说明是先翻动，后杀人的。"

"翻动的动机，永远也没有人知道了。"大宝说，"这就是我很不喜欢自产自销案件的原因。"

"血迹形态呢？"我接着问。

林涛说："血迹，就更能证明事实了。现场有大量血迹，但血足迹只有上吊的死者一个人的，没有其他人的足迹了。这就足以证实这起案件中，没有外人侵入。凶手在主卧杀人后，单趟足迹到卫生间，再次杀人后，单趟足迹到客厅，直接自缢。"

"是的，绝对不可能有人杀人还不在现场留下任何痕迹。"程子砚对侦查员们解释道，"即便是他穿着上吊死者的鞋子作案，再换回自己的鞋子，也一定会留下他自己的足迹。"

"也就是说，这起案件，从痕检角度看，没有任何问题，是自产自销。"林涛总结道，"我们还提取了现场多点血迹，这个需要等郑大姐那边的检验情况。"

"法医方面，也没有问题。"我接着林涛的话茬，说道，"四具尸体，目前从牙齿磨耗度来看，两名六十岁以上，剩下的两名三十岁以上。基本和调查显示的四名死者年龄一致。因为高度腐败导致面容改变，所以无法初步判断身份，只有等到DNA出来，再进行身份认定。两名老年死者，都死于大失血，是被人用现场遗留的砍柴刀反复砍击头面部、颈部导致的死亡。身上有轻微抵抗伤①。女性死者也是同样的致伤物和致伤方式，应该是在洗澡的时候，凶手趁其不备砍击的。主卧室有大量喷溅状血迹，是第一现场。浴室内白色浴帘上有大量喷溅状血迹，也是作案的第一现场。尸体没有移动，现场没有伪装。"

"自缢的那个，是年轻男死者。是主动自缢的，没有伪装。身上也没有约束伤②、威逼伤③和抵抗伤，死因也是缢死。大家都知道的，除非有特定的现场环境，抑或是死者有明确的约束伤、威逼伤和抵抗伤，再或者是有致晕因素，否则缢死通常都是自杀。"大宝简短地补充道，"另外，死后分娩的那个胎儿就没必要单独汇报了吧。"

"嗯，反正胎儿我们也单独提取了DNA送检，等鉴定出来，就完事儿了。"我说，"总之，现场虽然有轻微的翻动痕迹，但是不足以成为本案的疑点。无论是从尸体的死因、状态和现场的情况来看，这都是一起典型的自产自销案件。虽然我们无法判断这起凶案的发案动机，但是客观事实是毋庸置疑的。下一步，完善对死者的外围调查，确定死者的身份，就可以结案了。"

分析终究只是分析，即便可以分析得滴水不漏，也是需要客观证据来进行支持

---

① 抵抗伤，指受伤者出于防卫本能接触锐器所造成的损伤。主要出现在被害人四肢。
② 约束伤，指凶手行凶过程中，对被害人约束的动作中，有可能控制了双侧肘、腕关节和膝、踝关节，被害人这些关节处的皮下出血。
③ 威逼伤，指凶手控制、威逼被害人时，在被害人身体上留下的损伤。主要表现为浅表、密集。

的。除了我们按照尸检的常规程序提取的五具尸体上的大量检材之外，林涛也在现场提取了上百份的生物检材①。这些检材全部检验完成还是需要过程的。

龙番市公安局刚刚上任的分管刑侦的副局长叫董剑，原是云泰市公安局刑警支队长，后来被提拔了过来。从警开始，他就是一直在刑侦战线上奋战的刑警战士。四十多岁，长相帅气，行事雷厉风行。他皱着眉头，一言不发地听完汇报，立即决定："各位辛苦了，请检察机关提前介入此案，做好移交前的全部工作，尸体在核实身份后，就可以火化了。"

结束了会议，我们一起准备乘车回厅里。

林涛问程子砚："你是不是崇拜董局长？"

被突然问了一句，程子砚有些不知所措，连忙回答道："没……没有呀。"

"还没有呢，我刚才看到你盯着他，目不转睛的。"林涛说。

"我只是在听他的布置安排。"程子砚面颊绯红，认真地说。

"领导有什么好崇拜的，技术人员应该崇拜技术人员。"林涛说。

"她本来就崇拜你呀。你这是在吃醋吗？"陈诗羽不冷不热地说了一句，"放心，你比他帅。"

"嘿，吃什么醋啊，我就是这么一说。"林涛尴尬地挠挠头，转念一想，又乐滋滋地补了一句，"不过我觉得你的审美，最近还是挺有进步的。"

倒是程子砚的脸更红了。

远远地看见韩亮等候在七座SUV的旁边，向我们招手。

"靠在那里招手，这动作实在是不雅。"我笑着低声说道。

只听到韩亮远远地喊："师父打你们电话打不通，让我告诉你们，又来活儿了！"

我一惊，问身边的几个人："今天你们有没有谁乌鸦嘴了？"

大家都无辜地摇摇头。

SUV开了近两个小时，来到了我省汀棠市的辖区内。现场位于汀棠市花卉博览园之内。这是政府在数年前规划的一个博览园，但因为娱乐设施少、距离市中心较远，所以来这里参观的人越来越少，目前已经是门可罗雀了。

---

① 生物检材，泛指有生命的动植物的组成全部及部分残留于刑事案件中的痕迹物证，在这里指的是与人体有关的毛发、分泌物、人体组织、骨骼等。

"什么案子？"我看见远处的汀棠市公安局年支队长和好久不见的法医赵永正在花博园门口等候，于是问道。

"不知道，陈总没说，就说是什么背靠背。"韩亮开着车说道。

"背靠背？断背山啊？"大宝好奇地问道。

"显然不是这个意思。"韩亮耸了耸肩膀。

车停稳后，我们跳下了车，和同事们握手。

"看起来，是个自产自销。"赵法医开门见山地说道，"这里平时都没人，好大的地盘，真是想干吗就干吗了。"

"又是自产自销。"我惋惜地摇了摇头，说，"真是一段时间都来同一种案子，我们刚刚处理了一个杀三个再自杀的案件。"

"这么巧？"赵法医嘿嘿一笑，示意我们跟着他走，"我们这儿的简单多了，是杀一个就自杀的案件。凶手看起来是没有损伤的，估计是服毒，我们已经体外抽血了，目前正在检验。说不定啊，你们看完了以后就直接下结论了。"

由于社会治安的逐渐稳定，目前省厅的法医承担了更多的职责。以前我们只需要出勘杀死两人以上、有广泛社会影响、久侦不破和疑难案件。而现在，只要是命案，不能立即得出结论的，几乎都需要我们抵达现场。所以命案少了四分之三，但我们的工作量并没有减轻多少。

好久没见赵法医，我们边走边聊，不知不觉就走到了花博园的深处。在这里，有一座小小的平房，周围拉着蓝白相间的警戒带，站着几名携带单警装备的民警。好在这个萧条的花博园并没有参观者，因此也就没有围观者。

"目前推测的行为人，就是这个花博园的留驻工人，叫王三强，四十五岁，单身。平时负责花博园的日常维护工作，就住在这里，政府包吃包住。"年支队说，"平时这里也没人，他就一个人生活，偶尔会出去买菜，其他时间都在这里活动。发现人，是花博园管委会的负责人，今天上午日常查问情况，但电话一直没通，就差一个科员来看看，发现王三强死在居住地了。"

"这么大的地方，就一个人维护？"我问。

"这里人很少，又是政府的免费公益项目，不收门票，花卉基本都可以自然生长了，他平时也就打扫一下园内的卫生。虽然花博园很大，但是他的工作量并不大。"年支队说，"问题是，我们在对这个非正常死亡现场进行勘查的时候，发现他的小屋床下，还有一具中度腐败的女尸。身份目前还不清楚，但是因为这里平时也没人来，藏尸在王三强的床下，考虑是和他有关系的女子被他杀死。而且王三强身上没有任何损伤，考虑是他杀人后服毒自杀。"

"特殊的现场环境，特殊的藏尸方式，看来年支队说得比较靠谱。"林涛穿好了勘查装备，和我一起走进了现场。

现场非常小，仅仅是一间房间而已，大约二十平方米。除了卫生间被塑钢墙壁隔离开，就没有其他的功能区了。

进门后，就是由一个罐装液化气灶台和一台冰箱组成的厨房。厨房内侧，就是一张行军床和一台电脑。床的内侧，有一个简易衣柜，没有柜门，里面凌乱地堆放着各种各样有些肮脏的衣物。

进房间，就闻见了一股臭味，还不是腐败尸体的气味，而是多双没有清洗的鞋子堆放在一个小空间里而发出的臭味。我不自觉地用手臂揉了揉鼻子。

行军床大概宽一米二，上面覆盖着不整洁的床单，床单的一边耷拉下来，把床底遮盖住，让人看不清楚。王三强躺在床上，淡红色的尸斑很清晰。

床头一个小小的角落里，堆放着各种各样的工具和农具，是王三强平时工作的时候使用的器具。趁着林涛在对地面进行勘查的时候，我蹲在"工具角"的一旁，挨个儿观察着这些工具。

没有什么特殊的工具，无外乎是一些铁锹、扫帚、榔头、斧头什么的。

"不行不行，这个地面作为载体实在是太差了，什么也看不到。"林涛无奈地摇摇头，又拿起死者脱在床边的鞋子的鞋底查看。

"尸体没有任何损伤，我看过了。"赵法医指了指床上的尸体，说，"现场也没有任何搏斗的痕迹，或者说异常的痕迹吧，连血迹都没有找到。"

我一边蹲在勘查踏板上，掀起床单往床下看，一边说："可是，王三强的这个尸斑，倒是不太符合常理啊。"

正常情况下，非失血死亡或者不是死后泡在流动的水里，尸体的尸斑都会比较明显。尤其是中毒，很多种毒物中毒的死者，都会出现尸斑暗紫红色等内窒息的征象。即便是一氧化碳或者氰化物中毒，尸斑虽然是鲜红色或者樱桃红色的，但也会比较浓重。眼前王三强的尸体尸斑，倒像是失血一般，尸斑浅淡。

当然，尸斑这种东西，个体差异度也是不可小觑的，根据死亡原因、死亡过程、死后环境、人体肤色等都会有较大的偏差，所以法医并不能仅仅根据尸斑的颜色、程度来推断死者的死亡原因。所以，赵法医也只是耸耸肩膀，表示自己并不能解释这个原因。

床下，是一具瘦弱的长发女子尸体。因为腐败已经发生，所以女子的面孔发黑，眼球突出，并不能看出她的真实年龄和样貌。但是根据这个夏季的温度和腐败程度来判断，她也就是死了三四天的样子。

"秦科长，园区的监控我都查了，居然没有几个是好的。而且夸张的是，连大门口的监控都是坏的。"程子砚调查完监控情况，来到小屋门口，和我说道。

"正常，监控的维护费用可不是一笔小数字。"我说，"这么大个园区，只有一个值班员，可想而知，也不会有人花心思来维护这里的监控。"

"对了，背靠背，是什么意思？"大宝一边尽可能地歪着身子，探头进去给床底的尸体拍照，一边气喘吁吁地问道。

"哦，哈哈。"赵法医一笑，说，"那是开玩笑的，不是有一个鬼故事吗？说是床底有死人，就和床面上的活人背靠背了。那么，死人的鬼魂就会摄人魂魄，让活人天天做噩梦，最后死于精力的衰竭。"

"你是说，王三强藏尸的动作，把自己的命给摄没了？"我笑了笑。

"你们继续看吧，这园区，有卫生间吗？"林涛脸色苍白，侧身走出了小屋。

"所以说，这就是个鬼故事而已。"赵法医看着林涛走出小屋，理解地笑了笑，说，"不过，根据调查，有人反映，这两天王三强出园区在附近市场买酒买菜的时候，他脸色苍白，魂不守舍的样子。"

"那太正常了，杀了人，能不魂不守舍吗？"我笑着摇了摇头，伸手拽住床底尸体的衣角，将她拖了出来。

"床底的腐败液体印记和尸体的外形高度吻合，"赵法医说，"说明尸体发生腐败的时候，就已经在床底了。"

"我只是想不明白，这么大一个没人的园区，在哪里藏尸体不好呢？非要藏在自己的床底下？"我在赵法医的帮助下，把女性尸体抬出了床底，平放在勘查踏板之上。还行，刚刚从极端的现场环境出来，居然对眼前这个已经开始向巨人观发展的尸体的气味不太敏感了。

"难道，这个王三强有什么癖好？"赵法医说着，和我不约而同地看向了女尸的裤带。

还好，我们的担心多余了，这具女尸衣着完好，并没有遭受侵犯的迹象。

"王三强不知道是怎么死的，但是这女的，肯定是颅脑损伤了。"我压了压女尸的额颞部，感受到了骨擦音①，这说明死者的颅骨有骨折。既然颈部、口鼻都没有损伤，就不像是机械性窒息，而除了头皮有个创口之外，其他身体各部位都没有明显的损伤痕迹，这说明死者死于重度颅脑损伤的可能性就非常大了。

我按照法医尸表检验术式，对这具在床底下还没有接受过检验的尸体进行了一遍检查，得出了上述的结论。另外，我还对女尸的衣着进行了仔细的检查。果然和看到的一样，她的衣着并没有任何异常，不像遭受过性侵。

"这个屋里，没有一样女性用品，是不是说明，这个死者并不是在这里居住呢？"陈诗羽不知道什么时候站在了小屋的门口，打量着屋内，说道。

这个分析倒是非常有理有据，也给了我很多启发。开始我觉得这是感情纠纷，但现在看起来，最有可能的，还是招嫖之类的纠纷。

也就是脑内一闪的可能性，却很快就被我的检验结果否定了。

我在对女尸进行衣着检查的时候，从死者的牛仔裤前口袋里，掏出一个佳能相机镜头盖。

"镜头盖？"赵法医说道，"难道她是个摄影师？"

3

汀棠市公安局法医学尸体解剖室内，只剩下几名法医正在忙碌着。

除了林涛和程子砚去对现场提取的物证进行进一步检验之外，陈诗羽则乘坐韩亮的汽车，配合当地警方寻找女尸的尸源。

按照赵法医的介绍，这个花博园现在门可罗雀，而会经常来这里的，通常是帮助他人拍摄婚纱照、艺术照的摄影师。而在拍摄时，将镜头盖装入口袋这一动作，非常强烈地提示了死者就是一名摄影师。

就是依据这一线索，陈诗羽决定在现场周边的街区进行走访，调查附近的摄影门店和摄影工作室，从而寻找那个失联的摄影师。

"处女膜完整，会阴部无损伤。"大宝按照尸表检验规则，正在对女尸进行尸表检验，"看来，排除了性侵杀人，会不会是因情杀人啊？"

---

① 骨擦音，是法医按动尸体可能存在骨折的部位时，感受到内部有骨质断段相互摩擦产生的声音和感觉，称为骨擦音（骨擦感），是初步诊断死者是否存在骨折的一个方法。

"一个没有过性行为的女孩，和一个四五十岁的光棍穷大叔谈恋爱，这个倒是挺稀奇。"赵法医一边用手术刀刮去死者的长发，一边说，"死者头皮下有波动感，考虑帽状腱膜下出血。"

我在检查女尸的衣物，并没有什么特别之处。如果一定要说有问题的地方，就是死者的两只运动鞋的鞋跟处，似乎有一些比较新鲜的擦划痕迹。我正对着那些擦划痕迹发呆，听赵法医这么一说，于是转身去看。

虽然腐败，但尸体的状态还不至于让人误诊一些关键的损伤。女尸的头皮下，确实有显著隆起，触之有波动感。

帽状腱膜位于颅顶，与颅顶的骨膜疏松结合，这也是头皮可以和颅骨之间相对滑动的原因所在。帽状腱膜对头颅有很重要的保护作用，但是一旦帽状腱膜下出血，由于其下疏松，无法压迫止血，则会导致大量出血，并向周围扩散，形成波动感。和头皮下出血不同，帽状腱膜下出血从外观来看，没有明显的局域突起，只是相对有大块隆起并有波动感。而且，一般直接击打，是很难造成帽状腱膜下出血的。通常是由于对头发的撕扯而导致。

"看来死者生前，是有过一番搏斗的。"我的脑海里，出现了扯着头发厮打的画面，"只不过这个打斗过程，不太雅观。"

"衣着有什么线索吗？"赵法医刮完最后一刀，眼前的女尸青色的头皮完全暴露了出来。这熟练的刮头发的手法，没当过几年法医，还真做不好。

我指了指物证台，说："除了镜头盖，就是一百多块钱，其他什么也没有了。原本我还以为能找到个车钥匙什么的，进一步缩小范围。"

"那就看看吧，这个损伤可不简单。"赵法医用手术刀尖指了指女尸的头颅。

确实，这颗头颅上的损伤还真不少。

在现场的时候，虽然有头发的阻隔，我们还是能看得到死者的额颞部有一个条形的挫裂创。创口内可以看到组织间桥，这说明致伤工具是一个条形的钝器。这样的损伤虽然出血量不大，但毕竟还是会有出血的。尤其是在被工具击打的时候，势必会造成喷溅状的血迹。可是，现场的情况我很清楚，并没有发现类似的血迹。

此时，刮去了头发，我们发现死者的顶部还有两处形态基本相同的挫裂创。我看了看创口周围，有明显的镶边样挫伤带，这说明致伤工具是个比较规则的条形钝器。

同样印证上述结论的，还有死者头皮上暗红色的挫伤。在规则工具打击人体的时候，有可能会形成和工具横截面一致的皮下出血，我们法医也称之为挫伤。所以，在对尸体进行检验的时候，那些皮肤上显现出来的规则的痕迹，也会是法医推断致伤工具的重要依据。在绝大多数时候，一旦出现这样的印记，法医是很容易判断出工具种类的。可是，在这具尸体上，虽然这样的皮肤痕迹有十几处，但我依旧不清楚致伤工具究竟是什么。

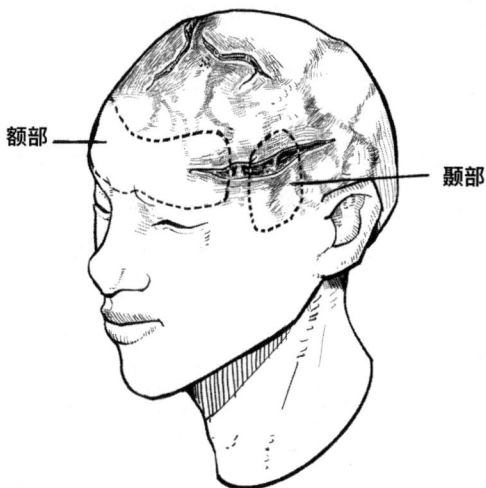

"这是什么东西？"赵法医用手指在死者头皮上的印记上比画着，说，"看起来，这应该是一个腰长很长、底长很短的三角形。"

我左右转着角度看着损伤，赵法医说得不错，挫伤的痕迹由宽至窄，像是一个三角形或者梯形的长条形工具。

"木质的，还是金属的？"赵法医问。

"这个要根据颅骨骨折的情况来判断。"我一边说着，一边似乎发现了什么。

虽然尸体腐败会形成绿色的腐败液体，但是此时我发现死者头皮创口旁边黏附的这些绿色痕迹并不像是由腐败而产生的。毕竟，伤口周围的软组织颜色还没有发生变化。既然不是腐败液体，那么就应该是黏附在创口上的附着物了。而这个附着物，如果排除现场污染，则极有可能是工具上的附着物转移过来的。

我用手指抹了一些绿色的物体，然后在一张白纸上蹭了下来。感觉上，这些绿色的东西是颗粒状的。

我的脑海里，瞬间开始翻滚着那个工具角里各式各样的工具。

我还在思考着，赵法医已经熟练地打开了死者的头皮，暴露出了她的颅骨。虽然她的头皮上损伤很复杂，但是头皮下则不那么复杂了。三处头皮创口的下方，只有一处颅骨骨折，只是这一处颅骨骨折的位置不好，在"翼点"（我们通常说的太阳穴）附近。这一处骨折，直接导致了颅骨下方的脑膜中动脉前支破裂，造成了不小的一块颅内出血。

打击太阳穴容易致命的原理也就是这样了，因为翼点的颅骨比较薄，容易骨折，其下又有重要的脑内动脉经过，一旦骨折就容易波及血管，造成迅速的颅内积血。看起来，虽然死者头部多处损伤，但都不太重，致命的一处，也不像是有意为之。

不过我的关注点也不在这里。我仔细观察了死者翼点的骨折形态，发现了两个问题：一是骨折断端处，也可以看到墨绿色的痕迹。这就更加说明了这绿色的物体，是从致伤工具上转移下来的。二是骨折的断端，有骨质压迹，这是法医判断致伤工具是金属还是木质的一个重要依据。可以在骨质上形成压迹的，一般都是金属打击物。

"你说这绿色，会不会是油漆啊？"大宝见我不断地在白纸上摸索着这些绿色的物体，好奇地问道。

我摇摇头，说："油漆转移，一般都会和骨质结合紧密，而且是片状的，很少会是这种说不清是液体状还是颗粒状的东西。而且，现场似乎没有符合形状、性状和表面附着物的工具。"

说完，我陷入了思考。

一直到大宝和赵法医完成了接下来的尸体解剖工作，我也没有想明白自己郁结于心中的疑问究竟是什么。

女尸上，除了头部的损伤，右腕部还有几处青紫，类似于抵抗伤。其他的，就没有什么发现了。但我们还是对死者的个体特征进行了分析：这个女人，二十岁出头，身高一百六十厘米，体形瘦弱，小时候行过肠疝气的手术。

为了节约时间，我们留下大宝缝合女尸的切开口，我和赵法医开始对王三强的尸体进行检验。虽然DNA检验结果还没有出来，还没有确定王三强的身份，但是从照片和样貌比对看，应该正是此人。

在现场的时候，我们就对王三强的尸表进行了一番检查，没有任何损伤。此时在解剖室里灯光充足的情况下，我又对尸体进行了一遍检验，防止有在现场没有发现的细小损伤或者是针眼之类的痕迹。可是，和现场检验结果一样，他的身上确实毫无损伤，即便是手心、关节这些容易受伤的部位，也没有发现任何损伤。

既然没有损伤，又没有窒息征象，那么从尸表上看，窒息、外伤、电击等死因都一应排除了，现在最有可能的是疾病和中毒。

"毒化结果不知道出来没有。"赵法医一边打开死者的头皮，准备开颅，一边说，"我在现场抽血的时候吧，挺难的，费了半天劲，才抽出半管子血，也不知道够不够。"

听赵法医这么一说，我又去按了按尸体背侧的尸斑。尸斑不仅呈现的是淡红色，而且很容易按褪色。

我一边扶着死者的头颅，配合着赵法医用开颅锯开颅，一边摸索着尸体那有些苍白的口唇，想着什么。突然，解剖室的电话铃声响起。刚刚缝合完尸体的大宝摘掉了外层的手套，接了电话，然后一脸茫然地说："DNA那边身份确证了。还有，毒化检验除了检出不多的酒精以外，没有其他的毒物。"

"哟，不是服毒自杀啊？那就估计是疾病了。难道，背靠背的鬼故事还是真的？"赵法医对毒化的结果并不意外，反而打趣道。作为法医，当然不会相信鬼故事，但对死者的任何死因也都不会感到惊讶。

此时，赵法医已经完成了开颅工作，尸体的颅内和我们想象中一样，并没有任何损伤，也没有因为疾病而内出血的迹象。我有些心急知道死者的死因，所以拿起手术刀，打开了死者的胸腹部皮肤。

随着手术刀的走向，尸体正中央裂开了一道切开口，从可以看见的皮下来看，和尸表一样，正常得不能再正常了。

"看看吧，真的是疾病哦，看来我得配一些福尔马林来固定尸体脏器了，这后期得做病理检验。要是病理也找不出啥，说不准就真闹鬼了。"赵法医开玩笑道。

"不用了。"我阻止了赵法医去配制福尔马林，因为我通过触压尸体的胸骨，感觉出了异样。

我二话不说，用手术刀切开死者的肋软骨，熟练地取下了他的胸骨。映入眼帘的，是一片被血液和凝血块污染的视野。

"胸腔内这么多出血？这是什么情况？"赵法医吃了一惊。

虽然我不露声色，但其实也是吃了一惊。当法医这么久，胸腔内受损伤导致大量出血的倒是见过不少。但是尸表没有任何损伤，胸腔内这么多出血的，倒是头一回见。

"我的天，总不能真有什么隔山打牛的内功吧？"我反复看了看死者胸部的皮肤和肋骨胸骨，确定找不到任何损伤的痕迹，"怪不得尸斑浅淡，血液都从血管流进胸腔里了。"

"主动脉夹层动脉瘤破裂。"赵法医下了结论。

我摇摇头，开始着手清理这些血液。其实清理胸腔之内的血液和凝血块倒并不是什么难事，但是因为时间过久，血液浸染到软组织里，将视野污染，难以分辨精细的组织结构，也就很难进行精细解剖了。

连取带擦地处理了半个多小时，总算将尸体的胸腔结构差不多暴露了出来。我一手持着放大镜，一手拿着止血钳，在尸体的主动脉上寻找着。果真，我发现了一个小小的洞眼。

"果真是主动脉破了，但是他的主动脉是健康的主动脉，如果有夹层动脉瘤，大体上就应该可以反映出来。"我说，"这种圆圆的洞眼，倒像是被针刺的。"

"尸表没损伤啊！难不成真闹鬼了？"赵法医这次严肃了起来。

思考着的我，突然想起了什么，连忙用"掏舌头①"的办法，把尸体的气管、食管整体分离。这一分离，立即印证了我的猜测。死者的食道中下段处可以看到一处明显的出血，而且有炎症反应。

我微微一笑，用弯头剪剪开食道，并且在炎症反应对应的位置，用止血钳夹出了一根被血染的鱼刺。

"罪魁祸首找到了。"我说。

"啊，鱼刺。"大宝和赵法医异口同声。

虽然很少见到，但是这种病例却不是第一次发生了，所以作为法医，也很好理解"鱼刺杀人"的原理。

一旦被鱼刺刺伤食道，唯一的办法就是去医院就诊，请医生帮忙取出。古老的"吞馒头""喝醋"的方式都是没有效果的。而且，如果用大块食物吞咽，很有可能让鱼刺刺入得更深，甚至刺破食道，伤及食道附近的主动脉。然后，就是眼前这名死者的后果了。

"这就可以理解了，死者之前被人看见，说是脸色苍白、魂不守舍，其实就是被鱼刺扎了以后的一系列反应。而并不是我们之前推测的，杀了人以后的反应。"我说。

"嗯，估计是的。"大宝随口答道，"不过，这有什么意义吗？"

---

① "掏舌头"是法医常用的简称，意思就是从颈部把口腔内的舌头掏出来，然后可以把整套内脏全部和身体分离。这种办法通常运用在需要法医组织病理学检验的时候，要取所有的内脏切片，在显微镜下诊断。

我看了看大宝，说："那么，还有什么证据，或者表象，可以证明女死者是王三强杀死的吗？"

大宝的观点是，既然两具尸体背靠背地在一起，就不能否认他们死亡之间的联系。我们没有证据或线索证明女死者死于王三强之手，但也没有证据或线索否认他们之间的联系。虽然我用"疑罪从无"的观点驳倒了大宝，但是说不出我郁结在心的疑问，还是觉得自己忽略了什么关键的东西。

尸体解剖完之后，天色已晚。虽然韩亮和陈诗羽在外调查还没有归来，但我还是要求大家伙都回去休息，以保证第二天的工作可以顺利进行。

同时，这一夜的休息，也给了我时间，去系统地归纳这起所谓的"自产自销"的案件里面的疑点所在。

第二天一早，我们正准备从宾馆出发去现场进行复勘，遇见了熬了一整夜、刚刚从市公安局赶回来的陈诗羽和韩亮。两人面露倦色，但更多的还是忧心忡忡。

"你们去现场吗？我也去。"陈诗羽用手捋了捋头发，说道。

"你不是一夜没睡吗？回去睡觉。"林涛对小羽毛说，"你黑眼圈都出来了，多喝点热水。"

"喝热水能消黑眼圈？"陈诗羽说。

"不要持续工作，保证身体才能更好工作。"我说。

"我还行，在车里睡了，她是一分钟没睡。"韩亮说。

"虽然算是你找到了尸源，但我也不需要你关心，谢谢。"陈诗羽白了韩亮一眼。

看来一晚上的相处，并没有让陈诗羽解决心中的芥蒂。

韩亮倒是不以为忤，耸了耸肩膀，不再说话。

"哦？尸源找到了？哪里找到的？"林涛好奇地问道。

"你让他说吧。"陈诗羽指了指韩亮，自己真的从包里拿出一个水杯，喝了起来。

"要不要我给你去加点？"林涛站在陈诗羽身边，关心地问道。

"哦，也没什么复杂的，开始不是说是摄影门店或者摄影工作室嘛，在工商局的配合下，我们对周围所有的摄影门店和工作室都进行了调查，也没有发现什么端倪。"韩亮不以为意地说道，"我在车里等待的时候，就发现周围有一些门店的招牌是'打印、复印、彩扩'什么的。我觉得吧，这些小店做的是文印的买卖，在工商局登记也是文印项目，但是很有可能也接摄影的活儿。呃，这算是生活经验吧，我们家附近就有很多这种。所以，如果只是按照工商局提供的名单来调查，肯定是不行的。后来，小羽毛就自己在附近一家一家文印店地找，还真找出一个门店，周围人说三四天没有开门了。"

"那，尸源确定了？"我问。

陈诗羽点点头，说："后来联系这个店主，联系不上，查了户籍资料，发现这是一个二十二岁的农村女孩，独自一个人来城里打工的。因为年龄又和你们推断的一致，所以就高度怀疑她了。市局派人去门店里勘查，发现门店里是正常状态，连手机都还放在柜台上，只是人失踪了。这个门店和花博园很近，之间也没有得力的监控可以寻找。市局同事就只有在门店里提取了生物检材，经过DNA认定，死者就是这个店主，唐果。"

4

我们从唐果经营的文印店，也是一个小小的商住两用门店里走了出来。我说道："作案现场也肯定不是这里。"

"都是正常的单身生活状态，没有什么疑点啊。"大宝补充道。

我点点头，昨晚捋清楚的思路在脑海里继续浮现，我说："我们还是要去花博园看看，我总觉得我们能找到一些什么。"

韩亮驾车带着我们重新回到了花博园深处的小屋，我进入现场后，径直走到了工具角，再一次挨个儿观察那些林林总总的工具，脑海里浮现着工具应该有的模样，可是没有一样工具能对得上，也没有一样我熟知的工具能和脑海里的工具模样相似。

想了一会儿，无果，我摇摇头，走出了现场。

尸源已经找到了，可是案件却毫无头绪。经过调查，这名女死者，唐果，几乎难以找到社会矛盾关系，生活状态非常单纯，甚至连周围的小店都不知道她平时除了文印生意，还有什么其他生意。

一个从乡村初来城市的单纯姑娘，莫名其妙地死在了一个老光棍的房间里。当然，这很令人遐想，可是作为法医，我们却找不到任何可以印证这种遐想的依据。

如果说这是一起自产自销的案件，我们却找不到两名死者的任何联系；但如果不是自产自销，我们则更找不到锁定真凶的任何线索。我们陷入了两难的境地。

我一边思考着，一边沿着花博园里的小路踱着步。

季节正好，虽然所有的花卉都是自然野生，此时也已经花团锦簇，花香四溢。美丽的景色，让身在其中的我甚至感受不到夏日炎炎。或者说，在那一瞬间，我似乎忘记了现场勘查的事，而像是在花园里闲逛了起来。

"经过调查，两名死者不认识。女死者身上没什么约束伤，也没有性侵的损伤，甚至随身携带的一百多块钱也都还在，这就说明不是拦路抢劫和强奸。非仇、非财、非性，难不成，是激情杀人？"陪我一起"闲逛"的大宝嘟囔道。

我停了下来，看着大宝，想着他刚才说的话，问道："那你觉得，是王三强作案吗？"

"不是他还有谁啊？不然尸体怎么会藏在他床下面？"大宝说。

"如果是他，为什么要把尸体藏在床下面？"我朝远处指了指，说，"这里这么大，还没有人，埋在哪里，不比藏在自己的床下好？即便是塞在哪丛灌木里，也没人发现得了。"

说话间，我们走到了两片花园之间。花园间，点缀着一些雕塑。这处雕塑，是三只铜牛，或昂首，或摆尾。

我的目光迅速被铜牛吸引，不自觉地走到了花园之间，越过篱笆，走到了铜牛之侧。

"小草也有生命，请爱护环境。"大宝说。

我没理大宝的贫嘴，走到了铜牛旁边，左看右看。

"这有啥好看的？锈成那样了。"大宝说。

我伸手触摸了一下铜牛，因为阳光直射，铜牛的温度有些高。但这不是重点，重点是铜牛因为年久失修，随着我的触摸，牛身晃动了几下。

我连忙缩回手来，怕因为我的触动，让这个大家伙倾倒。但是在我收回手来的一两秒之后，铜牛的一只牛角，哐啷一声掉在了土地上，差点砸在我的脚背上，把我吓了一跳。

"完了，完了，完了，你这几个月的工资都不够赔。"大宝也跳进了篱笆，把我往外拽，说，"快走，这里没监控。"

我听大宝这么一说，若有所思，挣脱了他的手，从口袋里拿出手套，蹲下来戴手套。

我捡起地上的牛角，左看右看。虽然是空心的，但也是全铜打造，挺有分量。

牛角是通过焊接的手段连接在铜牛整体上的。可能因为时间长了，或者是当初焊接的时候没有连接充分，所以生锈后，焊接部分断裂，导致牛角脱落。但因为牛角的周长略小，所以也可以放在铜牛上稳住，一旦摇晃，就脱落了下来。

"这个独角牛和我在魔兽世界里的角色好像啊。"大宝摸了摸牛头。

褐色的铜牛角，锈迹斑斑。这一头的焊接端不算很尖锐，但另一头焊接端，则有一些不规则，一个伸出来的尖刺挂住了我的手套。仔细观察的话，甚至还能看到牛角上有几道新鲜的刮痕。我心想，这若不是我戴了手套，手肯定会被刮破，还得去打破伤风针。

掂量了一下牛角，我对大宝说："横截面是腰长较长的三角形或者梯形，那么，这种笔直的锥形桶状的牛角，不也符合吗？"

"尸体在小屋里，作案工具在这里？"大宝有些难以置信，但是他定睛看了看我的手套，似乎开始赞同我的想法。

我的白色棉质手套被牛角下端挂住，此时已经被我拉开，但是白色的手套之上，沾染了很多墨绿色的锈迹，和死者创口处的一模一样。

"横截面一致，金属质地一致，甚至连上面的附着物都一致。那么，我们的致伤工具推断，是不是就可以有定论了呢？"我微微笑着，举了举手中的牛角。

"难道这是故意隐藏在这里的凶器？"大宝问道。

我摇了摇头，说："这显然是随机取材，更证实了这是一起激情杀人案件。"

见我赞同了他的观点，大宝有些骄傲地抬了抬头，说："是不是只有王三强知道这个牛角可以取下来？所以可以推断作案凶手就是王三强？"

我沉吟了一会儿，说："不，只要碰到过这只铜牛的，就会知道它的牛角没有连接，比如我们俩。而且……"

我掂量了一下手中的牛角，说："凶手应该不是王三强。"

两片小花园都已经被我们用警戒带围了起来，林涛、程子砚和几名痕迹检验员正穿戴整齐地在花园的地面上搜索着什么。

我和大宝站在花园的篱笆外，看着他们。

"女人？你怎么知道是女人？"大宝问道。

"有好几个依据。"我漫不经心地说道，"第一个方面，是现场勘查方面。我们既然找到了作案工具，而且是这么特殊的作案工具，基本可以肯定，第一作案现场就是这里。虽然事隔好几天，暴露在空气中的血迹都已经看不清楚了，但是牛角曾经脱落、之后又被放回的动作，强烈证实这里就是作案现场。那么问题来了，现场和藏尸地点只有两百米的距离，如果是身强力壮的王三强要移尸，随便是抱、扛都很简单，毕竟死者只有八十几斤。而我一开始对死者的鞋子进行检验的时候，发现了新鲜的划痕，这说明凶手移尸的方法是'拖拽'。"

大宝点了点头。

我接着说："第二点，是藏尸地点。之前我们讨论过这个。如果是王三强作案，他有更多、更安全的藏尸地点可以选择，毕竟这里就是他的'王国'。可是，凶手对现场并不熟悉，她在这里作完案后，并不知道该把尸体藏在哪里比较安全。我们站在这里可以环顾一下四周，除了那一个尖顶的小房屋以外，其他地方看起来都是一览无余的。所以，只要王三强不在屋内，他这个从来不上锁的小房子，就一定会让凶手认为是最好的藏尸地点。毕竟，凶手只需要延迟发案时间到她彻底逃离就可以了，没必要太多时间。"

"为什么？"大宝问。

"我们之前说了，是激情杀人。既然是激情杀人，就很有可能双方不存在熟识的关系，所以凶手没必要毁尸灭迹。只要自己不被抓现行，就没人可以怀疑她。"我说。

"你还是没说，为什么会是个女人。"大宝摊了摊手。

我笑了笑说："在尸检的时候，我就开始怀疑了。第一，死者的帽状腱膜下出血，提示死者和别人互殴的时候，是拉扯头发。这种打架的方式，多见于女性之间的厮打。第二，死者头部遭到金属钝器的多次打击，可是骨折的程度却很轻微。若不是骨折的位置正好弄断了重要的颅内血管，那么她的损伤甚至连轻伤都不一定达得到。要知道，作案工具可是有好几斤重的铜牛角，如果是一个男人，随便一下都是致命的。"

"这个倒是，用这种工具形成的损伤，确实轻了一些。"大宝说。

"还有，结合调查，死者生前生活单纯，警惕性强。"我微微一笑，说，"她会随便和一个男人来这种僻静的地方吗？"

"有道理。"大宝已经完全被我说服，说，"而且她既然很有可能兼职摄影，那么有拍摄照片需求的，通常是女人。"

"因为拍摄过程中的纠纷，导致激情杀人，这个动机解释这个案子最靠谱。"

我说，"不过不要紧，我们心里有数，很有可能我们能拿到最关键的证据。"

在高度怀疑铜牛角是作案工具的时候，我和大宝就对铜牛角进行了初步的检验。我们用勘查箱里的四甲基联苯胺，对铜牛角的擦拭物进行了检验，确认铜牛角顶端和末端，都有人血迹反应。

虽然我们还不能确定牛角上的新鲜刮痕是不是在袭击过程中造成的，但是牛角上沾染的血迹是最客观的事实。

这也是我们确认铜牛角就是作案工具，同时这里就是作案现场的依据。当然，最好的结果就是铜牛角顶端是死者的血迹，而末端是凶手的血迹。毕竟牛角末端的锯齿状是不规则边缘，很容易在抓握的时候伤到手。

"可是，即便知道是女人，却是个和死者不熟悉的女人。"大宝说，"现场和文印店附近都没有监控，调查也查不出死者失踪当天的情况，那么，我们去哪里找这个女人？"

我没有说话，默默地看着忙忙碌碌的林涛。

果然，没一会儿，林涛就不辱使命地对着篱笆外的我们叫道："有发现！"

我和大宝迈进篱笆，走到林涛的身边，看他手中拿着一个旋钮。

"什么？"我问道。

林涛笑了笑，指了指身边不远处的陈诗羽。

"你说是她干的？"大宝一脸惊讶。

林涛无奈地摇摇头，说："我指的是她脖子上挎着的相机。"

原来，这是一台单反相机调控模式的旋钮。我瞬间想起了唐果尸体口袋里的那枚镜头盖，说："她的相机坏了。"

说完，我又接过陈诗羽递过来的相机，看了看刚才拍摄的物证细目照片。牛角已经送往市局进行DNA检验，而上面的刮痕则在照片里十分清楚。我说："不排除相机是被这个打坏的。"

陈诗羽点头认可，说："这附近除了路面都是土地，要把一个单反摔得稀碎，基本不可能。"

"找相机。"我说。

"这怎么找？"林涛说，"那么小的东西，藏在这么大一个花博园里，去哪里找？"

"连尸体都不拉远，碎裂的单反也一样不会藏远。"我说，"毕竟凶手急着要逃走。"

有了这样的推断，大家伙顿时来了力气，把花园附近的区域分割成十几个区域，每个人负责一个区域进行地毯式搜索。

而大宝则抱着大铜牛的头，顺着脱落牛角留下的圆洞，往铜牛的身体里看去。

林涛打了他一下，说："牛角的洞那么小，单反机体是不会完全碎裂的，塞不进去。"

"不是，不是，我怎么感觉这牛角的洞透风呢？还有光。"大宝把面部塞在空洞上，说出来的话发出嗡嗡的声音。

我一听，连忙走了过去，顺着大铜牛的身体触摸着，说："大宝立功了，这牛肚子上，有个洞。"

林涛仰面躺在地上，刚好能将身体塞进铜牛的肚子下面。林涛费劲地变换着身体位置，费了好半天的力气，终于从铜牛肚子下方浇筑的一个圆形洞口上，把手伸入了洞口之中。很快，林涛从牛肚子里"掏"出了一台已经损坏的单反相机。

相机被递了出来，陈诗羽连忙接过，打开了相机卡盖，取出了SD卡。

"卡还在。"陈诗羽说。

"很奇怪。"我端详着单反相机，说，"这台相机的镜头和机身之间是硬性断裂的，显然不是摔坏的，而是钝器打击，这和我们的分析、牛角上的痕迹是吻合的。但有个问题，凶手为什么要击打单反相机？泄愤吗？"

"泄愤应该是对尸体泄愤啊。"大宝说。

"除了泄愤，那就是破坏了。"我说。

"破坏相机做什么？"陈诗羽见自己的相机和这台相机品牌一致，内存卡是可以互用的，于是一边将内存卡塞进自己的机器里，一边不解地问道。

"她怕自己的照片留在相机里，所以对相机进行了破坏。"我猜测道，"她可能并不知道数码相机的资料是储存在内存卡里的，所以不懂得去破坏卡。"

"这个太好笑了。"大宝哈哈大笑。

"有东西吗？"我转头问陈诗羽。

陈诗羽说："只有两张照片，一张是对着这个园区大门拍摄的试镜照片，另一张太模糊了。"

程子砚探头去看，说："哦，这是因为相机抖动导致的图片模糊，没什么希望能处理清晰的。"

"这是什么啊？红红绿绿的。"大宝也凑过来看照片。

"你看啊，这个轮廓，应该是人体的一侧，从肩膀到胯部。红色的上衣，绿色的长裤或者是裙子。哦，这黄色的，应该是头发。"程子砚指着相机的显示屏，说。

"这可够扎眼的啊。"林涛插话道，"对了，照片上不是有日期吗？周边没有监控，但附近总有有监控的地方吧！"

"是了。"我点头说，"这么明显的衣着特征和发色特征，按照照片上的时间来寻找，总是有机会找得到吧？她接触死者的时候，没有被监控拍到，但是途经其他的地方，总会被拍到吧？"

"对哦，我都没有想到。"程子砚兴奋地说，"我现在就去视频侦查支队。"

第二天一早，我们坐上了开回龙番的车。

"六十岁！"大宝看着破案的报告，说，"这么大岁数，怪不得连数码相机这种东西都不知道。"

"我的关注点倒是，六十岁，大红衣服、绿裤子，黄头发，可够潮的啊。"韩亮一边笑着一边开车。

"六十岁，长期单身生活。说是为了自己的六十大寿，找了摄影师去拍写真。"我说，"所以穿上了自认为最好看的衣服吧。"

"拍第一张照片的时候，因为摄影师说她摆的姿势不好看，就发生口角继而厮打了，这老太太真够暴躁的。"林涛说，"据说这人平时就很暴躁，邻居都怕她，但是精神病医生说她这不是精神病。"

"当然是完全刑事责任能力。作案之后，还会就近找隐蔽地点藏匿尸体，还会藏匿相机这样的关键物证，这怎么会是精神病人作案呢？"我耸了耸肩膀，说，"唐果真是倒霉，一个女孩子来城里打工，有多不容易啊，碰上个这样的人，就这样丢了性命。"

"一个靠自己的能力独自闯荡世界的女孩，却因为这么荒诞的一个理由而死。实在太可惜了。"陈诗羽悠悠地叹了口气，颇有些惺惺相惜的感觉。

"不过这对我们也是个提醒。"我说，"对于考虑自产自销的案件，要加倍给予关注，更仔细地寻找证据和梳理证据链，千万不能有错。不然，这个意外死亡的王三强，岂不是真的成了冤大头？死人也一样有名誉、有尊严，而法医就是要维护这种名誉和尊严。"

“你还别说，说不准这个王三强也是个受害者。”大宝说，“大多数被鱼刺卡喉者不会危及生命，这个王三强看起来被卡了好几天了，为什么这一天突然致命？我觉得会不会是他发现了床底的尸体？过度惊吓，呼吸加重，有可能导致鱼刺刺入得更深呢。”

“现在谁也不知道那一天发生了什么，你说的这个是一种可能，不过无论我们如何推测，都已经无法得知真相了。”我说。

“我现在在考虑，那起五具尸体的自产自销的案件，会不会有问题？”林涛皱着眉头，显然在梳理自己已经定论了的结论，看有没有可能存在证据漏洞。

“那个，应该没问题。”我说，“我们回去后，DNA结果也就出来了，会进一步印证我们的结论的。”

“拜托，你可别说。你还不知道你自己吗？好的不灵坏的灵。”大宝嫌弃地说道。

法医秦明

VOICE OF THE DEAD

不存在的客人

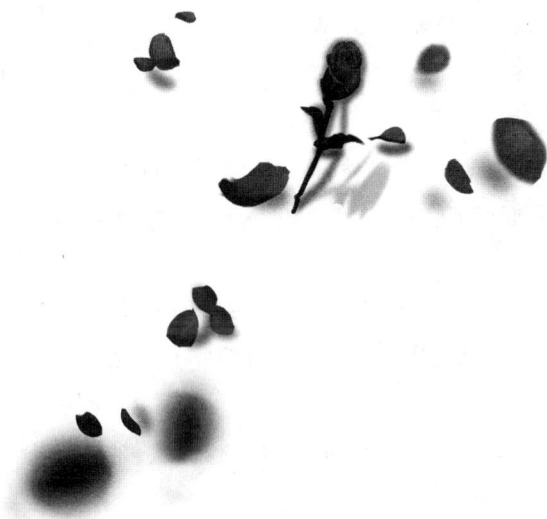

人们无法通过邪恶的手段来达到美好的目的。

——

马丁·路德·金

1

我关上了师父的办公室大门，深深地叹了一口气。说不清楚的情绪，或是惊讶，或是欣慰，抑或是一种担忧。更有甚者，我估摸着他们又会嘲笑我这个"乌鸦嘴"了。

"通报两个事情。"我推门走进了办公室，看见大家都在自己的位置上做着自己的事情。听我这么一说，他们纷纷转过来看我。

"第一个事情，一家五口自产自销的案件，经过DNA的初检，可能出现了一些问题。"我先说坏消息。

"你看你看，我说什么来着？"大宝说，"不是自产自销了？"

"那怎么可能？我们痕迹检验这一块是可以把案件性质给锁死的。"林涛反驳道。

"嗯。"我点点头，说，"应该不至于影响到案件性质。不过，听师父说，DNA检验在进行第二轮。具体是什么原因，师父没说，但是他怀疑是DNA实验室可能出现了污染。"

"这不太可能吧。"林涛说，"咱们的DNA实验室可是通过国家认可的，实验室污染这种事情没什么可能性吧。"

"不知道，要等到第二轮检验结果出来才知道。"我说。

"好吧，不影响性质就没事。"大宝说，"还有什么事情？"

"还有，就是韩亮的事情。虽然师父说这是内部调查程序的通报，没必要每个人都知道，但是我觉得还是给你们通报一下比较好。"我盯着正在摆弄诺基亚手机的韩亮，说，"当然，这属于个人隐私，我也要看韩亮自己的意见。"

"随便喽。"韩亮漫不经心地回应道。

"那好，我就公布一下。"我翻开手中的一个文件夹，说，"这是一份内部调查的报告，关于韩亮被人在网上发帖举报的情况调查。"

大宝饶有兴趣地拖着椅子靠近了我一点，而陈诗羽则保持着她习惯的姿势趴在办公桌上看书。从她的眼神可以看出，她的注意力根本就不在书页上。

"在网络上炒作的关于韩亮始乱终弃的评论，按照领导的批示，厅纪检督察部门对此事进行了调查。"我说，"经过调查，韩亮确实和发帖人曾经为男女朋友关系，并在维持这种关系后不久，由韩亮单方提出分手。而且，发帖人后来也确实出现了难免流产①的症状，住院后进行了清宫手术。"

"那不就是事实喽？渣男。"陈诗羽目光始终没有离开面前的书本。

"不过，时间线有问题。"我说，"纪检督察部门到发帖人常去的医院进行调阅堕胎住院病历，意外发现了她刚刚怀孕的时候，来医院进行HCG（绒毛膜促性腺激素）检测②的化验报告。而这个时间，是在她认识韩亮之前一个月。"

"啊？我去，这女的怀的是别人的孩子！"林涛惊讶道。

我点了点头，说："掌握这些依据的纪检督察部门同事，找到了发帖人，并对她进行了询问。因为化验单这一项实打实的证据，发帖人无从辩解，于是主动承认了因为不知道孩子的父亲是谁，所以不如找一个有钱的父亲的想法的事实。"

"我去！这都是什么人啊！"大宝鄙夷地说道。

"后来韩亮可能意识到了这个问题，就主动提出了分手，他们之间纠缠过几次。后来那女的不知道是什么原因，导致了难免流产的症状，住院堕胎。就是这么个过程。"我说，"整个过程中，韩亮是受害者。"

陈诗羽说："可是当时你问他这件事是不是事实的时候，为什么他说'算吧'？而且一直以来，他都没有辩解。"

"这有什么好辩解的？清者自清。"韩亮说，"我何必通过辩解来伤害她呢？"

"所以，你就一直闷着不说？她诽谤你，你也不辩解？那你是在对我们警察形象不负责任。"大宝说，"而且因为这事，你差点没命。"

韩亮自嘲地笑了笑，没说话。

---

① 如果在保胎的过程中阴道出血越来越多，达到或超过了平时的月经量，肚子疼得也越来越厉害了，这就表明流产已进入到不可避免的阶段。这就是难免流产。

② HCG检测是指通过检测血清中的HCG水平，为早期妊娠的诊断及异位妊娠、葡萄胎、不完全流产、精原细胞睾丸癌等与HCG相关性疾病的诊断、鉴别诊断及判断预后提供临床依据。

"这可能就是韩亮的担当吧。"我说，"后来在官方的干预下，发帖人主动删除了诽谤内容。"

"造谣没成本啊！"林涛摇着头，说，"造谣制造那么大的影响，最后的结果就只是让她删除内容？"

"是我要求不处罚她。"韩亮说，"没必要。"

"反正这事儿是纪检督察部门调查清楚的客观事实，我和大家通报了，大家心里有数，毕竟涉及我们内部团结的问题。"我旁敲侧击地说道。

大宝下意识地转头去看陈诗羽。陈诗羽的余光显然是感受到了大宝的目光，说："看我干吗？不是渣男，但他的做法也有问题。身为警察被人诽谤，不反抗不说明，败坏警察名声，也没做出好表率来——遇到诽谤，就应该打击、制止谣言的发生，而不是让谣言继续传播。"

说完，陈诗羽合上书本，走出了办公室。剩下的几个人面面相觑，不知道说什么好。韩亮倒是坦然一笑，继续他的手机游戏。

"小羽毛说得对。"大宝嗯了一下，说，"你这个行为有问题，你这个择偶观也有问题，总不能什么人都能好上对吧？要么美若天仙，要么温柔贤良，要么冰雪聪明，要么独立坚强。你这倒好，尽找一些坑你的。"

"宝嫂属于哪一种啊？"韩亮哈哈一笑。

"都有，都有！"大宝说。

突然，陈诗羽重新回到了办公室门口，说："刚才陈总说，让我们去洋宫县，那里有一个……比较蹊跷的案件。"

路上，我用警务通登录内网系统查询命案信息。洋宫县这个小县城，距离省城三十多公里，算是被划进了省城的都市圈。虽然人口不多，但毕竟在省城的边缘，所以流动人口多，这些年的命案也不少。不过问题是，近几个月，这个县城都没有在系统里登记有命案发生。

"没有命案登记，就叫我们去？"我探身问副驾驶座上的陈诗羽。

"哦，说是什么只有现场，没有尸体，所以蹊跷得很，让我们去看看，反正闲着也是闲着。"陈诗羽漫不经心地答道。

"没有尸体？没有尸体我们去做什么？"我指了指我自己和大宝。

"没关系啊，出勤现场，不长痔疮。"大宝握着我的手指，把我的手拉了下来。

不存在的客人

"我也不知道，喏，前面那个五星宾馆就是了。"陈诗羽指了指车辆前方县城边缘的一幢十层左右的高楼，说道。

"这小县城还有五星级宾馆呢？"大宝说。

"人家名字叫五星宾馆，其实只有三星级吧。"陈诗羽估计着说道。

韩亮驾车直接开到了宾馆的停车场，发现宾馆的大门处被警戒带围了起来。正准备迎接我们的高彪局长和林法医似乎被一个老板模样的人缠住了，不停地说着什么。

"如果不是高度怀疑是命案，不至于封了整个宾馆吧？"我说，"这案子哪天的啊？"

"前天的。"陈诗羽说。

我点点头，走下了车。

"我说高局长，你们查案归查案，不至于封我三天吧？我这些天的损失，你们公安局赔不赔？"老板模样的人看上去很恭敬，但说话毫不客气。

"说了是停业整顿，不仅仅是查案。你敢说你这里没有藏污纳垢吗？"高局长说。

"我说领导啊，这都是法治社会了，你这样说，得有依据吧？"老板说，"你们公安扫黄赌毒搞得这么风生水起的，我们哪里敢违法啊？你们没有什么证据，可不能就这样封了我的宾馆吧？我们可是合法的纳税人。"

"我们当然有证据，没有手续，我们能勒令你们停业整顿吗？"高局长有些不耐烦，"这些回头说，我现在有事情了。"

"这是怎么了？"我笑着和迎上来的高局长寒暄。

"事儿挺蹊跷的，我们进去说。"高局长掀起警戒带，让我们进了宾馆。

这是一个十层楼的三星级宾馆，规模也不大，但此时楼内冷冷清清，还是显得有些空旷。高局长把我们带到了二楼的一间会议室里，里面坐着不少警察，有技术人员，也有侦查人员。

"案件是这样发生的。"高局长还没在座位上坐稳，便说道，"一个从外地来我们洋宫的旅行者，叫什么来着？叫什么不重要了。他半夜起来上厕所，把手机放在抽水马桶水箱盖上，结果手机掉进了水箱和墙壁的夹缝中。他就把手伸进夹缝，把手机掏了出来。然后一觉起来，发现自己手上有很多血。开始还以为自己哪里出血了，但看来看去，就只有手上有血。于是他想了半天，觉得可能是抽水马桶水箱

后面有血，就报警了。"

"就这事儿啊？"我有些惊讶。

"不仅如此。"林法医接过了话茬，说，"我们利用鲁米诺对现场进行了处理，发现现场卫生间地面上、浴缸里到处都有潜血痕迹，并且有明确的打扫现场的痕迹。后来，为了防止是动物血，我们也对血迹进行了DNA检验，检出一名女性人类的DNA基因型。"

"这，似乎也不能说明什么啊。"我沉吟道，"不是没找到尸体吗？也没发现伤者？现场血量很大吗？"

"因为打扫过，所以不敢确定，但是从血迹涉及的面积来看，血量应该是不少的。"林法医皱紧了眉头。

"这应该不难吧？"程子砚小声地说，"这是宾馆，每层都有监控，查一下进出这个房间的人的视频影像，不就出来了吗？"

"是啊，我们开始也这样想。"林法医接着说，"我们根据现场的血迹颜色分析，流血的时候距离案发有三到七天的时间。所以，我们视频侦查部门，就对七天之内楼道内的监控进行了快进播放。没想到的是，每个进入这个房间的客人，都离开了，没有发现失踪的人。"

"也没有疑似受伤的人？"我来了兴趣。

"没有，看起来没有任何异常。"林法医说。

"怪不得你们封了宾馆，老板的意见这么大。"大宝说，"他觉得自己不理亏啊。"

"我们有很多线报，这个宾馆藏污纳垢，也取了一些言辞证据。"高局长说，"但他们宾馆可能是有他们的一套对策，所以几次临检也没发现什么物证，他们对警方的抵触情绪也很强。这次利用这个借口停他的业，主要还是为了保护现场。他意见大也正常，但我们有法律手续。"

"那现在，我们能做些什么？"我有些无措。

"我们侦查部门正在根据DNA来找人，如果找到血的主人，哪怕是尸体，也就有突破口了。"高局长说，"你们，要不去看看现场？"

"我来看看视频吧，既然不合理，就一定有不合理的理由。"程子砚细声说道。

我点了点头，挥手带领大家上楼去看现场。

不存在的客人

现场位于八楼806客房，门口被第二道警戒带拦住。

"整个房间我们都看了，没有什么特别之处。"林法医一边带着穿好勘查装备的我们进入警戒带，一边说，"主要的发现，都是在卫生间。"

说完，我们一起走进了卫生间。

"地面上，主要都是打扫现场的痕迹。"林法医指着地面上用白色粉笔圈出来的位置说，"基本上整个卫生间地面都有潜血痕迹。分析应该是用水冲地面，然后用毛巾等物体擦拭的。因为下水道口有强血迹反应。另外，就是墙壁上了。墙壁是瓷砖的，也有擦拭的痕迹，你们看，这些粉笔标出来的都是。"

"全是擦拭状血迹？"我戴上眼镜看着墙壁，说。

"不，有不少喷溅状血迹。尤其是这个马桶水箱被我们拆了以后，看到后面的墙壁是喷溅状血迹。"林法医指了指头顶，说，"另外，屋顶吊顶上也找到几处喷溅状血迹。"

"这么高？"我抬头看着天花板，说，"这么高有血的话，有两种可能。一是工具上沾有血迹，随着犯罪分子挥舞凶器的动作而被甩溅出去。但是这样的血迹一般都会排列成一趟黏附上去，比较有规律性。而且因为黏附的血迹是一滴一滴的，所以血迹是小点状。可是这个天花板上都是大滴的血迹，且排列没有规律性，那么只有可能是被害人的大动脉破了，才能喷出这么高。"

"是啊，所以我们分析血的主人，应该死了。"林法医耸了耸肩膀，说，"这才会这么兴师动众，没立案的情况下，就调动了这么多人组成专案组。"

"我支持你们的观点，不过需要我们为破案做贡献之前，首先要找得到尸体才行。"我说，"以前都是有了尸体去找尸源，现在是只有DNA来找尸体。我们有力气也使不上。"

话还没说完，随着电梯门"叮"的一声响，陈诗羽从电梯里走了出来，对我们挥着手，说："你们来二楼一下，子砚发现问题所在了。"

"这么快！厉害啊！"林涛惊呆了。

我们下了电梯一路小跑到会议室里，看见程子砚正在电脑前颦眉看着屏幕。大宝忍不住问："小羽毛说你找到问题了，什么问题啊？"

"哦，很简单的问题。"程子砚抬起头莞尔一笑，说，"开始，大家的注意力都集中在这个房间进去的人有没有都出来。因为是要看七天时间的嘛，所以不得不快进去看。尤其是客人入住后的晚间时间，基本都是以十六倍率快进。而且，这个时间段楼道里也没有人。这样，监控中断了两个小时，也不容易被发现。"

"监控中断？"我惊讶道，"你的意思是说，中间有两个小时的时间，监控是不工作的？"

程子砚点点头，说："问题就出在这里。在这监控不工作的两个小时内，有人进入这个房间的话，我们就不知道了。"

"我去，那就是这个老板在作案啊？不然怎么控制监控？"大宝说。

"也不一定。"我说。

"是啊，不一定。我是说，关闭监控不一定是杀人。"程子砚说，"开始我还怀疑是不是巧合，正好监控出问题什么的。但刚才我调阅了其他楼层同一时间的监控，是没有中断的。不过，在这个时间，电梯和大堂的监控却是同时中断的。"

"那就说明不是监控系统的问题，会不会是这几个视频探头的硬件问题？"我问。

"从监控的工作机理上看，这种可能性不大。"程子砚说，"而且，我刚才又看了一下其他的视频。在这七天时间里，有三层楼在三个不同的晚上，分别中断了两个小时。极为凑巧的是，这三个时间段，电梯和大堂的监控也都中断了。这就很有意思了。"

"有规律，就说明不是机器的问题了，而是人为的了。"我说，"而且，不可能在七天之内杀三个人吧？所以人为、定点、定时关闭监控，会是为什么呢？"

高局长正准备说话，一名侦查员推门进来，说："查到了，八月二十四日中午，806房间确实被开房了，不过登记的身份证，是宾馆一名保洁阿姨的身份证。"

"那肯定是不对的。"程子砚说，"视频里，是一个穿着短袖、戴着兜帽、身材高大的男人。"

"这，是什么情况？"我的思维跳跃着，跟不上程子砚的节奏。

"视频监控中断的那一天，是八月二十四日，这和我们技术部门推测出血的时间一致。"程子砚微微一笑，说，"而这一天，正好有一个男人入住，第二天中午离开。如果出问题，就只有可能是这一天关闭监控的那两个小时中，有一个女子进了房间。恰巧的是，这一天开房的信息居然是宾馆内部的保洁阿姨，这，说明什么呢？"

2

"今天早上你不还在和我抗议吗？现在怎么不说话了？"高局长在坐在审讯椅上的宾馆老板面前走来走去，说，"还说你没有藏污纳垢，那你说说，你定点、定时关闭特定区域的监控，又利用自己宾馆职工的身份证帮人冒名开房，这究竟是为了什么啊？"

"你看高局长，这个，这个……"老板转着眼珠，绞尽脑汁地编造谎言。

"毕竟806这个房间里发现了大量的人血，所以我们现在有理由怀疑你和这桩谋杀案有关。而且，可能还不止这一桩。"高局长没等老板开口，抢先说道。

"我的妈呀，高局长啊，你可别吓唬我。"老板这一惊，差点没从椅子上坐到地上去，他颤抖着说，"我说实话还不行吗？我全说！你可别赖我杀人啊。"

"那你说说看，我看你说的合理不合理。"高局长坐到凳子上，跷起了二郎腿。

"我们宾馆罩着一帮'小鸡'。"老板擦了擦额头上的汗珠，说。

"别给我整这些黑话。"高局长厉声说道。

"哦，我的意思是说，我们提供场地给一帮风尘女子，仅此而已，仅此而已。"老板说，"真的不是我组织的啊，组织卖淫那可是犯罪，我不会干的。"

"不是你组织的？那为什么来你这儿？你们什么关系？"高局长追问道。

"什么关系？啊，嗯，我们是客户关系，客户。"老板说，"是这样的啊，领导你别急，我慢慢来说。这帮女子呢，和我谈了一笔生意。她们接到一单生意，就会来我办公室和我说一下时间。然后我就让前台安排给她开一个虚拟名字的房间，并且通知保安室在她指定的时间里，关闭她所进出通道的监控。这样，她们就可以用'安全''无记录'等广告语来招揽生意了。因为安全，她们的生意也就更好，而且价格也就更高。每成交一笔生意，她们除了支付我宾馆的房费以外，再多支付一百块钱。"

"这样的'客户'，你有多少？"高局长问。

"这个，我没统计过，但我们真的不怎么认识的，就是脸熟而已。"老板解释道。

"不打交道？那她们怎么给你支付钱款？"

"都是她们来我办公室的时候，直接付现金。"

"抢杀卖淫女？"坐在审讯室楼上，通过审讯视频观看审讯的我，沉吟了一句，转头对身边的程子砚说，"你把嫌疑人的影像调出来给我看看。"

"好。"程子砚点头说道，"你看，这是八月二十四日下午，嫌疑人入住的时候的影像。"

屏幕上显示的时间是八月二十四日下午五点，一个穿着蓝色短袖戴着兜帽的男人，拖着一个行李箱，走进了宾馆大堂，和前台简单沟通以后，拿了一张房卡，匆匆走进了宾馆电梯，然后进了房间。

我将这几段视频看了几遍后对程子砚说："再看他二十五号离开的视频。"

程子砚点头操作，屏幕上出现了次日中午这个楼层的监控。一样身材的男人，穿着一件白色的短袖，依旧戴着兜帽，拖着行李箱，从房间里出来，下电梯后，把房卡交到前台，径直离开了宾馆。

我同样是把这几段视频看了好几遍，说："箱子有猫腻。你节选一下二十四日男人在电梯里的视频，还有二十五日男人离开宾馆时候的视频。"

不一会儿，程子砚把两段视频节选好，放在同一平台上一起播放着。

"你看，二十四日在电梯里，男人下意识地提动自己的行李箱，几乎毫不费力。在下电梯的时候，行李箱在电梯门槛颠簸了一下，甚至把箱子颠翻了，男人也是毫不费力就将其扶正了。"我说，"但是，二十五日男人出宾馆的时候，在大门口的门槛处，同样是颠簸了一下，箱子很稳。"

"你是说，二十四日，是空箱子，但是二十五日，箱子就很重了。"程子砚细细想了一下，说，"很有可能尸体就在箱子里。"

"那正常啊，如果不是在视频监控关闭的两个小时内挪出尸体，那么最大的可能就是把尸体装在箱子里带走的嘛。"林涛说。

"是啊，这个我原来就想到了，但是看到视频，我似乎想到了更多。"我微微一笑，说，"重点是，嫌疑人进宾馆的时候带的是空箱子。"

"你是说，他来这里杀人，是有预谋的。"林涛眼睛一亮。

我点点头，说："对！杀害卖淫女的案件动机，通常只有两种。一是因为嫖资纠纷激情杀人，二是抢劫卖淫女杀人。如果事先就有预谋的话，那么动机就是第二种了。"

"有道理。"林涛说，"如果真的是预谋抢劫卖淫女的，加之这个可恶的老板的行为无异于帮助杀人犯毁尸灭迹，这案子就比较麻烦了。"

不存在的客人

"最先还是要搞清楚尸源。"我说，"卖淫女这个群体，有的时候连搞清楚尸源都不容易。"

视频里的审讯者高局长像是听到了我说的话一般，厉声说道："二十四号这一天，预约房间的卖淫女，你必须帮我找到。"

"我说领导啊，这不是为难我吗？"老板擦着冷汗说道，"我和这帮小女孩只是客户关系，客户关系啊，我又不掌握她们的情况。我们就是面熟而已，我怎么帮你们找啊。"

"最担心的就是这种情况。"我摇了摇头，说道。

"现在怎么办？感觉无从下手啊，有力气没地方使。"大宝说。

"没有别的办法，现在天晚了，看看高局长还能审出什么来。"我说，"我们主要从两条线分别去查。第一，程子砚根据这个嫌疑人离开宾馆的视频，在周边寻找监控点，然后依法调取监控，查询他离开宾馆后的轨迹。从心理学上来说，这时候嫌疑人的第一要务，就是寻找合适的地方抛尸。第二，根据高局长今天晚上审讯的结果，寻找可能是被害人的身份信息，然后再进行相关调查。不早了，我们需要休息，估计明天会有一场硬仗。"

第二天一早，按照昨天晚上的部署，林涛和程子砚坐着洋宫县公安局派出的执勤车，从宾馆出发，去周围寻找可能存在的监控探头，并依法调取。

而剩下的人，全都来到专案组会议室，看一看满脸倦色、显然一夜没睡的高局长问出了什么。

"这家伙真是够狡猾的，撬开他的嘴可不容易。"高局长疲惫地摇了摇头，说，"估计是怕我们找到这些卖淫女，做足了证据查他，他什么也不说，和我们绕弯子。"

"那问出点什么没有？"我问道。

"唯一问出来的线索，就是知道了那个卖淫女去给他打招呼的具体时间了。"高局长说，"我们按照这个时间，找到了宾馆大厅的监控，基本锁定了一名可能是被害女子的影像。可是，没有清楚的面部特征，所以只能通过这段影像来进行调查。已经部署下去了，就是不知道什么时候能有线索上来。"

话音刚落，一名侦查员推门走了进来，满脸喜悦之色，说："差不多找到了，一个证人认出了这个女子，但只知道小名和大概的住址。我们已经安排辖区派出所的同事在排查了，估计马上就有结果。恐怕我们要申请一下搜查她的住处，才能知道她的身份信息。"

"同意，马上去办手续。"高局长站了起来，说，"我和省厅的同事们一起去。"

在派出所同事的带领下，我们来到了一个普通小区的一幢六层楼下。根据调查，这名女子就租住在这幢楼的三楼。房东已经被警方找到，此时正忐忑不安地在房子门口等着我们抵达。他的心情可以理解，自己花血汗钱攒下的一套住房，如果里面有死人，以后也就别想往外租售了。

"从房东签署租房协议时候拿到的复印件来看，这名女子叫董青青，是青乡市户籍，来省城附近打工的外来务工人员。"侦查员拿着一张身份证复印件，说，"现在我们已经请青乡同行去找她的亲属进行DNA鉴定和调查行踪了。不过，我们用这个身份证，在三大运营商那里都没有找到办理手机的记录。我们估计，很有可能是使用黄牛办的手机号码。这就比较麻烦了，没有手机号码，就等于断了一条可以调查约嫖的人的线索了。"

"没关系，先进去看看再说。"高局长示意房东用备用钥匙开门。

我们一边穿好了勘查装备，一边看着房东颤抖地打开了房门。

房子不大，看起来没有什么异常。

房东算是松了一口气。

这是一间一室一厅一厨一卫的小房子，陈设很简单，也很整齐。

我走到厨房里，拉开冰箱，里面有一些剩饭和剩菜，干瘪瘪的，显然已经有一些日子了。

"又要去查电表吗？"大宝拎着一个物证袋，里面装着牙刷毛巾，显然是为了提取事主的DNA用的。

"不用。"我笑了笑，心想这家伙举一反三的能力还真是不弱，"看起来有好几天的时间没回家了，这就足够了，事主很有可能已经遇害。"

我和大宝一起走到客厅，看着客厅饭桌上摆放着的几个相框。里面一个二十多岁的年轻女子，笑得很甜。

"是她吗？"我指着相框问房东。房东漠然地点了点头。

"挺好看的一个姑娘，"大宝看着相框说，"干什么不好，干这个。"

"嗨，你们快来看，这里有个保险柜。"陈诗羽的声音从卧室里传了出来。

我们连忙来到了这个小小的卧室。床铺很干净、很整齐。床铺的一边，放着一个衣柜，衣柜的最下方一格，有一个小小的保险柜。

"这个，能打开吗？"我转头问林涛。

"当然。"林涛侧身从我身边走过，蹲下来看着保险柜，说，"这玩意儿算什么保险柜？防君子不防小人的。"

"你的意思，你是小人吗？"陈诗羽打趣地说道。

林涛脸一红，没有接话，在保险柜门上转来转去，没一会儿，保险柜就被打开了。

"厉害啊。"我称赞了一声，蹲下身去看。

保险柜里堆着大约五万元现金。

"曜，不少啊！"大宝说，"看起来她是不用网银的，都是现金交易，不然怎么会不用自己的身份证来办手机号？"

"有道理。"我戴好手套，把现金取了出来，放进物证袋。在取现金的时候，我似乎碰到了柜子最里面的一个硬硬的东西，于是顺手拿了出来。

"手表？"大宝叫了出来，"泊……爱……克，派克？派克不是钢笔吗？"

韩亮探过头来看了一眼，说："上次都教了你，你怎么就记不住呢？这是百达翡丽，什么派克？"

"是不是好贵的那种？"大宝难以置信地说道。

"百达翡丽5270G白金表，嗯，是这个。"韩亮说，"一百二十万吧。"

"多，多少？"大宝拿着手表的手在颤抖。

"一百二十万元人民币。"韩亮不以为意地说。

"这个行当，这么赚的？"大宝说。

我摇了摇头，若有所思，说道："是男式手表，也不可能是受赠。这个表，恐怕要查一查。送去DNA检验一下，看看表主人究竟是谁。"

"不用那么麻烦，每只名表都有自己的专属代码。去专卖店查一下，就知道售出时间和售出店铺了。然后再去售出店铺，就可以查到购买人了。"韩亮说。

"DNA也要做，这是证据。"我说，"毕竟买的人和戴的人可以不是一个人。"

大宝像是拿着一个稀世珍宝一般，小心翼翼地把手表放进了物证袋，然后又小心翼翼地把装着手表的物证袋放进他的勘查箱里，周围还拿手套垫了一下。

"你们看完了吗？子砚在群里发微信了，说是找到可疑路径了，现在县局重案中队的人正在赶过去的路上，问我们是不是也先过去。"陈诗羽在一旁说道。

"嫌疑人的可疑路径？好啊！"我站起身，说，"两条线都有收获，这个案子就距离破案不远了。"

坐在韩亮的车里，大家都在思考，大宝最先开口说："老秦，你是在怀疑这是一起因为盗窃名表引发的血案对吗？"

我点了点头，说："既然手表她买不起，又不可能是受赠，和她打交道的人也不可能把这么贵重的东西给她保管，那么就只剩下一种可能性了。不过，找不到尸体，即便是找到嫌疑人，也无法定罪。"

"是啊，仅凭这一点关联，他完全可以说自己是受害者，反而被警方当成嫌疑人了。"大宝说。

"而且，找不到尸体，是不可能定杀人案的。万一没死，会来一个'亡者归来'的冤案。"我说。

"估计是找到了，他们在洋宫县光华橡胶制品厂的废料堆里找到一个箱子。"陈诗羽看着手机里的微信群，然后点开了一张照片，给我看，说，"你看，和视频上嫌疑人拖着的箱子一模一样。"

"厉害啊，加速！"我拍了拍韩亮的肩膀。

"限速六十，请遵守交通安全法。"韩亮答道。

"是啊，急什么。"陈诗羽说。

我很意外，很长时间了，陈诗羽对韩亮的任何话都是持反驳态度的，今天倒是太阳从西边出来了，居然附和他。当然，从小组的团结性来看，这是好事。

"对了，子砚这丫头真厉害，她是怎么找到的？"我兴奋地说道。

"她刚才打电话和我说，这个对于他们图侦专业来说，并不难。"陈诗羽说，"她说她看到嫌疑人在橡胶制品厂附近连续出现了三次，显然是有意折返的，这就提示他有意在附近抛尸。此后，就看不到嫌疑人的影像了，可能是换了衣服或者摘了兜帽，就没有特征了。关键是，附近再也没找到有人拖着个行李箱了，所以高度怀疑就抛尸在这里。"

"而且，橡胶厂的味儿多重啊，可以掩盖尸臭。"韩亮笑着说。

"有道理。"我点头认可。心里十分迫切，焦急地搓着手心。

"我就搞不懂，你们法医为什么这么迫切地要看到尸体？是不是心理变态？"韩亮打趣道。

"扯什么呢。"我拍了一下他的后脑勺，"这个案子不一样，有尸体，就有破案的希望了。当然,我从心里还是希望被害人活着,毕竟是一条人命啊。"

3

尸体被停放在了位于洋宫县殡仪馆的解剖室里,高度腐败,恶臭难忍。

"那么漂亮的一个姑娘,现在成了这个样子。"大宝指了指解剖台上已经完全巨人观化的尸体,说道。

刚才,在我们的车开近橡胶厂的废料堆的时候,大宝就确定了尸体正是在这里。即便是橡胶废料具有很大的气味,但依旧没有阻隔住尸臭这一种特别的气味。没有阻隔住尸臭,不仅经过了大宝的检验,也经过了苍蝇们的检验。橡胶废料堆周围围绕着很多苍蝇。

废料堆中,埋着一只行李箱,露出了一个滚轮。在林涛拍照固定完毕后,我和大宝合力把箱子从废料堆中拽了出来。"嗡"的一声,周围附着的苍蝇一哄而散,还不甘心地在我们的头顶上飞绕。

这是一只大号的黑色行李箱,看起来还是挺新的,箱子的拉链没有拉好,还有苍蝇从拉链缝中爬了出来。

在林涛再次对箱子外貌进行拍照固定后,我深吸了一口气,把箱子拉开。

一具呈绿色的尸体蜷缩在行李箱里,表面沾满了蛆虫。尸体已经完全巨人观化,随着箱盖的打开,一股恶臭弥散开来。我们头顶的苍蝇尝试着飞低了一些。

这是一具女性尸体,全身赤裸,箱子里除了尸体,什么都没有了。因为尸体的腐败肿胀,箱子基本上给填满了,箱底还有不少沉积下来的腐败液体。

"距离案发时间一周左右,尸体腐败程度吻合。"我抬起胳膊揉了揉鼻子,说道。

"可惜这里的地面没法提取足迹,不过我倒是可以在这些橡胶废料上看看,说不定能找出点什么。"林涛走到废料堆旁边,细细看着。

"我问了子砚,这个厂子里没有监控。"陈诗羽耸了耸肩膀。

"没关系,提取物证最关键的,还是这个箱子。"我说,"这么热的天,拖着箱子走了这么远,还要又扛又抱的,我相信嫌疑人一定会在箱子上留下他的生物物证。把尸体弄出来,送去解剖室,箱子抓紧送去DNA室进行检验。"

尸体的尸僵已经完全缓解,此时正平躺在解剖台上。大宝这个劳模,还是义无反顾地最先接触尸体，用水流把尸体上黏附的蛆虫小心翼翼地洗掉。

因为体内腐败气体的作用，尸体的眼球明显突出，舌头也被挤出了口腔外，肛门和子宫都突出在会阴外。

因为被蛆虫覆盖，尸体上的损伤情况看不清楚，但随着清水把尸体上的蛆虫慢慢地冲进了下水道，尸体表面的情况也就明朗了起来。

"脖子这一刀估计就是致命伤了。"大宝拿起比例尺，测量尸体颈部左侧的一个创口。皮肤上有了创口，就成了苍蝇最喜欢的地方，所以这个创口里黏附的蛆虫是最多的。

"皮下组织颜色深，说明这一刀有生活反应[①]。"我拿起止血钳探查了一下，说，"虽然是切割伤，不是刺创，但也怪深的。结合现场天花板上的大滴血迹，应该是颈动脉破了。"

"颈部没有掐压痕迹，但是双手双脚有明显的约束痕迹。"大宝一边说，一边让身边的陈诗羽照相。

我和大宝已经合作了快十年，所以工作起来配合很默契。在大宝和林法医给死者脚踝损伤进行检验的时候，我已经用手术刀局部切开了死者手腕部的损伤。

死者的双手腕背侧都有很明显的约束痕迹，虽然尸体已经巨人观化，表皮一碰就会脱落，但还是可以看得出明显的由绳索紧紧捆扎的痕迹。我的手术刀一碰到尸体手腕的皮肤，已经腐败了的绿色皮肤随之绽开，露出了皮下组织。很明显，表皮上约束痕迹下面对应的位置，以及周围较宽的区域颜色比其他部位组织的要深，这说明这些约束痕迹是生前形成的，而且是较大的约束力才会形成这么深的出血。

"脚踝和手腕一样，这人被捆得是真紧啊。"一直在一旁观看的韩亮说道。

"不，无论捆得多紧，只会导致手脚的血流不畅，并且在绳索下方形成皮下出血。但这个出血不仅严重，而且范围比约束伤对应的区域更广，这就说明捆扎以后有剧烈挣扎了。"我解说道。

"子宫都突出来了，也看不出会阴部有没有损伤了，更无法判断生前有没有遭受过性侵。"大宝说。

"对啊，全身赤裸，手脚捆扎，让我们普通人不仅会联想到性侵害，还会联想

---

① 生活反应：人体活着的时候才能出现的反应，如出血、充血、吞咽、栓塞等，是判断生前伤、死后伤的重要指标。

到SM。"韩亮耸了耸肩膀。

"真不知道你天天都在想什么。"陈诗羽摇了摇头。

"不，SM和约束伤有区别的。"我说，"SM只是满足性虐者的性幻想，而获得性快感，所以，无论是S还是M，一个不会往死里捆，一个不会拼命挣扎。"

"你看，他懂的也不少。"韩亮指了指我。

"所以，这种损伤强烈提示凶手对死者有捆绑约束和威逼的过程。"我没搭理韩亮，继续说道。

"这是什么伤？威逼伤吗？"大宝用手指摸索着死者胸口数十处弧形的痕迹，说道。

"这是什么？看弧度，像是男式皮鞋的鞋跟。"我沉吟着说道。

"踹的呀？"大宝问。

我点点头，用手术刀联合打开了死者的胸腹部皮肤。

"没有皮下出血。"我逐层分离尸体的胸部皮下组织和肌肉，只能看到有凹陷，但是并没有颜色变化。

一直分离到肋骨的前面，暴露出白森森的肋骨，我发现死者的双侧多根肋骨骨折。

"左侧4、5、6肋骨多处骨折，右侧3、4、5、6肋骨多处骨折，骨折断端呈粉碎性，且肋骨骨折不位于一条线上。"我说。

双侧多根肋骨骨折，如果骨折线位于一条线上，那么还需要考虑是不是胸廓受到大接触面外力作用导致胸廓整体变形所致的肋骨骨折。不过，这名死者的肋骨骨折线没有规律性，每一处骨折都能在胸廓皮肤上找到那种弧形的印痕，则可以说明这些肋骨骨折是胸廓直接受到局部外力导致的。

我沿着死者的肋软骨和肋骨的交界处，用手术刀切开肋软骨，取下胸骨后，从胸腔内侧观察骨折的内侧面。因为尸体腐败，胸部肌肉以及肋间肌颜色都加深了，此时观察骨折断端的出血，会受到影响。

"骨折对应的胸膜处，没有出血的痕迹。"我说。

"什么意思？"陈诗羽见我一脸凝重，于是问道。

"没有生活反应，是死后伤。"大宝解释道。

因为对手表的调查以及各项DNA检验都需要时间，所以我们在尸体检验完之后，就回宾馆休息，等待各项调查、检验结果出炉。

尸体经过解剖后，除了发现的那些约束伤、死后伤以及颈部的一处致命伤以外，就没有发现其他的异常情况了。通过对尸体颈部的局部细致解剖，我们也明确了死者确实是因颈动脉破裂导致的急性大失血而死亡。这一刀因为是切割伤，所以也无法判断凶器的具体形态。只能说是一个锋利的锐器。

这起案件从法医的角度，似乎没有什么嚼头了，但是就和那起自产自销的案件一样，回到宾馆的我不自觉地陷入了沉思，总觉得似乎有些什么不对。

一直到第二天早晨，我们接到电话，可以去县局进行情况汇总了。

一如既往，整个专案组会议室里，都是满脸倦色的人。高局长手中拿着调查和检验的报告，所以就一个人大包大揽地把情况都通报了一下。

在青乡警方的配合之下，侦查员提取了董青青父母的DNA，通过连夜的检验，明确了我们搜查的住处，正是董青青的住处。根据我们尸检的时候提取的尸体肋软骨的DNA检验，也明确了死者正是董青青本人。

明确了被害人，才是专案工作迈出的第一个重要步骤。

另外，洋宫县公安局的侦查人员根据韩亮提出的思路，对那块百达翡丽手表进行了调查。调查工作进展得也很顺利，很快就明确了这块手表是从龙番市某高档商场的百达翡丽专柜售出的，购买人是龙番市的一家投资公司的老板——于起汉。

既然如此，高局长就指令去龙番市调查手表的侦查小组直接留在了龙番，对于起汉进行了简单的外围调查。经过调查，明确了这位四十五岁、身材矮小的企业家平时行事低调，为人和善，并没有什么前科劣迹。于起汉的生意做得很大，在投资圈内小有名气。侦查人员摸了摸他的家底，保守估计有十多个亿的资产。

为了保险起见，侦查小组还对于起汉近期的活动情况进行了调查。案件发生的八月二十四日前后三天，于起汉都没有离开龙番。这一周几乎每个时间点，侦查人员都找到了他在龙番没有离开的佐证。

于起汉的嫌疑逐渐降低，直到晚上第二批DNA检验结果出炉，于起汉的嫌疑基本排除了。

"我们的DNA实验室经过认真、细致的提取后，果真在行李箱的拉杆把手上、滚轮上、拉链上，都提取到了一名男性的DNA。既然三处都检出同一人的DNA，显然，这个DNA的主人具备重大作案嫌疑。"高局长有些兴奋地说道，"也就是说，我们现在已经有了抓手①，这个案子的破获是早晚的事情。"

"那于起汉的DNA是什么情况？"我问。

高局长说："我们不想也没有理由去直接惊动于起汉，因为我们在那块手表上，也同样提取到了一名男性的DNA，不出意外，那就是于起汉的DNA。只不过，这块手表的DNA和行李箱的DNA是不一样的。"

我点了点头，明白了专案组排除于起汉嫌疑的原因。没有作案时间，又没有证据支持，确实不能因为一块很有可能是被盗窃的手表，而认定他有作案嫌疑。而且，以于起汉的身家，不太可能因为一块手表而去冒险杀人。更何况程子砚截取的视频里，嫌疑人身高一米八，这和身材矮小的于起汉也是不相吻合的。

"现在没有任何依据说明本案的作案动机和手表有关，考虑到秦科长之前的分析，我们还是要把方向锁定在有预谋地抢劫杀害卖淫女。"高局长说，"我们的侦查小组也对被害人董青青的情况进行了调查。虽然她不太和身边的人打交道，但还是有几个关系不错的'同行'的。这些人都反映，董青青有一个手机，但经常更换手机号码，只作为联系生意的工具，也不使用网络支付，都是现金交易。而且，董青青虽然胆小懦弱，但确实手脚不干净，有小偷小摸的陋习。我们对董青青这个身份的银行账户进行了调查，发现她在三家银行都开设了户头，总存款十万左右。"

"那为什么她还在保险柜里放五万啊？不存一起？"大宝问。

我脑袋里突然灵光一闪，转头问林涛："对董青青家里的搜查，没有找到银行卡吧？"

林涛摇摇头。

"那就说明银行卡她是随身带的。"我又转头问高局长，"这几天有人使用董青青的银行卡去银行取钱或尝试取钱吗？"

高局长也摇了摇头。

"那约束伤怎么解释？"我说，"抢杀卖淫女，确实有可能对其进行捆绑约束，但目的就是问出银行卡密码。董青青所有随身物品包括衣服都被凶手带走了，那银行卡也应该被带走了。为什么凶手约束她之后，没有问出银行卡密码？这架势，怕是她不会舍命保财吧？刚才不是说她胆小懦弱吗？"

---

① 抓手：行内通用语言，形象的比喻，是指破案的依据和方法，或者是指可以直接甄别犯罪嫌疑人的重要物证。

"万一她真的是舍命保财呢？"高局长说。

"还有一点，我昨晚想了一晚上也没想明白。"我说，"死者胸部有数十处死后损伤，导致了多根肋骨骨折。我根据损伤判断，这是有人在董青青死后，用鞋跟反复踩踏她的胸部所致的损伤。用命案现场行为分析的理论看，这些损伤是泄愤伤。"

"可是，我们的外围调查认定她平时不太和人打交道，也没有明确的社会矛盾关系，哪里来的深仇大恨呢？"高局长揉了揉自己的太阳穴。

"所以，我的直觉，还是要把目光收回到这块手表上。"我斩钉截铁地说道。

"可是，于起汉他……"高局长说。

"会不会是雇凶啊？"陈诗羽说，"这些有钱人，自己嫖娼却被人偷了东西，有气又不能发出来，会不会雇凶来为自己泄愤？"

"这个我们没考虑到。"高局长说。

我摇摇头，说："如果是雇凶，那直接找杀手去杀了她得了，为什么还要约束？"

"为了要回手表？"陈诗羽猜测道。

"可是凶手最终也没能取回手表，甚至都没有去过董青青的家。就算是董青青誓死没有交代，那为什么凶手在杀人后还要泄愤？"我说，"雇主可能会在雇凶的时候提出要对被害人进行虐待，但绝对不会提出让他虐待尸体，对吧？"

"是你说要把目光收回到手表上的，现在你又说不是于起汉雇凶，那难道真是他会分身术，来洋宫杀人？"林涛帮陈诗羽反驳我。

"有很多事情，我们想破了脑袋也想不出来，但如果把结果公布，就会发现并不复杂。"我说，"既然我们想不明白，那为什么不直接去问于起汉呢？"

"真的要打草惊蛇吗？"高局长有些犹豫。

"三十六计里，还有打草惊蛇呢。"我微微一笑，"咱们手上有于起汉的手表，还怕诈不出点什么？"

高局长盯着我想了一会儿，拍了拍桌子，说："去办手续，依法传唤于起汉。"

4

洋宫县公安局刑警大队询问室内。

"今天是九月一日开学日，我要送我家孩子去上学的。"文质彬彬的于起汉推了推眼镜，看似平静地说道，"你们把我叫过来，也不说明原因，是不是合法呢？"

于起汉穿着一身整齐的西装，坐在询问桌的一端，他的身边坐着同样西装革履的律师。

"也不嫌热。"大宝看着于起汉二人穿得多，甚至感觉自己都热了起来。

"我们当然有手续，一会儿会给您的律师，于总。"高局长亲自上阵。

"说吧，什么事。"于起汉略有些不耐烦地看了看手表。

"哦，其实吧，也没什么大事。"高局长从抽屉里拿出那一块放置在物证袋内的百达翡丽，从桌面上推到了于起汉的面前，说，"就是，您丢的手表，我们给您找回来了。"

于起汉下意识地伸手去接手表，可是在看到手表的模样以后，像是触电了一样，把手抽了回来："我不明白，你们什么意思。"

"没什么意思，我们觉得您肯定知道这块手表是在谁的手上。只不过，这个人已经死了，而且她的死，很有可能和这块手表有关。"高局长探出了身子，神秘兮兮地说，"所以，说老实话，我们也在调查你。"

"这位警官，你们这么莫名其妙地说话，我的委托人有权不回答你们任何问题。"律师插话道，"我建议你们最好开门见山，把话说明白。"

"我觉得，你的委托人未必想把话说明白。"高局长耸了耸肩膀，对于起汉说，"于总，这间询问室里只有三个人，如果您愿意请您的律师回避，我倒是很乐意和您单独聊聊心里话。"

这句话算是给于起汉一个大大的台阶，他转头看看律师，说："要不然，你去车里等我？"

律师略感惊讶，但也没有再说什么，起身收拾好桌面上的材料，推门走了出去。

"高局长，我做了错事，可以处罚。这种事情，就是罚款对吧？我可以付双倍的罚款。但是你们公安机关也有义务保护我的隐私。"于起汉说，"而且，在这件事情中，我是受害者。你不能把什么事情都算在我的头上。"

"是她吗？"高局长把一张董青青的证件照推到了于起汉的面前。

于起汉用手推着眼镜，皱眉看了看，说："应该，是吧。高局长，说老实话，我记得不是很清楚了。"

"为什么不报警？毕竟是那么贵重的物品。"高局长立即转移了话题。

"这种事情，怎么报警？"于起汉摇了摇头，说，"一块手表和一点现金而已，比起一个投资人的声誉，这不算钱。"

"哦？还有现金？"高局长问。

于起汉说："是啊，这块手表，加之我当时放在包里的五万元现金，都被偷了。"

"哦，怪不得放保险柜，这是赃物。"在询问室监控另一端的大宝恍然大悟。

"你发现被偷了，就算了？"高局长问。

"不然还能怎么办？"于起汉反问道，"不过，吃一堑长一智吧，也算是让我知道洋宫这个地方，投资环境真的很差。如果不是你们叫我来，我是不准备再来这个鬼地方的。"

"那你上次来，是为了什么呢？"高局长果断抓住了线头，问道。

"工作上的事情。"于起汉想了想，说，"三个月前的事情了，一家橡胶厂出现了资金周转的困难，想融资，我是来实地考察的。"

一听见"橡胶厂"三个字，高局长和我们都立即兴奋了起来。

"光华橡胶厂？"视频中的高局长坐直了身子。

"啊？不不不，不是。"于起汉说，"叫什么江洋橡胶制品厂。"

"负责人，是不是一个一米八高的男人？"高局长瞪大了眼睛。

"是啊。储军，一个小老板，人还不错，就是喜欢歪门邪道。"于起汉无奈地摇了摇头，说，"我那天真是喝多了，不然也不会被他拉下水。"

"你把详细经过说来听听。"高局长说。

"也没什么详细经过。"于起汉说，"当时我来看了他的厂子，觉得还不错。晚上就在一起喝酒，我喝多了点，储总就说他们洋宫有好玩的，还特别安全。哎，我当时也是酒精上头了，听他说有多安全多安全，说得天花乱坠的，就默许了。然后他就把我带到了一个叫五星的非五星级宾馆。然后，这女的就来了。等我一觉醒来，发现自己被盗了。"

"然后呢？"高局长问。

"没然后了，自认倒霉吧。"于起汉说，"哦，我只是觉得洋宫县的投资环境太差了，所以放弃了对他们的投资。"

"被偷这事儿，你告诉储军了吗？"高局长问。

"当然，我最先找他的，可没想到，他也找不到那女的。"于起汉说，"开始还说得天花乱坠的，现在看起来也不过就是忽悠。他说要报警，我说算了。就这样。"

"后来你没投资,这家厂子怎么样了?"高局长问。

"倒闭了,没了我的融资,他肯定是死路一条。不过没办法,经济大潮中,弱肉强食,这是自然规律……"一说到经济问题,于起汉有些滔滔不绝。

高局长挥手打断了他,说:"因为只是你个人的口供,所以我们没法对你嫖娼的违法行为进行处罚,希望你以后引以为戒,不要心存侥幸。另外,谢谢你为警方提供的线索。请吧。"

"我感觉案件要破了。"我盯着视频,说道。

"我也知道,你看这帮人都走完了。"大宝说。

我回头一看,包括陈诗羽在内的其他侦查员都已经不知踪影,估计是获取了重大的信息而去工作了。很显然,如果是这个储军作案,那么熟知卖淫女行为轨迹、熟知宾馆行事风格、泄愤动机、约束却又不急于获取财物等问题就全部解决了。而且,对橡胶制品非常熟悉的储军,也有可能会利用橡胶厂的异味来掩盖尸臭。

再加之我们从行李箱上提取到的嫌疑人DNA,我们也并不怕没有甄别犯罪分子的抓手。所以,对我们来说,现在静静地等待着结果就可以了。

原本我认为高局长会指令技术人员对储军的DNA进行密取,比对之后再动手,没想到事情比想象中要简单。林涛在对抛尸现场进行勘查的时候,从橡胶废料上,提取到一枚新鲜的残缺鞋印。

虽然这枚鞋印并没有多少比对认定的价值,但是作为一个初筛的依据,还是绰绰有余的。在明确了储军最近几天一直在穿的运动鞋的鞋底花纹和现场遗留的鞋底花纹的种类一致后,高局长立即签署了对储军拘传的命令。

抽血进行DNA检验是检验效率最高的一种方式,最快三四个小时就可以出结果。所以,在这一天的下午,对储军的拘传就变成了刑事拘留。因为,DNA认定同一。

在铁的证据面前,储军没有经过多少抵抗就缴械投降了。

三个月前,储军的最后一根救命稻草——于起汉来到了洋宫县,对他苦心经营十几年的橡胶厂进行了调研和考察,似乎已经有了融资的意向。为了让于起汉下定融资的决定,储军决定在饭局之后再加一味猛药。

储军曾经听说过五星宾馆有一种"安全"的性交易方式,并且曾经无意中得到过一名卖淫女的联系方式。于是,洋宫县被储军美化成了"省城的后花园",这让酒醉的于起汉终究没有抵抗住诱惑。

可是万万没有想到，储军认为的好事，变成了坏事。在听于起汉说他的手表和一点现金被卖淫女盗窃走之后，储军就像当头受到了一记闷棍。他尝试了很多种办法去寻找这个卖淫女，可是她的手机号换了，宾馆也称并不知道这些卖淫女的联系方式。所以，他想靠一己之力去"破案"的想法破灭了。

既然失物无法找回，融资的事情发展也就可想而知了。于起汉放弃了对储军厂子的投资，储军的厂子也毫无意外地破产倒闭。

想着自己奋斗十余年而建立起的功业，眼看曙光再现，却被一个可恶的婊子给毁了，储军的气就不打一处来。

他没有重新创业，意图东山再起，而是利用这将近一个月的时间，处处寻访，想要找到这名卖淫女的下落。洋宫县毕竟只是个几十万人口的小城，所以寻找一个外地来的年轻卖淫女并不是一件大海捞针的事情。功夫不负有心人，他终于找到了董青青的联系方式。因为没有经验，他的第一个电话，竟是辱骂和恐吓。

虽然董青青在第一时间就挂断了电话，并再次更换了手机号码，但是胆小懦弱的董青青应该还是心有余悸。她将盗取的现金从银行取出，和手表一起放在家里，就是做好了"丢车保帅"的准备。

既然已经有寻找到董青青的门路，所以再次找到她的新的联系方式并不是难事。只是这一次，储军已经不准备只逞口头之快了，他做好了杀人泄愤的准备。

伪装成嫖客的储军，策划好了假装招嫖、实则杀人的计谋。在董青青来到他的房间的时候，他知道楼道里的监控已经关闭了。他将董青青捆绑后，准备进行虐待。而胆小懦弱的董青青却第一时间提出自己愿意把失物归还，并给予赔偿。可是，对于已经失去了厂子的储军来说，那些失物又有什么意义呢？

不提此事还好，董青青既然主动提到了这件事情，就让储军气不打一处来。他一不做二不休，上前挥刀杀死了董青青，并对她的尸体进行了虐待。

出完了气的储军，也逐渐冷静了下来。为了延缓发案的时间，他将董青青所有的衣物和随身物品都装在了自己的背包里，然后将尸体装进了事先准备好的行李箱里。虽然之前就预谋了杀人，但是他没有想到现场居然会留下那么多血液，所以他花费了好几个小时的时间，把宾馆的卫生间给打扫干净。

在他看来，这是一次神不知鬼不觉的杀人。

在将尸体带出宾馆后，储军松了一口气，他沿着大路走着，东张西望，想寻找一个最为稳妥的抛尸地点。不知不觉，他就来到了光华橡胶制品厂的门前。这是他的竞争对手，也是将他逼上绝路的始作俑者。

一是可以利用橡胶气味掩盖尸臭，延缓案发时间；二是他对这家厂子的内部监控和安保情况较为了解；三是可以给自己往日的竞争对手制造一些麻烦。这里，是最好不过的抛尸地点了。

储军在光华橡胶厂门前来去多次，确认了无人看守之时，果断进入了厂里，完成了抛尸。

一步错，步步错。

储军和董青青的人生，就这样滑向了无法回头的深渊。

"储军认为的天衣无缝，其实是漏洞百出啊。"大宝满足地靠在SUV的后座之上，咬着自己的指甲。

"从最开始，就是储军的问题，因为他没有把董青青当成一个人，而是当成了一个能够帮助自己事业起死回生的工具。"陈诗羽幽幽地说道，"如果工具帮他实现了目的，他并不会感谢工具。但如果这个工具坏了他的事情，工具就要承担起所有的责任，他就要置她于死地。"

"确实，这个案子不同于其他杀害卖淫女的案件。"林涛认同地说道。

"把这个女人当成工具的，不只是储军，还有酒店老板。"程子砚补充道。

"董青青偷盗在先，总不能说一点责任也没有吧？"韩亮说。

"可是她罪不至死啊。"陈诗羽说，"归根结底，是因为她的生命在储军眼里一文不值。储军的内心里充满了对这个卑微生命的蔑视，所以他不觉得杀死一个卖淫女有什么了不起的。"

"老秦很早就说过，生命没有高低贵贱。"林涛说，"很多人缺乏死亡教育，才不会珍惜自己的生命，不会珍惜别人的生命。"

"在储军的眼里，董青青的生命就是低贱的，她不过是个可生可死的低贱女人。"陈诗羽说，"很多男人的眼里，这种女人就是低贱的吧？"

"不管男人怎么看，女人自身的自律才是最重要的。据说现在很多女大学生都去做所谓的援交，心甘情愿地被人当作工具使用。"韩亮说，"殊不知这个行业充满了巨大的风险，即便是自身利益被人侵犯，也不敢走法律程序。一旦失足，就会生活在阴影之中，无法生活在阳光之下。相比于这一点，挣的那点钱真的啥也不算了。"

"是啊，这和男人、女人没什么关系。"林涛打起了圆场。

"不管怎么说,逝者安息吧。这个案子,动机看起来很简单,但是在公布答案之前,我们是很难推测到的。"我的心里充满了破案的成就感,但与此同时,也有着很大的担忧,"开快点,师父说,自产自销的案件DNA复查结果出来了。结果好像,不太好。"

第一勘查小组办公室内,师父在我的座位上正襟危坐,而我端了一个小板凳,坐在师父的身边。

"既然你们确定了年轻男性死者就是自产自销的始作俑者,那么,我就以他为中心来说。"师父说,"两名老年死者,是这名年轻男性的父母,DNA亲子鉴定认定了亲缘关系。"

这个完全是意料之中的事情,所以大家也都没有提起精神。

"不过。"师父话锋一转,说,"女性死者死后分娩出的胎儿,是这名年轻男性的孩子。"

"什么?"我差点跳了起来,说,"这女的,不是这男人的姐姐吗?这是乱伦吗?"

师父白了我一眼,说:"这么多年了,怎么还这么毛毛躁躁的?我话还没说完!这名女性和这一家三口没有亲缘关系。"

"啊?"我吃了一惊,说,"难道这家里的姐姐不是姐姐,而是从小抱过来的'童养媳'?"

"确实,我们之前在考虑实验室DNA污染的时候,也考虑了这种可能性。"师父说,"后来,我们把所有的检材物证又重新梳理了一遍,所有的检材为防止污染,又重新检验了一遍,得出的结论还是这样。"

"那现在看,是什么情况?"我急着问道。

"我们从现场提取了很多检材,能反映出这个屋子里居住的四个人都是有亲缘关系的。"师父说。

我被绕得有些晕。

师父于是解释道:"简单说,我们从现场的日常物品中,提取到了父母、儿子、女儿的DNA。而现场的四具尸体,却只有父母、儿子,一个不知名的女性,以及胎儿。"

"哦,是姐姐不见了,多了一个女朋友,对不对?"林涛总结道。

不存在的客人

"您这年纪大了，怎么就这么喜欢绕呢，直接说不就好了，吓死我了。"我笑着对师父说。

"现在年轻女性死者的身份已经明确了，应该是外地来龙东县打工的女子，不知道怎么和这个汤辽辽认识的。而汤辽辽的姐姐汤喆，不知所终。"师父说。

"难道我们自产自销的结论有问题？"林涛有些担心，打开了电脑，翻看着现场照片。

我也不自觉地打开电脑，打开了尸检时候的照片。

年轻女性尸体已经高度腐败、面目全非，不可能通过样貌来明确年龄。但是有一张拍摄她口腔内部情况的照片，还是能清晰地看到她各个磨牙咬合面的形态的。其实尸检的时候只要仔细一些，就可以从她的磨牙咬合面磨耗程度判断她不过只有二十岁。而死者汤辽辽的姐姐汤喆，应该是有三十好几了。这两个年龄对应的牙齿磨耗度是有很大区别的。

只是在尸检的时候，我们先入为主没有对四名死者的身份产生怀疑，自然也就不会去观察她的年龄有多大了。看来，即便是随时提醒着自己，也一样不能避免"先入为主"这个坏东西。

我无奈地摇摇头，有些可惜。其实完全可以在DNA检验结果出来之前，就通过法医知识来发现疑点。

"陈总，我直到现在，还是坚定地认为这就是一起自产自销的案件。"林涛把自己的电脑屏幕转过来朝向师父，说，"无论是从现场的封闭程度，还是从现场血迹的走向来看，唯一可能是这个汤辽辽作案，才会是现场的状态，没有任何其他的可能。"

"法医结论也支持自产自销。"我说，"从各个死者的损伤，尤其是汤辽辽自缢的情况来看，也没有其他人在现场的可能性了。包括他的姐姐汤喆。"

"你们的结论，我都看了，确实没有问题。"师父说，"我支持你们。"

"可是，这个案子终究留下了一个尾巴。"我说，"既然事发的时候汤喆不在场，那她在哪里？为什么这么久了她都不回家？就连家中的这么多尸体都是被一个小偷发现的？"

"在女友洗澡的时候，不仅对家里进行了翻动，还对自己的父母下手。"林涛沉吟着，"最后甚至杀死女友并自杀？这家里究竟发生了什么？"

"翻动？"受到了林涛的提示，我突然想起，这起自产自销的案件中，家里确实被翻动了。只不过现场所有证据都指向是内部人作案，所以也只能推测这是自己人对自己家中的翻动，而并不能提示案件的作案动机。

"我有个大胆的猜测。"我说，"会不会是父母把值钱的东西给姐姐带走了，弟弟翻找未果之后，和父母发生争执，然后杀人呢？"

"目前看，这是最好的解释。"师父说，"不过，这种推测也是有问题的。你们别忘了，侦查部门调查得知，这一家人重男轻女，甚至让姐姐一直在家里伺候弟弟到现在也没有结婚。"

"那就是姐姐不服这种重男轻女，把家里值钱的东西偷走了？"我说。

大家默默地点点头。

师父说："不管怎么样，这个汤喆，我们是必须找到的。听说她很少出门，从小到大，大部分时间都是在家中伺候弟弟。那么，她一定跑不远。"

"所以，这个案子，我们现在能做什么呢？"我问。

"什么也做不了。"师父耸了耸肩膀，说，"检察机关已经提前介入了，但是毕竟现场出现了异样的情况，所以在找到汤喆之前，这起案件是不能按照自产自销案件来撤案的。龙番市局和龙东县局已经抽调精干力量寻找这个失踪的姐姐。还有，你最好不要期盼着你们能做什么，因为等到你们出手，就说明这个汤喆也死了。如果她还活着，说不准能搞清楚事情的真相。而如果她死了，真相很有可能被永远掩埋了。"

法医秦明

VOICE OF THE DEAD

| 第三案 |

林中臀印

爱，以欺骗自己开始，以欺骗别人结束。

———

王尔德

1

在师父的推测中，大家沉默了。作为一名警察，谁也不愿意真相就如此被掩盖。可是，作为一名法医，在寻找汤喆这一件事情上，似乎又帮不上什么忙。就像师父说的那样，如果汤喆真的死了，可能很多细节就搞不清了。

程子砚倒是跃跃欲试，确实，在帮助寻找汤喆的工作中，我们刑事技术部门也只有图侦能帮助侦查部门提供一些线索了。

师父像是看出了程子砚的心事，微笑着对她点了点头，像是赞同，抑或是鼓励，说："小程，你的行政工作都交给他们去做，我去厅视频侦查总队给你申请更高级别的数据库权限，你有空也帮他们的图侦部门做做工作，看能不能找到一些汤喆的线索。"

程子砚双颊绯红，显然是有些兴奋。她"嗯"了一声，拿起笔记本，上楼去她的图侦实验室干活儿了。

我拿起上一案的结案报告，正准备和师父口头报告时，师父口袋里的手机响了。师父掏出手机，看了一眼屏幕，立即接通了电话，面色凝重地听着。

我知道，又来活儿了。

果不其然，接完电话的师父站起身来，说："云泰的案件，你们立即出发。"

"叫上子砚？"陈诗羽朝楼上指了指。

"让她先去视频侦查总队拿权限吧。"师父说，"这个案子她就不一定要去了。"

大家纷纷点了点头，因为这一起悬而未决的"自产自销"案件更加牵动人的心弦。大家开始收拾各自的勘查箱，而韩亮则收起诺基亚手机，拿了车钥匙先行下楼。

这些年，我们似乎已经习惯了这种"说走就走"的感觉。我刚开始参加工作时，只有杀死两人以上、有广大社会影响、久侦不破的案件会让我们省厅的刑事技术部门参与。而现在，因为全省的命案发案总数只有那个时候的四分之一，所以我

林中臀印

们现在对每一起命案力求速破。于是，凡是当地对现场进行初勘未发现头绪的，省厅刑事技术部门立即介入，参与共同侦破案件。所以，虽然社会越来越安定、案件越来越少，但我们的工作压力倒是丝毫未见减弱。

龙番到云泰有两个小时的路程，在路上，我电话联系了师兄黄支队长，对案情进行了解。从黄支队的描述来看，这一起案件似乎并不困难，可能只是一起同性恋杀人的案件。毕竟这是一个小圈子，侦查范围不大，可能一两日案件也就破了。听黄支队这么一说，我压力骤减，放下心来。

按照师父的指示，我们的车径直开到了案发现场——云泰市火车站后面的一处僻静小树林内。

树林周围已经拉起了警戒带，几名穿戴整齐的现场勘查人员正在忙忙碌碌着。看来我们的速度还挺快，尸体还在原位并没有移动。

一看到尸体，我就明白了为什么黄支队会将此案定性为同性恋杀人案件。

现场是一片偏僻的小树林，毗邻云泰大道的末端，少有闲杂人等前来，但毕竟这一片树林也是云泰市的形象工程，所以每隔几天，都会有市政派遣的清洁工人来此清洁。今天一早，清洁工人在打扫树林的时候，发现了这一具男尸。

正因为是男尸，才有了同性恋杀人的定性，因为这个现场，除了性别问题以外，怎么看都是一起强奸案件的现场。

树林中间地面上，仰卧着一具男尸，远远看去，看不真切，但可以明确的是，男尸的下身赤裸，地面上覆盖着的落叶有些凌乱。

"有腥味。"大宝一边穿戴勘查装备，一边说道。

"血腥味吗？"我说，"感觉现场没多少血啊。"

大宝没有回答，但林涛蹲在地上说："这片树林的地面都被落叶覆盖了，不具备提取足迹的条件。"

我点了点头，走进了警戒区域，到了尸体的旁边。很明显，死者的损伤集中在头部，很严重，甚至已经看不清面目。但是现场确实出血不多，也仅仅是头部有血覆盖了似乎扭曲了的面容。

"尸源清楚吗？"我一边问，一边用手指按压了一下尸体背侧的尸斑，有褪色。

"不清楚，目前侦查部门在云泰的同性恋圈子里调查。"高法医指了指死者颈部的一条由红线系着的佛形挂坠说，"这条挂坠，怕是唯一可以辨明身份的东西了。面容是不行了，我看了一下，估计是全颅崩裂。"

我也按压了一下死者的颅骨，严重的骨擦音告诉我，他确实可能是因为全颅崩裂而死亡的，怪不得整个面容都已经扭曲了。

"尸斑还有褪色，尸僵最硬了，估计是昨天傍晚时分死亡的。"我抬腕看了看手表，现在是上午十点。如果按照死后十五至十七个小时尸僵最硬来推算，那就是昨天下午死亡的了。

死者上身穿着一件黄色的T恤，下身只有一条三角内裤，已经褪至了脚踝处。脚上穿着黑色的袜子，但是皮鞋脱落在了尸体的脚侧。看来看去，尸体的衣着上连一个口袋都没有，更不用说什么随身物品了。

"随身物品，只有这一条挂坠？"我问道，"裤子没找到？"

"没有。"高法医摇了摇头。

我的心一沉，看起来这起案件比我想象中要复杂得多，就连这个尸源问题，都是个大问题。

尸体躺在那里，几乎没有随身物品，损伤又一目了然，似乎没有什么好进一步检验的。我翻动了一下尸体的袜子，里面似乎黏附了一些绿色的物体。毕竟是在室外现场，我不敢细看，于是用塑料物证袋把尸体的手、脚、头都包裹住，防止物证的毁失，然后说："让殡仪馆的同志把尸体运走吧。"

殡仪馆的工作人员七手八脚地把尸体装进尸体袋的时候，我在现场周围转了一圈。看起来，这就是一个普通的树林，如果不是出现了一具尸体，几乎没有什么异常。不过，尸体旁边的一棵树的树干上，以及周围地面的落叶上，我发现了喷溅状的血迹，基本可以断定这里确实是杀人的第一现场，倒是排除了移尸的可能性。确认之后，我又在距离尸体较远的地方游荡着，偶尔用脚尖踢开落叶，看看落叶的原始堆叠形态，也没有发现什么异常。现场人迹罕至，又有专人维护，所以连一个烟头纸屑也见不着。

"看吧，还有臀印。"黄支队说道。

此时尸体已经被抬走，勘查员们正在对尸体之前挡住的地面进行勘查。我走了过去，看见这里的落叶和泥土有一些堆叠，看起来确实是一个臀印。

"强奸男人，闻所未闻。"大宝耸了耸肩膀。

"所以这种事，不管是女生还是男生都要多加防范，不要以为自己是男生就没事。人人都一样。"陈诗羽说。

"是呀，林涛你这么帅，要小心了！"大宝笑着说，被林涛打了下后脑勺。

我见现场已然没有什么嚼头了，挥了挥手，说："走吧，去殡仪馆。"

在尸表检验开始之前，我用止血钳夹着纱布，提取了死者的龟头、肛门和口腔擦拭物，并交给陈诗羽先行送往云泰市公安局DNA实验室进行检验。毕竟根据现场环境，大家一致认为是同性恋因性杀人，所以提取这些检材尤为重要，而且是最好的捷径。

在提取尸体肛门擦拭物的时候，我有些疑惑。在野外强奸案件中，因为被害人被压迫在土地上挣扎，会导致臀部和泥土地面发生摩擦，使得泥土地面呈现出臀部的凹形，是为臀印。不过，也正是因为和土地的摩擦，会导致泥土碎屑黏附在死者的臀部皮肤，尤其是堆积在死者的臀沟之内。可是，这名死者虽然所躺地面有臀印，但是他的臀部倒是没有想象中的黏附了那么多泥土，臀沟中更是非常干净。

究竟是为什么，我一时也没有想明白，没有再去细想，而是仔细地褪下死者的内裤。内裤褪在脚踝处，也是非常干净，看不出什么异常。

"上衣上，有流注状血迹吗？"我见大宝正在脱去死者上身衣物，于是问道。

"没有。"黄支队说，"死者头面部的血迹都是向脑后流的，T恤的前襟有一点喷溅状血迹，但是没有流注状或者滴落状血迹。"

流注状血迹是指被害人受伤以后，血液因重力流淌而形成的血流方向的血迹，是提示被害人受伤之后处于何种体位的重要依据。既然死者的上衣上没有流注状的血迹，那么也就说明死者头部受伤之后，就再也没有坐起来或者站起来的过程了。

我点了点头，心里似乎有一点数了，于是专心致志看死者的一双袜子。在现场的时候，我正是因为看到了死者袜子上黏附了很多绿色的斑点，才会对死者的手脚进行特殊的保护，防止尸体运输时造成证据毁灭。此时，在解剖台聚光灯的照射下，死者一双袜子的袜筒上黏附的绿色斑点就更加清晰了。

我用手指抹了抹，发现绿色的斑点是可以抹去的，于是找来一张白纸，提取了一些绿色的斑点，然后摘去外层的手套，将物证拿到解剖室隔壁的房间，用实体显微镜观察着。

不一会儿，我拿着白纸回到了解剖室，说："死者的袜筒上黏附了很多绿色的东西。"

"我也注意到了，他的皮鞋夹缝中也有。"黄支队说。

"我刚才用实体显微镜看了一下，是草屑。"我说。

大宝一脸失望的表情，说："我还以为是有什么重大发现了，草屑有什么用？难道又拿去做植物DNA[①]？"

我摇了摇头，说："可是，如果我没有记错的话，现场并没有草。"

"确实没有。"黄支队说。

"而且这些草屑都非常新鲜，甚至可以挤压出草的汁液。"我说，"草屑的断端也都非常完整。"

"然后呢？"大宝不明所以。

"草屑新鲜，说明这些草刚刚被截断。断端完整，说明是专业的锄草工具截断的。"我说。

"说明这个人在死亡之前，刚刚从被锄草机锄过的草地上走过。"黄支队说，"如果能找到这片草地，说不准就能找到死者的行走路径。"

"可是，这草地去哪里找？"大宝问。

"既然草屑新鲜，那多半锄草工作是在昨天做的。中国人一般家里不会有锄草机，大面积锄草都是市政部门去做。"黄支队的两眼发光，一边脱手套，一边说，"我来联系市政部门，看他们最近在哪里锄过草。毕竟现在九月份了，也不是锄草的季节，估计比较好查。我去查，你们继续验尸。"

"找个草地，就能找到他生前的行走路径？我不信。"大宝摇着脑袋，用水慢慢地将死者头面部黏附的血迹冲洗掉。

"说不准，毕竟现在视频侦查这么厉害。只可惜程子砚没来，不然更有把握。"我说，"一个穿黄衣服的人，在昨天走过一片刚刚锄过的草地。万一这个镜头被监控录下了，那找到尸源的把握可就大了。"

"也是，毕竟现在调查尸源的线索有点少，多一条线索也许多一线希望。"大宝说。

我见大宝已经将死者的面部清洗干净，又在剃除头发，于是拿着放大镜观察死者面部皮肤的损伤情况。

血迹被清理之后，我们更加确定死者受到了严重的颅脑外伤，以致整个面部都已经变形了。他的左眼是闭合的，但是似乎有黄白色的东西夹杂在眼裂[②]之中；右

---

① 见法医秦明系列万象卷第六季《偷窥者》"幽灵鬼船"一案。
② 眼裂是指上、下眼睑之间形成的裂隙，也就是平常所说的眼缝。

眼半睁半闭，可以看到眼球结膜。

我见死者的面部虽然清洗干净了，但是随着我们转动他的头颅，仍有血性液体从鼻孔和外耳道流出，尤其是鼻孔流出的血性液体很多，不像是简单的颅底崩裂而导致的。

我用止血钳小心翼翼地翻看死者的左侧眼睑，发现眼球干瘪瘪地贴在眼底，就像是尸体腐败后，眼球萎缩一样。可是，眼前的尸体并没有发生腐败。

"看来是眼球破裂了。"我沉吟着，用止血钳小心翼翼地夹起干瘪的眼结膜，耐心地寻找着破口。很快，在眼球内眦部位，找到了一个破裂口，眼内容物正是从这个小小的裂口中突出的。

"破口周围不规则，不是利器所致。"我用放大镜观察着破口，说，"眼睑上没有看到明显的表皮擦伤，这说明打击眼部，导致眼球破裂的，是一个具有比眼眶更大接触面积，且接触面平整的钝器。"

"锤子吗？"大宝用手比画了一下，说，"大锤子。"

我点了点头，说："这人是被锤杀的，锤子有一定的质量，所以可以导致死者全颅崩裂。只是这样程度的颅骨崩裂，应该是多次打击而成，为何在面部皮肤看不到锤子的棱边形成的擦伤？"

大宝查看了面部的两处破裂口，说："两处破裂口都是钝器所致的挫裂创，但是并不能反映出致伤工具的棱边形态。"

我默默地用手术刀切开死者的头皮，暴露出颅骨。整个颅盖骨都有纵横交错的骨折线。

"骨折线截断现象。"我指了指死者的颅骨，说，"这说明死者的头颅果真是遭受过多次打击。"

说完，我进一步分离头皮，暴露出更多的颅骨。我们的目光很快集中在额部的一处凹陷性骨折上。这一处凹陷性骨折线呈现出放射状，整个凹陷是一个规则的圆形。

"圆形锤子？"大宝说。

我摇摇头，说："不，一个平整的接触面和一个球体接触，导致球体的局部塌陷，无论这个平整接触面是圆形还是方形，塌陷都会是圆形的。"

大宝翻着白眼想了想，确实是这个道理，于是点了点头。

"不过，这个凹陷是有价值的。"我拿过卷尺，在圆形凹陷处量了量，大约十厘米的样子，说，"这个锤子的接触面，肯定是直径大于十厘米的圆形，才会形成这样的凹陷。这个锤子，还真是不小啊。"

"嗯，一锤子打在脸上，鼻骨骨折，眼球爆裂，而且因为眼球瞬间后移，导致浅薄的眶内侧壁骨折，所以，才会有这么多鼻血。"大宝用手指蘸了蘸再次流出的鼻血，说道。

"那么，额部这一处皮肤挫裂创，还真的是钝器的边缘形成的，不过，为什么会没有擦伤呢？"我将头皮翻了过来，用头皮上的挫裂创比画了一下，在对应的颅骨上，找到了一处不大的凹陷性骨折。

"哇，是啊，头皮上看不出形状，但是在颅骨上，却看出来了，这是一个'L'形，说明工具的一个棱角是这样子的，也就是说，很大程度上，这是一个方形接触面的锤子，方形的边长，大于十厘米。"大宝说。

"可是有棱有角的接触面，为什么没有在皮肤上留下擦伤呢？这是因为接触面积大？"我疑惑地用放大镜观察着骨折塌陷的部位，说，"我知道了。"

"什么？"大宝问。

"还记得牛角杀人案吧？"我说，"我们需要看有没有骨质压痕，来判断工具的性状。死者的颅骨崩裂程度重，所以我们潜意识里，认为这是一个金属工具。不过，你看这一处骨折，并没有骨质压痕，说明，这是一个木头工具。"

"木头的东西能打这么重？"大宝惊讶道。

"足够大，就足够重。"我说，"正是因为是木头的，表面还很光滑，所以在皮肤上，甚至找不到可以反映接触面的痕迹。"

"木榔头。"大宝沉吟道，"大木榔头。"

大木榔头

2

尸检工作结束的时候，已经是下午了。除了明确死者的死因是全颅崩裂以外，我们还在死者的颈部找到了掐痕，只是程度不重，死者也并没有出现窒息征象。另外，通过对死者牙齿和耻骨联合的提取，我们明确了死者只是一个二十五六岁的年轻人。

他的面孔几乎被毁灭了，所以无法从面容来判断年龄。

到目前为止，案件的信息量并不大，但我还是觉得因为过度思考而有一些脑袋疼。我和大宝、林涛、韩亮一起到路边摊吃了碗云泰特色——牛肉面，然后来到了位于云泰市公安局刑警支队的专案组。

一脸愁容的黄支队正趴在会议桌上转笔，一见我们走了进来，立即坐直了身子，说："好，现在人到齐了，开会，各队介绍情况。"

"没找到。"一名侦查员沮丧地说道，"同性恋的圈子都摸了，并不认识这个人。"

"还没'出柜'？"大宝说。

"不是吧，性侵致死，就说明死者一定也是同性恋吗？"韩亮说道。

"当然。"大宝说，"不然呢？拦路强奸啊？拦路强奸一个男人？你见过吗？"

"没有。"林涛说。

"不太可能。"我说。

"我这边，也没有能找出其他人的DNA。"陈诗羽说，"尸检之前提取的物证，全部送到DNA室进行检验了，不仅预实验没有检出精斑，DNA检验也只检出死者自己的DNA，没有其他人的。"

"所以，我们的定性可能错了。"我说。

"不能因为暂时没有调查出端倪就放弃判断。"黄支队说，"毕竟你曾经说过，我们的直觉都是建立在经验的基础之上的。"

"只要是直觉，不是证据，即便是经验再丰富，直觉再准确，也有失误的可能。"我说，"毕竟，DNA证据是最直接、客观的证据。既然没有发现其他人的DNA，那么我们就没有任何依据来判断这是一起性侵的案件。"

"话是不错，但是DNA也不能作为唯一依据。"黄支队说，"比如，没有完成性侵动作，就不会留下DNA，还有，你还记得云泰案①吧？逆行射精什么的，都不好说。"

"是，死者的内裤还套在两个脚踝之上，且是仰卧位，并不像是性侵动作完成了。"我说，"不过除此之外，还有看起来并不像是性侵的现象。"

"愿闻其详。"黄支队说。

---

① 见《法医秦明：无声的证词》一书。

"比如这个臀印。"我说，"刚才我一直在想，这个臀印是我们推断本案为性侵案件的一个重要依据，但是这个臀印并不正常。性侵案件中，被害人的裤子被脱掉，压在土地上时，会形成臀印，但同时，臀部尤其是臀沟会黏附大量泥土。但是本案没有。想来想去，只有一种可能，那就是被害人是穿着裤子被按在地上的，所以泥土黏附在裤子上，而不在臀部。因为裤子我们并没有找到，所以没有在意这一点。死者的颈部有掐压痕迹，这说明他生前被人掐住了颈部，按在了地上。这个动作，恰好是可以形成臀印的。所以，臀印只能说明他被人控制过，而不能说明他被人性侵过。"

"你是说，凶手是先杀人，再脱裤子。"黄支队说，"那么，为什么要脱裤子？"

"之前一个案件中，我们几个说过，有些案件的疑点，只有等到破案的时候才知道。"我说，"我确实猜不到凶手为什么会脱死者的裤子，但同样疑惑的是，凶手为什么要把死者的裤子带走？你见过性侵案件中，脱下死者裤子后，还把裤子带离现场的吗？"

"有道理。"黄支队说。

"有这些疑惑，就不能简单地根据现场表象来推测。"我说，"更何况，死者的生殖器、肛门、口腔都没有发现损伤，没有发现DNA，这是事实存在的证据。而且，通过仔细的调查，没有反映出同性恋圈子中有死者的踪迹。"

"既然这个点存疑，我们就不仅仅要摸排同性恋圈子了。"黄支队说，"可是云泰这么多人口，你们也仅仅知道死者的身高、体重和年龄，最多再加一个挂坠，连衣着信息都不全面，怎么去找？"

"锄草这一条线索呢？"我看着黄支队问道。

"哎，这事儿我去调查，本来还是信心满满，结果线索也断了。"黄支队沮丧地说，"根据市政部门的记录，这几天只派出了一支锄草队，是去火车站附近的一个市政美化墙下面锄草的。然后我让视频侦查支队看了一下，那面墙的附近，居然没有天眼探头能照得到。也就是说，死者即便是去那附近活动了，我们也找不到轨迹。你说，这可如何是好？"

"又是火车站附近。"我沉吟道，"看来火车站附近，就是死者生前的活动区域了。只是，那里人多而杂，不好查。"

"谁说不是呢。"黄支队又叹了口气。

"既然没有办法，那我们就去那面墙附近看看吧。"我说。

林中臀印

一行四辆警车，闪着警灯到了云泰市火车站附近的市政美化墙。

这是一面徽派建筑的白墙，有几米高，顶端是黑色的瓦片组成的马头墙，墙上还镶嵌了一些栩栩如生的砖雕，看起来别具一格。

这座墙存在的目的，是镶嵌白墙中央的一块巨大显示屏。显示屏里播放着精心制作的云泰市市容市貌、文化底蕴、风土民情的宣传片，每天二十四小时不间断循环。站在火车站广场上，就能看到这一面雄伟白墙上播放的视频了。

白墙的下方，是一块草地，虽然插上了"小草青青，也有生命"的宣传牌，但是从偶尔可见秃斑的草地上可以看出，这片草地周围缺乏防护设施，指望所有人自律是不可能的，因为显然这里会有人进来休息。从小草的长度可以判断，这一片草地确实刚刚进行过修剪。

我蹲在草地的边缘，伸手抚摸了一下草地，手掌上立即黏附了一些青青的小草碎屑和汁液。形态看起来，和死者袜筒上黏附的一模一样。

"一般走到这里来的人，主要是坐在或者躺在地上休息。"我说，"那样的话，他的上衣或者指缝中，势必黏附草屑。可是，尸体上并没有反映出这个问题。那么，死者为什么要只进到草地里来走上一圈呢？"

大宝摇了摇头。

我想了想，跨了一步，踏进了草地。

"嗨，素质！素质！"大宝试图阻止我进入。

我微微一笑，没有理睬大宝，径直走到了美化墙的墙角之下。

我走了一圈，在墙面的一角蹲了下来，抚摸着墙面上的一排黑色字迹，说："有发现。"

不等大宝继续阻拦，黄支队、林涛几个人已经走进了草地，来到了我的身边。白色的墙面上，用方形的广告章盖上去一排字迹："专业复制SIM卡，监听、窃听，电话：199×××××××，先复制再付款。"

"城市牛皮癣啊？"林涛不以为意道。

"这可不是开锁、疏通下水道的小广告，这是电信诈骗。"黄支队说。

"电话卡可以复制？然后窃听？"林涛问道。

"当然不可能。"黄支队回道。

"哦，所以说是诈骗。"林涛说，"不过我就想不明白，这种广告，怎么能诈骗到钱呢？既然是承诺先复制成功再付款，而SIM卡又不可能复制成功，那被骗的人又是如何被骗的呢？"

"想不明白吧？起初我也想不明白，后来办了相关的案子才知道。"黄支队笑着说，"反电诈工作，也是相当考验脑力的。"

我用手指蹭了蹭这一排文字，黑色的墨汁还能被蹭到我的指腹上，说："这个章，盖上去不久，结合刚才我说的，死者走进来的动作不太能理解，我觉得说不定这个死者还真就是个诈骗分子。"

"那你说说看啊，究竟这种诈骗，是怎么得逞的？"林涛问黄支队。

黄支队神秘一笑，说："你说说看，究竟是哪些人会去找这种广告，来窃听别人的手机？"

"特工。"大宝飞快地抢答。

黄支队哈哈一笑，说："找这种广告的，多半是怀疑自己的配偶出轨，对吧？"

大家不约而同地点了点头。

黄支队说："而且，这些人不仅怀疑自己的配偶出轨，还不敢明目张胆地去询问、调查，多半是非常在乎配偶的。"

大家又不约而同地点了点头。

黄支队接着说："把握住了'客户人群'的心理特征，电信诈骗就比较好开展了。我举个例子，一个男人怀疑自己的老婆出轨，又不敢直接去问老婆，看到了这则广告，就动了心思。就像是林科长说的，既然是先复制成功，才收费，那有什么好担心的呢？于是，他就联系了这个号码。骗子接到电话以后，会详细询问目标电话号码使用者的情况，就这么不知不觉中，在电话里，就把男人的目的全都套出来了。只不过，男人亲口说出的这些话，都被骗子录了音。过几天，骗子约见这个男人，说是SIM卡复制好了。见面之后，并没有拿出复制的SIM卡，反而拿出了一段录音给男人听。不错，这就是男人如何如何怀疑自己老婆，如何如何希望窃听老婆电话的录音。好，现在就可以交易了。要么一手交钱，摧毁录音，要么就把这段录音放给你老婆听。反正你老婆的手机号，骗子已经有了，是不是？"

"我去，原来诀窍在这里。"林涛恍然大悟，"这不是诈骗啊，这是敲诈勒索。"

"怎么说都行。"黄支队说，"反正中招的大部分人，还是会乖乖交上钱去，息事宁人的。算是花钱买教训了。"

"如果被骗的人，是一个性格刚烈的人，为了既不给钱，又可以除后患，不如一不做二不休，直接杀了。"我站起身来，看着黄支队。

"你是说，这就是本案的案件性质？"黄支队有一些迟疑。

我知道他还钻在"脱裤子"的牛角尖里，于是说："不管怎么说，现在我们手上没有丝毫线索。死马当成活马医了，不如查一查这个手机号码的主人，是不是死者。即便不是，说不定也能破一个反电诈的案子。这种生意只赚不赔，为何不做？"

黄支队点头认可，指示主办侦查员拿着电话号码和介绍信去通信公司调取手机的通话记录，然后进行分析。

我知道接下来侦查部门还是有很多事情要去做的，不仅是要调取通话记录，还要分析研判所有通话记录的往来疑点，一旦锁定了机主身份，还要进行DNA信息的确认。即便是最快，也需要十几个小时的时间。我看了看表，下午五点多了，有些疲惫，准备吃了晚饭回去睡觉。

"现在的季节，小龙虾已经不好了。"黄支队深知我的饮食爱好，说道，"我们去吃点别的吧，比如说牛肉面。"

"师兄，不劳你请客了。"我胃中翻滚着中午暴饮暴食的牛肉面味道，笑着说，"我们就去食堂吃一点，晚上再回去看看尸检照片。我总想着……能不能从致伤工具上下一点功夫。"

"那也行。"黄支队也显得十分疲惫，而且他知道自己今晚估计又是彻夜不能眠。但是作为主人，没有尽地主之谊，总觉得心里过意不去，于是他说道："对了，我弟弟在龙番经营几片野鱼塘，据说里面野生小龙虾是不少的。这个季节吧，吃龙虾不行，钓龙虾可是好钓得很。你们什么时候闲得无聊，告诉我，我安排你们过去钓龙虾玩。"

"这个好，这个好。"大宝嘿嘿笑着说道，"又能玩，又能吃。"

"那得看是怎么钓。"韩亮嬉笑着说，"要是用比较恶心的东西来钓，那可受不了。"

大宝知道韩亮是在嘲笑他上次无意中"钓"起一只老鳖的往事[1]，狠狠地白了他一眼。

在公安局食堂吃完晚饭，我回到了宾馆，打开电脑研究起死者的头部损伤情况。我们在解剖的时候很完整地分离了死者的头部软组织，还沿着死者的双鬓到下颌切

---

[1] 见法医秦明系列万象卷第六季《偷窥者》"迷雾地下室"一案。

开了死者的面部皮肤，暴露了面颅的损伤情况，然后进行了系统完整的照相固定。因此，利用这些照片，就可以帮助我在脑海中完整复原死者的颅骨骨折的线路了。

我盯着照片，大脑在飞速地运转。

"骨折线截断。"我自言自语地背诵书本上的理论，"粉碎性骨折的碎骨片重叠错位，表明为多次打击；线状骨折有两条以上骨折线互相截断为二次以上打击，第二次打击形成的骨折线不超过第一次打击形成的骨折线；粉碎性骨折的碎骨点凹陷最深处是最先发生的骨折。这里是第一下，这里是第二下，这里是第三下。嗯，一共就三下。三下就打成了全颅崩裂，这不仅说明工具很重，还说明凶手的力气不小。木质的工具，要是想很重，就必须很大。这么大的工具带在身上……"

我想了想，接着自言自语道："还有，三下打击位置都很接近。举着很大、很重的工具连续打击到差不多一个点上，这不容易。而且，为什么死者不躲避？第一下就晕了？"

我又翻阅了死者后脑勺的照片，因为尸斑的影响，不能确定死者的后枕部头皮出血严重不严重。但是从现场地面的情况来看，死者的头部确实稍稍陷进了泥土里一些。这就说明，死者是仰卧位被击打的。如果是一手掐颈，固定住死者，一手拿着这重这么大的木锤杀人，这个凶手的体格还真是不一般了。

我拿起宾馆写字台上的台灯，一手按住床上的枕头，一手模拟着案发时的状态。

"嗯，只有这样了。"我说，"既然死者没有中毒、没有能够导致晕厥的窒息征象，那么只有可能是体能悬殊的情况下，才能完成这么高难度的动作。可是死者已经有一米八了，这凶手难不成是打篮球的？"

我放下台灯，坐在床上发呆。这一晚上的研究，似乎有所发现，又似乎没什么作用。死者究竟是谁，凶手到底在哪儿？这个案子的答案似乎离我们还很遥远。

3

第二天一早，当我们重新来到专案组会议室的时候，就知道事情不太妙。昨天会议室里的那种阴霾，在今天似乎加重了。大家似乎已经不是沮丧，而是垂头丧气了。

"有好消息，也有坏消息，听哪个？"黄支队倒是打起了精神，说道。

"当然是好消息！"大宝抢着说。

"尸源找到了。"黄支队说，"果不其然，这个家伙，还真是个诈骗分子。"

我长吁了一口气，可以说，没有什么比这个消息更好的了。而且，内心里燃起一些骄傲的情绪。

"死者叫刁才，二十五岁，云泰人。从小游手好闲的，一直没有稳定的工作。"黄支队说，"这人一般不太和人接触，周围的人对他也不是很了解。我们确定身份，主要还是先确定了这个号码确实是刁才本人在使用。然后，我们取了他父母的DNA，验明了正身。"

"还有，他没有稳定工作，但确实有着不错的经济收入。"一名侦查员自嘲似的补充道，"我们去银行调了流水，他的收入比我们高不少。所以，基本确定他确实在从事电信诈骗的犯罪行为。而且这种电信诈骗，还没接到相关报警。"

"这么好的消息。"我兴奋地说道。

"那坏消息是啥？"大宝问道。

"坏消息是，我们调取了刁才的手机通话记录，你猜这一周之内，有多少条？"黄支队苦笑着问道。

"三百条？"我见黄支队这意思就是不少，于是可劲往上猜了一下。

"七百条！"黄支队说。

我吓了一跳，说："七百条？一天一百个电话他怎么接得过来？"

"都是生意上的吗？"林涛说，"受骗的人这么多？"

"受骗的人有多少我们不知道，但是打电话咨询的肯定不少。"黄支队说。

"这么多人都对自己的配偶心存怀疑吗？"大宝说，"人与人之间的信任在哪里？"

黄支队无可奈何地耸了耸肩膀。

"确实是一个坏消息。"我说，"不过，既然我们推断死者的死亡时间是前天傍晚，那个时间点的电话号码是不是可以作为重点排查的依据呢？"

"如果要排查，就要做到万无一失。我们没有依据可以证实，凶手和死者打完电话后不久就杀人，对吧？"黄支队说，"即便我们大胆地缩小排查范围，依旧是非常难的。因为，我们手上没有证据，没有甄别的依据，让我们如何去排查呢？更要命的是，有很多电话，都是固定电话，诸如公用电话什么的，就更没办法排查了。"

"也就是说，通过手机号码来发现犯罪分子的可能性微乎其微了。"我沉吟道，"但至少我们现在更改了侦查方向，也算是进步。"

黄支队点了点头，表示认可。

我接着说："昨天晚上我研究了一下致伤工具，确定是一把又大又重的木榔头。而且，使用这把榔头的人，应该年轻力壮，可以单手举得动这把很重的木榔头。"

"这样的依据，依旧很难为侦查提供方向。"黄支队说，"总不能找来人拿着木榔头实验吧？"

"我的意思是说，如果意在杀人，携带任何工具都可以，为什么要携带这么笨重的工具？也不算是杀人的利器。"我说。

"对啊，又不是水泊梁山，霹雳火秦明随身带个狼牙棒。"大宝说。

"不一定就是预谋杀人。"黄支队说，"按照电信诈骗的常用套路，这一次也许是刁才向凶手提出敲诈勒索的意图，可能是激情杀人。"

"去赴约还要带个笨重的木榔头？这就更说不过去了呀。"我说。

"也是。"黄支队陷入了沉思，说，"什么人会去哪里都带着个这么大的玩意儿呢？"

大家都在思考，但显然没有答案。

"现在侦查部门的工作是什么？"我打破了沉寂。

"哦。"黄支队被我突然从冥想中唤醒，说，"我安排了人，到处寻找刁才散布出去的小广告，锁定广告覆盖的区域和人群，说不定能有一些发现。"

我点了点头。

这时，黄支队的手机响了一声，他疲惫地拿起手机，看了一眼，突然两眼发光地说："哎？这个有意思了。"

"什么？"我问道。

黄支队把手机递给我，说："你看看。"

这是一个微信群，群里一名侦查员发来一张照片，显然是在寻访小广告的时候发现的。图片上，是一块斑驳的墙壁，墙壁上印着一个黑色的框子，看起来就和我们发现的刁才的诈骗小广告黑色框一模一样。

框内的字迹已经被完全抠掉了，只剩下第一排的最后一个"卡"字没有被完全破坏，可以看得出，这就是刁才的小广告。

"有人在抠这个广告？"大宝说，"你说会不会是他们诈骗同行干的呀？"

"不会。"我摇了摇头，很兴奋地说道，"我小时候，还真研究过这个。小时候，我们家的楼道里，到处都是这种'城市牛皮癣'。贴小广告的人，看到同行竞争了，怎么办？只需要把电话号码的最后一位涂掉，再贴上自己的广告就可以了。把整个广告都抠掉，费时费力、多此一举。"

"那你的意思是？"大宝问道。

"假如凶手就是看到这一则小广告而上当的，那么杀了人之后，为了不暴露杀人动机，他很有可能会选择这种掩耳盗铃的行为。"我说。

"又或者是为了行侠仗义，不让其他人受骗？"林涛补充了一句。

"不是没这种可能啊。"我说。

"即便真的是这样，那有什么用呢？"黄支队嘿嘿一笑，说，"难道让我们去排查这些电话号码中，哪些是喜欢掩耳盗铃的人，哪些是喜欢行侠仗义的人？"

"不。"我说，"刁才散布广告的范围广，不好排查，但至少我们现在能确定凶手的生活区域，应该就是这面墙的附近了。不然他为什么会在这面墙上，看到刁才的广告？"

"想法是不错的。"黄支队说，"可是，如果我说这面墙是在一座超大的集贸市场附近，你是不是会比较失望？"

"不会啊。"我也嬉笑着说，"再大的集贸市场，也比云泰市整个市要小很多，不是吗？"

"算上买菜的、卖菜的、住在附近的、每天路过附近的，我们要排查起来，估计也要干上一年吧。"黄支队笑着说，"而且，你还是没有给我甄别的依据啊。"

"集贸市场。"我没有回答黄支队的问题，脑海里思考着市场的样子，说，"要不，我们去这个集贸市场转一转？"

虽然我这个不做家务活儿、从来不进市场的人，并不知道怎样的市场才算是大的集贸市场，但是真的走进了这个云泰西菜市，我才觉得铃铛不容易啊，这每天买菜走的路，都得比我一天走的路多。

我们一行几个人，伪装成买菜的主儿，拎着一塑料袋菜，在菜市场里闲逛着。可是，这里的人实在是太多了。有人曾经说过，一个菜市场，就是一个江湖。果不其然，这里真是林林总总、形形色色，什么样的人都有。

我终于知道黄支队的忧心忡忡从何而来了，没有甄别犯罪分子的硬核证据，这又该从何查起啊。

不知不觉中，我们闲逛到了市场最内侧的海鲜区。云泰不沿海，这里是全云泰唯一的海鲜中转市场，所以海鲜区的人更是络绎不绝。我被来来往往的人群挤得有些不耐烦了，正准备转身离开，却被一声声"嘭""嘭""嘭"的声音给吸引住了。

我远远地看去，在市场的一个角落，堆叠了大块的白花花的东西，有一些人在这些东西下面工作着。

"那是什么？"我问身边的韩亮。

韩亮看了看，说："海鲜嘛，重要的不是'海'字，而是'鲜'字。为了保鲜，这些海鲜从海边运送到内陆来，都是用大冰块冷冻起来的。"

"然后呢？"我瞪大了眼睛，指着远处的大冰块。

"然后？没然后啊。"韩亮一脸的莫名其妙，说，"哦，然后运过来了，再把冰块砸开，把海鲜取出来单卖啊。"

"还记得吗？我们刚到现场的时候，大宝就说过'有腥味'。"我说，"咱们这个人形警犬，可是从来没有失误过啊。"

大宝恶狠狠地用手指戳了我一下。

"当时我们以为那是血腥味，其实并不是。"我扬着眉毛，低声说道。

我掩饰不住内心的喜悦，这让大家都意识到了什么。

我们没有进一步交流，不约而同地向远处大冰块走去。不知不觉中，我们加快了脚步，看起来就不像是纯粹的买菜人了。不一会儿，我们走到了大冰块的附近，我的眼睛瞬间亮了起来。

冰块堆的下面，有几个工人，正在忙忙碌碌。他们的任务，就是像韩亮说的那样，把冰块砸碎，将里面冷冻着的海鲜取出来卖。

而他们砸碎冰块的动作，实在是太有"吸引力"了。

工人们几乎都是一样的动作，一只手按住大冰块，防止堆叠在一起的冰块滑动位移，另一只手拿着一个比脑袋还大的木榔头，一下下地砸在冰块的上面。不一会儿，一整块大冰就碎裂了。工人们继续将碎冰砸得更碎，从中取出海鲜。

这个动作，和昨天晚上我在宾馆演示出来的动作，一模一样。

"你看，你看，木榔头。"大宝站在我的身后，拼命地用手指捅着我的腰眼，兴奋地说道。

"不只是工具对上了，连动作都对上了。"我低声回应大宝。

"为了防止铁质的工具把冰块里面的海鲜形态给破坏，所以他们选用的都是木榔头。"韩亮说，"为了能有效地砸开冰块，所以他们的木榔头都很大很重。"

话音刚落，一名工人骑着摩托车，驮着一个大木榔头来到了冰块边，对另一名工人说："你回去吧，我来接班了。"

那一名工人点了点头，脱去身上的工作服，用抹布擦干净木榔头的击打面，将木榔头绑缚在另一辆摩托车上，和大家伙儿打了声招呼，离开了。

"而且，他们的木榔头，都是随身携带的。"林涛补充道。

"行了。"我说，"让黄支队他们秘密摸清楚所有在这里工作的破冰工人，然后再和那七百条通话记录比对一下，结果就出来了。这一回，老黄不会觉得我们的推断没用了吧。"

我们挤在人群之中，料想凶手哪怕此刻也在工人之中，也不会发现我们的异常。于是，我们默默地退出了海鲜区。

"对了，一旦锁定了犯罪嫌疑人，立即收缴他的木榔头。"我说，"我看了他们用的木榔头，榔头和榔柄之间是用钉子固定的，中间的缝隙不小。既然死者头部有开放性的创口，那么就一定会有喷溅状的血迹藏在头柄之间的缝隙里。毕竟，拿到DNA证据，才是死证据。"

有了上午的发现，我预感这个案子的破获已经十拿九稳了，心里非常踏实。即便是我们几个人一下午都在宾馆里等消息，也丝毫不担心案件的侦破工作会出现什么意外。

等到了晚上，不仅没有坏消息，也没有好消息。我非常了解黄支队的性格，这个技术出身的侦查部门领导，生性严谨，一定会等到所有证据出炉之后，才充当那个"报喜鸟"的角色。所以，这个时候没有坏消息，就一定是好消息。

抱着这样的心态，我很放心地入睡了，可是这一觉，并没有睡饱，因为早晨六点多，就被黄支队的一通电话给吵醒了。

"案子破啦！"黄支队的第一句就开门见山，真不愧"报喜鸟"的称号。

"我分析得没错吧？"我问道。

"这家伙死不交代，但是我们查到他的时候，发现他老婆真的有外遇，就知道十有八九是中了。"黄支队兴奋的声音有些刺耳，"后来按照你说的，我们拆了他的大锤子，果真找到了死者的血。这就铁板钉钉了。就在刚才，他已经低头认罪了。"

"果真是个不见棺材不落泪的主儿啊。"我一个翻身起了床，说，"我们收拾收拾就回去了，等一会儿你把讯问笔录传给我看看。"

坐在返回龙番的车上，我翻看着黄支队通过微信传过来的讯问笔录的照片。

"这人叫黄三本，本地人，三十五岁。"我一边看，一边和大家分享这个成就感爆棚的时刻，"嗯，之前说了许多他老婆的不是，总之就是一句话吧，这人非常怕老婆。"

"怕老婆？哈哈，怪不得用这么下三烂的手段来调查他老婆。"林涛笑着说道。

"怕老婆怎么了？"陈诗羽白了林涛一眼，说，"那叫尊重老婆，尊重老婆的男人才是好男人。"

"从他的口供中看出，他是被他老婆欺负得挺厉害。"我接着说，"血汗钱不多，通通上缴，每个月零花钱，一百块，嚯，比我还少。"

"你，你多少？"大宝问道。

我没理睬大宝，说："不过最近他发现他老婆有外遇，可是跟踪了几次都没抓到把柄，偷偷搜查手机也没找到什么线索。正好上班路上看到了这则小广告，于是起了歪心。"

"事实证明，他老婆真有外遇。"林涛耸了耸肩膀，说，"这就是你所谓的'尊重老婆'的结果。"

"哪儿跟哪儿啊？"陈诗羽辩驳道，"他不怕老婆，他老婆就没外遇了？这外遇和怕老婆没直接关系。"

我没有理会他俩的争吵，接着说："黄三本和刁才叙述完自己的遭遇之后，就在痴心等待刁才给他复制出一张SIM卡。终于有一天，刁才约他在小树林见面，说是见面给他SIM卡。"

"我觉得这骗子的技术不纯熟。"韩亮说，"完全可以打电话给对方听录音，然后让对方把钱汇到卡里。"

"这不可能。"我说，"既然是敲诈勒索，受骗人不见兔子不撒鹰，不会盲目打钱的。只有见面了，才有'一手交钱、一手交货'的放心感觉嘛。于是，他们见面了。果然不出所料，就是因为这一次敲诈勒索，黄三本觉得即便拿钱赎回了录音，对方也有可能还有复制件。"

"黄三本应该是没有钱赎回录音，毕竟对方不可能就要一百块。"韩亮笑着说道。

"黄三本一不做二不休，假称拿钱，其实是去树林外取回了随身携带的大榔头。"我说道，"这个黄三本长期从事重体力活儿，所以这个一米八的刁才根本不堪一击，就被他按在地上打死了。"

"用的还是他最最熟悉的击打动作。"林涛说，"这个动作他每天都要做几千次，所以成了条件反射。"

"把刁才的脑袋当成了大冰块。"大宝吐了吐舌头，又缩了缩头。

"这种反电诈的手段，实在是有点血腥啊。"我叹了口气，默默地说道。

此刻我脑海中，尽是那一起"自产自销"案件的画面。真的不知道程子砚这两天，有没有什么新的发现。

"对了，真的不是同性恋？"林涛问道。

我看了看笔录说："果真是很多事情，在你没有拿到答案之前是永远也猜测不到结果的。黄三本脱去刁才的裤子，居然是因为刁才的裤子比较新，尺码和他的一样！"

"抢劫裤子？"大宝大吃了一惊。

"当然，除了抢劫了裤子，还抢劫了刁才的手机和随身的一千多块钱。"

"电诈不成，反丢条命。"我说，"结合上一起案件看，这些所谓的边缘职业，还真是风险巨大。"

"还不是你们这些男人，婚姻出了问题，就想出这种歪门邪道。"陈诗羽说。

林涛说："就是，就是，婚姻出现问题了，应该好好沟通。"

"这可不一定。"韩亮依旧是一副漫不经心的样子，说，"你敢保证，没有女人去找死者复制过SIM卡？"

"说得也对。"林涛说。

"你究竟有没有主见？"陈诗羽看着林涛。

"其实吧，你们说得不矛盾。这种案子被骗的，通常是对婚姻不信任的人。"林涛挠挠脑袋，说，"而且，他们在婚姻中的交流，也总是无效沟通。走投无路了，只有选择这样的歪门邪道。所以，和性别还真是没多大关系。"

"但我们见过的案子里，"陈诗羽皱皱眉头，说道，"男性对女性疑似出轨的反应，还真的会更加激烈。有个案子里，就因为无端的怀疑，男人直接砍死了自己的妻子，事实上妻子压根就没有任何出轨的行为。本质上，这些男人还是把妻子当成是自己的所有物，而不是一个活生生的人。因为是物品，所以才会担心被人抢走吧？"

"啊？有吗？"林涛看着陈诗羽说。

韩亮没有反驳，但是我却通过后视镜看到他的眼神似乎流露出了一种说不清、道不明的心情。

4

接下来的十来天，我们勘查小组只有程子砚一个人天天忙碌着。

视频侦查工作的烦琐程度，超出了我们的想象。当我们看到程子砚拿着好几个T的视频数据天天焦头烂额的样子，就知道奢望她在几天之内就发现线索显然是很不科学也不现实的。

然而命案发生，是没有什么规律的。有的时候扎堆来，而有的时候，则一个月都没有动静。

不过，随着命案发生率的降低，申请重新鉴定伤情的案子数量倒是多了起来。在这"闲着"的十来天里，我们是一点也不轻松。大量的伤情鉴定被集中地约在了这一段时间来厅鉴定，而并不喜欢这项工作的我们，不得不每天受理鉴定、申请医院临床会诊、撰写鉴定书。

大宝天天愁眉苦脸，但是在我们的威慑下又不敢施展"出勘现场，不长痔疮"的乌鸦嘴，只能唉声叹气地在电脑面前抄病历、写鉴定。

我见勘查组士气不振，总觉得应该采取一些什么措施。恰逢铃铛的生日是周末，我又想到了黄支队在十来天前提出的邀请，于是策划着搞一场秋游活动。

听说去钓龙虾，大家一呼百应，就连从来不吃小龙虾的陈诗羽也高高兴兴地应了邀。

虽然韩亮觉得我们此举很是幼稚，但是迫于陈诗羽的拳头威慑，不得不和我一起一人开着一辆车，载着满满当当的人，去了位于龙番市东面郊区的一座小山之下。

这里的地形特殊，天然隔出了大大小小好几片野生鱼塘。黄支队的弟弟正是将这片地区给承包了下来，然后在小湖之中抛洒鱼苗，养殖鱼的同时，给游客提供垂钓的场所。可能并没有广告宣传，所以来垂钓的游客并不多。除了我们这一大帮人以外，还有对面远处坐着的一对小情侣。

"这片区域面积较大，周围空旷，无法设置围墙屏障隔离出来，所以是一个相对比较开放的场所。"我在鱼塘看守人的指引下走到鱼塘的旁边，深深呼吸了一口微甜的清新空气，说道。

"你这不是在看现场，可不可以不要用这些专业术语来描述这么优美的环境？"林涛说道。

"我鱼都不会钓，这龙虾，能钓得上来吗？"我心里不踏实，笑着问看守人。

"这龙虾啊，可比鱼好钓多了。"看守人拿过一截绳子，捆着一小条生猪肉，伸进了水里，不一会儿，绳子一震，他一提，一只小龙虾就被钓了起来。

"这也太简单了吧！"我惊呼了一声，"鱼竿都省了。"

看守人微笑着点点头，回去位于鱼塘南边的小砖房，留下我们几个人欢快地尝试着这一项新鲜的娱乐活动。

可能是鱼塘的龙虾确实很多，也可能是我们运气不错，一个小时之后，我们带来的网兜中，就装满了龙虾，足足有七八斤重。

突然，远处传来女生的尖叫声。我们循声看去，那对小情侣像是钓到了大鱼。女生双手紧紧握着鱼竿，而鱼线被绷得笔直，显然是使出了吃奶的力气，也没有能够拉动鱼线。男生试图走到水边，帮助牵拉鱼线，却一不小心滑了一跤，直接跌落到了水里。

我们放下钓龙虾的绳子，想去施以援手，却看见男生干脆一个猛子扎到了水里。显然，这个精通水性的男孩，想在自己女朋友面前露一手。

见没有危险，我们远远地抱着胳膊微笑着看着他们。

不一会儿，男生从水里钻了出来，浑身湿漉漉地爬上了岸。我们远远地看去，他似乎显得有些惊慌失措。紧接着，女生捂着嘴用更尖锐的声音叫了出来。

我们发觉了事情不妙，不约而同地向他们跑了过去。

"怎么了？"我问道。

"里……里……里面有……有死人。"男生全身颤抖地说道。

这个季节有二十多摄氏度的气温，他的颤抖显然不是因为寒冷。

"死人？"我朝水里看去。

"我，我报警。"男生想从一旁的背包里掏手机，却发现自己的手掌似乎被什么东西给缠绕了。

他摊开手掌，豁然是一大把人的长发。

他猛地把湿漉漉的长发抛开，全身抖得更厉害了。

看到这一把长发，我知道他说得八九不离十了，于是拿出了手机报警。大宝见有尸体，就开始解裤腰带，准备跳进水里去一探究竟，被宝嫂一把拉住。

"别急，等特警的蛙人过来看。"我见宝嫂瞪着大宝怒不可遏，知道她是想起了往事①，于是笑着说道，"我们现在不是在执行公务，不能破坏现场。"

其实这个时候，我的心里更是充满了疑惑。既然死者的头发都已经脱落了，肯定是高度腐败了。可是，尸体为什么没有任何漂浮起来的迹象呢？

不一会儿，几辆警车开到了鱼塘的旁边。几名派出所民警在鱼塘的旁边拉起了警戒带，而几名蛙人则穿戴整齐，跳进了鱼塘内。在短暂的等待之后，两名蛙人从水里浮了出来，背负着两根绳索。

几名特警和民警合力拉动绳索，从水里硬生生地拖了个物件出来。

这不是简单的一具尸体。那场面，实在是令人震撼。

铃铛和宝嫂同时尖叫了一声，抱在了一起。就连我们这些见惯了尸体的人，也是目瞪口呆。

眼前是一个一米见方的正方体竹笼，里面塞着一团黑乎乎的物件，显然那是一具高度腐败的尸体。竹笼的下面坠着两块大石头，这就是尸体一直没有能够漂浮上水面的原因。最让人震撼的是，整具尸体几乎被黑红色的小龙虾给覆盖满了，就连竹笼上，也趴覆了不少小龙虾。

小龙虾在尸体上缓慢地爬动，用那双钳子大快朵颐，让我们不自觉地开始反胃。大宝正拎着我们的虾笼，他发了会儿呆，猛地看到自己手中的小龙虾，迅速将虾笼扔出了一米远。

"你们以后还吃这个吗？"陈诗羽皱着眉头说道。

"小龙虾食腐，这个没什么好奇怪的。"说虽这样说，但我的心里还是挺不对劲的，"我们吃的，都是养殖的，以后不吃野生的就是了。"

"这，肯定是个命案了。"林涛说，"要不要和师父说一下，申请介入？"

我点了点头。

此时，市局的韩法医已经抵达了现场，看着我们傻傻地站在一旁发呆，笑着穿勘查装备。

"你们省厅的法医吧，很少跑非正常死亡的现场，所以这种情况没见过吧？"韩法医笑着说，"我倒是经常见，所以从来不吃这玩意儿。"

"那你不提醒我们？"大宝责怪道。

"每次都看你们吃得那么开心，我哪好意思打扰你们的兴致。"韩法医穿好了

①　见法医秦明系列万象卷第四季《清道夫》"死不瞑目"一案。

装备，走到竹笼的旁边，用剪刀剪开捆扎竹笼门的塑料扎带，打开了竹笼的门。

"师父同意了，转变身份吧。"林涛打完了电话，从市局的勘查车上取勘查装备。

我把车钥匙给铃铛，让她和宝嫂先回去，我们则提前介入了这一起案件的侦破工作。

除了尸体是被蜷缩后装在一个竹笼里之外，我们还可以看到，尸体的双手是被反绑在身体后面的。这样看起来，显然就是一起命案了。

既然确定了是命案，层层上报，迅速从四面八方驶来了十几辆警车。董局长也亲自抵达了现场，对我们说："上次的自产自销之后，就没命案了，这一来，就来个刺激的。"

说完，一阵凉风应景地吹了过来。虽然只是九月份的天气，但似乎就要开始降温了。

陈诗羽抱着双臂在一旁看着。

"冷吗？"林涛问。

"不冷。"陈诗羽答。

林涛为了帅，在T恤外面套了一件薄西装，此时他正要把西装脱下来。

"不用。"陈诗羽及时说道。

说话间，韩法医已经将尸体从竹笼之中取出，把诸多小龙虾从尸体上驱赶干净，尸体的状况呈现在了眼前。这是一具女性尸体，上身穿着暗红色的短袖衣服，下身穿着白色的长百褶裙。尸体已经高度腐败，呈现出轻度巨人观的模样，所以尸僵早已缓解，很容易就将蜷缩的尸体给放平了。尸体的头发已经开始脱落，但是大部分还残存，是暗黄色的长鬈发。从头发和穿着来看，死者的年龄并不大。尸体所有的裸露部位都已经被鱼虾啃噬殆尽。尤其是那一张暴露出面颅骨的面孔，没有了眼球，只有黑洞洞的眼眶，还有那没有了口唇，看起来龇牙咧嘴的下颌，尤其骇人。

"这是农村经常使用的鸡笼子。"董局长蹲在竹笼的旁边，看着说道。

"我们可以去查一下，这种鸡笼子是哪里买的。"一名侦查员说道。

"不好说，很多农村的妇女都会自己制作。"董局长戴上手套，翻动竹笼，看了看，说，"这个竹笼的接口都是用洋钉钉起来的，做工粗糙，而且竹子的选材也是大小不一，很显然是自己制作的，所以没有必要去查了。"

"报告董局，这里的看守人已经控制起来了，周边的群众已经安排兄弟们去查了。"一名侦查员简短地汇报。

董局长点了点头，看着我们，说："你们看呢？怎么样？"

"可能是颅脑损伤死亡，然后沉尸塘底吧。"我见死者残存的额部头皮上，有一处裂口。从裂口周围发黑的迹象来看，显然是有生活反应的。虽然对应的额骨没有骨折的迹象，但是这个位置的损伤，还是要考虑可以致死的。

"可不好说。"大宝一边用一根棉签插进死者裸露颅骨的鼻腔内，一边说，"气道内可以看到泡沫，还有泥沙。"

在非正常死亡的事件当中，仅仅通过尸表检验就可以判断死者是不是生前入水溺死的最直观的现象，就是尸体有从口鼻处溢出的蕈状泡沫[①]和从鼻腔内发现的泥沙水草。

"不能排除是因为面部软组织缺失而导致的污染。"我说，"现在还不能确定是死后抛尸入水还是生前入水溺死，需要解剖来看。"

"我更关心的是，有身份证明的依据吗？"董局长问道。

我搜查了一下尸体的衣服口袋，并没有任何随身物品。于是我又观察了一下尸体的尸表，裸露部位的皮肤都已经缺失了，被衣服遮盖的部位皮肤还存在，但也没有发现什么特征的标志，如疤痕、痣或者是文身。

我朝董局长摇了摇头，董局长有些失望地说："那死亡时间呢？让我们侦查有个大概的摸排范围。"

我心想这个"少壮派"的分管刑侦的副局长还真是个行家，每个问题都问到了侦查部门最关心的关键。可见，他确实是从基层刑侦一步一步磨炼起来的。这样的副局长，不仅可以最有效地调动侦查资源，而且哪个侦查员也别想蒙他来糊弄差事。这实在是龙番市刑侦界的一大幸事。

只不过，他问的问题，我也不敢打包票。

一般推断死亡时间，只有在死亡二十四个小时之内，还存在早期尸体现象的时候，才可以推断得比较准确。一旦超过了二十四小时，误差概率就会大幅增加。死亡几天的尸体，也只能推断他大概死亡了几天。不过，这也需要依据。比如尸僵

---

① 蕈状泡沫是指在尸体口鼻腔周围溢出的白色泡沫，蕈是一种菌类，这种泡沫因为貌似这种菌类而得名。蕈状泡沫的形成机制是空气和气管内的黏液发生搅拌而产生，大量的泡沫会溢出口鼻，即便是擦拭去除，一会儿也会再次形成。比如人在溺水的时候，因为呼吸运动，水和气体在气管、肺之中混合搅拌的时候，就会形成蕈状泡沫，所以它一般是在溺死案件中出现，也可能会在机械性窒息和电击死中出现。

还没有缓解完毕，可以推断是两天之内；比如尸体旁边有蛆虫，可以根据蛆虫长度来判断大概死亡几天。可是眼前这具尸体，可以说没有任何可以推断死亡时间的依据。尸体现象早就没有了，沉在水里也没有附着蛆虫。就连身份都完全不知道，更不知道她的末次进餐时间，也无法根据胃肠内容物的迁移距离来判断死亡时间。

巨人观的形成，课本上说是死亡三至七天。不过这个时候，我把死亡时间放大到这么大的范围，也就毫无意义了。

我皱了皱眉头，说："这个，判断准确的话，很难，毕竟有着环境差异和个体差异。不过，以我的经验看，在这种气温环境的水下，形成轻度巨人观的尸体，应该需要五六天的时间。"

"今天是九月十六号。"董局长说，"你的意思是说，九月十号左右死亡的？"

我点了点头。

"除此之外，真的就找不出其他什么寻找尸源的依据吗？"董局长问道。

这种费尽心思藏尸的行为，就和碎尸行为的目的是基本相同的：尽可能地藏匿尸体的真实身份。既然有这种行为，基本可以断定杀人者是死者的熟人。所以，和碎尸案一样，寻找到了尸源，案件就等于破获了一半。所以，如果我们能提供更多寻找尸源的线索，也就等于让这条捷径更加便捷。

"双手捆绑的。"林涛说，"捆绑双手的尼龙绳是黄色的。我们知道，这种尼龙绳一般都是绿色的。黄色的，我倒是没见过。这条绳子，我们痕检部门可以带回去在实体显微镜下面再仔细勘验一下，看有没有什么发现。"

"嗯。"董局长一副沉思的模样，"这条绳子可以查一查，不过还是要先找到尸源最可靠。"

"除了发型和衣物，确实没有什么好的可以证实身份的特征了。"我说。

"衣物。"董局长沉吟道，"有性侵的迹象吗？"

韩法医掀起死者的裙子，将死者的内裤褪下来，说："会阴部没有损伤，内裤位置也是正常的，而且，死者还在生理期。"

董局长点了点头。

"等等。"我见韩法医要将死者的内裤还原，说道，"这是什么？"

死者的会阴部有个直径为1～2厘米、圆形或椭圆形的硬结。可以看到，硬结的表面有溃疡，界线清楚，周边水肿并隆起，基底呈肉红色。触之具有软骨样硬度，表面有浆液性分泌物。

我用止血钳触碰了一下硬结，把止血钳递给韩法医去检验。

"呀，还是你看得细。"韩法医也触碰了一下硬结，说，"这是硬下疳啊。"

"妥妥的硬下疳。"我说，"要不是有轻度巨人观，膨隆得更加明显，我也不可能一下就看得到。"

"什么意思？说人话。"董局长见我们交头接耳，净说一些听不懂的名词，急着问道。

"这女的，患有一期梅毒。"我说。

"性病？"董局长皱了皱眉头，"别是卖淫女。"

"这就不知道了。"我说，"不过，这是早期的梅毒症状，而且溃疡面有愈合的迹象，我估计，她正在接受治疗。不然的话，后期会出现皮肤梅毒疹等一系列病变症状。"

"这个好。"董局长立即明白了我的意思，转头对身边的侦查员说，"调查所有的医院，正在治疗的梅毒病患者的身份，逐一排查。另外，把死者的衣服拍成照片，发出协查通报，寻找穿着这样衣服的，在九月十日左右失踪的，暗黄色长鬈发的女子。"

"等我们尸检完，明确死者的身高、体重、年龄之后，再发协查通报啊，这样效率更高。"我说。

董局长点了点头，说："医院那边先开始查，等几个小时，法医的结果出来了再发协查通报。尸体赶紧运去殡仪馆，马上开始尸检，先把协查通报需要写明的资料给查明。另外，捆手的尼龙绳和竹笼都送到痕迹检验实验室去，看有没有可能找到什么线索。"

我见尸体被装进尸袋，正准备运走，于是招手让大家一起出发去殡仪馆。突然，师父打来了电话。

"师父，我们正准备去殡仪馆。"我说，"这里肯定是命案，具体情况回头再汇报。"

"这案子交给市局去做。"师父在电话里说道，"你们马上赶去青乡，有另一起案子需要你们支援。"

"那，那让别人去吧，我们这边你不是同意介入了吗？"我说。

"服从命令。"师父用不容置疑的语气说道，"你们即刻出发，案件资料我从微信上发你。"

法医秦明

VOICE OF THE DEAD

| 第四案 |

裙摆之下

人人都掩饰着自己的真面目，但又在掩饰中暴露了自己的真面目。

——

爱默生

1

我们一行六人按照师父的指示，立即坐上了韩亮的SUV，向青乡市赶去。坐在车上，我收到了师父传递过来的案件资料。

不过，看完之后，我大失所望。

周五晚间，一名青乡市郊区中学的女高中生，骑着电动车去老师家里补课，补课到晚上十点，用手机给父母打了电话，说自己马上回家。结果等到十一点半，她父母也没有等到。原本骑车十五分钟的路程，不可能需要这么长时间。于是父母沿途去寻找，在路途中间一条偏僻小路上，找到了她的尸体。女生骑着的电动车尾部损坏，有明显的剐擦痕迹，显然是一起交通事故。

周六，交警部门正在部署对肇事逃逸的车辆进行排查，还未寻找到肇事车辆之时，又出事了。死者的一个亲戚挑唆纠集了一些亲戚朋友，到殡仪馆以看尸体为名，企图争抢尸体，被及时赶到的派出所民警坚决阻止。随后，亲属们举着死者的遗像围攻学校，以违规补课的由头，索取赔偿。学校对补课教师予以开除处分，但学校认为违规补课是教师的个人行为，和学校无关，于是不予赔偿。亲属于是继续围攻学校，并且和前来维持秩序的民警发生了肢体冲突。

因为事发周六，学校并没有学生上课，所以亲属觉得没有起到引导舆论的目的。于是，亲属们以"公安局抢尸体""不给死因鉴定"为名，到公安局门口闹事。同时，还在网上发布和民警发生肢体冲突的视频，截头去尾、断章取义，试图引导舆论。

此事引发了较大的社会影响，各级领导开始关注此事。

正所谓祸不单行，在公安局领导给法医施压，要求尽快出具死因鉴定的时候，青乡市法医却在尸体上发现了不可解释的损伤，一时无法给出定论。在强大的舆论压力下，市公安局不得不向省厅紧急求援，希望我们可以立即给予技术支援。

裙摆之下

考虑到明天就是周一，学校恢复上课，一旦家属再去围攻学校，甚至伤及学生，后果将不堪设想，于是师父要求我们立即赶往青乡，给予支援。

在我和大家介绍完简要案情之后，青乡人大宝惊得目瞪口呆："我们青乡从几十年前就开始有课外补课的传统了好不好？而且老师的资源是供不应求的，若不是花些功夫和人脉，根本就排不上队。要求补课的时候把老师当爷爷，出了事情又不认账了？"

"在课堂上授课不倾尽所有，留着在课后补课以敛财，这本就是这些年来教育管理部门一直在明令禁止的事情。"林涛说，"所以他们用这个由头来索赔，也算是切到了脉门。"

"这教师也算是背锅侠了，直接被开除了。"韩亮无奈地摇着头说。

"背锅侠应该是警察吧？"林涛说，"现在这世道，是不是什么事情都能扯到警察身上？我听说还有医生说现在有医闹是因为警察不作为？天哪，这都是什么逻辑？"

"吸引眼球的逻辑。"大宝说，"医生怪警察，患者也怪警察，说是警察来维护医院秩序，就是在包庇。多半医闹闹到最后，就又闹到警察头上了。"

"何止是医闹。"林涛说，"'房闹''学闹'这些，甚至去企业讨薪的、去政府上访的，到最后，不都挑警察的毛病吗？警察就是当今社会最大的背锅侠。"

"有完没完？和这个案子有关系吗？"我见大家的牢骚有些过分了，制止道。

"有关系啊，那个抢尸体什么的，不就是各种闹常用的托词吗？"林涛说，"谁抢他尸体啊？不就是为了防止他们破坏尸体上的物证，防止他们抬着尸体闹丧吗？"

"你还别说，他们企图从殡仪馆运走尸体，就是为了去闹丧。"大宝点头认可道。

"也难怪领导们急着要鉴定。"我说，"不过，法医鉴定是呈堂证供，可不能随意儿戏。遇见热点事件，不顾一切地下一个不稳妥的鉴定，才是后患无穷的。所以，咱们法医鉴定一定要充分论证，得出最客观、最科学的鉴定结果才是正道。"

"咱们青乡的法医做到了。"大宝自豪地说道。

我微笑着点了点头。

对于刑事技术人员来说，一起充满了疑点的杀人案件的办理，要比这些舆论热点案件的办理挑战性强得多。我们放下了那起竹笼命案，却要去办一起交通事故，确实是索然无味。这也是我们在看完简要案情之后，大失所望的原因。

这种失望的情绪让大家都闷闷不乐，甚至每个人的思绪还都在刚才的那一起竹笼案件之中。于是不知不觉，韩亮驾着车已经下了高速，按照和青乡市公安局的约定，我们直接赶赴位于青乡市南部郊区的现场。我们下了高速以后，从国道上拐入县道，再从县道的分支进入，就抵达了现场。

现场的环境，对于一个城市来说，确实是难得的僻静。虽然道路很宽，除了两个车道还有富余，但是平坦的道路上，车辆很少。道路两侧种植着笔直的白杨，此时枝繁叶茂。白杨树两旁，每隔十余米，就会有一盏路灯。白杨树的外侧，是用夯土堆积的路基，路基下方是约一米深的小沟。而小沟之侧，是一眼望不到边的田野。

站在路边，烈日被树叶遮挡，甚是凉爽。如果这里不是非正常死亡事件的现场，站在这里，眼前一片开阔的视野，定会令人心情愉悦。

青乡市公安局分管刑侦的王杰副局长和技术大队长孙法医早已等候在现场。

寒暄过后，我们越过了在白杨树和庄稼地里的庄稼上捆着的警戒带。

"尸体和电动车在这个位置。"孙法医指着路旁小沟内用白色粉笔描画出的一个圆形，说道，"我们扩大了警戒区域，从路面上有擦划痕迹的地方开始，一直到尸体这边，都划入了警戒线。"

"现场保护得没问题吧？"林涛蹲在小沟里，说道，"好在这两天天气不错，不然室外现场不好保护。"

"家属闹事，我们不敢有所怠慢。"王局长指了指警戒带外面的一辆闪着警灯的警车说，"我们安排了派出所的民警，把车停在那里，日夜守候。"

我点了点头，这确实是在没有办法的情况下使出的笨却有效的办法，只是辛苦了十二个小时一换岗、一上岗就不眠不休的守候民警。

"和上一个案件一样，地面被落叶覆盖，不具备提取足迹的条件。"林涛说道，"不过，从路面上看，绿色的擦划痕迹，一直从十米开外，延续到这里的路边，然后撞击路灯杆，直接跌落到了小沟里。路灯杆上也有绿色的撞击痕迹，从小沟里落叶的翻卷情况看，也符合一次性擦刮形成。这确实是一起明确的交通事故现场。死者骑着的电动车，是绿色的对吧？"

孙法医点了点头，说："是绿色的。派出所就在前面五公里的地方，电动车也在派出所里，一会儿我们可以去看看。"

"尸体位置符合常理吗？"我问道。

孙法医指了指白圈旁边，说："人就在电动车旁边，仰卧，车辆也没有压覆在尸体上。不过从路面上跌落到沟里，车辆和人有小的位移距离也正常。"

"刹车印痕有吗？"林涛问道，"是单方事故，还是别的车撞的？"

"没有刹车痕。"孙法医说，"一会儿看电动车就知道了，肯定是被车撞击后摔倒的。这里是农村，尤其是晚间，交警也查不到这里来，所以这里酒驾的人很多。说不定他撞了电动车，自己都不知道。"

"酒驾真是十恶不赦！"陈诗羽愤愤地说。

"这是什么？"林涛此时又溜达到了小沟内，蹲在地面上，指着泥地里的一处位于尸体位置头侧的印痕，说道，"你们看一下，这是不是原始现场的状态？这是不是能提示出什么形状？"

孙法医看了看地面，又打开随身携带的笔记本电脑，看了看原始现场的照片，说："你还别说，这还真的是一处什么规则物体的印痕。确实是原始状态，和我们第一次拍摄现场时候的一致。只是我们第一次勘查现场的时候，是周五夜里，光线不是很好，所以我们没有发现。"

我蹲在马路的边上，看着和自己的目光有一米落差的地面。确实，在落叶之间，有一个规则的形状略微凹陷于泥土之中。这个凹陷，隐隐约约，不容易被发现，但是既然注意到了，还是可以看得出来的。凹陷的一端，是扁长方形的形状，另一端则是一个弧形，弧形两侧有两条直直的痕迹连接到扁长方形。

韩亮眼珠一转，说："这不就是U形锁吗？"

"U形锁，有这么长的？"大宝指着两侧长长的印迹说。

"长U形锁，你没见过啊？"韩亮比画了一下。

"见过，确实很像，不过这种锁多是用于摩托车。"我沉吟道。

"不会吧？"孙法医想了想，说，"死者骑的电动车，是后轮自带锁夹的，没必要再上一个U形锁啊？"

"不仅如此。"我站起身，说道，"如果真的是有U形锁，那么这个U形锁在案发后到哪里去了？死者伤后应该没有移动吧？这种泥土地面，即便U形锁摆在地上，也不会出现印痕。"

"是啊，肯定是要施加一个力量才会稍微凹陷的。"林涛说，"比如踩一脚。"

"那，这个案子看起来真的是疑点重重了。"孙法医低头沉思。

"当然，这个印记和这起案件有没有关联，就不知道了。"林涛一边加上比例尺给印迹拍照，一边说，"反正从凹陷的情况来看，不能确定是新鲜形成的还是陈旧的。"

"没有关联的话，这事儿就有点太过巧合了。"我说，"当然，咱们也不能排除这种巧合的存在。反正需要侦查部门问一问，死者究竟用不用这种U形锁。虽然有人到过现场，把U形锁单单拿走这一个情节很不符合常理。"

"嗯，我觉得伤也解释不了，所以才请你们过来。"孙法医说，"你们看看，这个现场地面，是没有坚硬的石头的，对吧。"

虽然不知道孙法医此言之意，但是林涛还是在警戒区域内的小沟里走了一遍，边走边用穿着鞋套的脚的脚尖踢开落叶，说："没有，这里没什么硬石头。"

"行，我们先去派出所看看车辆，然后再看尸体吧。"孙法医说。

很快，几辆警车来到了青乡市南郊区金刚派出所，狭小的派出所院内，塞满了警车。我们在孙法医的带领下，直接绕过了派出所的办公楼，到了楼后的生活区院落。在这里，有一个简易车篷，很远就看见停在拐角处的绿色电动车。

因为把电动车送去市局物证室实在是路程遥远，而且太占地方，所以市局领导决定将这个物证放在派出所保管。这让派出所如临大敌，生怕有什么闪失，所以不仅仅是给电动车专门在车篷里搭了一个小棚子，周围围上编织袋，还干脆把车篷用警戒带给围了起来。民警的电动车，都只能停放在前院。

"怪不得前院给塞得那么满。"林涛笑着揭开了编织袋，围着电动车看着，"电动车左尾部车灯碎裂，撞击痕迹明显；右侧车体塑料壳擦划痕迹明显。更印证这就是交通事故了。"

"她的车，不用外加锁具吗？"陈诗羽问派出所所长。

所长点点头，说："没有外加的任何东西，电动车坐垫下面的雨衣什么的，都在。这些都调查了。"

"碰撞痕迹的上面，有灰色的漆片，你们看到了吗？"林涛拿着一个放大镜，在电动车尾部看着，说道。

孙法医点点头，说："我们痕迹部门也看到了，明确肇事车辆是灰色的。只不过，监控条件实在是不好。"

"有监控？"程子砚发话了。

"现场周围是没有监控的，不过……"孙法医拿出一张纸，开始画示意图。

现场的道路，是两条平行县道之间的连通道路，全长有二十公里，而这条道路的入口和出口都是县道。虽然这条道路上并没有一个摄像头，但是进入这条道路的汽车，都必须要从两条县道中的一条进入。而行驶在县道之上，就有可能给县道上的摄像头拍摄到。

"不过，我说的这种情况，仅限于汽车。"孙法医说，"现场道路两旁有很多小土路纵横，连通周围的村庄。这些小土路虽然不能行驶汽车，但是摩托车、电动车、三轮车都是可以行驶的。死者就是从隔壁村的老师家里上土路，再上现场道路从而回家的。从这些小土路上进入现场道路的话，就无从查起了。"

"肇事车辆肯定是汽车。"林涛说，"这种撞击，造成这么大面积的电动车车体外壳损坏，肯定是有一个大的接触面的，你说的车辆，都不具备。"

孙法医点头认可，说："不过，即便肇事车辆肯定是汽车，也不好查。"

"好查呀。"程子砚翻着笔记本说，"死者离开老师家的时间明确，那么就可以推断出她行驶到这里的大概时间。这个时间区域范围是很小的。再根据大概的车速，判断这辆肇事车辆可能在两条县道摄像头下经过的大概时间，再找灰色车辆，这不难啊。本来灰色的车就不多，时间范围又这么小。"

"问题是，两条县道上的监控，年代久远了，夜间拍摄，有非常严重的色差。"孙法医说，"我们根本看不出来哪辆车才是灰色的。"

"这个不难。"程子砚微微一笑，说，"可以调色，也可以做侦查实验。没关系，交给我吧。"

我信任地看了程子砚一眼。

此时，王杰副局长走到我们身边，低声对我说："家属又在公安局闹，局党委的意见，请你们和他们见一面，安抚一下情绪。毕竟，明天学校恢复上课，领导怕有什么闪失。"

作为一名刑事技术人员，现在要做接待上访的事情，自然有些不甘。但这同样是维护稳定工作的一部分，我们也是责无旁贷的。

半个小时之后，我们在市公安局会议室里，接待了前来公安局上访的死者亲属代表。

一名秃头、三角眼、下巴上有几根胡须的瘦弱中年男人最先跨进了会议室。一进门，就毫不客气地往中间一坐，指着我们说："说，你们什么时候给我们结果。"

"我是公安厅来的法医。"我干咳了两声，说道。

"别搁我这儿装，公安部来的也得好好和我说，我是纳税人，你们是公仆。""三角眼"扬着下巴，说，"交警说要等你们结论出来才告知我们，你们又不出结论，你们这叫踢皮球！说吧，那个交警什么时候处分？"

"交警说的没问题啊，案件没定性，怎么告知你？"林涛愤愤地说，"但不是说工作不在做啊，我们一直在工作，怎么就踢皮球了？"

"三角眼"一拍桌子，说："这都两天了！你们做什么工作了？给我汇报看看？"

"你！"林涛腾的一下站起，被我按住。

我说："这样，我们这次来，就是要查清案件的，我们也是想在尸检之前听听你们的诉求。"

"三角眼"旁边的一个老实巴交的中年人正欲说话，被"三角眼"挥手挡住。"三角眼"说："尸检不尸检什么的，我们不关心，你们协调学校赔我们一百万。孩子养这么大不容易，这点钱对学校不算钱。"

"赔钱不赔钱的，你们要找法院，我们说了不算。但是，我们会对死者负责。"我说。

"死了要你负什么责？""三角眼"瞪大了他的眼睛，说，"你这不是踢皮球是什么？"

"这样吧，一切等到尸检结束后，我们再商量，行不行？"我强压着怒气，使出了缓兵之计。

"几天？""三角眼"摸着下巴上的几撮毛，用眼角瞥着我说。

"给我三天时间。"我伸出了三根手指。

"行，三天后不赔钱，我投诉你。""三角眼"起身，挥了挥手，带走了其他家属，留下了会议室里的警察们愤愤不平。

"谢谢你的缓兵之计。"王杰局长苦笑着说。

"警威是最重要的，是社会长治久安的基础。"林涛上纲上线地说，"你们太软了。"

"等结论出来了，他再要闹，我们就要拘留他了。"王杰局长说，"现在还没有结论，肇事司机还没找到，我们还是理亏的。"

我摇了摇头，说："这人是谁？"

"死者的姨夫。"王杰说，"整个事情，都是他挑唆的，上访人也都是他纠集的。是一个游手好闲、唯恐天下不乱的人，曾经因为盗窃，被公安机关打击处理过。”

我点头说道：“不管怎么说，时间不等人，马上开始尸检。”

2

青乡市公安局的尸体解剖室近期进行了翻新改造。虽然它的面积还远远够不上公安部规定的高级别解剖室的标准，但是内部已经焕然一新。

崭新又锃亮的不锈钢解剖台，比起原先锈迹斑斑的解剖台，实在是让人心情愉悦不少。整个解剖室安装了全新风空调，于是解剖室里常有的血腥、骨屑和福尔马林夹杂在一起的气味也荡然无存。解剖间内，安装了液晶显示屏，这个设备是一种突破。尤其是我们省厅二次复检的时候，可以在检验的同时，通过液晶显示屏对比初次检验时的照片，更是有利于全面、客观、准确地把握尸体状态。

“这是我上任后做的第一件大事。”王杰副局长略带自豪地说道。

虽然我的心里觉得花个几十万改造一下破旧不堪的解剖室并不算是什么大事，但是依旧对王局长能考虑到法医这个小到不能再小的警种的工作环境，而感到十分感动。

大宝最先穿好了解剖服，拉开了摆放在崭新解剖台上的尸体袋，眼前出现了一具刚刚解冻的年轻女性尸体。

尸体已经被解剖过，全身赤裸，头发也已经被剃除。暗红色的尸斑在白皙的皮肤上显得格外触目惊心。胸腹部联合大切口被缝合后，黑色的缝合线像是拉链一样在死者的胸前排列，再看看死者稚嫩的面容，让人不禁心生恻隐。

一名法医实习生在隔壁监控室里的电脑上播放着初次现场尸表检验和解剖室尸检的照片，孙法医则站在解剖室内大液晶屏前给我解说。

“这是现场的照片。”孙法医一边戴手套，一边指着显示屏，说，“沿着地面的刮擦痕迹，往沟里看，就是死者电动车倒伏的原始位置。电动车旁边0.8米处，死者仰卧在沟内。从初次出勘现场的照片看，衣着是整齐的。”

我凑近看了看显示屏里的照片，死者上身穿着短袖的、有郊区中学标识的校服，下身穿着一条黑色的过膝盖的裙子，没有发现明显的翻卷。在现场，孙法医把死者的校服掀起，可以看到内衣也是扣好的状态，位于原位。

“死者叫作洪萌冉，女，十七周岁，郊区中学高三学生。”孙法医接着说，

"根据对家属的调查，死者于当天晚上六点半离开家，骑电动车到老师家补课，十点钟结束后，用手机给父亲打了电话，称自己结束得晚了一些，马上就骑车回家。一直等到十一点半，其父亲打电话未通，外出寻找后，发现尸体。"

"这父母真是心够大的，本来就不远，去接一下又怎么样？就是不接，该到的时候没到，为什么不立即去找？"林涛摇着头说道。

"因为她的父母当天晚上都在打麻将。"孙法医说，"根据调查，洪萌冉离家时，携带了一个手机、一个装有学习资料的手提袋。这个手提袋和手机都在电动车坐垫下面的储物盒里，没有翻动，也没有丢失。"

"我们抵达现场之后，见死者扎着马尾辫，仰卧在现场。头部有血液流出，流出的血液中携带少量白色的脑组织，分析是颅脑损伤死亡。"孙法医接着说。

"你看，我说吧，案件一来就扎堆来，而且都是一样的。"大宝说，"我们最近这一个月接的案件，全是钝器打头导致的颅脑损伤死亡，一模一样。"

"这个案子，你确定是外力打击了？"我瞪了大宝一眼。

确实，在还没有亲自检验尸体之前，死者即便是头部有损伤，又如何知道是外力打击还是撞击还是摔跌形成的颅脑损伤呢？大宝知道自己说错了，吐了吐舌头。

"血液是从额部发际内流出的，流注方向是向耳屏方向，这说明死者受伤后，没有坐起或直立的过程。"孙法医对照着照片，说道，"现场尸检，死者的上衣右侧以及裙子右侧有明显的和水泥地面擦划的痕迹，衣服下面的皮肤也是大面积擦伤。"

之前我们站在尸体的左侧，所以看不到损伤。听他这么一说，我绕过解剖台来到了尸体的右侧。果然，尸体的右侧头部外侧、肩部、上臂外侧和髋外侧、大腿外侧、脚踝都有大面积条形平行排列的擦伤。这和尸体左侧的情况完全不同。这种大面积的擦伤，是人为外力不能形成的，这种损伤是典型的交通事故损伤。

"另外，死者的双手指间，有泥土块和落叶。"孙法医说。

"没血？"我有些疑惑，蹙眉问道。

"确定了，没有。"孙法医说。

"你们说，这指间的泥土和落叶，是在死者跌落沟里的时候翻滚造成的，还是抓握造成的？"我接着问道。

"指缝间、手掌皮肤皱褶内都有，这说明肯定是有主动抓握动作才能形成，而不是翻滚的时候沾染的。"

此时我已经穿戴好了解剖装备，双手十指交叉，让橡胶手套和手更加服帖。同时，我也陷入了沉思。

"现场的尸表检验就这样，看起来并没有什么问题。经过在解剖室的尸表检验和尸体解剖，我们明确了死者的损伤，主要有三种形态。"孙法医说，"第一种，就是广泛存在于尸体右侧的擦伤。这是死者被撞击跌倒之后，因为惯性作用，身体右侧和地面滑行摩擦形成的。头部右侧的擦伤下面，还有头皮下的血肿，但是没有造成颅骨和脑内的损伤。也符合摔倒的时候右侧着地的情况。第二种，是死者右侧小腿胫腓骨骨折，骨折断端是螺旋形的。"

"倒地之前，她右腿支撑地面。由于惯性力很大，加上电动车本身重量的压迫，导致一个很大的压迫扭转力，才会形成这样的骨折。这样的骨折，也是人为外力不能形成的，符合典型的交通事故或者高坠性的损伤。"我说。

孙法医点点头，说："这些损伤都没有问题，但是让我们一直不敢下结论的，是死者额部正中发际内的一处损伤。"

说完，显示屏上出现了这一处损伤的特写。

这是一处星芒状的头皮裂伤，其下颅骨凹陷性骨折。骨折的碎片刺破了硬脑膜，挫碎了脑组织，使得脑组织外溢，并产生了量并不大的出血。

"既然死者是右侧倒地造成损伤，为什么额部正中会有损伤？你们的疑问就在这里。"我沉吟道。

"而且，我们知道，星芒状的损伤，一般都是有棱边尖端物体造成的损伤，而不是和平面接触的损伤。"孙法医说。

我这才知道孙法医在现场寻找有尖端的石头的原因，说："交通事故损伤，一般都是可以用一次撞击、一次摔跌来全部解释。不过这个案子，车辆撞击的是电动车的尾部，然后向前滑行，可以形成所有的擦伤以及右侧颞部的头皮血肿，甚至右腿骨折。但是不可能同时伤到头部，而摔跌的地方，又没有能形成星芒状裂口的物体，所以确实是一个很大的疑点。"

"我记得，电动车在地面滑行后，和路灯杆发生了碰撞，这才发生路线的折射，跌落沟里。"林涛插话道，"会不会是路灯杆上，有什么东西？"

孙法医招手指示隔壁的实习生调出了现场照片，说："这个我们考虑过了，碰撞点路灯杆和白杨树上，都没有突出的、坚硬的尖端物体。"

"那就有问题了。"林涛说。

"阴道擦拭物提取了吗？"我问道。

"这个工作在尸表检验的时候就做了。"孙法医说，"我们可以确认的是，死者的内衣、内裤的位置是正常的，死者的会阴部没有任何损伤，死者的处女膜是完整的，而且，死者的口腔、阴道、肛门的擦拭物，经过精斑预实验，都是阴性。DNA实验室还对擦拭物进行了显微观察，确定没有精子。"

"所以检材提取了，但是还没有进行DNA检验。"我说。

孙法医不好意思地点点头，说："DNA部门说了，无论从损伤还是从预实验到显微观察，都不提示有性侵的过程，最近DNA实验室的检验压力巨大，所以应该还没有做。"

"这个是不行的。"我说，"确实，处女膜完整，这是一个客观的依据，但是既然有了DNA技术，就一定要做到底，至少给我们一个依据支持。这样吧，你和DNA实验室商量一下，死者的各种擦拭物，以及指甲，要在明天天亮之前做完。这个案子，既然社会影响大，而且有明显的疑点，我们不容有失的。"

孙法医是技术大队长，发号施令自然是没有问题。他点了点头，去隔壁打电话。

等待孙法医的时候，我注意到新建的青乡市公安局解剖室进了一台新设备。这个设备就像是一个封闭的衣柜，里面可以挂衣服。主要有两个用途，一是可以妥善保存衣物，防止衣物上的证据灭失或者被污染。二是有烘干加热的功能，能将死者湿透的衣物尽快烘干，从而更方便发现衣物上的疑点，也防止衣物上的血迹腐败。

此时，柜子里挂着死者的四件衣服，于是我将它们取了出来，摆在物证台上查看。在翻转死者裙子的时候，透过侧光，我看到裙摆似乎有一些颜色不一样的地方。

我赶紧从器械柜中取出生物检材发现提取仪，照射了一下裙摆，果真，裙摆前面正中，有一处类圆形的斑迹。我又取出了四甲基联苯胺，进行了简易的血痕预实验，结果明确那一块斑迹，是血迹。

孙法医打完了电话，布置完工作，走回了解剖间。

"这里有血，你们没发现吧。"我指着被我用粉笔标出的一块区域说道，又把血痕预实验的结果给孙法医看。

孙法医挠挠头，说："这个当时还真没仔细看，裙子是黑色的，不容易发现。"

"不会是污染吧？"我说。

"不会。"孙法医坚定地摇摇头，指了指衣物烘干保存柜，意思是他们有相关的仪器设备，一般不会污染。

此时实习生也打开了初次尸检时拍摄的衣物照片，放大后仔细观察，果真在相应的位置可以看到类似的很不明显的斑迹。

"这里为什么有血？"孙法医沉吟道，"死者的裙子是正常的下垂状态，死者伤后也没有再起身，而且又不是月经期，血到不了这里啊。"

我没有搭话，拿出死者红色的内裤，用生物检材发现提取仪照射。果不其然，在死者红色内裤的两侧腰间，都发现了可疑斑迹，经过血痕预实验，都确定是血迹。

"这就不合理了。"孙法医说，"死者的右侧髂部有擦伤，内裤对应位置有血迹浸染很正常，但是为什么左侧腰间也有血？"

"而且都是浸染或者擦蹭导致的转移血迹。"我说。

"说明什么？"孙法医问。

我微微一笑，似乎心中已经有了模糊的答案。

"这，这，这，黑色的裙子，红色的内裤，还真是让我们难以发现异常。"孙法医说。

"确实，如果不是偶然机会让我看见裙子上的光线反差，我也是发现不了这些的。"我说完，转头问大宝，"你的检验怎么样了？"

这期间，大宝已经按照原来的尸体解剖切开口，重新打开了尸体的胸腹腔。他说："没问题，都是正常的，子宫也切开看了，都是正常的。"

我把死者的裙子拿到死者的尸体旁边摆放整齐，对大宝说："裙子的松紧带对齐死者腰部的松紧带压痕，现在你量一下裙摆上的血迹到裙子松紧带的距离，再量一下松紧带到死者额部破裂口的距离。"

大宝拿过皮尺，量着，说："五十七厘米，五十八厘米。嗯，死者……"

"两个距离差不多，对不对？"我打断了大宝。

大宝茫然地点点头，孙法医则是一副恍然大悟的表情。

我微微笑着说："大宝，你把死者的四肢关节的皮肤都切开。孙法医，我们来看看头部伤口。"

我按原切口剪开缝线，翻过死者的头皮，细细看着这个星芒状的创口，说："死者的头部，你们清洗的时候没有冲吧？"

孙法医摇了摇头。

我说："既然创口里没有附着泥沙，我们就不能判断这个是由现场凸起的石头形成的。"

"对，有道理。"孙法医点头认可，"钝器穿透了死者的头皮、颅骨和硬脑膜，如果钝器上有泥沙，一定会在颅内被发现。"

"颅骨骨折的边缘有骨质压迹。"我一边观察颅骨骨折处，一边说，"哎？这个死者的额部颅骨很薄啊，甚至比颞骨更薄。"

正常人的颅骨厚度是六毫米加减一毫米，而且额部和枕部的颅骨都是最厚的。当然，这只是统计学意义上的正常状态。根据个体差异，每个人的颅骨各个位置的厚薄程度都不一样。眼前的这名死者，颅骨就和一般人不一样。正常人颞骨翼点处的骨骼是最薄的，这也是打击太阳穴容易致命的原因。但是死者的翼点颅骨倒是不薄，反倒是额部的颅骨只有三毫米的厚度。

"颅骨更薄，就更容易骨折。"孙法医沉吟道。

"大宝，你那边怎么样？"我转移了话题。

"都切开了，有一些损伤。"大宝熟知我的套路，说道，"不过不是腕、踝关节的环形皮下出血，不能确定是不是约束伤。"

我点了点头，说："既然有交通事故的事实发生，明确死者是不是约束伤这个就比较难了。不过既然有伤，就不能否定我的判断。"

"你什么判断？"大宝好奇地问道。

"我判断这不是一起简单的交通事故。"我微笑着说，"这是一起命案。"

"命案？"大宝吃了一惊，左右看看眼前的尸体，说，"难道是交通肇事后，怕死者没死，于是干脆灭口？我记得曾经有个网络热点案件，就是一个学生在开车撞人后，怕人告发，而连捅了伤者几刀的杀人案件。那个学生，好像被判了死刑。"

"你说的这个是一种可能。"我说，"不过我更加倾向于另一种可能，只是，这需要明天检验结果全部出来之后再说。"

3

第二天一大早，我先去了DNA实验室拿报告，所以抵达专案组的时候晚了一些，专案会已经开始。我悄无声息地坐在专案组的角落，手里拿着DNA的检验报告，苦苦冥想。其实用"苦苦"来形容，并不准确，因为这份报告完完全全地印证了我之前的猜测。此时，我只是在思考，如何才能深入浅出、浅显易懂地将自己对现场的还原情况介绍给专案组。

我的余光瞥见了满会议室疲惫的同事们，心想做技术还是蛮不错的，不仅能体会横刀立马的侦案快感，又不用像侦查员一样整夜整夜地不睡觉。

"肇事车车主余光的嫌疑，基本是可以排除的。"王杰副局长翻动着眼前厚厚一沓调查材料，说，"这不仅仅是我们侦查员的直觉问题，我们的秘密侦查手段也没有发现他的异常。这事儿闹得不小，加上我们的这一招打草惊蛇，不可能对他毫无触动。"

"还有，从视频追踪的角度看，也没有问题。"程子砚扬了扬手中的表格，说，"他的车从1号摄像头开到2号摄像头的时间，是二十分钟，如果按照限速来行驶完这段路程，需要二十七分钟。"

"也就是说，他还超速了。"王局长说道。

程子砚点点头，说："换句话说，无论他怎么开车，都是没有时间来停车做些什么的。"

听完这段话，我基本明白了在我来专案组之前，他们汇总了什么消息。看起来，通过程子砚的图侦技术，专案组找到了那辆肇事车辆，车主叫余光，但是通过外围调查和客观的图侦证据，排除了他在肇事后有停车作案的嫌疑。

我看了看DNA报告，果真找到了一份检材的标识是：17号检材，血痕——余光。于是我插话道："DNA检验也排除了余光。"

这个时候，专案组的诸位才发现我已经坐在了会议室里。

"DNA？"坐在我身边的陈诗羽忍不住好奇，低声问道，"DNA结果出来了？证明什么问题？"

"这个，我等会儿再说吧。"我一时觉得说来话长，不是一两句可以表达清楚的。

王局长听见了我们的对话，点了点头，对身边的交警说："不管这案子怎么发展，余光涉嫌交通肇事罪是有证据证明的，这案子你们交警必须彻查。一是调查事发当天晚上余光饮酒的情况，这个因为没有了血液酒精检测的条件，所以调查方面必须给我查死。二是余光车辆上的划痕，以及洪萌冉电动车上黏附的漆片，立即进行痕迹鉴定，锁定余光交通肇事的犯罪事实。"

"调查余光涉嫌危险驾驶罪，这个罪名没问题。"我插话道，"但是交通肇事罪，这个，恐怕依据不足。"

"违反道路交通管理法规，发生重大交通事故，致人重伤、死亡，就是涉嫌交通肇事罪了。"那名交警说道，"如果机动车和非机动车发生这样的事故，机动车承担全部责任或主要责任，就要追究机动车驾驶员的刑事责任了。这起事故中，余光肇事后逃逸，就要依法承担全部责任，所以怎么能依据不足呢？"

我笑了笑，说："您也说了，前提是发生致人重伤或死亡的重大交通事故。可是，这起案件中的受害人洪萌冉，并不是因为交通事故而死。虽然交通事故导致了她的腿部骨折、全身擦伤，但是依据《人体损伤程度鉴定标准》来看，这些损伤都构不成重伤。既然事故结果并不是人员的重伤或死亡，当然也就不够定罪了。"

"你的意思是说，通过你们法医检验，明确了这不是一起交通事故？"王局长问道。

我点了点头，说："准确地说，这是一起交通事故。只是在交通事故之后，又发生了一起故意杀人案件。"

王局长的眉头一紧，但展现出的却是一种似乎更加轻松愉悦的表情，他说："依据何在？"

我理解王局长的心情，这起案件明确了是一起命案，虽然接下来会有很多工作，但是比案件性质悬而未决要好得多。至少可以给家属一个交代，给死者一个交代，给民众一个交代。

"轮到我讲了吗？"我指了指自己的鼻尖。

王局长点头道："现在你的意见是整个专案组最关键的意见了。"

说完，他把自己的发言位置让给了我。

我将U盘上的尸检照片拷贝到了电脑上，在专案组投影仪上，投射出来。

"这里是死者洪萌冉的额部。"我用激光笔指着照片上的星芒状创口，说，"这里的损伤，准确说并不非常严重，但是因为死者的颅骨结构和大多数人不一样，这里的颅骨薄，这一击直接导致了她因开放性颅脑损伤而死亡。这里是致命伤，不过，这处损伤是典型的钝性物体击打损伤，而不是交通事故中一次可以形成的损伤，现场也没有可以形成这处损伤的钝性物体。所以，这是一起杀人案件。"

"仅仅就这些依据？"王局长问，"这些判断仅仅是法医专业的推断，不是百分之百的可靠吧？"

"还有，"我说，"死者的双手内有泥沙和树叶，这说明她伤后，并没有立即死亡。可是，她的头部有损伤、出血。一个人在有意识的情况下，受伤，第一反应当然是捂压伤口，手上自然会浸染血液，但是她并没有。"

“这说明了什么？”陈诗羽好奇地问道。

“说明她额部受伤之后，并没有能力去捂压伤口。”我说完，想了想，觉得这句话可能听起来像是废话，于是更加详细地解释道，“说明她的双手被别人控制住了，即便是头部受伤，也不能第一时间反射性地去捂压。”

“那会不会是打击头部后，死者立即死亡，没有时间去捂压？”大宝插话道。

“有可能。”我说，“不过如果这样的话，那她什么时间去抓握泥沙落叶呢？只有是头部受伤之前，那说明她的所有损伤是分两个阶段形成的，也一样提示有人加害。”

“有道理。”王局长沉吟道。

“杀人？杀一个女学生做什么？”一名侦查员插话道，“现场没有翻动，死者的手机都好好地待在储物盒里。死者的衣着又是完整的，没有性侵的迹象。死者就是一个高三学生，社会关系简单到不能再简单了，也没有什么矛盾关系，不会是仇杀。最有可能的，就是司机在交通肇事案件后，灭口杀人。可是，你们刚才又从种种迹象上，排除了他的作案嫌疑。那还有谁杀她？为什么杀她？”

“为什么杀她，得从DNA报告上来看吧？”王局长充满期待地看着我，说道。

我点了点头，微微一笑，说道：“王局长说得对，不过这事儿，还是得从尸检的时候说起。”

我打开了这次尸体复检重新拍摄的死者衣物特写照片，说：“关于案件性质的想法，还是得从死者衣物的状态来说。在偶然中，我们这次复检尸体，发现死者的黑裙子下端有一片血迹，就是我用粉笔标识的区域。另外，死者的三角内裤两侧髂部，也有擦蹭状的血迹。裙子上的血迹，我们暂且不说，先来看看内裤上的血。在说这个之前，我们再看看死者的头部血迹，它的流注方向是向脑后的，死者的双手，除了泥沙落叶，什么都没有。”

“你是想说，既然死者倒地后没有重新直立的过程，死者的双手也没有血迹黏附，那么内裤上的血迹不可能是自己形成的，所以这一处血迹，应该是别人形成的。”王局长说。

我心中暗暗赞叹王局长理解能力超强，心想现在各地分管刑侦的副局长真的都是很有经验之人了。我说：“不错，不仅能说明有外人在场，而且还能说明这起案件的作案动机。你们看，死者头部的创口不大，并没有太多的出血量，那么凶手在击打形成这处损伤之后，手上也不会黏附太多的血迹。既然不会黏附太多的血迹，那么手上少量的血迹会迅速干涸。然而，这些少量血迹在干涸之前，就被转移到了死者的内裤上，说明什么？"

"凶手在击打被害人后，没有做其他的事情，而是直接去脱她内裤？"王局长问。

我点点头，说："从命案现场的行为分析理论来看，在杀人后立即去做的事情，就是作案动机。你说，立即去脱内裤，他的作案动机是什么？"

会场沉默了一会儿。

我见大家都在思考，于是接着说："还有，死者经过被撞击、地面滑行、撞击路灯杆、跌落沟底这么多过程，可是下身的裙子却是整齐覆盖在腿上的，这种正常反而是一种反常了。"

还是刚才的侦查员说："可是，你们法医说了，处女膜完整。"

"那并不是排除性侵的依据，因为，因为性侵有很多种方式。"我说。

"可是据我所知，你们提取的所有的检材，都没有检见精斑吧？"王局长问。

我说："是的，没有精斑。不过，我刚刚拿到的检验报告上可以明确，死者的大腿内侧、会阴部、阴道内擦拭物，都检出有一个男人的DNA。"

"又是那个'逆行射精'啊？"大宝低声问我。

我笑着摇摇头，说："水良那个案子，是精斑预实验阳性，而检不出DNA，这个正好相反。"

"会不会是接触性DNA？"王局长问。

"不可能，如果只是简单的接触，那么DNA的量是微乎其微的。在死者身上提取的，都会被死者本身的DNA污染覆盖，是不可能检出结果的。"我说。

"那是怎么回事？"王局长问。

我皱了皱眉头，说："既然没有精斑，又是大量的DNA，我猜，就只有唾液斑了。"

我也是想来想去，只能想到这一种可能。这种方式的猥亵，可以留下大量DNA，又可以不造成任何损伤。

王局长的脸上充满了难以置信的表情，说："可是，可是为什么会这样？"

"这个我就不知道了。"我说，"或许是性无能？"

"总之，你们现在的结果是，交通事故发生之后，洪萌冉躺在沟里，因为腿部严重骨折，不能移动。此时经过此路段的某人，看到了洪萌冉，色胆包天，去杀人猥亵？完事儿后，还穿好死者的衣物，掩盖他的真实目的？"

我很认真地点头说："就是这样的。"

"那，恐怕要麻烦程警官继续追踪当天所有可能经过事发路段的车辆，然后把车主都拉来抽血比对DNA了。"王局长说。

"可是，我记得你们说过，只有汽车走大路，才能被监控录下。"我说，"如果是三轮车、摩托车什么的，就有可能是走小路的，无法被记录。"

王局长无奈地点头，说："确实是这样的。在追踪汽车无果之后，我们就只有寻找周围所有的村落了，所有有三轮车、两轮车的人，都拉来抽血比对。好在我们有DNA证据，有明确的甄别依据，所以也不怕破不了案。"

"我觉得排查汽车这一步骤可以省略了，只需要查摩托车就可以。不过，即便是那样的话，还是十分劳师动众，而且这个案子的时间也很紧急啊。"我想到和死者家属承诺的三天期限，此时已经过了一天，所以担心地说道。

"怎么确定是摩托车？"王局长问。

"首先，死者的致命伤，是有尖端凸起的硬物形成的。"我说，"虽然我们没有在现场找到这种硬物，但是却看到了一把U形车锁的印痕。我觉得，U形锁锁体的棱角尖端处，就可以形成。"

"只是'可以形成'，不是'肯定是它形成'，对吗？"王局长问。

我点点头，说："如果让我推断出一定是什么工具形成的，这个就不科学了。不过，既然现场有正常情况下不该有的印痕，我们就不能牵强附会地认为只是简单的巧合。既然能将两者结合起来，我们就要尽力去结合起来。"

"然而这把U形锁却不在现场。"林涛小声说了一句。

"对啊，这更加印证了现场有其他人逗留的推断。"我说，"长条形的U形锁，一般都是摩托车使用的，电动车和三轮车不需要。更何况，我一会儿再说说，凶手可能还戴着头盔呢。在农村，骑电动车的人戴头盔的都少，更不用说是开汽车或者骑三轮车了。所以凶手骑摩托车的可能性是最大的。"

"我不担心会破不了案，但耗费的时间确实不好保证，你有什么好办法吗？"王局长问。

我沉思了一会儿，说："我倒是有一些想法，仅供参考。"

大家坐直了身子，听我解说。

"话还要从死者裙子上的血迹说起。"我说，"你们说，这处血迹是哪里来的？"

"和死者的内裤上的血迹是一样的？用手掀裙子的时候擦蹭上去的？"王局长说。

"不，从内裤上的血迹量来看，死者的手上黏附的血迹是很少的。"我没有卖关子，说，"而裙子上的血迹却不少。裙子不薄，可是都浸透了。后来，我们测量了裙子上血迹到腰带的距离，又量了腰带到头顶损伤处血迹的距离，是一样的。"

王局长想了想，说："哦，你是说，凶手拉着死者的裙子，将裙摆罩到死者的头上，所以头上的伤口出血留在了裙摆上。"

我点了点头，说："为什么要这样做？多此一举！我猜，既然现场有路灯，是有光线的，所以凶手是怕死者认出自己。"

"可是，凶手是在击打死者头部之后，再做这个事情的，对吧？不然裙子上不可能有血，头上的创口也不是有裙子衬垫而形成的损伤。"孙法医插话道，"既然是这样，为什么凶手击打的时候不怕死者认出来，反而是击打致死之后，才去蒙头？"

"这也是我昨天晚上一直思考的问题，不过我现在觉得有答案了。"我说，"刚才我们说，死者额部骨骼很薄，很容易骨折。而死者头部的损伤只有一下，损伤程度也不是非常重，说明使用的力道也不是很足。凶手既然要去杀人，手上又有钝器，为什么不去多击打几下，确保死亡呢？这个迹象反映出一个问题，凶手的目的不是杀人，这个刚才也说过了。凶手在击打死者的时候，并不担心她认出他。在击打之后，凶手虽然用裙子蒙头怕她看见他，但是也没有一定要杀死她的主观故意，只要她失去反抗意识就可以了。"

"对啊。死者身上没有'恐其不死'的加固型损伤，所以之前我们一直认为即便是命案也一定不是熟人作案。可是按你说的，为什么凶手开始不担心她认出来？"孙法医问。

"我猜，是因为当时凶手戴着头盔。"我说，"这是唯一一种可以解释所有问题的方式。本来就戴着头盔、骑着摩托的凶手见到沟里的死者，临时起意，拿着车上的U形锁，击打了一下本来还在挣扎求救的死者，见她不再动弹，就开始脱她内裤。因为某种原因，他只能猥亵，而这种猥亵方式必须要摘下头盔，为了以防万一，凶手用裙子蒙住了死者的头部，摘下头盔，开始了猥亵行为，并在结束后，整理好了死者的衣衫，骑车离去。"

"啊。"王局长一脸的恍然大悟，"也就是说，凶手和死者是熟人。"

"除了这种推测，就没有其他的可能可以还原所有的案件细节了。"我说，"当然，这一切都只是推测。"

"这就好办了，死者是个高中生，社会关系非常简单，熟人就那些，太好查了。"主办侦查员的眼睛里闪着光芒，说。

"何止这些。"王局长说，"洪萌冉的熟人，平时习惯戴头盔骑摩托，可能会在案发时间经过现场附近，使用长条形U形锁，可能是性变态或者性无能，而且还有DNA证据帮助你们甄别凶手。别告诉我这个案子的破获还要等到天黑。"

"不会的。"主办侦查员腾的一下站起身，挥了挥手，带着几名侦查员离开了会场。

4

远远没有等到天黑，午饭过后没多久，王局长就来到了专案会议室，告诉我们，嫌疑人已经抓到了，各种条件非常符合，而且从侦查员的直觉来看，就是他错不了。DNA还在进一步验证，但估计是没错了。

我们几个人兴奋地来到了地下一层的办案区，在审讯室隔壁的监控室里，观看审讯视频。

"这人是死者洪萌冉的亲戚，平时就骑着摩托车、戴头盔，关键是结婚二十年了也没孩子，立即就成了我们的目标。他还就在现场附近居住，也使用长条形的U形锁。经过调查，这人对外声称是不想要孩子，但有小道消息是说他'不行'，他老婆嫁给他，也是因为性冷淡。"一名侦查员说。

我看了看视频，审讯椅上坐着一个瘦弱的男人，三角眼、秃头，下巴上还有几缕稀疏的胡须。

"这，这不就是死者的姨夫吗？那个闹事的家伙！"我指着显示屏说道。

侦查员微笑着点点头，说："我们这可不是公报私仇，这可是有明确证据证实的。而且，他已经开始交代罪行了。"

"他不是曾经被公安机关打击处理过？库里没有他的DNA？怎么没有比对上？"我问。

"他被打击处理是二十年前的事情了，那个时候还没有数据库。"侦查员说，"结婚以后，他似乎告别了那些偷鸡摸狗的勾当，没有再被打击处理过。不过没想到，他对公安机关的仇恨记了二十年，找到机会就闹事。"

"他的闹事，并不是为了报复公安机关。"我笑了笑，说，"他是想逼迫公安机关草草了事，掩盖他的罪行。"

"我真的没想杀她。""三角眼"眯了眯自己的眼睛，说，"她在那儿叫唤，我觉得太吵了，就想给她打晕而已。"

"打晕之后呢？"侦查员说。

"她那个腿，不是骨折了吗？对，腿不是骨折了吗？我这是给她打晕，准备给她接骨的。""三角眼"转了转眼珠，说，"我这一下子，就相当于麻醉。结果没想到她就死了，就像是医院麻醉不也是有可能死人吗？差不多意思。"

"你放屁！"一名侦查员见"三角眼"如此狡辩，狠狠地把笔录本摔在桌上。

"真的，我说的都是真的。""三角眼"说，"我这个，顶多就是误杀，误杀。"

"碰见这事儿，你不报警？"侦查员说。

"这不是失手了吗？不想赔钱嘛，所以跑了。""三角眼"说，"你想想，要是人真是我杀的，我怎么还要去学校讲道理，对不对？"

审讯室的门开了，一名侦查员递进去一份文件。

"DNA报告出来了。"大宝猜测道。

果真，监控里负责审讯的侦查员低头看了一会儿文件，嘴角浮现出一丝兴奋而轻蔑的笑容，说："你的DNA，在不应该出现的地方大量出现了，现在我依法告知你鉴定结果，你自己看吧。"

"三角眼"看着摆放在审讯椅上的文件，开始瑟瑟发抖，两只被铐在审讯椅上的手抖得更加厉害。他吞了吞口水，说："这，这怎么可能，我，我又没有那个，那个，怎么会有？还有，还有车锁我也洗了，怎么还能找到她的血迹？"

我知道死者阴部的DNA比对认定了"三角眼"，而在"三角眼"的车锁上，也找到了死者的血迹。无论从调查情况和推理过程的符合程度，还是从证据链条来看，都是铁板钉钉了。而且，此时的"三角眼"不得不认罪了，于是我对着显示屏悠悠地说："你要求的三天期限，我们做到了，现在没话说了吧，纳税人！"

"可怜的小女孩，才十七岁，人生就过完了。"陈诗羽一脸的怜惜，"听说这孩子样貌出众，学习成绩出众，本来有大好的人生等待着她，可是在这个岁数就戛然而止了。"

"人生的起点和终点在哪里，并不重要，重要的是其间的过程。"林涛靠在汽车座椅上，仰头看着车顶棚，说，"活在当下吧。"

"喊……酸不酸？"坐在前排的陈诗羽诧异地回头看看林涛，白了他一眼，说，"听这话，我还以为后排坐着少林寺方丈呢。"

"我……才不会去当和尚呢。"林涛低声嘟囔了一句。

"什么意思？"陈诗羽莫名其妙地问。

"可是她的过程也不好啊，父母宁可打麻将，也不关心她。"程子砚也充满怜惜地说了一句，把话题拉了回来。

"人是没法选择父母的，所以她也无法选择自己的人生过程。可悲的人啊。"我也感叹了一句。

"既然要生子、养子，不就应该对孩子负责吗？"陈诗羽又感叹了一句。

"可能他们觉得给孩子补课，就是负责的唯一方式吧。"林涛补充道，"其实确保孩子的安全，才是基本的负责方式吧！一个没有成年、没有走入社会的女孩，大晚上的一个人骑车？"

"无论男孩、女孩，作为父母，都要随时考虑到他们的人身安全、交通安全、性安全等，要竭尽所能避免所有的安全隐患，这才是履行父母责任的表现。"我说，"林涛说得对，夜间独自行车，本身就有巨大的安全隐患。不能因为打麻将而忽视。"

"可能他们觉得，村子里都是熟人，没什么不安全的。"韩亮一边开车，一边耸了耸肩膀，说道。

"我曾经看过一个数据，说是未成年人被性侵的案件中，有百分之七十是熟人所为。"我说，"人还是兽，是无法用熟悉不熟悉来辨别的。"

在返回龙番市的路上，我们一路对死者的逝去唏嘘不已。不过，在这起命案侦破工作中，我们起到了很重要的作用，也是成就感满满的，总算是为一名差点枉死的死者讨回了公道。这起案件不仅有成就感，也是有挑战性的，难度不亚于那起竹笼案件。所以，也算是不枉此行了。

想到竹笼案件，我依旧忧心忡忡，见韩亮此时已经驶下了高速，拍了拍他的肩膀，说："走，直接去龙番市局。"

刑警支队的走廊里，空空荡荡的，看来大家都是去出任务了。这是一个不好的征兆，说明竹笼这个案子还没有实质性的进展。

我们直接走入了刑事科学技术研究所里的法医办公室，韩法医正在CT片阅片灯上看着一张CT片。

"原来龙番市局的首席大法医也是要做伤情鉴定的呀。"我嬉笑着走了进去。

"你说，什么时候公安部能让我们把伤情鉴定都推向社会司法鉴定机构啊？这太麻烦了。"韩法医挠了挠头，说道。

"对了，韩老师，竹笼的那个案子，怎么样了？"我绕开了话题，说道。

"有进展，但是没有什么突破性的进展。"韩法医说，"死者的身份查到了，是龙番市的居民，叫上官金凤。"

"嚯，好霸气的名字。"大宝说。

"霸气？"韩法医笑着说，"没觉得。我们之前通过耻骨联合推断死者大概二十五岁，所以侦查部门去医院调查了近期在医院治疗梅毒的二十五岁左右的女性，很快就锁定了死者的身份。和从她家提取的DNA进行了比对，确定了就是上官金凤。"

"是卖淫女吗？"我问。

韩法医摇摇头，说："不是，这女子是正经人家的媳妇儿，丈夫是乡镇卫生院的收费员，而上官金凤本人是乡政府的聘用人员。两人结婚两年多，目前是没有孩子。小两口的老家都在农村，两个人在龙番市郊区买的经济适用房作为婚房。"

"那是私生活不检点？"我问。

"这个确实。"韩法医说，"侦查员摸排的时候遇见了巨大的困难，这几天，几个队都没有人能睡个好觉。据说，和这个女人有过性关系的男人，那是越查越多。别看她的职业很单纯，但是这个人的社会关系着实复杂得很。"

"死因呢？"我问。

"死因通过解剖确定了，确实是生前溺死。"韩法医说，"不过，应该是头部遭受钝器击打，导致晕厥后再溺死的。可惜，头皮损伤已经被龙虾吃掉了，看不到形态了，但是脑组织是有挫伤的。尸体被龙虾毁坏得太严重，其他就看不出什么损伤了，只是被泡得不成样子了。"

大宝可能是想到了龙虾吃人、他吃龙虾的情形，干呕了一下，然后故意咳嗽两声作为掩饰。

"打晕后，装在笼子里溺死，这种别出心裁的作案手法，提示了凶手和死者是有明确社会关系的人呀，既然死者身份都找到了，找到凶手应该不难吧？"我说。

"问题就在这里啊，领导认为排查嫌疑人是没有甄别依据的，给我们死任务，要我们在现场或者尸体上寻找到能靠得住的证据。"韩法医说，"你说这怎么找证据？尸体泡在水里面已经五六天了，有什么证据也都消失了啊。而且，嗯，而且，你想想，如果是杀亲案件，那就是在死者身上发现了她丈夫的DNA，又有什么证据效力呢？"

"总不能，全部指望着技术部门啊。"我像是想起了什么，说，"对啊，你这样一说，我突然觉得死者的丈夫嫌疑真的很大呀。这几天，我就一直在想，为什么不用石头直接沉尸，而要做个竹笼这么麻烦。现在我好像想明白了！浸猪笼啊！这就是古代惩罚通奸女子的一种刑罚啊。你想想，一般藏匿尸体，都不会这么麻烦，而且死者有其他死因。这个装笼子里直接去溺死，不是浸猪笼是什么？"

"这个，侦查部门已经想到了。侦查部门现在的重点工作对象，也是她丈夫。只不过，通过了解，她丈夫老实巴交，天天卫生院和家两点一线，实在是不像。而且对死者家进行了秘密搜查，也没有找到形态类似的尼龙绳。"韩法医指了指隔壁痕迹检验实验室里的实体显微镜，说，"哦，尼龙绳就在那边，林科长可以去看看。"

林涛点头去了隔壁。

我接着问："那，竹笼能不能看出点什么？"

"这个，我们和痕检的同事都看了，实在是看不出什么。"韩法医说，"DNA室也说了，浸泡了这么多天，想提取接触DNA是没有任何可能的。"

"'看不出什么'是什么意思？"我说，"这种东西，反正我是不会做。"

"在农村，自己家制作鸡笼，没什么稀奇的。"韩法医说，"制作鸡笼就是使用毛竹和钉子，这种东西，在龙番到处都是，没法划定范围。总不能，真的去做植物的DNA吧。"

"那，制作手法什么的呢？"我问。

"制作手法，实在是看不出来，不过就是把毛竹钉在一起嘛。哦。"韩法医想起了什么，说，"理化部门好像在一颗钉子上，找到了一种红色的油漆，应该是制作鸡笼的时候，击打钉子的工具留下来的。可是，油漆的量太少了，没法做成分分析，所以，也只能提示凶手有用红色钝器钉钉子的习惯，其他，也就没什么用了。"

"那……"我说。

"侦查部门也在找，不过，这难度就更大了，没个范围，龙番一千万人口呢，就是现场附近，也有数十万人口。"韩法医像是知道我要问什么。

我沉吟了一会儿，说："还有，凶手如果不是在现场杀人，那他一定要有交通工具把晕厥的上官金凤和鸡笼子给带去现场吧？"

"这个，还真不好说。"韩法医说，"现场只有一个管理员，经过审查，没有嫌疑。根据调查情况，管理员晚上的时间，都是要去打麻将的。那个偏僻的地方你也知道，几乎没人去啊，我们根本没有办法判断，凶手是不是在现场将上官金凤打晕的。不过案发的那两天，上官金凤倒是没有什么可疑的通话，如果是她自己去了现场，不知道凶手是怎么约她的。"

"那也得有交通工具带着鸡笼子吧？"我说，"这个，监控总能发现什么吧？"

"这个工作也在做。"韩法医说，"不过，郊区地段，你知道的，监控本来就少，年久失修、缺乏维护，坏掉的占大多数。哦，对了，现场后面，就是一大片毛竹林，如果就在现场制作鸡笼，那也不是不可以。"

我见条条大路都通不了罗马，只能说："总之，作案手段很稀有，肯定是要从男女关系上入手的。"

"这倒是。"韩法医说，"'浸猪笼'这种事，有现代思想的人恐怕是做不出来。"

"那她丈夫，有梅毒吗？"我问。

韩法医说："做了检查，没有。"

我低头沉思。

一会儿，林涛走了进来，说："尼龙绳我看了，看不出什么特异性的东西，不过，尼龙绳被截断的断端，倒是很整齐，是被利器截断的。由于尼龙绳的特殊材质，如果找得到那一捆尼龙绳，倒是可以做断端的整体分离比对。"

我点了点头，继续沉思。

"哦，还有，"林涛说，"市局的痕检同事给我看了张照片。是现场鱼塘塘岸斜坡上有一片倒伏的草地，里面，找到了一枚疑似鞋前掌的残缺鞋印。后来我看了看，确实像是鞋印，波浪纹的。有比对的价值。"

"对，一个装着人的竹笼，很重。"我说，"如果凶手害怕水花太大惊动别人，就不会直接把笼子推进去，而会踩在岸边斜坡上，把笼子放下去。"

"好啊！终于有甄别的依据了。"韩法医说，"不过，鞋印不像是指纹和DNA，只要找到人，就能比对，要是凶手换了鞋子，就比较麻烦。"

"鞋子的大小呢？"我问。

"是个残缺鞋印，看不出大小。"林涛说。

"不管怎么说，总算是有一点东西了。但是，还是需要侦查部门找得到线索才行。"我说。

法医秦明

VOICE OF THE DEAD

| 第五案 |

宅男之死

愚蠢与残忍是这里的一些现象；所以愚蠢，所以残忍，却另有原因。

——

老舍

1

我拿着一块硬盘，走进办公室，坐到了正在忙忙碌碌切换着视频监控的程子砚的身边，非常不好意思地说："市局那边又反馈过来七个。"

程子砚面露难色，涨红了脸蛋，像是憋了一句话，硬是没有说出来。

"不会吧，这都三十多个了，他们是想把子砚给累死吧？"陈诗羽站起身来，说，"子砚又不是神仙，再怎么有本事，也追不出来啊。"

程子砚看了看陈诗羽，流露出一些感激的神色。

市局对上官金凤的调查，越来越深入，却像是陷入了泥沼。到目前为止，查出和上官金凤有不正当男女关系的男子，数量已经升至三十五人。人数越多，对于本身就不算庞大的专案组来说，压力就越大。男子的数量越来越多，数字还在不断攀升，很难对每个人的行动轨迹都完整复原，所以市局不得不将一部分压力转移到视频侦查部门，希望通过监控追踪，来确定这些男子在九月十日左右的行为轨迹。

可是，这又是谈何容易的一件事情？视频越来越多，整理的线索也越来越复杂，这让平时收拾得干净整洁的程子砚今天早晨都忘了梳头。

看着程子砚日渐憔悴，林涛也有些看不过去了："他们市局不也有视频侦查支队吗？为什么什么任务都往子砚身上压？"

"市局是直接的办案机关，所以他们每天有无数起案件要去办。杀人放火的事情少，小偷小摸可多得数不过来。"我说，"所以，我觉得子砚要是有时间，可以多花一点心思。"

"我一大早来，子砚就已经开工了。"林涛显然不满意我的回答，"每天她都是最后一个走的，这几天她可天天都在加班！子砚，这个咱们不收了，留得青山在，不愁没柴烧。可不能把身体熬坏了！"

"这个，也行。"我也觉得十分过意不去，于是退让道，"这项工作本身就是大海捞针，付出的工作量大，但可能收获线索的概率小。最近休息休息也行。"

"我没事的。"程子砚低着头说道。成为大家讨论的焦点，尤其林涛还使劲在帮她说话，这让程子砚的脸色变得更红了："林科长……我没事的。"

"话说，这个女的还真是精力够旺盛的。"韩亮见状，一边摆弄着诺基亚手机，一边转移了话题，"这就是传说中的'公共汽车'吧。"

"'公共汽车'？什么鬼？"陈诗羽皱起了眉。

"就是，就是对私生活不检点的女性的一种贬称吧。"韩亮解释道。

"哦？"陈诗羽没好气地说，"那要这么说，和上官金凤发生关系的这些男人，也是'公共汽车'呗？"

韩亮最近说什么，小羽毛都一点就炸。这次他又撞到枪口上了，于是立刻笑了笑道："我错了，这个称呼的确不合适。"

"同时拥有多个性伴侣，如果双方都是知情、自愿的，只要不伤害到其他人，跟别人也没有什么关系。"陈诗羽显然不是在开玩笑，"如果伤害到了其他人，那责任也应该由双方一起承担，这和男人、女人没什么关系。可不管是古代还是现代，一旦出现这种事，拉出来浸猪笼也好，在街上被厮打也好，大都是针对女方。一样做错了事的男性，连影子都看不到，随随便便就被原谅了。男人出轨，就是风流倜傥，就是天底下男人都会犯的错，女人出轨，那就恨不得进行荡妇羞辱，游街示众——这也太双标了。"

"我同意。"程子砚点了点头。

"这么一听，是挺双标的。但你们说我传统好了，我还是不太能接受同时有多个性伴侣的事。"大宝感叹道，"光要经营一段感情就已经很操心了，心得有多大，才能包容那么多个人啊。"

"我记得有一个作家写过，说'性'应该是在双方无法再用语言来表达自己爱意的时候，用行动来表达爱意的一种方式。"林涛忽然有些羞涩地笑了笑，"我也保守，爱一个人就足够啦。"

"我也是。"我举手。

办公室里的四个男人举起了三只手，就剩下韩亮孤零零的一个。

陈诗羽看似不经意地望向他。韩亮欲言又止，但最终选择了沉默。

林涛故作老成地拍了拍陈诗羽，岔开了话题，说："那个，老秦，我看今天发的舆情通报，有一个是涉法医的。"

"哪个？"我紧张地问道。

我们的日常工作很繁忙，但是在繁忙之余，我们也都不会忘记维护属于自己的自媒体账号。目的只有一个，就是尽可能地解答一些舆论热点中的涉法医问题。使用自媒体这么些年，我自己也逐渐意识到，我们做的工作，还是很有意义的。大多数舆论热点事件，都涉及了人身的伤亡，而大部分谣言，也都起源于伤亡的细节。大多数群众对法医学知识不了解，成为造谣、传谣者的可乘之机。

所以，我使用自媒体的目的就是，不让谣言侵袭我的专业，就像不能让外敌侵略我们国家的土地一样。

林涛指了指他正在看的舆情通报。

上面的标题是《龙东县一暑期培训学校发生非正常死亡事件，家属聚众围堵学校》。

"又是学闹？"林涛说。

我看完了舆情通报，说："这个不是正规的学校，说白了，就是注册的公司，开展所谓的'夏令营'活动。"

"国学夏令营？"大宝接过舆情通报，看着说道。

我拿出手机，翻了翻微博，说："目前看，还不是很热，但是有热起来的可能。关键问题是，发微博的人，直指我们法医鉴定含糊不清，这个，我们不能偏听偏信，还是要去了解一下情况的。"

省厅对于全省的公安法医鉴定都有监督、质量管理的权限，既然网上的舆论直指法医鉴定存在问题，那么在当事人提请重新鉴定之前，省厅法医部门也是可以提前介入进行监督审查的。

我履行完了相关的手续，得到了师父的支持，便和大宝一起乘车赶赴龙东县。

难得只有三个人同车，我问韩亮："你和小羽毛不是关系缓和了吗？怎么又开始怼起来了？"

"我可没有怼她，是她一直在怼我好不好？"韩亮苦笑着说。

"难道你不能给她解释解释，其实你……女朋友也没有她想象中那么多。"我说。

"我为什么要给她解释？她又不是我什么人。"韩亮说。

我想想也是，说："倒不是她是你什么人的问题，这涉及我们勘查小组和谐关系的问题。"

"我觉得挺和谐啊，反正我又不和她小孩子一般见识。"韩亮笑嘻嘻地说道。

宅男之死

"她是小孩子？"大宝推了推眼镜，说，"我们三个加起来都不一定打得赢她。"

龙东县公安局的刑警大队技术中队已经接到了省厅的通知，此时已经在县局会议室里等候我们了。因为我们审核的权限仅限于法医学鉴定，所以也没有通知侦查部门的同事。

龙东县公安局的赵法医见我们来了，甚是高兴，说："你们要是不主动来，我们也得请你们来帮忙，这事儿，还真是没那么容易。"

"先看看照片，介绍一下尸检情况再说。"我微笑着和大宝一起围坐在会议桌前。

一名实习法医使用投影仪播放着幻灯片，赵法医则简短地介绍着尸检情况："死者女性，十五岁，初二升初三的暑假，被父母送到了这个夏令营。二十多天前，也就是八月二十八号，距离夏令营结束还有两天的时间，在一堂课上，因为死者和授课老师发生了言语冲突，老师使用黑板擦掷向死者，砸中了死者的额部。"

"又是颅脑损伤。"大宝说道。

赵法医不明所以，点了点头，说："确实。"

"没事儿，您继续，大宝是说，我们最近接到的案子都是颅脑损伤的。"我笑了笑，说。

"你说邪门不邪门。"大宝说，"医院的妇产科里有传言，说是生孩子，一阵子全是男孩，一阵子全是女孩，那是因为每一船拉来的性别都不同。现在怎么连法医接案子也这样了？"

"不要迷信。"我拍了大宝后脑勺一下。

赵法医顿了顿，像是被大宝的描述打断了思路，过一会儿接着说："尸体检验来看，死者的全部损伤都集中在头部。"

屏幕上放出了死者头皮、颅骨和颅内的几张照片。

赵法医接着说："死者左额部皮下出血伴擦伤，但下方颅骨无骨折，颅内也无出血，脑组织也没有挫伤。但是死者的右侧脑组织额叶有少量挫伤，出血较少。她的顶部头皮也有片状皮下出血伴擦伤，顶颞部颅骨一条很长的骨折线从枕外隆突右侧一直延伸到右侧眶上，其下大片蛛网膜下腔出血和硬膜下出血。左侧枕部头皮也有片状出血伴擦伤，其下颅骨是好的，但是脑组织有少量挫伤伴出血。"

"颅脑损伤是颅脑损伤，但这伤有点多，等我捋一捋。"大宝翻着白眼说道。

"然后，你们就下了什么结论？"我问，"舆论热点上看，家属对公安机关主要提出的问题就是法医鉴定含糊不清。"

"这就冤枉了。"赵法医说，"我们按照程序，把死者的内脏组织送去龙医大进行组织病理学检验了，毕竟是脑组织广泛出血嘛，即便有明确外伤，也需要排除一下自身潜在脑血管疾病。我们没有组织病理检验能力，就送去大学了。可是，大学的结果也就刚刚出来，排除了疾病。我们的法医鉴定还没有出具呢，怎么就说我们含糊不清了？"

"正常，凡事都要找公安的麻烦，好炒作，但找麻烦总要有个由头嘛。"大宝说。

"也不是。"我说，"毕竟事情过去二十多天了，我们还没给结论，就是我们的不对。"

"可是，我们在受理鉴定的时候，约定时限是三十个工作日啊，我们可没有违反约定。"赵法医不服。

我点点头，不去争辩这些，说："没有出具就没有出具，但为什么会说我们含糊不清呢。"

在一旁播放幻灯片的实习法医红着脸说："他们在尸检的时候问我，我就说是颅脑损伤死亡，没有说其他的。可能，他们认为是我说得含糊不清吧。"

"嗯，这可能是原因。"我说，"但是，事情发生的经过肯定比较复杂，不然家属不会纠结于法医鉴定，对吧？刚才讲事发经过，大宝把赵法医的话给打断了。被黑板擦砸中了，然后呢？"

"哦，对，我说怎么感觉有话没说完呢。"赵法医拍着自己的额头，说，"毕竟是在夏令营中，有很多目击者，所以调查情况非常详细。当时死者被砸中以后，直接趴在了课桌上，所有人都认为她是眼睛被砸中了。不一会儿，死者开始在课桌上摇晃起来，像是要晕倒的样子。这时候，老师有些害怕了，叫来了两人抬着担架，将死者运到楼下，准备用给夏令营提供食宿材料的皮卡车将她运到县医院。"

"没打120？"我问。

"打了，但是120询问地点后，说需要三十分钟时间才能到。这个夏令营和县医院正好是在县城的对角线，比较远。"赵法医说，"所以，夏令营的负责人决定自己直接将学生运到医院，可以省去一半的时间。可是，在两名学生抬着担架下楼的时候，担架脱落了，死者当时摔在了楼梯上，后脑勺着地。两名学生把死者重新拉到担架上，抬上了皮卡的斗里，负责人亲自开车，但开出没多远，车辆又发生了车祸，和一辆轿车迎面相撞。虽然车内人员没有受伤，但是皮卡车斗内陪同的同学称，当时死者的头部因为惯性撞击了车厢板。不久，120赶到，死者就没有生命体征了。"

我和大宝听得面面相觑，大宝说："这，这孩子，也太倒霉了吧。"

"是啊。"赵法医说，"现在问题就来了，家属最关心的问题是，死者被砸中头部、摔跌头部、撞击头部，头部一共受力三次，看起来损伤都不轻。问，哪一次作用力致死？"

"这，这老师怎么能体罚学生呢？还有，这么瘦弱一女孩，两人抬担架都抬不动？这么没用？"大宝还在心疼死者。

"是两个更瘦弱的女孩抬的。"赵法医说，"这个夏令营，是什么女德班，学生、老师都是女性。"

"女德？"大宝似乎没有听过这个名词，"女德是什么鬼？"

"所以说，如果是老师砸死的，学校要承担全部责任，老师还要承担刑事责任；如果是抬担架摔死的，学校责任相对较小；如果是交通事故致死的，还有保险理赔。"我说，"对家属来说，第一、第三种都可以，就怕是第二种。"

"不管家属满意不满意，我们力求客观公正就好。"赵法医说，"可是，完全搞清楚致死作用力，这似乎有点难。"

"多次损伤中，寻找致命伤，确实很难。而且，需要看案件的具体情况。并不是所有案件都是可以分析明确的。"我说，"但，有的案件中，损伤情况特殊，也不是完全没有分析明确的可能，比如这一起。"

"其他部位损伤都很轻，不足以致死。"赵法医说，"从颅内情况看，死者右侧顶部纵贯的骨折线下，有大量出血，所以我们认为这一处骨折，就是致命的原因。"

我点了点头，表示认可。

"头皮有三处损伤，提示三次受力。"赵法医说，"结合调查，左额部的损伤是砸的。枕部损伤，对应额部有脑挫伤，这是对冲伤①，所以这一处是摔跌的。顶

---

① 对冲伤指的是头颅在高速运动中突然发生减速，导致着地点的头皮、颅骨、脑组织损伤出血，同时着地点对侧位置的脑组织也因惯性作用和颅骨内壁发生撞击，形成损伤出血，但是相应位置的头皮不会有损伤。突然发生的减速运动如摔跌、磕碰等。

部位置不容易摔跌到，所以顶部头皮损伤是仰卧位时和车厢板撞的。"

"嗯，没问题，头皮损伤情况，和调查的情况是非常吻合的。"我说。

"可是，打开头皮，颅骨这一处骨折究竟是怎么形成的，这个我们还是挺困惑的。"赵法医说，"骨折线最宽处，就是受力处。死者头部的骨折线最宽处，大约是在骨折线的正中间。而这个地方，和顶部的皮下出血之间距离五六厘米呢。骨折线最近的头皮损伤就是顶部的撞击伤，但又不完全对应。所以我们倒是想倾向于头顶部撞击致死，但又不敢定。"

"既然不对应，就不能说这一处骨折线是外力直接作用导致的骨折线。"我说。

"那这个骨折线从哪里来的？"赵法医问。

"整体变形啊！"大宝说，"颅骨的整体变形导致的骨折。颅骨是一个球体，在两侧受力的时候，球体发生整体变形，受力的方向轴距变短，而受力垂直方向的轴距变长。变长的轴距会让颅骨遭受拉应力[①]，当拉应力超出了颅骨承受的范围，就会被'拉'骨折。整体变形的骨折，通常骨折发生部位都不是受力的直接部位，骨折线最宽的地方也只是颅骨最容易被'拉'骨折的地方，而不是受力点。"

"这个我知道，听过相应的课。"赵法医挠挠头，说，"不过说老实话，还是没搞得很明白。而且，整体变形导致的骨折，不都是在颅底吗？"

"也不是。"大宝继续解说，"容易在颅底发生整体变形骨折的原因是颅底的骨质薄，承受不了太大的拉应力。但是在不同的个体中，不同的受力方式以及受力时死者处的姿态不同，都会导致骨折发生的部位不同。颞骨同样也很薄，也容易受拉应力导致骨折。"

"不同的受力方式。"赵法医沉吟着。

"是啊。"大宝说，"颅骨整体变形的受力方式有很多种，如一侧颅骨减速运动受力，双侧颅骨受力，颅骨持续受力，颅骨内弯外曲式局部受力……"

我挥挥手打断了大宝的背书，说："这个就不要细说了。总之，当颅骨受力导致整体变形骨折，骨折线的方向和受力的方向是一致的。"

说完，我用激光笔点着照片说道："第一处损伤，左额部砸伤，只伤到皮下，虽然有可能导致头痛头晕，但是不可能致命，即便是做伤情鉴定，也不过就是轻微

---

① 拉应力就是物体对使物体有拉伸趋势的外力的反作用力。一个物体两端受拉，那么沿着它轴线方向的抵抗拉伸的应力就是拉应力。

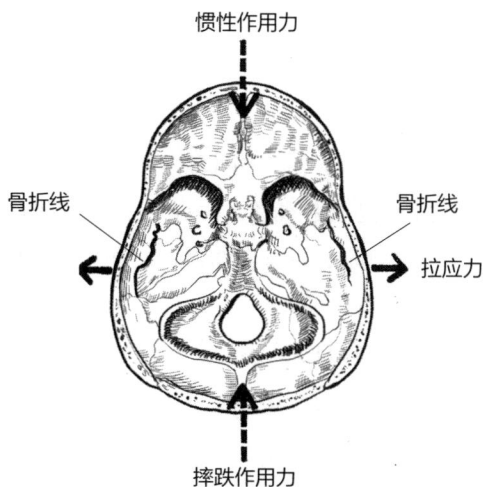

惯性作用力

骨折线　　　　　　　　　　　　　　骨折线

　　　　　　　　　　　　　　　　　　拉应力

摔跌作用力

从颅顶往下看到的颅内整体变形示意图

伤级别。这一处损伤，咱们果断排除。第二处损伤，摔伤。从损伤来看，着力点是后枕部偏左，导致了脑挫伤，但也不至于致命。同时，因为对冲作用，导致右额部脑挫伤。右额部头皮是没有损伤的，证明这是一处对冲伤。摔跌的作用力，恰恰就是从后枕部偏左到右额部的方向，这和颅盖骨上的骨折线方向是一致的。再看第三处损伤，虽然也造成了脑挫伤，但也不足以致死。受力点和骨折线有一段距离，而且受力的方向是从顶部至下颌方向，这和骨折线走向是不一致的。说明撞击伤不具备直接形成骨折线或整体变形形成骨折线的条件。有印证、有排除，我们可以果断判断，死者是在从担架上摔跌到地面上时形成了致命伤。"

"家属肯定不满意我们的结果。"赵法医担忧地说道，"舆论还得热。"

"作为法医，实事求是是唯一宗旨。"我说，"无论舆论怎么热，都不能影响我们的客观结论。"

赵法医点头道："好，我们今天就出具鉴定书！"

刚说完，赵法医的电话响了起来。他静静地听完电话，站起身收拾东西，说："秦科长，刚才得到消息，辖区派出所在准备再次调解的时候，发现这个夏令营负责人汤莲花失踪了。"

"跑了？"我说。

赵法医点点头，说："现在局长要求我们去夏令营驻地进行搜查，寻找汤莲花的个体特征和生物检材，下一步还得找到她。"

2

龙东县东南面的一座六层高的旧式写字楼外，挂着"莲花国学培训基地（本座三楼）"的招牌。这就是由汤莲花担任法人并占股百分之百的"莲花艺术培训有限公司"的地址了。为了保护现场，三楼楼梯口在二十多天前拉上的警戒带还没有去除。

"所谓的国学，不过就是传播那些古时的'女德教育'。"赵法医说。

"我倒是挺好奇'女德'都教育一些啥。"大宝笑着说道。

"汤莲花的住处，也找了吗？"我问。

"她就住在这儿。"赵法医朝三楼走廊深处指了一指，"夏令营嘛，这里是有宿舍的。"

"那这警戒带？"我问。

"哦，这就是一起非正常死亡事件嘛，并没有定为命案。"赵法医说，"所以，虽然拉了警戒带，但是这里已经恢复进出了。"

我点了点头，让大宝对三楼的教室进行搜索，而我和赵法医则径直去了汤莲花的住处。

整个三楼看起来非常平静，并没有老板卷款私逃的那种仓促感。而汤莲花的住处则更加平静，日常用品一件没少，甚至连行李箱都安静地躺在房间的角落。

我戴好手套，拉开了写字台的抽屉，一张身份证最先映入眼帘。

"嘿，汤莲花的身份证在这里。"我把身份证拿了出来，装进物证袋，朝在卫生间里提取生物检材的赵法医说，"四十九岁，住址是龙东县栗园镇，是这个人没错吧？"

"是啊。"赵法医说。

"可是，既然是出逃，为什么连身份证都不带？"我说，"这合理吗？"

"可是，侦查部门说，她确实是失联了。"赵法医提着物证袋走出了卫生间，说，"我也正奇怪着呢，这些天，家属和汤莲花一直在谈赔偿，也没发生什么特别的事情啊，她跑什么？"

"会不会和网络舆情有一定的关系？"我问。

"不，汤莲花是三天前失踪的。"赵法医说，"我刚才专门问了，是她失联，死者家属联系不上，才会在网上炒作的。"

我盯着手中的身份证，皱起了眉头。

大宝拿着一叠白纸跑到了我身边，说："你看看，这都是些什么。"

大宝拿着的，是夏令营自己印刷的"教材"，用普通A4纸打印出来，然后装订起来的小册子。里面大多是说一些"三从四德"什么的理论，还举了一些"活生生"的例子，来证明不遵守女德，会得到什么样的报应。

"不孝敬父母，得癌症？不听从丈夫，出车祸？"大宝说，"你还说我迷信，这才是真正的迷信好不好？"

"这是在搞复辟啊。"我说，"这都什么年代了，还拿封建礼教的糟粕出来祸害人？这种行为是要坚决打击的！"

"可是，不归我们公安局管。"赵法医耸了耸肩膀。

"居然还有家长把孩子送来这里？脑子坏了？"我说。

"在我们龙东县的农村，封建糟粕确实还是遗毒啊。"赵法医说，"这个汤莲花，不过是迎合了新时代叛逆期少年的父母的想法而已。"

"迷信啊、女德啊什么的都不重要，关键是这个。"大宝一脸神秘地翻动着手中的"教材"，说，"你看，这是什么。"

这一页纸上，印着一段话和一张图片，是不守妇道的女子被浸猪笼的描述和手绘画。画面上一个小小的竹笼里，塞着一个身体蜷缩的女子，正在痛苦地挣扎。笼子的一半已经浸入了水中，似乎正在缓缓沉下。

我吃了一惊，瞪着眼睛看了看大宝。大宝似乎感应到了我的所想，肯定地点了点头。

"上官金凤的尸体，是什么时候发现的？"我问。

大宝说："十六号，六天前了。"

"会不会有关联？"我说。

"你们这是？"赵法医一脸茫然。

我笑了笑，说："汤莲花的个体特征、视频影像什么的资料，也给我提供一份吧。这边做好家属工作就好了，就不需要我们了，我们需要马上赶回省厅。"

见我和大宝匆匆地进门，我的手里还拿着一块硬盘，程子砚条件反射性地脸一沉。

"别怕别怕。"我笑着说，"刚才我们发现一个宣扬'女德'的培训机构的老板失联了，他们的教材里，有和现场情况非常相似的'浸猪笼'的表述。所以，我觉得需要找到这个老板，说不定和我们的案件有一些关联。"

"女德？"陈诗羽扭头说道，"真是恶臭，搞不懂怎么还会有人相信这个？"

"有需求才有市场，我倒觉得，送孩子来上女德班的人，并不一定是为了学习女德来的。"韩亮笑哈哈地说道。

"什么意思？"陈诗羽讶异地看向他。

"我刚才翻了翻他们的学生档案，夏令营里大部分的学生都是十三岁到十七岁的女孩子。"韩亮继续说道，"这个年龄，差不多就是青春叛逆期的时候。我倒觉得，把孩子送到'女德班'，和把孩子送到'戒网瘾'的学校的行为没有太大的差别。孩子长大了，不好管束了，自己又不懂得教育，就去寻求外界的帮助罢了。家长可能并不关注这些'女德班'究竟教了些什么，就像他们同样可能不知道有些'戒网瘾'班用的是'电击疗法'，甚至是穷尽虐待的方式，让孩子吃尽苦头一样。他们只关心上完这些班，孩子回来是不是能变得'乖巧''顺从''听话'，让他们不用再操心孩子走歪路。"

"简单粗暴。"陈诗羽鄙夷地总结道，"但我觉得还是不一样，'女德班'这个名字，本来就是有问题的。只提倡所谓的女德，却没有相应的男德，归根到底还是希望女性彻底服从男性，成为男性的附属品。这些家长即便希望女孩不走歪路，也不能用这种扭曲观念的方式，来预防她们走歪路吧？"

"确实，这些'女德班'就是打着传统文化的旗号，去给女性洗脑，去束缚女性，要坚决打击。"林涛看着陈诗羽说，"你看我反思得怎么样？"

"嗯，如果是要加强社会主义精神文明建设，确实要打击这些打着传统文化的幌子骗钱、害人的培训。"我说，"我们国家的孩子们，最缺乏的是死亡教育和性教育。这两个教育的缺乏，恰恰也和传统文化中的避讳和保守有关系：忌讳死亡，而不进行死亡教育，最后孩子也不懂得尊重生命；避讳谈论性话题，而对性教育敷衍了事，最后孩子们对性的无知和误解，反而会酿成恶果。这两个教育，才是迫在眉睫需要开展的。"

"我现在，究竟是看哪些视频？"程子砚见我们跑题了，于是问道。

"之前的，全部停下吧。"我说，"现在全力寻找这个汤莲花的下落。你现在不是正好有最高的视频调阅权限吗？据说汤莲花是三天前失联的，这个硬盘里有她失联之前的影像资料。拜托了！"

"这个，难度不大。"程子砚眉头舒展，像是放松了许多。

"那么，这个案子，你就不用去了，专心找汤莲花吧。"我说，"其他人，收拾收拾东西，我们要去程城市，那里发生了一起非正常死亡事件，性质不清楚，需要我们去解决。我刚刚在车上接到指挥中心的电话，要求我们马上出发。"

"会不会又是颅脑损伤？"大宝跳了起来。

我无奈地点了点头。

"我说吧！都是一船拉来的。"大宝说。

"迷信，也是腐朽的。"我说。

"出勘现场，不长痔疮！"大宝岔开话题，开心地说道。

　

事发地是在程城市海棠小区的一间分割出租屋内。所谓的分割出租屋，就是房东将自己的多卧室的房屋用建材板隔离出多个区域，分别出租给不同的人。这种分割出租屋，是为了满足那些单身居住、经济条件较差、长期租住的租客的需求。

这种分割房在各地都会存在，是物业公司比较厌烦的形式。房东自己改造房屋并租赁，物业不好多说，但毕竟这种分割房容易出现很多问题，也存在诸如超负荷使用电器等比较严重的安全隐患。

因为物业对分割房的限制，也会出现很多房东和物业以及租客和物业之间的矛盾。有的时候，房东将房子租给二房东，一旦出现事故，房东和二房东也会出现很多纠纷。因为分割房的租赁，很少有房东会登记租客的身份信息，所以在分割房内部出现刑事案件的情况也比较多。

所以，这种介于小旅馆和出租屋之间的性质的房屋，出事情不好查也就不难理解了。

这一名租住在分割房里的人，叫金剑，男，二十五岁，是程城市周边农村的居民，毕业于程城市技工学校，之后就在程城市开挖掘机。因为在市里没有住处，他就在这一处分割房里长期包租了一小间卧室，作为自己平时的居所。金剑为人内向，虽然在这个分割房内已经居住了近一年的时间，但是从来不和其他分割房租客交流。他因为长期租住，所以房东租给他的是被分割的一个自带卫生间的主卧室的区域，连使用卫生间也不会影响其他租客，和他们几乎完全没有交集。即便是在过道里相遇，也是不说一言一语的。只要一回到住处，金剑就会待在自己的房间里，关上房门。

而今天中午，金剑的房门却是虚掩的。

因为今天是周六，休息日，所以几名租客从昨天晚上开始，通宵打牌到今天早上。在打扑克的过程中，他们听见一夜未归的金剑在早晨七点半左右回到了出租屋，并且在他们分割房的房门上重重敲了几下，说了一句："小点声，我睡觉。"说完，金剑就回到了斜对面自己的房间，并且重重地关上了房门。

根据几名租客的说法，他们又打了几局就去睡觉了，准备点外卖吃午餐的时候，一名租客到过道尽头的公用卫生间上厕所，发现金剑的房门是虚掩的。这和金剑平时的行事方式是完全不同的，这名租客感到了异常，就推门看了一眼。

这一看不要紧，把租客着实吓了一跳。

金剑半躺在床上，双手双脚都呈现出骇人的青紫色，显然已经死去了。

报警后，警察立即封锁了现场，并且将参与打扑克赌博的四名租客控制了起来。经过调查，金剑昨天晚上是在小区附近的网吧里打游戏打了通宵，在早晨七点半左右下线离开的。这和租客反映的情况一致。对金剑外围的调查，除了这个小伙子外形还不错，算是有一点"色"以外，真的就是一个无"财"无"仇"的人。他平时的工资除了维持生活所需、打游戏以外，剩余的不多，都在支付宝里，并没有动账的迹象。而社会矛盾关系更是简单，基本除了工地、住处两点一线以外，就是有时会去网吧包夜打游戏了。没有朋友，没有仇人，甚至连熟人都不多。既然这样，这一起案件，似乎看起来没有什么作案动机。按常理来说，是不会有人来杀这么一个似乎和社会隔离的年轻男人的。就连那些入室盗窃的小偷，也不会选择这种分割房来下手。

现场勘查也没有什么疑点。现场大门是铁质防盗门，周围的窗户都有防盗护栏，如果有外人进入现场，必须采取"钥匙进入"或"强行破门"的方式。不过现场一切都很和平，没有任何侵入的迹象。

就连中心现场——死者所在的卧室，也是完全的和平迹象，没有任何搏斗的迹象。几名打扑克的租客，也没有听见搏斗的声音。

法医初步现场尸表检验，也和调查、现场勘查的结论吻合。死者全身没有发现任何损伤，哪怕是一些轻微的皮下出血和擦伤都没有。既然没有损伤，那么这个案子是一起命案的概率就非常小了。

不仅如此，法医对中心现场搜索，还找到了有力的依据——金剑在两天前去程城市第二人民医院就诊过，主要是反映自己的脑袋里有一些问题。医生要求他进行相关的检查，但可能是因为费用或者其他原因，他并没有进行相关检查。

而且，从侦查部门的调查结果来看，工地的负责人反映金剑最近几天看起来精神萎靡，似乎是病了。

综合上述线索，看起来这就是一起法医们很常见的非正常死亡事件。金剑应该是因为潜在性的脑血管疾病，在通宵熬夜后极度疲劳的诱发下突然发作，导致猝死。

本来案件就可以这样结案了，甚至已经通知了金剑的家属，家属没有异议。可是，在搬运尸体的时候，死者的右侧外耳道，突然流出了不少血性的液体。

武侠小说中常说，七窍流血是中毒，当然，这只是误传。实际上，除了少数鼠药可以导致死者口鼻腔出血以外，大多数外耳道出血给法医的第一印象就是颅底骨折。

如果是猝死，颅底怎么会骨折呢？

如果不是外力作用于颅骨或者脊柱，颅底是不会轻易骨折的，而且颅底周围有丰富的神经，以及关系生命的神经中枢，所以颅底骨折一般都是非常严重、非常危险的损伤。

当然，警察也有猜测，分析金剑是不是因为熬夜头晕，摔跌后导致颅骨骨折。可是，金剑的头皮上确实没有任何损伤，也明显不是摔跌导致的。

案件出现了疑点，依照《刑事诉讼法》，公安机关有权对尸体进行解剖。

可是，在将《尸体解剖通知书》送达金剑父母处时，却遭到了其父母和兄弟的坚决反对。一来是因为当地农村的民俗很抵触尸体解剖，二来是之前负责调查的侦查员已经向他们介绍了现场情况，认为只是普通猝死。

这样一来，当地的法医就承受了比较大的压力。在对现场静态勘查的时候，所有的勘查结果和调查结果看起来都没有什么问题。可是一挪动尸体，就出现了异样的情况。现在公安机关需要查明死因，家属不同意解剖。领导们并没有认识到这是法医检验中的不可抗因素，是法医对每一起案件、每一名死者负责任的态度，反而倒是认为弄成现在这种两难境地，是因为法医水平有限，才会意见左右摇摆。甚至有一些比较偏激的刑警认为，事情明明解决了，现在法医却又找出个事情来。如果解剖结果还是猝死，或者是摔死等意外死亡，强行解剖的行为势必会造成死者家属的强烈不满，甚至信访事项的发生。

当地法医对所受的一些委屈倒并不是很在意，但是对这一起案件可能存在的巨大难度，还是有一些畏惧的。尊重客观事实，得出准确、客观的结果，无论家属怎么有意见，领导怎么有意见，至少图一个自己的安心。可是，万一本案难度过大，得出一个模棱两可、不荤不素的结论，就不太好交代了。因此，当地法医向省厅发出了求援信。

"没有头皮损伤就能颅骨骨折？"大宝看完了案件前期工作情况的汇报材料，说，"这究竟是江湖绝技隔山打牛，还是自己练功练到了走火入魔？"

确实，我们顶多见过颅骨骨折线和头皮损伤位置不吻合，类似那个女德班死亡女生的情况出现。头皮上没有任何损伤，因为头颅突然的扭转导致脑血管破裂、颅内出血的也见过。但是头皮上没有任何损伤，却出现颅骨骨折的，那可真是闻所未闻。

3

不久，韩亮开着车已经下了高速，径直朝程城市海棠小区开去。按照当地法医的要求，我们抵达程城市之后，直接先去看看现场再说。

在海棠小区门口，我带的第一期法医岗位培训班学生小杨已经早早地守在那里，见我们的车来，便一头钻进了车内。

"张平老师已经叫派出所的人开门了，在小区里等着。"小杨法医说道。

"尸体运走了？"我问道。

小杨法医点了点头，指着小区中央的一幢居民楼说："就是那一幢了。可惜，这个小区除了大门口，就没有监控了。"

不一会儿，我们的车来到了居民楼下。楼下站着几名戴着单警装备的警察，小区楼道并没有被警戒带封锁，毕竟不能因为查案而影响其他居民的出行。有个居民从楼道口走出，蹙着眉头，一脸的厌恶。

"居民楼是多层，没电梯。"小杨法医一边带着我爬楼梯，一边说，"现场在三楼，是一个一百八十多平方米的大平层。"

说话间，我们已经来到了三楼的楼梯口，张平法医一边拿着鞋套、手套、口罩和帽子递给我们，一边笑眯眯地说："这里面住的人都在派出所呢，地面也就是水泥地面，没有什么勘查条件，所以就没用勘查踏板了。"

省厅现在对基层勘查现场时候的常规动作要求得比较严，所以张法医先进行了解释。

"臭臭的。"大宝说。

宅男之死

"啊？"张法医不知道大宝说啥。

我倒是知道这个人形警犬喜欢用气味来形容一个现场，虽然我并没有和他一样的感受，但终究还是觉得，男人的宿舍，有臭味实在是再正常不过了。

如果只是站在门口的玄关，根本就看不出来这是一个那么大的大平层。房屋被房东改造，用建材板将房屋中央建立了一个过道，两旁都是被隔离出的房间。

"这是个四室两厅的结构，加上厨房，被隔离出七个居住空间。"张法医说，"有两个居住空间里面自带卫生间，剩下的五个区域共用一个卫生间。这间房子一共有五名租客，都是长期包租，金剑是其中之一。还剩下两个居住空间是给临时租住的租客使用的，不过最近一个月都没有住人了。"

我点了点头，穿好勘查装备走进了现场。

现场的装修很简单，地面是毛坯房屋的粗糙水泥地面，墙面和隔板用乳胶漆简单粉刷，屋顶虽有中央空调，但也没有吊顶。我用手指蹭了一下墙面，劣质的乳胶漆就黏附在我的手指上。

现场所有的房间都被打开了，看起来警方对每个房间都进行了简单的搜查。我逐个房间看了看，确定这处三层房屋的所有窗户都是被防盗窗保护起来的。就连南边的公用阳台，也是封闭的结构。

我又试了试大门和每个房间的房门，虽然都是一些劣质的材料制造的门，但还算扎实，想要破门也不是一件容易的事情。而且，每个房间的门锁都是需要钥匙来开启的，门锁都没有被破坏的迹象。

如果不是事发时房内还有四名租客，这根本就是一个封闭的现场。

事发的分割房靠北，应该是整套房屋内最好的一间分割房了。除了房间内自带一个卫生间以外，还带一个封闭的小阳台。也就是说，在这里居住，虽然没有南边阳光充沛，但是晾晒衣物可以不去公用阳台，而使用私人阳台，这样至少不会拿错内裤什么的。

房间也不算小，有十七八平方米，整体给人的感觉，倒不像是一个单身宅男的卧室。房间里虽然还是有不少杂物，但是收拾得整整齐齐。地面上也不像其他几个房间的地面，被垃圾和烟头填满。虽然只是水泥地面，但也扫得比较干净。桌面也明显是被擦过的，就连桌面上的电脑键盘上，也没有黏附太多的灰尘。

"嗯，有臭味。对了，这人有电脑，为什么还要去网吧里包夜啊？"大宝问道。

"你看看这个显示器就知道，这恐怕是被淘汰了好几代的电脑了。"韩亮说，"这种电脑，估计也就玩玩单机游戏，要是想玩现在流行的网络游戏，根本就带不动。"

电脑显示屏的后侧，放着很多空的饮料瓶，显然，是金剑平时喝的，瓶子留下来，可以卖一些零钱。

我推了推桌子，晃动得挺厉害，空饮料瓶也随着桌子的晃动，摇摇欲坠。

"现场确实是没有打斗的痕迹。"我说，"这要是有搏斗，碰一下桌子，这些饮料瓶就会倒一地。"

"那不会是凶手杀完人以后再将饮料瓶放好吗？"大宝抬杠道。

"会有那么有耐心的凶手吗？"我笑着说。

中心现场的卧室里，除了一个写字台，就只剩下一张木板床和一个简易的布制衣柜了。我伸手探了探木板床，因为是初秋，木板上直接铺着一张竹制的凉席。一张毛巾被蜷缩在一角，枕头上也没有什么异常。

"尸体上半身在床上，双腿耷拉在床下，看起来姿势还是比较自然的。"张法医说道，"死者穿着短袖T恤和内裤，外裤脱在枕头旁边，也是自然状态。"

我见死者的外裤此时还堆放在枕头边，于是拿起来看看。口袋里还有四百多块钱的纸币，以及一张身份证。裤子的下面，则放着一本程城市第二人民医院的门诊病历。

我拿起病历，翻看着。病历的前面两页，大概都是在一个多月前去医院看感冒的记录。第三页，是两天前写的。

患者自诉颅内鸣一月余，偶发搏动性头痛、眩晕。检查：神清，精神可，自主走入病室，对答可。双侧瞳孔等大等圆，对光反射灵敏。双侧外耳道无异物，鼓膜完整无充血。颈软，生理反射存在，病理反射未引出。余（一）。诊断：脑血管疾病待排除。处理：头颅MRI，随诊。

"医生写病历，不都是字很难认吗？每次写伤情鉴定，我最怕的就是'翻译'医生的草书了。"大宝说，"可是这个医生写得很工整啊。"

"除了医生的签名很潦草，看不出叫什么名字以外，其他字确实很工整。"我说，"不过，医生之所以写字潦草，是因为每天接待的门诊病人比较多，而且写的大部分字都是套路化的东西。并不排除有医生写字就是很工整。"

"那倒是。"大宝点点头。

"从病历来看，他确实是像有脑血管病变的症状。"我说，"医生也是这样怀疑的，所以说是'脑血管疾病待排除'。可是，不知道他拍了磁共振没有。"

"现场没有找到磁共振的片子。"张法医说，"二院就诊的人不多，所以如果拍了片子，可以稍等片刻立即拿到，这过两天都没拿回家，估计是没拍。不过，为了保险起见，侦查部门已经去医院调阅病案资料了。"

"早知道，这本病历应该让他们带去，问一问接诊医生两天前接诊的情况。"我说。

"这个没事，一会儿我们去解剖尸体，可以取脑做病理检验。不过，我一会儿也会安排人去问。"张法医说。

"我去吧。"陈诗羽接过了病历。

我点了点头，走进现场房间内的卫生间。卫生间里也收拾得比较整齐，蹲便器刷得很亮。虽然卫生间很小，但在蹲便器上方安装了一个淋浴头，是可以在里面洗澡的。洗澡连接的热水器在公用卫生间，也不存在气体中毒的可能性。洗脸池上放着一个塑料盆，盆里还有一小汪积水。

见卫生间里一切正常，我又走进了北阳台。同样，阳台也很小，正中间放着一个可以挪动的晾衣架。晾衣架上晾晒着一件T恤和一条平角裤头。我伸手摸了摸，T恤很干燥，但是裤头却似乎还有一点潮湿的感觉。我皱了皱眉头，思考着。

"现场情况就是这么简单，从现场的状况来看，确实不是一起命案的现场。"张法医说道，"但关键还是在尸体解剖上，要不，我们抓紧时间？天都快黑了。"

冷冷清清的解剖室外，站着两个人，是金剑工地上的负责人。虽然程城市警方依法告知了金剑家属要进行尸体解剖工作，但是其家属却持反对意见。也就是说，最终我们的解剖工作，还是强行解剖。根据法律规定，公安机关有权对尸体进行解剖，并告知死者家属到场，如果死者家属不同意的，只需要在笔录上写明。不过，尸体解剖是需要见证人的，所以警方叫来了工地负责人。

从表情上看，工地负责人是一脸不愿意，他们站在解剖室门口不愿意进去，嘟嘟囔囔地说："我们都说了，这几天他都是病恹恹的，肯定是病死嘛。"

张法医的眼神里闪过了一丝担忧。我伸手拍了拍张法医的肩膀，鼓励他应该对自己的判断有自信。

因为是初秋，死者的衣着非常简单，又没有什么异常，所以衣着检验没有什么特别的。

在褪下死者穿着的平角内裤的时候，由于光线的反射，我注意到死者大腿内侧一直到腘窝①的皮肤上，似乎沾着几条黄色的印记。若不是有光线反射，这和皮肤颜色相近的浅色印记还真是不容易被发现。

我用戴着手套的手指蹭了一下，发现这些印记是可以被擦下来的。

"这是什么啊？臭的。"大宝说。

确实，我也可以闻见指尖的臭味，于是说："还能是什么？大便。"

"啊？大便失禁？可是？"大宝说。

我蹙眉想了想，似乎心里有了底，于是说："别急，先检验尸体再说。"

尸表检验也进行得非常快，因为死者除了手脚是青紫色、外耳道有血性液体溢出之外，其他没有任何异常。整个尸体的表面，我们倾尽全力，也没有找出任何新鲜的，抑或是陈旧的损伤。看起来，金剑对他的身体真是足够爱护了。

"损伤是真没有，不知道这个手脚青紫是不是提示机械性窒息呢？"小杨法医问道。

"不不不，肢体末端青紫，是身体内部缺氧的迹象，还原血红蛋白透过肢体末端的毛细血管呈现出青紫色。"大宝说，"所以，只要是呼吸衰竭的死者，都会出现肢体末端的青紫。比如脑干损伤、疾病猝死、机械性窒息，都是有可能呈现出这些状态的。死者的口唇颜色正常、面部苍白、口鼻和颈部都没损伤，眼睑也没有出血点，这些都提示不是机械性窒息死亡。"

我点了点头，暗想大宝最近真是发奋用功学习基础理论，进步很是显著。

既然尸表没有损伤，而怀疑的损伤重点在头部，于是我和张平法医开颅的同时，让大宝和小杨法医进行胸腹腔的解剖检验。

"看到没，颈部肌肉也没有损伤，器官没有明显的瘀血迹象，心脏表面没有出血点，关键是心血有部分是凝固的，这都证明并不是机械性窒息死亡的。"大宝一边检验一边对小杨法医说，"心血不凝才是窒息征象嘛。"

我们都是熟练工了，所以在他们检验完胸腹腔的时候，我们也取出了脑组织。

死者的脑组织下面黏附了不少凝血块，这让张法医一惊，说道："哟，出血主要集中在脑底，这不会真是脑血管畸形吧？"

---

① 膝后区的菱形凹陷。

宅男之死

脑血管畸形破裂出血，易发在颅底。而且，颅骨骨折容易引发的是硬膜外血肿，而现在我们看到的，是硬膜下的血肿。看起来，这样的状况真的是很像自身脑血管疾病导致的脑出血。不过，毕竟出血是在颅底，颅底的硬脑膜和颅骨贴合得非常紧密，所以一旦发生骨折，造成硬膜下血肿也是正常情况。而且，如果不是有骨折，依旧解释不了死者外耳道出血的情况。所以，我并不担心，开始检查死者的脑干。

"你看，因为颅底出血的缘故，脑干被挤压进枕骨大孔内，形成了脑疝。这样的压迫，足以导致死者死亡了。"我指着死者脑干上的压迹说道，"大宝，你让小杨缝合吧，你来对死者的脑基底动脉进行注水实验。"

这是法医检验中，发现死者脑血管病变破裂的最直观的办法。因为有凝血块附着，肉眼很难直接发现血管破口，从脑基底动脉环中用注射器注入液体，如果闭合的脑血管出现溢水，就可以发现是在哪里有血管破裂了。

硬脑膜在颅底和颅骨粘得非常紧，为了仔细检查颅底，我费劲地用止血钳夹住硬脑膜剥离。而在此时，大宝的注水实验已经完成了。

"脑血管是好的，没有发现破裂口。"大宝说。

站在一旁的张平，明显是松了一口气。

当我剥离开硬脑膜后，死者的颅底赫然呈现出一条横贯左右的骨折线。

"真的是颅底骨折啊！"张平更是松了一口气，"颅底骨折肯定是外力所致了，但我们还是不知道这是打击的，还是摔跌的。"

"外力导致颅底骨折、硬膜下血肿、脑疝而死亡。"我确定了死者的死因，说，"颅底骨折可能是头部直接受力，也有可能是脊柱末端受力，力量传导到枕骨大孔而导致。不过，这一条骨折线虽然是在颅中凹，但却没有经过枕骨大孔，所以，排除力量传导所致，是头部直接受力所致。"

"你看，你看，还真是隔山打牛啊。"大宝说，"头皮没有任何损伤，哪来的颅底骨折？"

"会不会是头部摔跌在柔软的物体上，所以在头皮上肉眼观察不到损伤？"张平法医又开始有些担心了。毕竟如果是自己摔跌死亡，那和疾病猝死的道理是一样的，无法和不同意解剖的死者家属交代。

我闭了会儿眼睛，想了想，说："现场地面是粗糙水泥地，床面有不平整的竹席，两者都非常坚硬，摔跌到地面和床面，一定会导致头皮的擦伤。墙面虽然是刷着乳胶漆，但是很容易蹭下来，而且撞击墙面难免产生头部和墙面的位移，一定会导致擦伤，可是死者的头部没有伤，也没有脏。桌子倒是光滑，但是碰撞之后，桌子上的塑料瓶一定会倾倒，但是并没有。其他就没有可以摔跌到的地方了，现场的衣柜都是布制的。"

"还有，死者原始的位置，是半躺在床上，这正常吗？"张法医问。

"这个有个体差异，这样的损伤，大部分人是立即失去行动能力和意识了，但也不排除有人具备短暂行动能力的可能性。"我沉吟道，突然想起了什么，用比例尺放在锯开的死者颅骨边，说，"来，拍照。"

"这人颅骨也薄，对吧？"连一旁拍照的林涛都知道我的意思。

我点点头，说："前几天洪萌冉的颅骨也是很薄，今天这个金剑的也是很薄，就连最厚的额骨也只有三毫米，可见他的颅底应该更薄，更容易骨折。所以看起来，很多颅骨骨折的发生，都是和死者自身的个体差异状态有关。"

"这个拍照有意义吗？咱们还是得先分析出来他的颅底究竟是怎么骨折的吧？"大宝有些着急地说道。

"有没有意义，得以后才知道，但我们现在必须要拍。"我笑了笑，说，"咱们这个案件中，既然死者头皮没有损伤，那么基本是可以排除直接打击或者摔跌所致了。"

"啊？都排除了，那还有什么办法能导致颅底骨折？"张法医问道。

"这个问题，今天上午大宝还在和龙东县的赵法医背书呢。"我指了指大宝。

大宝翻着白眼想了想，说："整体变形？"

"当然是颅骨整体变形导致的。"我说，"不过，是如何导致头颅整体变形，才能不在头皮上留下损伤呢？"

大宝又翻了翻白眼，狠狠地在自己大腿上拍了一下，说："持续挤压力！"

4

晚间的专案会议室里，似乎有些冷清。既然绝大多数刑警认为这并不是一起命案，所以专案组抽调的警力本身也就不多。

见我们走进了专案会议室，曹支队长立即站了起来，关切地问道："怎么样？死因如何？"

"张法医判断得没错，颅底骨折导致死亡的。"我坐了下来，喝了口水，说。

148

"那，你们看，是命案不？"曹支队长探着身子，紧张地问道。

我被支队长的表情给惹笑了，说："这个案件的定性，可不是法医能做的。那是需要结合调查、现场勘查和尸检工作结论，由侦查部门综合判定的。"

"这个我知道，但这个案子的关键还是你们啊。"曹支队长说，"至少现在调查和现场勘查反馈的结论，这都不像是案件。"

"这个别急，你先告诉我，我们尸检之前安排陈诗羽去二院调查接诊医生，有反馈结果吗？结果如何？"我问道。

"小陈和侦查员去了医院，找到了神经外科的刘丰医生。"曹支队长说，"刘丰医生比较忙，看了病历，就说这个病历可能是实习生写的，因为他写不了这么工整。他自己是不记得有看过这么个病人，毕竟每天有那么多人。不过可以确定的是，金剑没有进行后续的检查，我们还调来了金剑在二院的缴费记录，不过我看不太懂。"

说完，曹支队长把一张表格递给我。

"那实习生找了吗？"大宝问道。

"不好找，小陈现在还在调查。"曹支队长说，"这个并不重要吧？"

"也是，反正他也不是病死的。"大宝说。

我翻看着表格，沉思着。

"关键，还是你们的结论啊。"曹支队长重复了一下他的意见。

"死者金剑的颅底骨折，是颅骨整体变形导致的。因为头皮上没有任何损伤，结合现场情况来综合分析，可以排除是摔跌导致的。"我说完顿了顿，接着说，"当然，也排除是工具打击造成的。"

随着我的叙述，曹支队长先是一紧张，接着又是一放松，抢着说道："不是别人打的，又不是自己摔的，那难道是病的？"

"我刚才都说了他不是病死啦。颅骨骨折不可能是病出来的，显然是有外力。"大宝说。

我点点头，说："想来想去，这种损伤就只有一种形成机制了。有外力从死者头颅两个侧面持续挤压，导致他的颅骨整体变形。本来死者的颅骨就较薄，颅底更是薄，经不起这样的变形力，于是颅底有一个横贯左右的骨折线。"

"挤压？那这样看起来，还真的就是一起命案了？"曹支队长一脸沉重地说，"你看，这起案件还是你们法医的结论是最关键的吧，至少和我们其他部门的结论

是不一致的。但是，却是决定性的。"

"我也试图用一种他自己可以形成的方式来解释。"我说，"但是，根据现场的情况来看，实在是无法解释。"

"可是，现场基本是封闭现场，也没有侵入痕迹。"曹支队长说，"如果是别人作案，那就应该是剩下的四名租客之一作案了。根据我们之前对租客们的分别询问，其中的一名租客肖劲国是最有作案嫌疑的了。"

"哦？为什么？"我问道。

"你们在现场勘查和尸检的时候，重案大队的人，对四个人分头进行了询问。"曹支队长说，"从侦查员们的直觉来看，这四个人应该都是没有作案嫌疑的。不过，不能全信直觉。他们问来问去，也没有问出一个所以然来。如果一定要从询问结果里找出矛盾点，就只有一点。这四个人口供出奇统一，说是从昨天晚上开始，一直到今天早晨，四个人打了通宵扑克。早晨回来的时候，金剑曾经敲门要求他们声音小一点。后来他们很注意了，但是肖劲国赢了一局的时候，大声地欢呼了几句，这时候他们似乎听见金剑的房里传来了骂声。这一局肖劲国赢完之后，大家都回自己屋里睡觉了，后来就一直到中午有人发现金剑的门是虚掩的。如果说，有人一定要有作案动机的话，那就只有肖劲国了。毕竟从金剑骂人到被发现死亡期间，没人能证实肖劲国没有作案时间。"

"肖劲国和死者，什么关系？"我蹙眉问道。

"没什么关系啊。"曹支队长说，"就是邻居关系，见面也不打招呼的那种。"

"那肖劲国是什么职业？"我问。

"瓦匠。"曹支队长说，"在城里打工的。"

"那他肯定不是凶手。"我说。

"他如果不是，其他人就更不是了。"曹支队长说。

"确实，我觉得不可能是租客所为。"我说，"而是一个和金剑关系不一般的人所为。"

"金剑这人性格怪僻，在城里基本就没什么熟人。"曹支队长说。

"正是因为这个特征，所以侦查部门才调查不出来这个熟人。"我说，"金剑的近亲，有没有可能？"

"不可能。"曹支队长说，"他的父母和兄弟姐妹都不在程城市，这些我们首先就排除了。"

　　"那会不会是女朋友？"我问，"这四名租客，有反映出金剑带女朋友回来吗？"

　　"没有。"曹支队长一脸莫名其妙，"不过，租客们反映他们和金剑的作息时间不太吻合，连金剑都很少看见，更不用说什么女朋友了。你为什么会有这样的判断？有什么依据吗？"

　　我点了点头，说："我们在进行尸表检验的时候，发现金剑的大腿内侧有一些流出来黏附在大腿上的大便。"

　　"大便？"曹支队长问，"我记得你们法医说过，颅脑损伤是有可能导致大小便失禁的吧？不正常吗？"

　　"不正常。"我说，"不正常的地方就在，虽然大腿上沾有大便，但是他的肛门附近和内裤，却是干净的。你说，这可能吗？"

　　曹支队长一脸吃惊的表情，而大宝的脸上则是一脸的恍然大悟。

　　"不仅如此，我记得我在现场勘查的时候，去触摸了一下晾晒在现场阳台上的衣物。"我说，"T恤是干的，而内裤则还没有完全干。根据我的生活经验，这个天气，即便是背阳光的北阳台，一条内裤不用十个小时也会完全干透了吧。"

　　"你的意思是？"曹支队长说。

　　"不错，正常成年人是不会出现大小便失禁的。在有卫生间的家里，更不会出现闹肚子憋不住拉在裤裆里的情况。"我说，"死者是颅脑损伤后出现的大便失禁，而凶手看到这些，并没有嫌弃逃离，而是选择了帮他清洗干净。"

　　"所以就是有关系的人？"曹支队长问，"那会不会是凶手伪装现场？"

　　"伪装现场没必要清理大便吧？大便失禁并不能证明这就是一起命案。"我说，"当然，确实是有伪装现场的行为，这个一会儿再说。只是，不会有什么凶手为了伪装现场去清洗尸体，并且还把死者沾了大便的内裤给洗干净。直接扔了不就好了？而且，洗干净还晾晒在外面，这个动作实在是多余啊。"

　　"所以，这个人只是以为死者是憋不住拉在了裤裆里，而没有意识到他是颅脑损伤？"大宝问道。

　　"你刚才说，凶手有伪装现场的行为，我们怎么没看出来？"曹支队长问道。

　　我扬了扬手中的缴费表格，说："这个表格我也看不懂，因为都是医院内部的缴费项目编号。不过，有一点可以肯定的是，金剑一个多月前去就诊过两次，有不少缴费项目。但是在两天前，并没有缴费。这就不正常了。既然不是医生的熟人，那么至少挂号费是需要的吧？"

"你的意思是，这个病历是伪造的？"曹支队长说，"这不太可能吧？凶手来得及吗？"

"来不及。"我说，"所以我也是大胆地推测，凶手认识刘丰医生，熟知医学术语，才自己撰写了这份病历。"

"是医生作案？"曹支队长皱着眉头说，"那我们之前的调查，岂不是已经打草惊蛇了？"

"不要紧，现在范围小得很。"我说，"既然认识刘丰医生，甚至可以模拟他的签名，还熟知医学术语和他撰写病历的习惯，那多半就是二院神经外科的医护人员了。如果我没有猜错的话，和金剑是情侣关系，那么就应该是二十多岁的女性。只要侦查部门稍微花一点心思，就能发现端倪了。"

从专案组出来，已经半夜了。回到了宾馆，我倒头就睡。一来是这一天可是真够累的，二来也是心里比较踏实。虽然今天的猜测是比较大胆的，但是这是唯一一种可以解释具有这么多异常情况现场的办法了。

我相信，一觉醒来，案件一定会侦破。

果不其然，第二天一早，曹支队长就打电话来让我们去旁听审讯。

"唐晶莹，女，二十五岁，市二院神经外科的护士。"曹支队长指了指单面玻璃，说，"文件检验鉴定，确定那本病历就是她写的，证据确凿了。"

审讯室中央的审讯椅上，坐着一个体形很胖的年轻女人。在我们来到审讯室单面玻璃后面的时候，她的一脸横肉之上已经是一把鼻涕一把泪了。显然，她已经开始交代了。

"真是后悔，那一天不该替同事去门诊顶班。"唐晶莹说，"就是那天顶班，我认识了金剑。那天，有个患者要插队，我就和那个患者吵了起来，后来是金剑来帮我骂走了那个患者。"

"所以，你们就确定恋爱关系了？"侦查员问道。

"没有，我们没有恋爱关系，准确说，我在追他。"唐晶莹说，"我知道他的工地在哪里，也知道他习惯在哪里通宵打游戏。有的时候，我下了夜班，会带着早点去工地找他，或者去网吧找他。也有的时候，我会去他住的地方，帮他收拾卫生。"

"怪不得金剑的住处不像是单身男性的居住地呢，原来是有免费保姆。"大宝说。

"你怎么进去帮他收拾卫生？"

"我想找他要一把钥匙的，结果他不给。"唐晶莹说，"所以，一般我都是下了夜班在网吧等他，等他打完游戏以后，和他一起回家。他睡觉，我打扫卫生。"

"你这么上赶着追他，他也接受了你的好意，还没确立关系？"侦查员问道。

唐晶莹低下头，默默地抹着泪水。

"他的室友，你都没见过？"

唐晶莹摇摇头，说："我一般都是下了夜班，早晨去，没有遇见过其他人。"

"好吧，你说说昨天早晨发生了什么。"

"昨天早晨，还是和以前一样，我在网吧等他一起回家，准备帮他收拾家里的。"唐晶莹说，"回去以后，发现隔壁屋正在赌钱，声音很大。当时他就很恼火，过去敲门让他们小声点。回到房间以后，他就躺在床上睡觉，我在打扫卫生。过了一会儿，隔壁不知道怎么了就叫起来了，把他吵醒了。他就躺在那里骂骂咧咧的，我害怕他那驴脾气犯了，和人家打架，所以就让他不要骂了。没想到，他就开始骂我，说他想睡个觉都不行，说我一直弄出声音，烦死了，什么的。你想想，我辛辛苦苦给他打扫卫生，他还这样说我。"

"确实是身在福中不知福啊。"侦查员说。

"其实我倒是没有害他的意思，算是一半生气、一半开玩笑吧，就故意坐在他的头上，不让他再废话。"唐晶莹说。

"为什么要坐在他头上？捂嘴不就行了吗？"

"我当时双手端着盛满水的塑料盆，没有手闲着啊。"唐晶莹说，"其实我真的没使劲，就是那么轻轻一坐，不让他说话而已。"

"你多重？"正在记录的陈诗羽抬眼问道。

唐晶莹眼神里闪过一丝恼怒，但还是老老实实地回答："一百八。"

"他当时是什么体位？"主办侦查员显然是感受到了唐晶莹的不悦，生怕她产生抵触，于是岔开了话题。

"侧卧的，脸朝外。"唐晶莹说。

这和我们分析的外力作用方向是吻合的。

"好，你接着说。"侦查员说。

"就坐了一小会儿吧，我就闻见一股臭味。"唐晶莹说，"这时候我发现他拉稀，拉在裤裆里了。当时我就以为是不是他正准备上厕所，被我压住了，所以拉裤裆里了。我着实吓了一跳，心想有了这一次冒犯恐怕彻底追不上他了。为了弥补吧，我就赶紧拽着他的脚踝，拖他到床边，给他换内裤，又给他清洗。"

随着唐晶莹的交代，我的脑海里浮现出当时的画面，低声说了一句："世界之大，无奇不有。这个女人，真是，让人无语。"

"要是陈女侠在旁边，肯定要说你说得不对了，明明是这个冷漠的男人让人无语。"韩亮笑着说道。

"当时金剑是什么状态？"

"我没敢看他脸，就知道他在喘粗气。当时，我以为他是气成那样了。"唐晶莹说，"后来我把洗过的内裤晒了，又拿了新的给他穿，发现他就那样下身赤裸半躺在床边，竟然没有动。我就觉得不对劲了，再一看，发现他连呼吸都没有了。我当时就慌了。虽然我不是医生，但是我在神经外科工作，所以，我知道他可能是颅脑损伤导致的大便失禁，而不是拉稀拉裤裆里了。我当时害怕极了，就在想该怎么办。"

"然后呢？"

"然后我就想起帮他收拾的时候，知道他之前去我们医院看病的病历放在哪里。"唐晶莹低着头说，"我就拿出来，模仿我们刘主任，写了假病历，想误导你们认为他是脑血管病变而猝死的。"

"如果你不去伪造这个假病历，量刑情节要轻很多，你知道吗？"陈诗羽将手中的笔录本一摔，走出了审讯室。

"你猜她出来第一句话是什么？"韩亮低声问我。

我摇摇头。

"渣男。"韩亮说，"肯定的。"

说话间，陈诗羽已经绕过审讯室大门，来到了我们的旁听室，气鼓鼓地坐在椅子上，说："渣男。"

林涛扑哧一声笑了出来。

"笑什么笑？"陈诗羽怒道，"你们这些男人，都是下半身动物。人家不就是胖一点吗？就可以随意使唤？就可以辜负别人？"

"我？我冤枉啊！我们俩是一伙儿的！"林涛无辜地说道。

"你说得这可不对，女侠，这男人可是受害者。"韩亮说。

"人家帮他打扫卫生，他还嫌人家吵？这还受害者？我说他这是咎由自取！"陈诗羽说，"当然，我对唐晶莹这种人也是无话可说。在不对等的恋爱关系里，迷失了自我。没有自信，没有自爱，一味地放低姿态去迎合献媚，最后得到一个什么结果？"

韩亮摇摇头，说："你有没有想过，唐晶莹到底爱的是什么？是爱自己无限付出的感觉，还是真心爱这个男孩？如果真心爱这个男孩，那错手杀人后不是应该感到愧疚，前去自首吗？她却选择了隐藏证据，保全自我。所以她爱的只是自己的爱情幻想，而不是真正地爱上对方。真爱不应该是这样的。"

"两个可怜的人。一个爱而不得，一个不得好死。"林涛突然感慨道。

陈诗羽沉默了。

"行了，世间之事，何为善何为恶，何为对何为错，有的时候是说不清楚的。"我说，"唐晶莹涉嫌的罪名是过失致人死亡罪，而且，我们保存了金剑颅骨较薄的证据照片，也许在法庭上可以为唐晶莹减刑吧。希望她出来之后，可以有新的生活吧。"

法医秦明

VOICE OF THE DEAD

|第六案|

白蛆温泉

幸福的家庭都是相似的；不幸的家庭各有各的不幸。

———

列夫·托尔斯泰

1

我们胜利归来，走进办公室的时候，发现程子砚正一脸憔悴地盯着眼前的电脑屏幕。她娴静的脸颊似乎没有什么血色，几缕头发从扎着的马尾辫中脱落了出来，显得有些凌乱。

"你又一晚上没睡觉啊？"陈诗羽忍不住问道。

女人真的挺有意思，程子砚刚刚加入我们的时候，两个女人之间似乎还有些敌视，不知从什么时候起，两人的关系似乎缓和了不少。但除了工作时间，我们很少看到这两人有什么交集，不像我和大宝还经常约着带上各自的媳妇一起吃饭——虽然因为工作太忙，我们也不知道放了对方多少回鸽子了。

"嗯。"程子砚微微一笑，然后有些沮丧地对我们说，"追了两天，追丢了。"

"没关系，追丢了不要紧，在哪里丢的知道就可以。"林涛柔声安慰道，"总不能说破案就靠你们一个专业嘛，对吧？要是我们刑事技术能直接追得到犯罪分子，那要他们做什么？"

说完，林涛指了指陈诗羽，招来陈诗羽的一阵狠瞪。林涛看了一眼，吓得缩回了手。

"说说看。"我走到程子砚的背后，看着她面前的屏幕。

"之前的经过就不说了，反正光是找到她失踪当天的轨迹，就花费了我一天一夜的时间。"程子砚直接略过了不重要的部分，说，"从侦查部门以及我这边的行动轨迹看，都可以确定汤莲花是在九月十八日那一天失联的。"

"九月十八。"大宝掰着手指头，说，"那是一个礼拜前的事情了。"

"是，在我们发现浸猪笼案件后的两天。"我说。

"九月十八日这一天，汤莲花的活动轨迹都没有什么异常。"程子砚说，"但是黄昏的时候，她突然从家里出发了。从步伐来看，显得急匆匆的，显然是去赴约。"

说完，程子砚播放了一段公安天眼探头拍摄的一个女人的背影的视频。这是大路旁边人行道上的探头，看起来这一段人行道上行人很少，镜头里出现一个中年妇女的背影，她穿着一套短袖套裙，拿着一个手提包，急匆匆地在人行道上向东边行走。

"可是，我记得侦查部门调阅了汤莲花的通话记录，失联的当天，所有通话都是正常通话，都已经找到了通话人，没有发现疑点啊。"林涛凑得很近看了看，说。

程子砚看了眼林涛，脸微微一红，说："这我也不知道。"

"你接着说，然后呢？"我盯着屏幕，说，"发现了轨迹，就是可以追踪的吧？"

程子砚在电脑上打开一张龙番地图，指着东边的一个区域，说："你们看，这里是我们龙番和龙东县的交界处，属于我们龙番市郊区的辖区。这一边有不少大路，但是都没有摄像头。汤莲花先是坐地铁，转了公交车，在这个路口下车后，就再也没有出现在视频里了。我把这个区域周围所有能够调阅的视频全都看了一遍，再也没有找到她的位置。所以，除非她是又乘车离开这个区域，不然，她应该还在这个区域里。"

"如果她真的有车坐，那就不用地铁转公交这么麻烦了。"我说，"这个区域，大概有多大？"

"有四五平方公里吧。"程子砚说。

"这里，有多少住户？"我问。

程子砚摇摇头，说："这个不确定，但看卫星地图，房子是有不少的，涉及四五个村落。"

"不知道警犬能不能用得上。"我沉吟道。

大宝大概是想到了之前朝他龇牙的史宾格[1]，微微颤抖了一下。

"恐怕不行，这都一个礼拜了，即便咱们有汤莲花的嗅原，在室外开放场所，也不可能还有气味存留了。"林涛说。

"那也比大宝去找来得快。"我笑了笑，说，"通知警犬队，试一试吧。"

大宝拎着勘查箱，默默地躲在我的身后。不远处，一条德国牧羊犬蹲在训导员的身边，一边吐着舌头，一边歪着头莫名其妙地看着大宝。

"这次，你怎么不去和它套近乎了？"我指了指德牧。

---

[1] 见《法医秦明：天谴者》"消失的凶器"一案。

大宝畏惧地摇摇头，说："这个不行，这个太大个儿了。而且，耳朵太小，不好玩。"

训导员拿着一个物证袋，里面装的是我们从汤莲花的住处提取的她平时穿过的鞋子，用来作为警犬的嗅原。只见德牧在训导员"嗅"的指令下，闻了闻鞋筒，又在"搜"的指令下跑出去几步，我们顿感希望大涨。

可是，德牧在跑出去几步之后，就原地转了几圈，然后茫然地看着训导员。

训导员说："这个时间太久了，肯定是不行了。"

"没事儿。"我挥挥手，说，"我也没抱太大希望。不过，既然只有几个平方公里的搜寻面积，不如就牵着它让它随意找找看，我们也找找看，碰碰运气吧。"

接下来的两个小时，我们六人一狗，在空旷的乡野之中开始溜达起来。

这个区域真的是僻静得很，我们在夜色中，用强光手电照明，漫无目的地寻找着。因为视野极差，能见度没几米，一时让我觉得大半夜的来这里"巡山"实在是愚蠢得很。

两座村庄之间，有一条正在修的村村通公路，水泥路面已经浇灌了大半，还有小半的路面已经用沙土和石子堆砌起了整齐的路基，只差停在路边的水泥浇灌车完成最后一步筑路的工程。

我沿着已经干透的水泥走着，走到了成路和路基之间的断层，停下来看着那并不真切的远方。

"搜，搜。"训导员的命令声在我的身后响起。

难道警犬有了反应？我这么想着，转身看去。德牧蹲坐在水泥地面的中央，吐着舌头看着自己的训导员。

我知道，警犬的这个姿势，就是有所发现。

我快步回到了水泥路面上，问道："有发现？"

训导员摇摇头，说："看起来它好像是有发现，但是，你看看这周围。"

我站在路面中间，向四周看去，都是田野，一览无余。如果有尸体躺在稻田当中，必然可以在整齐的方块状的稻田当中看到凹陷。可是，恰逢丰收时节的前期，整齐的稻田随风摇摆，并没有一丝被压倒伏的迹象。我又看了看水泥路周围，并没有被翻起的新土，也不像个藏尸之地。

"那它啥意思啊？是不是累了？"大宝指了指德牧。

德牧应声回头看了看大宝，把大宝吓得跳了起来，躲在我的身后。

我再次环顾四周，又看看脚下的水泥路面，说："恐怕我们要破拆公路了。"

"这，这你确定吗？村里修一条路可不容易，你破完了，得赔的。"大宝说。

"既用之，则信之，既然它说了在这里，咱们就得信它。"我摸了摸德牧的脑袋，说，"你看前面，这里的路基堆砌三四十厘米高，比一个人的厚度要厚多了，而且这条路刚刚修起来。所以，藏尸在此，不是没有可能啊。"

"它居然不咬你嗨。"大宝惊讶道，也伸出左手跃跃欲试，却被德牧一眼给瞪了回来。

"可是，拆路这个工程不小啊。"林涛说。

我点点头，说："反正我们靠双手也拆不了，所以，回去向领导汇报吧，明天一早就来拆路。"

对于这个决定，我也是心存忐忑的。人家刚修的，整整齐齐的水泥路，即便是公安局赔偿，也一样会有一个"补丁"。在路基里挖出尸体倒还好，要是挖不出来，那可就麻烦了。到那时候，我总不能把责任推在警犬身上。

好在市局对这个案子很是重视，董局长亲自去和镇子里交涉，在最终获得首肯之后，市局借来了破拆机械，开始拆路。

把路面浇灌的水泥层铲除之后，大宝就惊叫了起来。作为一个"人形警犬"，加之对腐败尸体的气味非常熟悉，大宝是除了那只德牧以外，第一个从气味上判断出这里有腐尸的人。随着大宝的惊叫声，我也放心了下来。看来，汤莲花果真是长眠于此了。如果不是警犬的敏锐嗅觉，谁能想到这条公路之下居然埋了人？就连腐败气味都发散不出来，等到发现恐怕早已经成了白骨。

我立即让陈诗羽张罗着在道路周围拉起了警戒带，我、大宝和林涛则穿着勘查装备，走上了刚刚被破拆后露出的路基。

尸体就被掩埋在路基之中，好在破拆器械并没有伤到尸体。因为水泥浇灌的阻隔，腐败气味此时才散发了出来。不过，相对于炎热初秋里死亡一周的尸体来说，被掩埋的尸体并没有腐败得太厉害，还没有巨人观，只是出现了腐败静脉网。

"看起来，这具尸体就是汤莲花了。"程子砚手里捧着的iPad上，有汤莲花失踪前的视频剪影以及她的正面照片。和尸体对比，吻合无误。

尸体呈现出仰卧位，尸僵已经缓解，尸斑因为腐败已经看不清楚。尸体穿着和汤莲花失踪前一样的套裙，只是随身携带的小包并没有在身边。因为失联后汤莲花的手机一直处于无法接通的状态，我们分析她的随身物品可能是被毁掉了，所以也不可能因为小包不在，而继续破拆公路。

我们用勘查铲小心翼翼地把尸体周围的路基泥土石块撬开，然后把尸体从路基里拉了出来。沾满了泥土的尸体此时散发出的尸臭味更加浓郁了。

我揉了揉鼻子，开始徒手清理尸体上黏附的泥土。在清理面部的时候，我发现死者的口鼻腔内全是泥土。

"我去，活埋的。"大宝也看到了此处，惊叹道。

"你说，会不会是工程事故啊？"陈诗羽心存侥幸，说，"我之前就看过一个视频，是铲车司机没有注意到前面的人，在施工作业的时候，把人铲进了沙堆，最后这人窒息死亡了。"

我能理解陈诗羽的心情，毕竟活埋这种行为对于一个成人来说不太容易实现。如果是真实发生了，也是非常残忍，让人难以接受。

"是命案。"我肯定地说道。

说完，我翻过尸体，暴露出她一直压在身后的双手。双手是被尼龙绳捆扎于身后的，因此，显然这是一起命案。看着陈诗羽苍白的面颊，我又指了指尸体后枕部的一大块血迹，说："死者的颅骨有骨擦音，应该是有颅骨骨折。这里有一处挫裂创，周围有镶边样挫伤带，说明这一处是被钝器击打而导致的。不出意外，她应该是在不备的状态下被人击打后脑导致昏迷，然后活埋的。"

"难道，是修路的工人作案？"陈诗羽怀疑道。

"不。"我并不完全是在否定陈诗羽的猜测，也是在否定自己的推断。

因为此时，我已经从死者的口鼻之中，挖出了一些泥土。

"你们看，她口鼻之中的泥土，是呈现微红色的，填塞得非常满。这些土比较有黏性，中间还夹杂了草屑。然而修路的泥土，是非常干燥的，而且是以沙砾为主。"我说，"也就是说，她口鼻之中的泥土形态和路基的泥土形态是不一致的。而且，人在被活埋的时候，不可能把泥土吞咽、吸入得这么满。还记得我们以前办的案子吗？一个小孩被自己的母亲用沙子活埋，最后也只是在舌根部和气管里发现了些许沙子[1]。那么点异物就足以让人死亡了。也就是说，死者口鼻里的这些泥土，并不是她被活埋的时候下意识吞咽和吸入的。"

---

[1] 见《法医秦明：无声的证词》"婴儿之殇"一案。

陈诗羽的表情放轻松了一些，说："那，是怎么回事？"

"是她被人用钝器击晕之后，被人为往口鼻里塞满黏土的。"我沉声说道。

陈诗羽的眉头又重新蹙了起来。是啊，这和活埋相比，似乎更加残忍了。

"封嘴？"大宝把他的第一感觉说了出来，然后又补充了一句，"祸从口出？"

这也是我的第一感觉。

法医的第一感觉，经常就是真相。

毕竟是一周前出的事情，所以林涛在对现场勘查完之后，没能发现任何线索，而程子砚确定了附近确实连一个民用监控都没有。看起来，这个案子又将是比较棘手的。不过这也正常，董局长刚刚上任，连续遇见棘手的命案，这似乎是刑侦界经常遇见的事情。但不管冥冥之中有什么道理，我们还是需要仔细尸检，看能不能尽快破案。

我们在按照尸检流程提取了尸体上的相关检材、擦拭物之后，开始用清水清洗尸体。尸体因为腐败，产生了很多腐败液体，这些液体黏附了身旁的泥沙，改变了尸体的本貌。随着水流的经过，尸体的皮肤慢慢地显现了出来。不过，最吸引我注意的，是死者手腕上捆扎着的尼龙绳。绳子因为腐败液体浸润，也是完全潮湿的，开始我们都以为它的颜色是因为黏附了泥沙，可是经过水流冲洗后才发现，其实这截尼龙绳本身就是黄色的。

黄色的尼龙绳并不多见，除了在那起浸猪笼的案件中出现过。

林涛见此，二话不说，就避开绳结剪断了尼龙绳，用物证袋提着，拿到隔壁的实体显微镜下面去看。

我们似乎也受到了提示，在尸检的过程中，重点注意了死者头部的损伤情况。

"两起案件，确实是有明显的共同点。"我一边解剖，一边说，"最明显的共同点，就是两名死者的头部都有钝器击打的痕迹。虽然上官金凤的尸体被毁坏得比较严重，看不清挫裂口的形态，但是至少两人致伤工具是一种类型的。而且，都仅仅有这么一处创口。"

大宝没答话，和韩法医一起一边常规解剖，一边报出检验所见，供旁边的实习生记录："死者颜面部紫绀[①]，眼睑球结膜出血点，内脏瘀血、心血不凝，颞骨岩部出血，总之，死者有明显的窒息征象，符合机械性窒息死亡的征象。老秦，你说，她这种口鼻内被塞入泥巴窒息死亡的，算是闷死，还是捂死，还是哽死？"

"这不重要。"我说，"重要的是，两起案件的共同点再次显现。虽然两人都有头部损伤，但是都不致死。两人的死因都是窒息。所以，她们的头部损伤的存在意义，就是，致晕。"

"所以，可以串并案件吗？"韩法医问道。

"依据是有的，我觉得是可以的。"我说。

我的话音刚落，林涛走进了解剖室，一脸兴奋地说："当然可以！我刚才观察了这段尼龙绳，质地和捆绑上官金凤的黄色尼龙绳一模一样！而且，它的断端细节特征，和之前的尼龙绳断端进行的整体分离实验，认定同一！"

简单解释林涛的这个发现就是，捆绑两具尸体的绳子，是从同一卷绳子上面剪下来的。先剪了上官金凤的那一段，紧接着就剪了汤莲花的这一段。所以，两段绳子的断端是可以完全吻合上的。这种证据，是可以串并案件的铁的证据。

"凶手的行为很有意思。"我说，"总有一种，多此一举的感觉。先是将两人致晕捆绑，然后费半天劲做个竹笼去沉尸，要么就是费半天劲用泥巴堵满死者的口鼻，然后再去藏尸。其实，他要是直接把尸体扔水里，毕竟是颅脑外伤所致的昏迷状态，肯定就溺死了；要是直接埋地基里，就是不立即窒息，等铺上水泥，也必死无疑。为什么要多此一举呢？"

"你说过，多余的动作，就提示凶手的动机了。"大宝说，"上官金凤是个浪荡不羁的女子，所以浸猪笼。说不定，这个汤莲花是个碎嘴婆，所以泥巴封口。"

"又来个'天谴者'[②]？"我转头看看大宝，说，"总觉得不太像。这个汤莲花是开女德班的，会不会这两个被害人，是和这个女德班有什么关系？"

"上官金凤是违反所谓'女德'的，而汤莲花是宣扬所谓'女德'的。都杀了。那么，这个凶手到底是崇尚'女德'，还是厌恶'女德'？"一直在一旁默不作声的林涛此时发话道。

[①] 紫绀是指人体缺氧时，血液中还原血红蛋白增多而使皮肤和黏膜呈青紫色改变的一种表现，也可称为发绀。

[②] 见《法医秦明：天谴者》一书。

2

林涛提出的问题，让我纠结了整整一天一夜，最终也没有得出结论。不过，毕竟我们在汤莲花的课本上找到了"浸猪笼"的描述，所以很难把两个人的死和所谓"女德"完全割裂开来。我们的怀疑目标，还是参加这个夏令营的孩子家长，抑或是和汤莲花在"业务"上有所切磋的人。

所以，专案组先是将两案串并，然后派出精兵强将，对汤莲花的所有学生家长和业务合作伙伴进行全面调查。

在我的提议下，另一组人去摸排在龙番是否还存在教授所谓"女德"的"地下夏令营"。在我看来，如果是汤莲花的一个同行，那么是不是就可以既惩戒出轨女子，又惩戒竞争对手呢？

用大宝的话说，有没有可能是凶手认为汤莲花教授的"女德"概念有误，所以用泥巴封口呢？这就不是生意上的竞争了，而是学术上的辩驳。当然，当大宝说出这个观念时，他立即被陈诗羽敲了脑门。

"学术？这个能叫学术吗？"

当然，破案是要多管齐下的。除了上述两路兵马，董局长还专门派出了两路兵马去外围调查，一路重点调查两个人共同认识的人，以及可能存在社会矛盾关系的人；而另一路，则是围绕现场提取的两个物证来进行线索搜寻。

一个物证是黄色的尼龙绳，这种尼龙绳并不多见，所以侦查员们调查了龙番市所有的尼龙绳销售代理以及网络上的销售途径。这是一项非常庞大的工作。虽然这种尼龙绳我们不多见，但一调查才知道，从那么多客户中筛选出有嫌疑的，无疑是大海捞针。几名侦查员天天泡在尼龙绳的海洋中，受尽折磨。另一个是市局的痕检同事在"浸猪笼"的现场提取到的残缺鞋印。这枚鞋印是有比对价值的，所以鞋底花纹也是有一定特征的，可惜在鞋印库里并没有比对上同一的。所以，另几名侦查员则天天在各种商场、步行街的鞋店里逐一观察鞋底花纹，想寻找出同样的鞋底花纹。知道了是哪一种品牌的哪一种鞋子，也算是能抓住一条线索去查。

可是，说起来容易，做起来太难了。时光飞逝，就这样又过了近一周的时间，眼看着十一小长假就要到了，几条调查线路都陷入了泥沼，没有摸出任何有价值的线索。

在"命案必破"的年代，同一个地级市有两起命案未破，而且已经过了"金三银五不过十①"的期限，这不能不让刚上任的董剑副局长着急上火，他只能命令市局刑侦部门取消十一小长假的休假，全员继续侦办未破命案。

不过，在十一之前，省厅就下达了全省公安机关进入"一级勤务"的命令。拿到了这个命令，市局的同行们竟然挺高兴，毕竟有全省各警种的同行都陪着他们加班，也算是不寂寞了。

我们也没有过多的情绪，五年来，我们从来没有休息过所谓的十一小长假，所以对眼前的这个"一级勤务"也见怪不怪了。只是老早之前就开始祷告今年能够破例放假的大宝，显得很是失望。

"哪怕是二级勤务，保留一半警力在岗，我也能有三天的休息时间啊。"大宝失望地牢骚着，"我都和梦涵约好了去泡温泉，这又得放她鸽子了。"

"温泉，还是冬天去泡比较适合。"韩亮则一边玩着他的诺基亚，一边说道。

"冬天，冬天也没休假的时间好不好？"大宝扳着手指头说，"年休假，我从来都没休过。而且，《公务员法》说好的，加班一天，可以补休一天，结果呢？那都是浮云好不好？咱们这单位至少得欠了我们好几个月的调休了吧？还不如把加班折算成加班费呢，好歹能看得见摸得着。"

"节假日加班三倍工资，对公务员无效。"我笑着说。

"这有什么好牢骚的。"刚刚从外面走进办公室的林涛，大概听到了我们在说什么，点评道，"就是所有人放假，我们也放假不了，这么多年了，还不习惯啊？来个案子，即便是二级勤务，大宝你能休三天吗？所以啊，干我们这行，还是不要轻易和老婆孩子许诺比较好。"

"干我们这行，别有老婆孩子最好。"韩亮说，"有个女朋友就行了。"

"你以为谁都像你？"陈诗羽和林涛异口同声道。

"噗，你俩怎么一起怼我了。"韩亮忍俊不禁。

一阵尖锐的电话铃声突然响起，打断了他们的争执。

我打开免提，是师父的声音："明天就是国庆节了，结果今天下午来个案子。你们抓紧赶到汀棠市，抓紧破案，消除这起案件在国庆期间造成的不良社会影响。"

---

① 金三银五不过十，是指命案发案后，破案的最佳时限是在三天之内，如果超过了十天，破案难度就会非常高了。

我漠然地挂断了电话，发现所有人都盯着林涛。

林涛无辜地耸了耸肩膀，说："你们看着我干吗？"

"出勘现场，不长痔疮。"大宝竖起剪刀手，对林涛说，"欢迎你加入'乌鸦嘴'大家庭。"

汀棠市位处丘陵地带，除了市区是一马平川之外，周围都被一座座小山给包围着。这些小山分别归属于汀棠市郊区的一些小村落。为了村子里的经济利益，这些小村落会通过村委会把小山的使用权给租出去，从而获取一些租金。有的是租给水果商种果树，有的是租给养殖商养鸵鸟，据说汀棠市周围的这些小山，每年的经济产值相当可观。

事发的地段，正是连绵小山中最不起眼的一座。

说它不起眼，是因为它的占地面积最小。但是，论地理位置，它却得天独厚。这座小山，准确地说，只能说是一个小土坡，位于汀棠市光明大道的路边不远处。从市中心乘坐公交车抵达光明大道南段公交站之后，走路不超过十分钟就能到山脚下。因为路好，即便是不坐公交车，从市中心找一辆共享单车，骑个把小时，也就到了。算是所有郊区小山交通最为便利的一座了。

这座小山在春天的时候，被村委会租给了汀棠市的一个"富婆"。这个女人叫顾风林，五十岁了，一辈子奔波于自己的事业，没有结婚。她在汀棠市开的花园酒店，形成了连锁，甚至在省城都有连锁店。顾风林在汀棠市混得风生水起，交际面非常广，生意也是越来越好。据汀棠市公安局年支队长的估测，顾风林至少身家十个亿，在汀棠这个不大的城市里，算是数一数二的成功企业家了。

死者叫管钟，四十一岁，本地人，以前是市航运局的职工，一年前辞职了。他虽然不及春秋年间的那个管仲雄才大略，但好歹也算是玉树临风的中年男人。管钟在两年前和自己的老婆离婚，净身出户，唯一一个上初一的女儿的抚养权也给了老婆。他和顾风林不知道怎么发展成了恋爱关系，顾风林为了让管钟有些事情做，就专门把这座小山租了下来，投资成为一个"农家乐"，让管钟一手打理。一方面是他可以自己赚些钱，体现一下一个男人的价值；另一方面也是让他不会太无聊。

为了让这个"农家乐"与众不同、高端大气上档次，管钟自己操刀设计，把这个"农家乐"设计成为一个具有高端私人会所性质——只接待少数人的、可以种菜的会所。

经过半年的建设，这个"农家乐"已经于近日建成了。按照计划，管钟让所有的员工回家休息七天，赶在十月一日正式开业。而且这七天，顾风林因为要参加一个全省经济会议，都不在汀棠。

据顾风林的陈述，因为她是会议组委会的秘书长，每天忙得脚后跟打后脑勺，所以她至少有一周没有和管钟联系了。而在一周之前，管钟电话和她汇报"农家乐"已经正式落成，各项设施全部到位了。防盗措施和监控有所延迟，暂时不能运行，所以为了安全起见，这一个星期，管钟会一个人在"农家乐"居住看管，所有的员工，会在十月一日正式上班。

也就是说，在"荒山野岭"里独自生活一个星期的管钟，不知道在哪一天，就这么死亡了。

事发时，一个无人机爱好者在小山的附近放飞无人机，准备拍摄一些初秋景色。这一座古色古香的"农家乐"自然会是拍摄内容的点睛之笔。当无人机飞至"农家乐"上空的时候，拍摄到的温泉颜色有些不正常。好奇的拍摄者控制无人机下降，这才发现，温泉里居然泡着一具腐败尸体。

很快，一则题为"女企业家顾风林后宫温泉惊现腐败男尸"的配图新闻在网络上引起了轩然大波。倒不是刻意吸引眼球，因为这家"农家乐"的官方名称就叫作后宫温泉度假村。

虽然拍摄者不知道是因为惊吓还是其他原因，并没有报案，但是警方很快锁定了案发现场，并对现场进行了封锁。

年支队长、乔法医和我们一起，一边介绍着案件的大概背景，一边爬山。这只是一个小土坡，而且通向公路的路都已经修好了，所以连我都觉得爬起来并不费力。说话间，我们已经来到了这家"后宫"的大门口。

要说这个管钟的眼光还是不错的，按照他的设计，整个"后宫"被建成徽式建筑的模样。进了大门，就是一个中间有圆形石雕的玄关，绕过玄关，是一个不大的院落，院落的后方，就是农家乐的主建筑了。

主建筑是一幢三层的小楼，一楼、二楼是几个餐饮包厢，三楼是四间类似于宾馆的房间。从主建筑的规模来看，显然不是走客流量的"农家乐"，而是主要做餐饮，顺便做一些度假休闲。从主建筑内富丽堂皇的新中式装修风格来看，这里的消费肯定是非常高的。

白蛆温泉

主建筑院落的周围是一些大棚，据说是为了让来这里度假的客人体会一下乡村风情，并且可以自己动手摘菜，也可以自己做刚刚摘下来的新鲜菜。

主建筑的后门已经被警戒带封闭了，我们穿好勘查装备，钻过警戒带，来到了后院。一进后院，就有一种豁然开朗的感觉。除了豁然开朗，还能感觉到一股热浪迎面而来。这个后院，比我想象中要大许多，大概有半个足球场的大小。后院有一排平房，外观也装修成了徽式建筑的模样，是供工作人员办公和居住的地方，还有公用卫生间、淋浴间、更衣间和厨房。

平房的对侧，就是刚才年支队长说的半露天的温泉了。

说是温泉，也不完全准确。准确来说，那里的池子更像是游泳池。有两个长十五米宽八米的泳池并列在院落中，据说这两个泳池里的水是山里的温泉泉眼直接引过来的。当然，我们都知道这不过是广告营销罢了，这两个游泳池不过是加装了地暖。泳池周围的栅栏也都是暖气片，所以营造出温泉的架势而已。

此时虽是初秋，气温还是不低，但这里的温泉制暖设备全开，虽然没有蒸桑拿的闷热感，但依旧让人不停流汗。

看泳池池壁上的刻度，两个泳池的水深大约在一米四，是可以用来游泳的。同时，池壁的中央伸出来一截像是板凳似的台子，是可以让游泳者坐在上面泡澡的。这样，泳池和温泉，就完美地结合了。

说是半露天，是因为泳池的上方，有个弧形的穹顶，一方面可以帮助泳池维持水温，另一方面也是为了在雨雪天不至于淋雨，更是为了防止池水的污染。虽然广告说这两个池子里的水都是大自然无限循环的，但这自然不可信。

穹顶呈现出一个弧形，遮蔽了泳池，然后扎根在泳池旁边的院墙之上。池岸上摆着几个造型别致的茶几和躺椅，供客人休息。穹顶悬空的尽头，还有一个大屏，连接了网络电视，可以让客人们在泡澡的时候观看。此时，这个大屏还是开启状态，正在播放不知名的电视连续剧。

虽然我们在出现场，但想象着在这温泉泳池里休闲潇洒，都能体会到高消费而带来的惬意感受。

因为是刚刚建成的建筑，所有的设施都非常新，看上去闪闪发光，除了其中一个泳池的水面。因为这个泳池的水面上，漂浮着一具尸体。尸体露出水面的部分，还可以看到不少白色的蛆虫正在蠕动。

尸体仰面朝上，此时已经呈巨人观模样。他只穿着一条红色的泳裤，其他部位都是赤裸的。一双拖鞋整齐地摆放在池岸边的躺椅旁。整具尸体呈现出墨绿色，手脚都已经发白，看起来皮肤很快就要脱落了。尸体的面容更是可怖，即便一半还浸在水中，也能看得清楚凸出的眼球和半吐的舌头。

因为尸体腐败液体的透出，整个水面都呈现出一种灰黑色，在此时阳光的折射之下，可以清楚看到水面上漂浮着的一层油污。油污之中，还漂浮着白色的蛆虫。我知道，这是腐败发生之后，人体脂肪油脂在水面上漂浮而形成的。最恶心的，就是这个了。

"尸体还没运走？"我皱了皱眉头，用胳膊揉揉鼻子。

"没有，这不是中午才发现吗？痕检部门一直在对地面进行勘查，尸体还没开始动。"乔法医说道。

"那，勘查有结果吗？"林涛插嘴问道。

"林科长，你看看这地面，实在是难得很。"乔法医指了指地面，说道。

地面是由小块的马赛克砖拼接成各种各样图案，因为小砖之间的裂缝多，所以寻找足迹就非常困难了，加之这个管钟不知道怎么想的，在快三十摄氏度的空气温度里，还打开了泳池的地暖，让整个穹顶之下都有水蒸气，水雾附着在马赛克砖上，就更没有留下足迹的可能性了。

"在那边的躺椅和茶几上，都找到了指纹，不过，和在管钟平时居住的平房里提取的物件上的指纹都是一致的，应该都是管钟的指纹。"乔法医说道。

林涛点了点头，拎着勘查箱，绕过泳池，走到摆放拖鞋和躺椅的地方，蹲下身去，用足迹灯照射地面，仔细地观察着。

"这个可以解释，但是，你们怎么知道他就是管钟？"我指了指漂浮在泳池中央的尸体。

"你看他胸口的文身。"乔法医说。

虽然尸体漂浮在水中，但是他的胸口倒是浮在水面之外。他的左侧胸口皮肤上，文着一组很有设计感的英文单词。

"杰西卡，顾？"林涛生硬地念了出来。

"对，顾风林的英文名字。"年支队长说，"这个调查已经确认了，管钟在两年前，文上了这个文身。"

"两年前？"我沉吟着。

"你们都已经对现场有大概认识了，我就找人想办法把尸体弄上来了。"年支队长说。

确实，尸体漂浮在泳池的中央，想要把尸体拖上岸来，确实是要花功夫的。毕竟尸体已经高度腐败了，整个池水都肮脏不堪、恶臭难忍，找人下水去拖尸体有点不人道了，放干泳池又要等太久。

想到这里，我说："找个长竹竿来，慢慢把尸体拖过来就可以了。"

"是啊，好在这个温泉只有八米宽，要是有十八米宽，我到哪里去找那么长的竹竿？"年支队长笑着说道。

说到温泉两个字，一直在一旁发呆的大宝颤抖了一下。

韩亮看出了大宝的心思，用肩膀拱了拱他，说："怎么样？以后还去泡温泉不？"

3

尸体正好在泳池的正中间，虽然我们找到了一根很长的竹竿，但是毕竟是在水面上，不好用力，最后只能在竹竿尽头绑上一个衣服架，然后用衣服架的弯钩钩住死者的泳裤，费劲地将尸体往回拽。

眼看着尸体被拖到了岸边，大宝正戴着手套，抓住尸体的双脚踝，准备往岸上拖，尸体脚踝处的皮肤和池壁一接触，瞬间褪掉了一片。

环境温度很高，又在水中泡了这么久，尸体的腐败状态已经到达了顶峰，表皮和真皮之间因为腐败气体的作用而分离，此时尸体的表皮就像是蒸熟了的山芋皮一样，一碰就会脱落。

恰在此时，在泳池另一边的林涛突然喊了起来："老秦，这里有血！"

我抬起头，看见林涛正趴在茶几边上，盯着白色茶几的表面。

"哪里？"我连忙问道。

林涛指了指面前的茶几，又转头看了看手上的滤纸，说："错了错了，不是血迹，就是红色斑迹。"

显然四甲基联苯胺实验的结果是阴性。

一边是几个人商量着怎么把尸体拖出泳池，一边是林涛的讲话，我似乎都有些听不清楚了，于是大声说："确定不是血吗？"

林涛也不自觉地大声道："确定！"

正在拖尸体的大宝抬头看看我，说："你就不能过去和他说吗？隔着个泳池喊，像是对唱山歌似的。"

"别动！"我见大宝和几个法医正准备将尸体强行拖离水面，大声喊道。

大宝给我吓了一跳，手一松，尸体本身就因为腐败而非常滑，所以这一下尸体又重新滑入了水中，大宝的手上则抓着一大块尸体的表皮。

"我可不和你对山歌，那么大声干什么。"大宝在岸边，把手上黏附的尸体表皮蹭掉，说。

"尸体不能这样拖上来。"我蹲在泳池边，用手抹了抹池壁的棱角，说，"不然尸体表皮都会被池壁的棱角给刮没了的。如果真的有损伤出血，那损伤容易被掩盖。"

我的要求，无疑又给打捞尸体增加了难度。徒手拖上尸体既然不行，只有下水打捞。大宝自告奋勇，穿上橡胶衣，跳到了泳池壁伸出来的小台子上。这样大宝就不至于被肮脏的池水"误伤"。不过，他周身的气味可想而知。大宝帮忙在下面托，剩下的人在上面拉，终于将这具一百五六十斤的男性尸体悬空托出了水面，放在岸上的尸袋里。

我正准备将大宝拉上岸，他却叫了起来："唉唉唉，我看着个东西，等会儿啊。"

水面一层油污，加之水的颜色变黑，所以我们看不到池底的情况。可是大宝站在池内小台子上，就容易发现池底的异样。如今要等着把池水放光，要等好久，大宝二话不说，扑通一声就跳下了水。泳池水深一米四，还没有淹过大宝橡胶衣的领口，但是看着脏水四溅，溅到大宝的头发上，我的心脏还是抖动了一下。既然不能把头埋在水下潜水，大宝则昂着头、屏着气，以奇怪的姿势，用脚掌和池壁的夹合作用，费了半天劲把东西打捞了上来。那是一台苹果7plus手机。

"这应该就是死者的手机了。"年支队长说。

"很有用。"我皱着眉头，一边看着尸体，一边说，"尸体尸僵已经缓解了，说明死亡两天以上，但是现场又是人为加温，又是温水浸泡的，所以死亡两天以上到什么程度，这个我不能确定。确定手机掉水里就好办了，看手机失去信号的时间，应该就是死者的死亡时间了。"

"走吧？"大宝一边脱去恶臭的胶皮衣，一边说。

我点点头，转脸去找林涛，发现此时林涛不知道去了何处，于是叫道："林涛，林涛，一起去殡仪馆吧？"

"你们先去，等会儿我们去殡仪馆会合。"林涛的声音从那一排平房中传了出来。

白蛆温泉

　　“这个，确实挺像在对山歌的。”乔法医哑然失笑，“不过歌词儿不太雅。”

　　殡仪馆里，排风设施开到了最大挡。有排风机和口罩的双重作用，尸体发出的恶臭比在现场要轻了许多。

　　因为尸体腐败膨胀，为了不损伤尸体，我们要把他那条非常紧的游泳裤头脱下来，这也费了我们半天劲。大宝脱下死者裤头后，仔细按规范进行尸表检验。

　　“头部没有损伤。”大宝一边把尸体头部翻转过来，一边说，“颈部皮肤、口鼻黏膜也没损伤，可以排除有颅脑损伤或者捂压口鼻、掐扼颈部造成机械性窒息的可能。”

　　随着尸体头部的翻转，尸体的口鼻腔里涌出了一些蕈状泡沫。一般尸体腐败，这种泡沫就会比较少见了。眼前的这具尸体仍然可以看到蕈状泡沫，说明他肺中的泡沫是很多的。不用说，死者属于溺死的死因应该错不了。

　　我们按照正规的解剖术式，对尸体进行解剖。死者内脏瘀血，肺叶间可见出血点，虽然血液都已经变成了腐败液体，但是从两侧心腔的颜色差异看来，死者各征象，都符合溺死的特征。也就是说，管钟是溺死无疑。

　　除此之外，我们在尸体上几乎一点其他损伤都没有发现。

　　说是“几乎”，是因为还是有一些小小的损伤的。尸体后背部的中央，是三条纵行的、带有方向性的擦伤；尸体的腹部也有横行的类似的擦伤，但是损伤程度更轻微，甚至不易被发现。虽然尸体高度腐败，但我们觉得这些擦伤似乎还是有生活反应的。背部三条擦伤之间的距离，和现场地面贴的马赛克砖的宽度是一致的。据我们分析，这里的损伤，最大的可能是死者坐在泳池壁上的小台子上，不知道什么原因，滑落到池子里，最终溺死，因为池壁突出的小台子的存在，滑落的过程中，尸体和小台子的边缘刮擦而形成。

　　发现这处损伤，我们还庆幸没有把尸体直接给拖上岸来，因为如果那样的话，后背表皮大面积剥脱，就看不到这些擦伤了。虽然我们不确定发现这些擦伤有什么用，但好歹也算是一个发现。

　　打开死者的腹腔以后，腐败气体充斥了狭小的解剖室，排风设施一时散味不过来，所以我们走到解剖室外，等待臭气被慢慢排出。

　　“死者不是死后被抛尸入水的。”大宝说，“溺死罕见于他杀，现场又是只有一米四深的水，死者没有任何附加损伤，他杀可不容易。而且，刚才陈诗羽发来短信说这个管钟以前是在水上作业的，水性好得很。所以，我们等于是费了好大的劲，处理了一个意外死亡的事件。"

"不管是他杀还是意外，既然是热点事件，我们给网民一个交代也是应该的。"我说。

很多人认为水浅就不可能淹死人，其实并不是这样。我曾经就遇见过在三四十厘米深的水中仰面自杀溺死的案例。因为各种外界条件和自身条件的不同，不能因为水浅就否定溺死的可能性。不过对于一个成年、水性好的男性来说，如果在一米四深的水中，不造成他任何损伤的情况下，他杀溺死，这个不太可能。

"我记得我在实习的时候，遇见过一个案例。"我说，"妻子给丈夫下了安眠药，在丈夫昏迷之际，将其投入水中溺死，并伪造了丈夫下水打鱼的假现场。如果当时只是简单进行尸表检验，而没有进行毒化检验的话，这个命案就永远被隐藏了。[1]"

"可是，管钟没有机械性窒息或者颅脑损伤致晕的相应损伤，可以果断排除。如果再排除有药物作用的话，那这肯定就是意外了。"乔法医说，"比如死者在泡澡的时候突发心脏病或者眩晕症什么的。"

"你说的是。尸体高度腐败，已经无法提取血液了。所以我们首先应该提取死者的胃内容物和肝脏送检，看有没有能致人昏迷的药物存在。"我说。

等到解剖室内的气味消散，我们重新开始解剖工作，第一件事，就是打开了死者的胃。又是一股浓郁的尸臭扑面而来，令人作呕。

不过法医的工作，是要面对更加令人作呕的东西，如胃内容物。死者的胃内有大量溺液，看不清里面的食糜形态，所以我们只能用火锅勺舀出一勺，放在纱布上，然后用清水慢慢冲洗。慢慢地，食糜的形态就显现了出来。

"菜叶子，像是生菜叶子，这个小块，应该是肉类吧，黏稠状的，应该是面粉制品。这，还有西红柿皮。"我一边摆弄着食糜残渣，一边说。

"看起来，像是汉堡、三明治之类的东西。"乔法医说，"消化程度很轻微，甚至食糜还没有进入十二指肠，这说明是进餐后不久死亡的。"

大宝皱着眉头用手在鼻子前扇了扇，说："呀，这人喝酒了，你说会不会是因为喝醉了，意外溺死的呢？"

---

[1] 见法医秦明系列万象卷第一季《尸语者》"自杀少女"一案。

我提取了尸体的胃内容物，正准备用剪刀剪下一部分胃壁组织和肝脏组织送毒物检验，听大宝这么一说，于是说道："大宝说的有道理，可是只送检胃壁、肝脏组织和胃内容物只能定性不能定量。"

简单说，毒物检验中，有定性和定量两种结论。检查死者是否服用毒品或者毒物，服用的是什么毒品或者毒物，这叫作定性。死者服用了多少毒品或者毒物，则需要定量了。一般常规毒物检验，只需要定性就可以对案件进行明确了，但是比如醉驾之类的案件，则需要知道究竟是多少量。一般提取胃壁组织和肝脏进行的检验，都只能定性，但要知道死者在死之前喝了多少酒，则需要提取血液进行检验。

可是，眼前的尸体因为腐败，已经无法提取血液了，而胃壁组织和肝脏是不能进行定量的。

"我们必须得搞清楚他喝了多少酒，才能知道是不是酒后意外事件。"我沉吟着说，"提玻璃体液吧。"

在尸体无法取血的情况下，这是法医经常使用的办法。用注射器插入死者的眼球，抽取眼球中的玻璃体液，也能达到检测酒精含量、血糖含量等检验的目的。

好在管钟的尸体虽然巨人观了，但眼球还是没有萎缩的，我们成功地取到了两管子玻璃体液。

尸检就这样结束了，从法医的角度来看，怎么看都不像是一起命案，而更像是意外事件。但是我们最近连发的几起案件，似乎看上去都不像命案，最终的结论却都是命案。用大宝的"同类案件一起发"的理论，这起案件我们也是不敢掉以轻心的。更何况，死者身上唯一的轻微损伤——背、腹部的擦伤，到目前为止，在我的脑海中，还没有得到一个完全合理的解释。

安排乔法医将检材送往市局连夜进行检验之后，我回到了宾馆。本来约好在殡仪馆会合的林涛，此时却在宾馆跷着二郎腿看电视。

"你放我鸽子吗？不是说好在殡仪馆会合的？"我说。

"啊？我明明说的是在宾馆会合好不好？"林涛狡辩道。

我懒得和他再掰扯这个事情，于是问道："你那边有什么发现吗？"

林涛坐直了身子，换了一脸严肃的表情，说："有，有重大发现。"

原来，在我们离开现场之后，林涛和市局的技术员重点对死者管钟在这近七天内生活的区域进行了勘查。也就是对那一排平房进行了勘查。毕竟不是在主楼内部，这一些平房几乎是没有防盗措施的，无论是熟人从大门、后门进入，还是生人翻墙、翻窗进入，这个现场进入起来都是非常容易的。这对于刑事案件侦破来说，是一件很不好的事情。

这一排平房看起来是有生活气息的，毕竟这小山附近也没有什么商业区，外卖更是送不来，所以管钟的饮食应该都是自己解决的。不过，这个即将开业的会所，那可是完全不缺各种食材的，所以解决起来也并不麻烦。

但是，问题并没有出现在吃饭的区域，而是在住宿的区域。林涛在勘查管钟日常居住的房间时，发现了他在泡澡之前脱下的外衣和外裤，问题是，外衣和外裤的口袋都有明显的反卷痕迹。脱衣服自然不会反卷口袋，那么这种迹象就非常可疑了。对现场的物品进行清点之后，林涛发现，现场居然连一分钱现金都没有。虽然侦查部门也没能调查出来管钟是不是有现金在身，但通过对管钟的电子支付工具进行勘查，确定管钟不是一个习惯于电子支付的人。那么，这样的人身边一分钱现金都没有，就是疑点了。

发现这个疑点之后，林涛试图对平房地面和各物品进行勘查，可是地面材质不佳，不具备留下足迹的条件，各物品经过勘查，也没发现可疑的指纹。

无奈之下，林涛想起了之前在泳池旁边的茶几上发现的红色斑迹。那不是血迹，会是什么呢？根据对平房的勘查，林涛认为，最有可能性的，是红酒。

现场的储物间内，有一件红酒被打开了，少了一瓶。在摆放高脚杯的橱柜处，林涛也通过摆放痕迹，确定少了一只高脚杯。这样，林涛基本确定茶几上应该是有高脚杯和一瓶红酒。这一点和我们对尸体的检验结论是吻合的。管钟在死亡之前，应该是在饮酒。

可是，酒瓶和酒杯去哪里了呢？

考虑到大宝在泳池里发现了手机，所以林涛安排人将泳池内的脏水放干。在他刚刚回到宾馆之前，泳池内的水已经放干了，并没有酒瓶、酒杯或是玻璃碴。

因此，看起来像是在看电视的林涛，其实正在思考着问题。

"综上所述，我们痕检勘查完现场的结论是，这是一起侵财杀人案件。"林涛似乎是漫不经心地说道。

"这个结论和我们法医尸检的结论是相悖的。"我皱起了眉头，说，"在听你说完这些之前，我还一直认为这只是一起意外发生的非正常死亡事件。不过，现在我感觉我很快就会将这种想法给推翻。"

4

"你真的准备因为痕检的结论，就确定这是一起命案？这完全说不通啊！死者是溺死，没有中毒，没有颅脑损伤，没有窒息，又会游泳。若不是那些疾病导致的昏厥，他怎么可能在那么浅的水里淹死？"大宝说。

清晨，在汀棠市局毒物检验实验室的门口，我和大宝拿着毒物检验报告发呆。

"可是从死者器官的大体结构来看，他并没有什么疾病，身体好得很。"我说。

"既然因为腐败，做不了组织病理学检验，那就不能否定一些潜在的、肉眼发现不了的疾病导致晕厥啊。"大宝说，"不然，你告诉我，凶手是怎么作案的？"

眼前的报告排除了所有常规毒物中毒的可能性。

"死者的血液酒精含量才七十多！"大宝接着说，"醉驾的标准都够不上！而且，尸体腐败会产生醇类含量的增高，实际上，死者血液酒精含量更低。这么低的酒精含量，又不可能导致意识丧失。"

确实，这么低的酒精含量，也否定了"被人灌醉、推入水溺死"的可能性。

一时之间，我也不知道这究竟是怎么回事了，脑子里乱成一锅粥，完全想不出哪一种可能性。

"胃内容物还有剩的，你们是取回去，还是放这里保存？"汀棠市公安局的毒化科周科长从实验室门口伸出头来，问我们。

"肯定是放你这里保存啊。"大宝说，"我取回去做什么用？"

一席话，似乎给了我巨大的提示，我立即拿出手机，拨通了林涛的电话，说："林涛，你昨天看厨房的时候，有没有碗碟少了的痕迹？"

林涛沉默了半晌，说："这个，我还真是没注意。不过，冰箱里有成包的生菜叶、火腿肠和吐司，都开封了。哦，还有西红柿。"

尸体胃内容物里的残渣模样在我脑海里浮现出来，我说："死者是自己制作三明治吃的！那既然去泡澡，不可能把食品拿在手上吃，肯定是需要用容器装的呀！"

"嗯。"林涛说，"不过我确定，现场没有酒瓶、酒杯，也没用使用完毕未清洗的碗碟。"

挂了电话，我又陷入了沉思。

大宝则在一旁不解地问道："你打了鸡血一样，这是发现了啥？"

"你想想看啊。"我对大宝说，"假如，我们假如有那么一个杀人的凶手。他在杀完人以后，把手机扔进了池子里，却把餐具都给带走了，这是什么行为？"

"呃，对啊，餐具又不值钱，手机倒是值几个钱。"大宝一脸茫然。

"既然林涛认定是侵财，凶手不拿走手机的行为可以解释，因为他没有销赃渠道，或者知道手机销赃存在危险。"我说，"但是依旧不能理解拿走餐具的行为。唯一的一种解释，就是死者的死，是和餐具有关的。凶手的行为，是在隐匿自己的杀人手段。"

"有关又能怎样？"大宝还是不解，"死者体内没有毒物是可以确定的，酒精也是可以检测出来的，就是把酒瓶子拿走，又能说明什么？"

"除了酒瓶子，还有碗碟。"我若有所思地转头问周科长，"请教一下周科长，如果死者的体内只有药物，而没有毒物，那么剩余的这些胃内容物可以检测出来吗？"

"那可比较麻烦。"周科长说，"因为常见毒物我们都是有对照物标准品的，所以可以进行比对。但是药物可是有成千上万种的，我们没有对照物，又如何能检测出来？"

"那如果我给您提供对照物呢？"我问。

"那我倒是可以试一试。"周科长说。

我微微一笑，对周科长说："虽然您熬了一夜，但您最好能等我一会儿，再做完最后一个实验，您一定能睡个好觉。"

说完，我拉起大宝就走。

"喂喂喂，你这是去哪？"大宝叫喊着，"你不是要拿我做实验吧？"

不一会儿，我们来到了市局旁边的药店，我气喘吁吁地对药师说："能引起双硫仑反应的药，每样给我来一盒。"

药师一脸茫然地看着我。

我愣了愣，说："头孢类的，有多少种来多少种，还有，甲硝唑……"

"行了，明白了。"药师反应了过来，摆了摆手，开始在药柜上拿药。

"啊？不会吧？这个太扯了吧？"大宝知道了我的用意，惊讶道。

很多人都知道吃头孢不能喝酒，但具体的原因就不知道了。其实，主要的问题就是头孢菌素类、硝咪唑类等药物在与乙醇联用时可抑制肝脏中的乙醛脱氢酶，使乙醇在体内氧化为乙醛后，不能继续分解氧化，导致体内乙醛蓄积而产生一系列反应。轻则视觉模糊、头颈部血管剧烈搏动或搏动性头痛、头晕，恶心、呕吐等，重则心肌梗死、急性心衰、呼吸困难、惊厥甚至死亡。

我知道大宝没有表达出的是什么意思，于是打断他，说："这也是我大胆的猜测，出结果了才有意义，我带你来是让你付钱的。"

"你为什么不能付？"大宝瞪大了眼睛。

我心想我这个月的零花钱还没发，这种事情我怎么会告诉你？于是说："别管那么多，反正报销，你别怕。"

大宝颤巍巍地交了几百块药钱，把发票仔细叠好放进内衣口袋里，说："假如你猜错了，你也得说服师父签字啊。"

三个小时之后，我们来到了专案会议室。

年支队长一脸严肃、正襟危坐。显然，林涛已经向专案组汇报了痕迹检验部门的勘查结果，并对案件性质已经有了倾向性的推断。

所以我也不绕圈子，直接开门见山地说："我们法医部门，支持林科长的推断。"

"哦？"年支队长说，"可是你们尸检完了，乔法医还和我说估计是意外？"

我点点头，说："确实，我们开始确实觉得是意外。因为死者在没有任何抵抗的情况下，入水溺死，确实不像是他杀。而且，死者也没有任何被致晕的迹象。不过，经过毒物检验，我就不这么认为了。"

"有毒物？"年支队长显然还没有得知毒化结果。

我摇了摇头，说："没有毒物。不过，我们在死者的胃内找到了头孢菌素类药物的成分，而且，死者死亡之前正在饮酒。"

"头孢加酒？"年支队长惊讶道，"医生都说不能这样配，但我也没见过谁吃头孢喝酒以后死掉的。"

"是的。"我说，"双硫仑反应发不发生、发生的严重程度，是和个人体质有关的，并不是绝对会发生，更不是发生了就要死人。"

"可是，如果真的是你说的那个双什么的反应，不就更加证实这是一场意外了？"年支队长问道。

我摇摇头，说："关键是，现场勘查并没有在现场发现任何头孢菌素类药物以及药物外包装，死者的胃内也没有发现胶囊碎片。也就是说，死者胃中的头孢菌素类药物，是外来的。"

"现场该有的东西没有，不该有的东西却有了，这一切都说明有外人的侵入。"林涛说道。

"是怎么下药的呢？"年支队长问道。

"根据我们的推断，现场茶几上应该有酒瓶、酒杯和碗碟，但是不见了，这就说明凶手有意在藏匿和管钟死亡有关的物品。"我说，"这种藏匿行为恰恰说明了药物是被凶手下在管钟的食品中的。毕竟无论是胶囊内的药物粉末还是药物片剂，放进酒里不可能立即溶解，下在食物中是比较稳妥的做法。"

"这就比较麻烦了。"年支队长说，"现场没有任何线索，如何去排查？"

"不，有线索。"我说，"我们不要把凶手的动机单纯地放在侵财上。我倒是认为，凶手的作案可能是激情杀人，而侵财只是附带的行为。"

"何以见得？"年支队长问。

"因为双硫仑反应的发生概率小，能直接导致人意识模糊、失去抵抗能力的概率就更小了。"我说，"如果是预谋作案，完全可以选用其他的毒物或药物，用这种不确定的方式让人晕厥，作案风险太大，成功概率太小。这不符合预谋杀人的心理特征。反而，如果凶手是激情杀人，那就有可能一怒之下，拿出随身恰好携带的药物投毒。"

"会所还没有开业，那么激情杀人的，肯定就是死者的熟人喽？"年支队长问道。

"是。"我坚定地说，"凶手可以在那么空旷的院子里，从容下药，双方又没有肢体冲突而导致的损伤，一定是熟人。凶手来到现场之后，管钟并没有换装的动作，说明是非常熟悉的人。这个人可能在事发之前恰好去药店买了药，而且这个人思维缜密、有反侦查意识。这个范围，应该不大了吧。对了，死者的死亡时间，通过手机确定了吗？"

"确定了。"年支队长似乎正在思考着什么，随口回答我道，"手机信号是在九月二十六号中午十二点十七分失去的，应该就是死者的确切死亡时间了。"

"通往现场只有唯一的一条公路，虽然现场周围没有监控，但这条路上，总是有监控的吧？既然很可能是激情杀人，那凶手去的时候肯定不会躲避摄像头。把时间再往前推一两个小时，找那些公路上的熟人，就可以破案了。"我自信满满地说。

刚说完，我就看见了坐在会议桌一角，涨红了脸的程子砚。

"子砚，你是有什么发现吗？"我问道。

"我可能发现了嫌疑人。"程子砚小声说道，"只有一个条件和你说的不一样。"

"什么条件？"我回忆了一下自己刚才的推测，给出的条件并不多啊。

程子砚说："有反侦查能力。"

"你怎么知道你说的那个嫌疑人没有反侦查能力？"

"因为她是刚上初三的学生，只有十五岁。"程子砚说道。

"你是说，管钟的女儿？"我问道。

程子砚点了点头，说："之前我们就已经对公路上的监控进行了筛选，确定了管钟的十五岁女儿管寒曾经骑着共享单车经过这条公路，但她并没有引起我们的注意。"

一名负责外围调查的侦查员说："根据对管钟周围人的调查，我们也明确了管钟的前妻可能是生病了，九月二十六号早晨，由管寒陪着，去社区医院就诊。"

我沉思了一会儿，说："那，审吧。"

"审讯，不合适吧？"陈诗羽插话道，"如果她只是一时的恶作剧，那就是过失致人死亡，她刚满十四周岁，不满十六周岁，是不追究刑事责任的。"

"过失？"我苦笑着摇了摇头，说，"即便是这样，不审也是不行的。通知其法定代理人到场就行了。"

毕竟审讯室的气氛肃杀，陈诗羽显然是不忍心让一个小姑娘坐在审讯椅上，所以在商量之后，我们决定由陈诗羽负责讯问，讯问地点不放在审讯室，而在办公室里。

因为管寒的母亲生病在家卧床，管寒在她班主任的陪同之下来到了市公安局。在讯问之前，班主任一直在强调管寒是品学兼优的好学生，年级前三名每次都有她，她是不可能犯罪的，希望我们可以抓紧时间工作，不要影响她的学习，十一期间初三也是要补课的，毕竟她是能考上省重点高中的种子学生。

管寒真是人如其名，十五岁的她已经长得亭亭玉立，却一脸寒霜地坐在陈诗羽的对面。

在讯问完基本资料，并告知相关的权利和义务之后，陈诗羽开门见山："特定的时间，你出现在了特定的场所。而且，因为你母亲疑似患了肺炎，你在药店购买的头孢曲松钠，恰恰和你父亲胃内的药物成分一致。经过下一步的检验，甚至可以做出你购买的药物批次成分的吻合程度。还有，我刚刚接到前线的电话，侦查员已经根据你的活动轨迹寻找到了你扔掉的酒瓶餐具，并且在上面提取到了你和你父亲

的指纹。这已经是铁的证据了，你有什么要说的吗？"

管寒没有立即回答，似乎现在发生的一切，她都已经有了充分的心理准备，脸上没有任何惊讶或者是恐惧的表情，这和她的年龄完全不吻合。

过了好一会儿，管寒咬了咬嘴唇，说："扔掉那些东西，只是因为我害怕。我只是恶作剧一般想让他试一试母亲天天吃的药的滋味，并没有想杀掉他的主观故意。"

听到"主观故意"这个词，我知道眼前的这个女孩实在是不简单。显然，她在作案之后，上网找了很多法律知识，用于逃避罪责。

"他吃了头孢，喝了酒，在游泳的时候淹死了自己，不能完全怪我吧？"管寒平静地说道。

她只是一个初三的女孩，别说是她亲生父亲，就算是描述一个陌生人的死亡，也不应该是这种态度。

"你听过尸体会说话吗？"我问道。

女孩转头看了看我，眸子之中仍是平静。她没有回答我，又转过头去看着陈诗羽。

"你父亲的尸体上，有一些擦伤。"我说，"我们知道，如果是意外滑落，只会在身体一侧形成和泳池边缘摩擦造成的损伤。然而，你父亲的后背正中和腹部都有擦伤，且方向不一致。那么，只有一种可能才能形成。先拖行尸体，造成后背的损伤；拖到泳池旁边后，翻滚尸体入水，造成腹部的损伤。"

女孩的眼眸中闪过了一丝惊慌，似乎想要说什么来打断我。

我摇摇头，说："我们已经在现场躺椅附近的地面，提取到了你父亲的潜血痕迹，说明，他是从躺椅旁边被拖到五米开外的泳池边的。这，证实了我的推断。"

女孩沉默了。

我继续说道："下药，并不是管钟的死亡原因。溺死才是。即便你下药没有杀死他的主观故意，但拖着一个昏迷的人下水，是有杀死他的主观故意的。"

这个发现，我甚至没有告诉陈诗羽，所以此时陈诗羽惊讶的表情甚至超过了管寒身后的班主任的。

过了好长一会儿，女孩突然歇斯底里般大叫了起来："法律不惩治恶人，难道还不允许我自己动手吗？外面都在说什么他净身出户，放屁！他在和我妈离婚之前，就把所有的存款给转移了！让他自己在外面逍遥快活！我们留着一套破烂房子，还得有地方住吧？他和那个老女人鬼混在一起好久了！我妈妈都在忍受、忍受，最后呢？最后他还是绝情地带着我妈妈辛辛苦苦攒下来的存款跑了！我妈妈一个人，帮人家开晚班出租车维持我们的生活，白天还要去打小工赚钱，不仅累，还有危险，过得有多苦你们知道吗？两年来，我每天晚上都是一个人在家，我有多害怕你们知道吗？而他呢？别提有多逍遥快活了！我妈妈得肺炎了，社区医院要她去大医院诊治，她怕花钱，不去；社区医院给她开药吊水，她怕花钱，不吊。她让我去外面的药店买药，说是可以便宜点。我想来想去，买完药就去了管钟那里，问他借钱给妈妈住院。结果呢？结果他躺在那里，一脸惬意的样子，对我和我妈冷嘲热讽！你们说，我还要忍吗？原本我只是趁他不注意，给他下点药，结果他吃完以后居然倒下抽搐，让我打120。刚才还在说我妈虚张声势、怕死，身体不舒服就要去医院，没钱去什么医院？现在自己就遭了报应。我本来想一走了之，不理会他。但是他看见我要走，居然说要报警抓我，说我见死不救！呵呵，见死不救，我不仅不救，我还要他死。是，确实是我把他拖到水边推下水的，但是你们警察真的善恶不分吗？"

管寒一口气说了许多，把全部的作案动机和作案过程其实都交代得差不多了。但是此时的我们完全没有了破案的成就感，这次轮到我们沉默了。

过了良久，我对两眼通红的管寒说："你不是在帮你妈妈出气，你是在你妈妈的心口，又捅了一刀。"

聪慧的管寒意识到了我的意思，伏在案上痛哭了起来。已经惊讶得合不拢嘴的班主任此时走到了管寒的身边，抚摸着她的后脑，也流泪不止。

我拉着陈诗羽走出了办公室，见门外的四个人此时也都在沉默着。

班主任见我们走出了办公室，也追了出来，问道："这，你们会怎么处理？"

"已满十四周岁不满十六周岁的未成年人犯故意杀人罪的，应负刑事责任，但会减轻处罚。"我说。

"那她，还是要坐牢？"班主任红着眼睛问道。

我点了点头。

班主任忍不住哭泣起来。

"老师您好，能加个微信吗？"韩亮走过来问道。

陈诗羽以为韩亮在这种时候，还要去调戏年轻漂亮的班主任，于是怒目圆睁。

"我给您打两万块钱，麻烦您帮忙通过社区交给她母亲。"韩亮说，"肺炎可大可小，希望她可以好好治病、好好生活，等她的女儿出来，还有很多坎要过。"

陈诗羽的表情柔和了下来，默默走到了一边。

"这孩子走上歪路，是让她父亲给逼的。"大宝说，"就和我们之前办的那一起前妻烧房子的案件一样①，都是不负责任的父亲惹的祸。"

"是啊，即便离异了，也不代表对子女的责任和义务终结了，也应该继续对自己的子女负起责任、保持关爱。"林涛说，"婚姻是自由的，但责任是永恒的。"

---

① 见《法医秦明：天谴者》"火光里的悲鸣"一案。

法医秦明

VOICE OF THE DEAD

| 第七案 |

不沉女尸

勉强应允不如坦诚拒绝。

——

雨果

1

韩亮开着车，载着一车默不作声的人，行驶在通往高速入口的公路上。

真实发生的故事刺痛着我们的神经，让我们陷入思考，这已经不是第一次了。可能是因着管寒那一张稚嫩清秀的脸庞，抑或是她最后对我们的一句质问，再或者是对她今后几十年的路该如何走的担忧，我们各自怅然若失，车里是少有的安静。

"她终究是个受害者。"陈诗羽看着窗外，轻声说了一句。

我用胳膊肘捅了捅大宝，心想之前你发感慨的时候，都是我安慰你的，现在也该轮到你去安慰小萌新了吧。

大宝会意，说道："善也好，恶也好，我们都不能忘记咱们'忠于法律'的本质。至于道德问题，你要相信，'善恶终有报'，世间必有因果循环。"

我拍了一下大宝的后脑勺，心想你这都说的些什么啊。

"我还以为你又要骂渣男呢。"韩亮说道，"不过，这个是真的渣。"

出人意料的，陈诗羽这次倒是没有再怼韩亮，依旧默默地看着窗外，说："她本来应该拥有更精彩的人生，求学求职、结婚生子，像正常人一样去追求自己的幸福。可是，她以为自己成熟了，能看清很多世事了，做出了这样的选择，也毁掉了自己的生活——其实她只有十五岁啊。"

"成熟，并不是让自己看得清一切，而是让自己看不清一切。"林涛说。

说话间，我们前面的一辆车突然刹车，向左边急打方向。韩亮反应迅速，立即踩了一脚刹车。车停了下来，韩亮气鼓鼓地想下车，去找前车的驾驶员理论。我连忙拉住韩亮，说："开的是公车，低调，低调。"

韩亮还是气不过，伸头出窗，质问道："有你这么开车的吗？"

前车的驾驶员缩了缩脑袋，笑着回应："对不起，对不起，我看路那边有热闹，就想去看看。"

这么一说，我们才发现我们相对方向的车道边停了好几辆车，车上的人此时都下了车，伸着脖子向远方看去。

"走走走，我们也去看看。"大宝说。

"你也爱看热闹啊？"林涛说。

"不好奇的法医不是好法医。"大宝靦着脸说道。

韩亮见我没有反对，一个掉头就到了路的另一边。我看清远方的景象之后，真是惊叹有些人的好奇心该是有多夸张。大约在一公里外，似乎有一片水域，水域的周围围了不少群众，一辆警车停在了水域旁边的小路上。

"这有什么好看的？"韩亮说，"顶多是有人淹死呗。你们天天看这些，还有兴趣过去围观？"

我挥挥手，正准备让韩亮打道回府，却接到了年支队长的电话。

"你们上高速了吗？"年支队长说。

"没有，正准备上呢。"

"那麻烦你们回来吧。"年支队长说，"刚才接报，又发生一起命案，我们正在往现场赶呢。"

"怎么知道是命案？"我问。

"因为尸体上，有很多刀刺伤。"年支队长说，"派出所看过了，应该是个杀人抛尸的。我看地点离高速入口很近，所以，麻烦你们再支持一下啦。我已经和陈总说过了，他说反正是一级勤务，你们也休息不了，所以就麻烦你们继续在我们汀棠过完这个国庆节吧。"

我心想，这可真是亲师父啊，真是够为我们着想的，怕我们闲坏了。于是我笑着说道："行了，知道了，我们已经在现场了，等你们过来。"

"咱们的乌鸦嘴和林涛的相比，那可真是小巫见大巫了。"我一边下车去后备箱拿勘查箱，一边说，"林涛这个是买一送一。"

这是一个小水库，水域面积较小，尸体倒是离岸边不远，有三四米的距离。

现场有很多围观群众，和我们一起在围观派出所民警捞尸体。

尸体仰卧于水面之上，看上去并没有高度腐败的迹象，一头长发散开在水面上，显然是一具女尸，而且还是一具赤裸的女尸。

随着水面的波浪，尸体浮浮沉沉，但当她浮出水面的时候，可以看到她的腹部赫然有密密麻麻的多处创口。

毕竟是在公路不远处的水库，而且有很多小路也可以连接到这片水库附近，所以每天经过的人和车不少。陈诗羽见有新的案件，立即从不良的情绪中抽身出来，开始展现出她的侦查员本色。她混在围观人群中，一直问这问那，想从这些经常路过此地的人口中问出一些线索。

说来，也是很奇怪的，一发现尸体，立即可以聚拢这么多围观群众，但是问起来，却没有人能够提供线索。说是这片水域连接了十几条小路，每天的车流量很大，有没有人带着尸体开车来这里，根本是问不到的。但如果是在水库边作案的话，那风险确实还是很大的。毕竟水库岸边就是一马平川，连个掩体都没有，所以现场地段偏，但是并不僻。

"我们新警培训的时候，侦查老师和我们说过，在中国作案，即便你能躲得过监控，也未必能躲得过人眼。"程子砚看着有些沮丧的陈诗羽，说，"这么空旷的地方，居然没人发现什么。"

"正常。"我说，"如果是晚上，这附近没有光源，如果没有挣扎呼喊，只是停车抛尸，确实不容易被人发现。"

尸体虽然离水岸不远，但是毕竟身上一丝不挂，想用昨天我们用的衣架打捞尸体法都不行。所以，民警借来了渔网，在岸边将渔网撒出去套尸体。试了七八次，终于把尸体慢慢地拖上岸来。和游泳池不一样，水库岸边是斜坡，水位是逐渐变深的，所以也不用担心有岸边的棱角破坏了尸体。

尸体打捞上来后，民警将尸体放在裹尸袋上，然后拉开了警戒带。警戒带的范围很大，但是架不住一马平川的地势，我们从远处还是可以清清楚楚地看到尸体的状况。甚至已经有很多人拿出了口袋里的手机开始拍摄。

民警开始用自己的手掌、身体去遮挡这些好事之人的镜头，却遭到了他们的言语攻击："你们要习惯在镜头下执法知道不？我们拍什么，是我们的自由！"

"习惯在镜头下执法这个没错。"陈诗羽抢上前去，说，"但你这是在侵犯被害人的隐私你知道吗？"

"关你什么事？"好事之人瞪大了眼睛。

我把陈诗羽拉了回来，摆摆手，示意她不要惹事，说："看来我们配备现场帐篷势在必行啊。"

"就是啊！又不贵！为什么几乎没有哪个单位配置过？"大宝说。

不沉女尸

我摇摇头，见年支队已经带人赶了过来，说："说那些没用，现在我们最好是抓紧时间把尸体带走，这才是保护死者隐私的办法。"

我们和年支队等人一起，穿好了勘查装备，将现场勘查证架在衣服上，掀开警戒带走进了现场。我让韩亮、陈诗羽等人站在尸体旁边，尽可能遮挡住尸体，然后蹲下来仔细端详。

"尸体的尸僵基本缓解，死亡时间在三十六至四十八小时。"我一边快速检验尸体，一边说，"不过，尸体腐败得并不是很厉害。如果单看一具尸体，不容易判断，但是我们刚刚办了在水里溺死的案子，虽然那个现场的温度要比这个高很多，但还是能有所对比的。你看，那具尸体都已经巨人观了，而这具仅仅是腹部有尸绿形成，甚至连蛆虫都没有。"

"啥意思？"大宝按了按尸体背侧的尸斑，问道。

"这说明这具尸体在水中的时间，和她的死亡时间之间是有差距的。"我说。

大宝说："这个尸斑也挺奇怪的，按理说，在水中的尸体，尸斑应该浅淡才对，而这个，在背部有明显的暗紫红色尸斑。"

"说明死者尸体在不容易腐败的环境中存放了一段时间，至少二十四个小时吧，形成了稳定的尸斑，然后才被移尸到这里进行抛尸的。"我肯定地说。

"现在是十点钟。"大宝看了看手表，说，"如果这里白天不容易抛尸的话，那最有可能是前天，也就是九月三十号晚上杀人，昨天晚上，也就是十月一日抛尸的。"

我一边点点头，认可了大宝的推断，一边又用毛巾将尸体的面部擦拭干净，露出了一张略显稚嫩的脸庞。尸体的尸僵开始缓解了，所以下颌部也比较容易打开。我又看了看尸体的后槽牙，说："年龄在十八至二十五岁之间吧。再精确的年龄，需要看耻骨联合了。"

年支队在本子上唰唰地记着。

说完，我又用棉签擦拭了死者鼻部和咽部的深部，确定里面并没有泥沙和水草。这一招，对于泳池里的尸体没用，但是对水库里的尸体还是很奏效的。

"确定死者是死后抛尸入水，具体死因，还要进一步确认。"我说。

年支队指着死者腹部的十余处创口，说："这个，不是死因？"

"不好说。"我说，"虽然尸体腹部的创口已经被水泡得有些变形了，但是我总觉得没有生活反应。"

法医从肉眼观察创口有没有生活反应，主要是看创口的翻卷，以及创腔内的颜色。如果是生前损伤，周围皮肤有翻卷，而且因为血管内的血液浸染到软组织内，所以创腔内是鲜红色。如果是死后伤，则皮肤没有翻卷，而且创腔内主要呈现出黄色和淡红色。但是眼前这具尸体腹部的创口都已经被泡得发白，创缘都显得很不规则，所以根本看不出翻卷状态和原本的颜色。

"你看，这些创口大小不一，但大的创口，也没有肠管的溢出。"我接着说，"如果人处于正常的情况下，腹腔内肠管对于腹壁是有压力的，一旦腹壁穿透，肠管会有所溢出，加之人体软组织受创后反射性回缩，创口可能会将溢出的肠管勒住。当然，尸体高度腐败之后，也会导致腹内压增高而出现肠管外溢，但是既然肠管没有外溢，感觉就不太像是生前创伤了。当然，这只是概率上的考量，要明确死者腹部创口有没有生活反应，还是需要解剖来确认的。"

"如果是死后伤，那这是加固伤？"年支队说。

大宝抢着说："不会，哪里有加固伤会在肚子上捅刀的？一般恐其不死的加固损伤，都是对致命位置下手，比如捅心脏，比如割颈。"

"那，岂不就是泄愤伤了？"年支队问。

我想了想，点了点头。

"好办了，查尸源。"年支队说，"既然有抛尸的行为，还有泄愤的行为，妥妥的就是熟人作案了。一旦查找到尸源，案件就破了一半了！"

"可是，尸源也不太好找吧？"陈诗羽皱着眉头，说，"死者全身赤裸，什么随身物品都没有。而且你看，连首饰什么的都没有。"

"而且也没有个体特征，没文身没胎记没疤痕的。"大宝把尸体翻动了一下，看了看尸体的后背，说道。

"头发也是正常的直黑长发，也没有特征。"程子砚补充道。

"是啊，如果有人报失踪，根据她的身高、体态和年龄倒是可以框定一个范围，但是如果没人报失踪，那可就不好找了。"年支队也点了点头，一脸的焦急和无奈。

我见警戒带外面的围观群众越来越多，于是赶紧用裹尸袋盖好尸体，拉上拉链，说："不管那么多，咱们要赶紧去殡仪馆尸检才行。有很多个体特征，是需要解剖才能确定的。"

"解剖不是看里面吗？也可以发现能用于寻找尸源的个体特征？"跟在年支队身边的一个年轻侦查员惊讶地问道。

"当然，我们以前就遇见过发现了死者五根肋骨骨折，因为肋骨骨折多，肯定要去医院就医，所以在医院找到了骨折形态一模一样的X片存档文件，从而找到了死者的身份的案件。"陈诗羽一脸自豪地"教导"着年轻侦查员。

"托你吉言。"我一边和大宝合力把尸体抬上了担架，由殡仪馆的工作人员运走尸体，一边说，"咱们的小羽毛，向来和我们不一样。"

"是啊，小羽毛是坏的不灵好的灵。"大宝补充解释了一下。

将尸体"送"走，我看了看在远处工作的林涛，喊道："林涛，你那边有什么没？"

"又开始对山歌吗？"大宝讥笑着看了看我。

我瞪了大宝一眼，觉得这样对话确实不好，至少有泄密的危险，于是和大家一起走到林涛的旁边。

水库的水岸没有特定的"岸"的概念，随着水波的荡漾，水岸线不停地变换，像是海边一样。

林涛和几名技术员在岸边拉起了二道警戒带，这说明他们痕迹检验也发现了问题。

"离水库最近的路在这边。"林涛指了指十米开外的一条水泥小路，说道，"正常情况下，车子是不会开到水边的，但是你看，这里的痕迹很像是轮胎印记。"

"那说不定是有人开到水边玩水呢！我和梦涵就经常这样干。"大宝说道。

"这里的岸边都是沙子，即便有痕迹，也会因为风的作用很快复原，这里的痕迹就是不太清楚了，所以不能确定。"林涛说，"同时，这也说明这个痕迹形成的时间不长，和你们推断的抛尸时间可以吻合。"

显然我刚才的大喊是多余的，因为即便我和大宝小声说话，林涛也听见了。

"你的意思是说，原本这里不仅有轮胎印，而且可能有人下车而形成鞋印，但是因为时间久了，只剩下轮胎印了？"我问道。

"是啊，一是比较新鲜，二是正好和尸体漂浮的位置最近，这肯定不是巧合。"林涛说，"我看来看去，很像轮胎印，你们看看呢？"

"嗯，是轮胎印，朝月牌的165/70/R13的轮胎。"韩亮蹲在地上皱着眉头，说。

"夸张了啊，这也能看出来？"林涛疑惑地看着韩亮。

"不会错。"韩亮说道。

"朝月？我的电动车就是朝月的，难道是电动车运尸体？"大宝说。

"对，就是你那个朝月。"韩亮抬头笑了笑，说，"不过不是电动车运尸体，165毫米宽的轮胎呢，什么电动车能装上？一般几万块钱的汽车，很多都用这种轮胎。你拍下来，说不定以后就是证据呢。"

"这周围有监控吗？"林涛没理韩亮，抬头看了看程子砚。

程子砚摇摇头，说："小路太多了，想绕过监控不难。"

从韩亮的事情查清楚后，陈诗羽和韩亮的话略多了一些，虽然大多数话还是带着怨气。可是，林涛倒是和韩亮之间的话少了许多。

"用这种轮胎的车很多，尤其是在农村地区更多，不可能一辆一辆去找。"我说，"这个价值不算大，关键还是要找尸源。"

说完，我回头看了看警戒带外的围观群众，即便是尸体已经运走了，现场只剩下警察了，他们还是不舍离去，一边翘首观望，一边议论纷纷。我挥了挥手，说："走吧，现在能不能迅速破案，就看尸检工作了。"

"好，我们也部署下去，我们辖区和周边地区失踪人口的特征会在今天晚饭前汇总。"年支队认真地说道。

2

女尸赤裸地躺在解剖台上。

"眼睑球结膜出血点明显，面部严重紫绀，口唇青紫。外耳道无异物。口鼻腔有黏液附着，下唇见多处黏膜损伤，和上齿列位置相符。颈部未见损伤，胸部及四肢皮肤未见损伤。处女膜陈旧性破裂，会阴部无损伤。"大宝顿了顿，接着说，"还真是没有任何个体特征，就连一颗大一点的痣都没有，这样的体表可真是完美了。"

"生前是个美女啊，说不准是个富家女，她很注意自己的身材保养。"乔法医说。

"我觉得不一定。有些人就是天生丽质那种，怎么吃都不胖呢。"大宝说，"而且，年轻嘛，没那么容易发胖。你看她的双手，都有老茧呢，肯定是要干粗活的，不是什么富家小姐。"

"就是，妆都不化，哪会是什么富家女？现在还有富家女不化妆的吗？"林涛插话道。

"这个可不一定，化妆不化妆和富不富没什么关系，这是每个人的自由，我们必须要尊重。"乔法医笑着说，"拒绝把化妆标签化。"

"说不定是睡觉的时候被害的呢？"大宝说，"再说，就是有妆容，也泡没了好不好？"

"我是在支持你的观点，笨蛋。"林涛放下相机，打了一下大宝的后脑勺。

损伤多的尸体，是最消耗检验时间的，因为每一处损伤都需要仔细观察形态、测量大小并拍照固定。所以为了提高效率，我让大宝和乔法医按照规范进行尸表检验，而我的注意力全部放在死者腹部的十几处创口上。

"你们也真是的，关注点都在哪里？"我一边用纱布将创口周围擦拭干净，用放大镜观察，一边说，"对于一个法医来说，死因和损伤才是最重要的。"

"谁说的？个体识别也重要好不好？"大宝说，"而且不是说熟人作案吗？查到了尸源，案件就破了一半！"

"你那个不叫个体识别，叫瞎猜。"我端详着死者腹部的创口，比对着，说。

"死因和损伤也简单啊。"大宝说，"死者有明显的窒息征象，虽然没有直接扼压颈部和捂压口鼻腔的损伤存在，但是死者有自己上齿咬合下唇的动作。一般这样的情况，都是有软物衬垫捂压口鼻腔而形成的。"

"嗯，用枕头、被子什么的作为衬垫，那么凶手的手就有可能在尸体上不留下直接的损伤。"乔法医补充道，"但是死者的窒息征象是客观存在的，如果一会儿解剖确定不是哽死、溺死，那就是大宝说的这种情况了。"

我直起身子，看了看死者唇部的损伤，点了点头，说："嗯，对，这才靠谱。如果真的是用软物捂压口鼻，那就更确定现场是个移尸现场了，因为现场没有软物。"

"肚子上的伤你看得怎么样了？我们要解剖了。"大宝亮了亮手中的手术刀。

我点点头，说："你们开动吧。我这边数了数，十一处损伤，应该都是刺器形成的，不过，这损伤形态，说老实话我还真是没见过。"

"怎么说？"大宝探过头来。

"首先，是单刃的还是双刃的，我都看不出来。"我将创口两侧的皮肤对合了一下，两侧创角看不出钝锐，但是比较相仿，"看起来像是刃口不锋利的双刃刀。"

"是啊，符合你说的。"大宝说。

"可是，你看这些创口的边缘，都毛毛糙糙的，不整齐，很少会见到这样的刺创。"我蹙眉沉思。

"这，恐怕是被水泡的吧？"大宝说。

"也有可能是鱼咬的。"乔法医补充道，"确实没见过创缘这么不整齐的刺创。"

"我觉得不太可能。"我说，"水怎么会把创缘给泡得毛糙？鱼咬就更不可能了，所有的创口都咬一遍？"

"那你说是什么情况？"大宝问。

"不知道，说不定，凶器的刀面上有凸起？"我猜测道。

"那得是两侧刀面都有凸起才行，因为两侧创缘都不整齐。"乔法医说。

我思考着，想象着如果真的是这样，凶器会是什么东西。

"你这样说，那我们尸表检验也有问题。"大宝说。

我抬头问道："什么问题？"

大宝指了指死者的眼睛说："你在现场的时候没有注意到吧？死者的眼睛是闭着的。"

"闭着的？很奇怪吗？"我莫名其妙。

死者死亡的时候眼睑是否闭合主要是和死者死亡的那一瞬间脑产生的"闭眼"信号有没有传输到眼轮匝肌有关，和死因、死亡过程、死亡时姿势甚至外界环境都有关系，并没有什么实际的意义。过去说的什么死不瞑目，其实都没有科学道理。所以这个时候大宝来这么一句，让我有些丈二和尚摸不着头脑。

"本来是没啥。"大宝说，"但刚才我看她的眼睑球结膜的时候，扒了几下眼皮都扒不开。后来用两个止血钳分别夹了上下眼皮，才拽开的，睫毛都掉了几根。"

听大宝这么一说，我赶紧走到尸体的头边，对着她的眼睛看了看，确实上眼睑有几根睫毛黏附在下眼睑上。

"眼屎也粘不了这么狠吧？何况还是在水里泡着的。"大宝说。

我脱下外层的手套，轻轻触摸了一下死者的眼睑，说："好像有点硬。"

林涛也凑过头来看，说："这，这是502胶水啊。"

痕迹检验专业在熏显指纹的时候，经常会用到502胶水，所以对胶水固化后的形态很是熟悉，我一点也不怀疑林涛的判断。

"用502粘眼睛？这又是什么风俗？"我转头问乔法医。

乔法医摇摇头，表示在他们汀棠并没有听说过类似的风俗。

"而且还是粘了不久，就扔水里的。"林涛说，"502就是这个特性，如果粘的时间长，完全固化了，即便入水也不会受影响。但如果没有完全固化，入水以后的黏合力就不行了。"

不沉女尸

"你是说，是在抛尸入水之前，在现场使用了502来黏合死者的双眼？"我沉吟道，"这说明什么呢？"

想了一会儿，似乎想不出什么能够对侦查有帮助的线索，毕竟502胶水这个东西实在是太好买了，就算去查，也查不出所以然。

于是我们只有作罢，先开始对尸体的解剖检验。

解剖检验主要是围绕死者的死因来进行的，所以也并不麻烦。死者心血不凝、内脏瘀血，颞骨岩部出血，都是明显的窒息征象，但是颈部肌肉确实是没有损伤的，更没有哽死和溺死的征象，所以大宝一开始推断的"软物捂压口鼻腔"的结论是正确的。

见自己的推论得到了验证，大宝难掩脸上的自豪神情。

"只可惜，她是真的没有个体识别的依据啊。"我见解剖完以后也没发现死者曾经有过闭合性的损伤，有些失望地说，"看看胃内容物吧。"

"胃是空虚的，末餐后六小时以上死亡。"乔法医此时已经打开了死者的胃。

"那就看看小肠，总是要搞清楚末餐后多久死亡的，不然我们真的是什么有价值的结论都拿不出来。"我说，"连有没有性侵都搞不清楚。"

"一般全身赤裸，总是和性有关吧？"大宝一边捋着死者的小肠，准备根据肠内容物迁移距离来推断死亡时间，一边说。

"那可不一定，要是凶手有反侦查意识，不想让我们找到尸源，脱光衣服倒是一个办法。"我说，"不过，大宝说得对，这个要以防万一。阴道擦拭物的精斑预实验是阴性对吧？"

"在水里泡了这么久，有精斑也做不出啊！"乔法医说。

"那就看看子宫，如果泡的时间不够长，子宫内若是有精斑倒是有希望发现。"说完，我用手术刀将死者的子宫切了下来，然后将其纵行切开。

打开子宫之后，我愣住了。我身边的乔法医边做着预实验，边说："你看，也是阴性。水中的尸体，阴性也不能说明没性侵。哎？你在看什么？"

"死者子宫增大、宫腔内见蜕膜组织，做个冷冻切片，我来看看肌层内有没有滋养叶细胞。"我一边说着，一边取了一小块死者的子宫组织。

"啊？顶多流产而已嘛，你这么兴奋做什么？"乔法医问道。

我没回答，拿着小块组织走到隔壁的组织病理室。

过了许久，我回到了解剖室，见大宝已经把死者的小肠全部打开，此时正在用电锯准备取下死者的耻骨联合。

"大宝，你不用取耻骨联合了，太慢了。"我说，"如果家属有报失踪，我们之前看牙齿框定的年龄范围就够用了；如果没有报失踪，那知道年龄也没用。所以，还是得看我发现的这个线索。"

"哦。"大宝停下手中的活儿，说，"死亡时间是末次进餐后八个小时。小肠内容物已经消化得很厉害了，只能看出，食物里有木耳。哦，对了，你发现什么了？"

"死者在半个月内刚进行过人工流产手术。[①]"我说，"绝对是正规医院进行的，所以，咱们查一下汀棠所有医院近半个月进行流产手术的病历，就能找得出死者的身份了。"

排查所有医院的病案资料，并且根据年龄、容貌特征来寻找尸源，这个工作量说大也不大，说小也不小。不过，一切算是进展顺利，我们第二天早晨起床之后，就拿到了死者的身份资料。

死者叫作储婷，二十二岁，是龙东县人，三年前就来到了汀棠市打工。她一直在汀棠市的一家连锁饭店里当服务员，工作时间长了，已经升职为其中一家店的服务领班。储婷性格内向，平时除了上班，基本不和任何人打交道，甚至侦查部门经过调查，都没有一个她身边的人知道她在半个月之内做过流产手术。加之恰逢十一期间，储婷有十月一日、二日两天的假期，所以这两天并没有人注意到储婷的动向。

根据储婷的同事反映，她九月三十日下午两点和大家一起吃了中午饭，吃的是鱼香肉丝盖浇饭。鱼香肉丝里正是有木耳，这和她的肠内容物对上了。既然对上了食物形态，那么根据死亡时间的推断，储婷应该是九月三十日晚上十点钟左右，没有吃晚饭的情况下死亡的。这和尸体现象也很吻合。

饭店工作都是这样，午餐时间过去后，才会吃午饭；等晚餐时间过去后，服务员们才各自回家吃晚饭。九月三十日晚上，储婷离开饭店，打了出租车回家。侦查员们也根据监控找到了出租车，根据出租车司机的回忆和车票打印时间，确定储婷是在三十日晚上九点五十五下车，下车地点就是她平时居住的出租屋。也就是说，她回家不久后，就遇害了。

---

① 这就是老秦前文为什么要看看肌层内有没有滋养叶细胞的原因，滋养叶细胞是胚胎的附属成分，近期做过清宫手术者，宫内仍可发现少量滋养叶细胞。

不沉女尸

这一条线索，至少确定了储婷遇害地点最有可能是在她的家里。

于是，今天一早，我们就站在了这个破旧小区的门口，准备对储婷的居住地进行搜查。

"又是这种开放式的小区。"程子砚摸了摸额头，说道。

确实，这种开放式的老小区，连大门都不一定有监控，更不用说小区的内部了。即便是大门有监控，因为小区的出入口众多，所以也不可能通过监控锁定所有特定时间进出小区的人和车。

我笑了笑，让大家不要着急，反正年支队之前已经说了，尸源找到，案件就破了一半。所以现在侦查员们，包括陈诗羽，都已经投入了对储婷社会关系的调查当中。

走进位于小区其中一栋小楼的二楼，就是储婷生前所居住的出租屋了。林涛利用技术开锁，轻而易举地就打开了现场的老式门锁。

"这锁之前没有被撬过。"林涛一边收起工具，一边说。

"如果是熟人的话，完全可以和平进入。"我耸了耸肩膀，开始穿勘查装备。

"是啊，你可得给我确认了是熟人作案，那就好办了。"和我们一起来的年支队说道。

大门打开后，映入眼帘的是一室一厅一厨一卫的小型公寓，面积大约有四十平方米。可以看出，储婷生前的生活习惯很好，整个房屋内打扫得很干净，物品摆放也非常整洁。

"地面条件不错啊。"林涛见现场铺的是地板革，所以赶紧用足迹灯照射了过去。

为了不破坏地面的痕迹，林涛先踩着勘查踏板慢慢进入房间，打开现场的通道，而我们则在门口等待。我蹲下来，端详起鞋架上的情况。

这是一个摆放在门口的三层简易鞋架，鞋子摆放得很整齐。最上层，整齐地摆放着三双不同类型的女式高跟凉鞋；最下层，则是三双女式皮鞋。中间一层的最右侧是一双女式拖鞋，简单叠放在一边，给这一层空出了三双鞋子的空当。

"地面痕迹还不错，基本可以肯定是熟人作案。"林涛此时已经进入了卧室，说，"看起来，全都是拖鞋的痕迹，不是熟人不会穿拖鞋进入现场。"

"是啊，是个熟人，而且是个男性熟人，而且还是非常熟悉的男人，而且还有反侦查意识。"我蹲在鞋架旁边说道。

"你怎么知道？"年支队正准备踩着勘查踏板进入现场，听我这么一说，留了下来。

我指着鞋架上中层的空当，说："你看，如果这里原来没有鞋子的话，旁边的女式拖鞋是可以正常摆放的。之所以这两只拖鞋摞起来摆放，说明这双女式拖鞋是备用的。旁边的空当是为了其他的三双鞋子预留的。"

"三双？"年支队问。

"现场内没有拖鞋，这说明死者的女式拖鞋被带走了。"我说，"还有一双的位置应该是给外来人穿着的鞋子预留的，而另一双，则最有可能就是外来人常穿的拖鞋，只不过也被带走了。剩下的摆着的女式拖鞋没有被带走，说明带走的很有可能是一双男式拖鞋。"

"杀完人，带走了死者的衣服和拖鞋，还带走了自己的拖鞋？"林涛从房间里走了出来，显然他没有在房间里找到死者失踪当天穿着的衣服。

我沿着勘查踏板走进了现场的卫生间，说："你看，我猜得不错吧，凶手的思维很缜密啊。"

卫生间里，有一个钉在墙上的毛巾架。两块毛巾都是正常挂在上面，一块毛巾折叠起来挂在一边，中间也留出了一个空当。

"这里原来应该挂着一条毛巾，现在也被拿走了。"我指着毛巾架上的空当说道。

"这里有痕迹。"林涛也跟了进来，指着卫生间盥洗池的一边，说，"这里原来应该放着一个洗漱杯，杯底边缘的痕迹还能看到。"

"所以，凶手在杀完人后，不仅把尸体运走抛尸，还把死者死亡时候穿着的衣服全部脱了下来抛弃，同时把自己平时在这里的生活用品也全部带走了。"我说，"这一切都是为了掩饰死者有一个同居男友——而凶手就是这个同居男友。"

3

这一重大发现，让年支队坚定了同居男友作案的信心，于是先离开了现场，去布置侦查工作。这么明显的迹象，只要一确定死者的同居男友，就可以立即抓人了。

我和林涛还留在现场，毕竟这里是作案现场，所以我们需要提取到更多的东西。

虽然现在室外温度三十摄氏度，到了晚上气温下降，但现场卧室中的空调还是开着冷气的。这也和我之前看到尸体时，判断尸体在不易腐败的环境中停尸较长时间的推断一致，更加证明了这个现场就是作案第一现场。

林涛的另一发现也证实了这个推断——现场卧室床头地面的地板革上，有明显的灰尘减层痕迹[①]。林涛沿着痕迹的边缘用白线画了出来，豁然就是一个人形。

"死者就是在床头、空调风口之下，躺了二十四个小时。"林涛指了指，说道。

而我的注意力一直在摆放在床头的两个枕头上，于是说："你看这枕头……"

我的话还没说完，大宝像是想起了什么，立即起身走到床头，拿着两个枕头观察着，说："你看，这个枕头上有淡红色的斑迹！"

他用手指蹭了蹭，说："还是新鲜的印记！"

"死者在被软物捂压口鼻的时候，自己的上齿咬破了下唇，留下一些血水很正常。"我说。

"把这个枕套拿去DNA检验，更加能确定这里就是杀人的第一现场了。"大宝把枕套褪了下来，装在物证袋里。

我指了指另一个枕头，说："这一只枕套也要去送检。凶手记得把所有的生活用品带走，却忘了他在这里睡觉使用的枕头。我相信，这个枕套上，肯定是能做出他的DNA的。"

"不错，不错，要是车轮胎印痕再对上，那就证据链完善了。"大宝兴奋地褪去另一个枕套。

一直在旁边看着我们褪枕套的林涛此时说道："还有个问题，既然这里是作案现场，凶手又在杀人后连续刺了死者腹部十几刀，为什么这里的地面上没有血？"

"没打扫吗？"大宝问。

"有打扫的话，怎么能看出这个人形的痕迹？"林涛指了指地面，说。

"那就是去抛尸现场捅的？"大宝问。

"你们不是说这处损伤是泄愤吗？"林涛说，"哪有杀完人不泄愤，反倒是过了一天去抛尸的时候泄愤的？"

我心想林涛的问题还真是有道理，只不过我现在脑子里面也乱乱的，想不明白。不过看起来，这个案子只要侦查得力，应该很快就能破获了，这种泄愤动作等

[①] 灰尘减层痕迹指的是在有灰尘的地面上，鞋底花纹或者其他物体抹去地面灰尘所留下的痕迹。

嫌疑人交代就明白了。所以，我挥了挥手，对林涛说："这个问题不重要，回头再说。现在我们去送检DNA，你和子砚在这里再勘查一下，看能不能找到刀面粗糙的刺器，还有502胶水。"

"好的。"林涛应了下来，说，"哟，这女的之前怀的是双胞胎呢！"

原来，现场卧室写字台上，放着一张B超单，是在二十多天前做的，上面写着："孕12周，宫内探及两个妊娠囊，内均见胎块及胎芽搏动。"

"双胞胎都给流掉，现在的年轻人啊。"大宝咂咂嘴，摇着头说道。

将DNA检材送去实验室后，法医的工作基本完成，所以我和大宝来到了专案指挥部。年支队一个人在会议桌旁坐着，面前放着两台手机。看他的面色，已经从焦虑转为了期盼，显然，他对破案信心十足。

我和大宝坐在年支队的对面，静静地等待着结果。侦查员的调查结果及时反馈回来，我们也在第一时间了解了情况。

"经过调查，储婷本人性格内向，不喜与人交往，所以在汀棠三年，竟然没有一个好朋友。"

"同事反映，储婷一直以来都否认自己有男朋友，有人给她介绍对象，她也拒绝。近半个月，储婷脸色不好，似乎身体有恙，但情绪还不错。"

"邻居反映，储婷一般中午时间出门，深夜回家，所以很少遇见。事发当天晚上，她家似乎有争吵声，但是不激烈，所以也没人注意。至于男人，有邻居偶然看到过有男人进出她家，但肯定不是常住，而且因为记忆模糊无法陈述或辨认容貌。"

"好消息！有一个储婷的同事无意中看到储婷的手机里有一张男子的照片。根据回忆，这个男子是经常来他们店里用餐的年轻男人。不过，身份不清楚，感觉和储婷应该不是男女朋友关系。"

"通过对储婷的通话信息进行研判，确定她在近半个月来，和一个号码的联系明显增多，正在调查这个号码的机主信息。"

"查到机主信息了，是一个三十岁的男性，叫周天齐，是在储婷所在餐馆附近的写字楼上工作的一个白领。不过，他有老婆孩子，据说家庭关系很和谐。"

"经过辨认，确定了，储婷手机照片里的男人，就是周天齐。"

"周天齐开的是大众车，使用的不是朝月轮胎。不过，他的亲哥哥开的小面包，倒是朝月轮胎，不排除他向自己哥哥借车移尸。现在我们正在密取轮胎印和周天齐的DNA送往DNA室加急处理。"

"事发当天，周天齐的行踪除了他老婆没人可以证明，我们认为具备作案时间。"

随着侦查信息一条一条地汇总过来，案件的事实情况似乎慢慢浮出了水面。一个已婚男子，因为在餐馆和年轻漂亮的储婷邂逅，随即产生了婚外情。始乱终弃的男子虽然强行要求储婷打胎，但依旧无法摆脱储婷的纠缠，为了维护自己的家庭，杀人灭口。

这是陈诗羽在给我的电话中，猜测的案件事实。

虽然证据还不是很扎实，但是因为嫌疑范围实在是够小，所以年支队果断下达了传唤周天齐的命令。

接下来的三个小时极为关键。这三个小时内，侦查员将周天齐就近传唤至附近的责任区刑警队，并且开始了突击审讯。审讯并不急功近利，因为大家胸有成竹，而且相关证据检验结果随后就到。

三个小时之后，在审讯室那边传回消息的同时，我拿到了林涛带回来的DNA检验报告。

"嘿，你勘查完啦？找到相似的刀或者502胶水了吗？"我急着问。

林涛摇了摇头，说："没有，你别光顾着这些，你先看看这报告。"

年支队那边刚刚挂了电话，说："这小子，死不承认，就说自己和储婷只是聊聊天，从来没有发生过关系，是纯洁的男女关系。他不知道储婷怀孕的事情，反而在近半个月，两个人聊天更勤了，他也表露了对储婷的爱慕之情。这还纯洁的男女关系？骗鬼呢？"

被传唤之后，先是否认嫌疑，这很正常，老套路了，我倒是不以为怪。所以，我笑了笑，开始看DNA检验报告。

DNA报告和刚才一条一条过来的侦查信息一样，真是够跌宕起伏的。

首先，DNA室从我们送检的枕套上，检出了一名男性的DNA。果然，我们在现场的一系列推断都是正确的，有男人在这里居住。然后，通过数据比对，确定这里的DNA和周天齐的DNA不符。

看到这个结论，我的脑袋嗡了一下。

林涛紧接着补了一刀，说："经过轮胎印记的痕迹比对，现场的痕迹和周天齐哥哥的车轮胎痕迹不吻合。"

这一刻，无数的问题都在我的脑海中重新涌现了出来。

泄愤伤为何没有在杀人后实施？502胶水的意义何在？死者腹部的死后伤是什么工具形成的？二十多天前的B超报告为何会出现在写字台这么显眼的地方？储婷如果要逼周天齐离婚，那为什么要流产？如果周天齐经常来储婷这里过夜，那么他的家庭生活调查为什么还是很和谐？这么多问题，我们是没有解释明白的，只是简单地寻找她的熟人，而忽略了这些非常重要的疑问，这是不应该的。现在，DNA的结果客观地说明我们抓错了人，那是不是应该仔细考虑考虑这些问题了？

我沉思着，默念道："我们抓错人了。"

"啊？"年支队跳了起来，说，"可是通话记录不会错啊！她不太和别人联系，唯一反复联系的，就是周天齐啊！除了这层关系，还能有谁和她有密切关系而不被人发现？"

"熟人作案不会错，同居男友作案不会错。除了之前的各种分析，黏合死者的眼睛也充分说明了他们的关系不一般。"我没有回答年支队的问题，依旧默念道，"不是在杀人现场泄愤，那最大可能就是在抛尸现场泄愤。岸边没有血，那血应该在车里。在车里泄愤？"

我一边念念有词，一边打开自己的笔记本电脑，重新调出了死者腹部创口的照片，慢慢地放大。

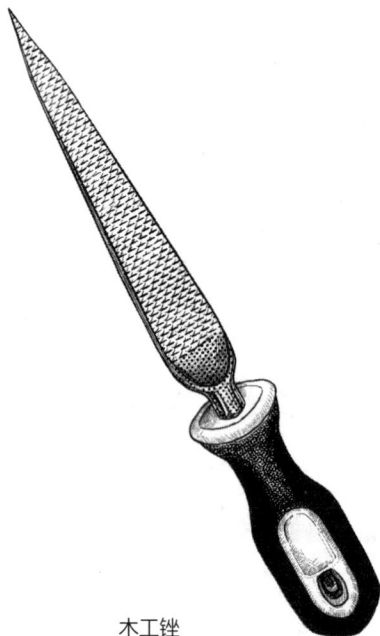

木工锉

"韩亮，我就是猜测啊，你说，会不会有那么一种刀，刀的表面会有很多尖锐的凸起？"我问。

韩亮点了点头，说："有，木工锉。"

我全身一震，从网上找来了木工锉的照片，确实，这种工具是尖端尖锐、两边刃不锐，但表面都是密集的凸点。这个工具如果作用于人体腹部，因为腹部软组织较为松软，自然会形成这样的损伤。

"木工锉？"我有些兴奋地问道，"你之前为什么不告诉我？"

"你什么时候问我这种东西了？我还以为她肚子上的伤就是刀伤呢。"韩亮说。

"什么人会随身携带这东西？"我接着问。

"木工锉！你说什么人随身携带？"韩亮笑着问我，"不过随身携带有点夸张。"

"那放车里就不夸张了呀！"我几乎从座位上跳了起来，"我们既然明确了凶手是在抛尸现场对尸体粘眼、刺腹的，那么这些工具应该是他习惯带在身边或者放在车里的。不然在杀人现场就可以做这些事了。"

林涛赞许地点头，应该是意识到我的想法了。

"随身携带的工具是最能提示凶手职业特征的。"我说，"不仅是木工锉，而且还有502胶水，这些东西我们一般人不会随身带，除非凶手就是个木工！"

"可是，我们派出去这么多人，都没有调查出死者和哪个木工有什么关系啊？"年支队说。

"既然死者性格内向，不与人交往，而且真的是同居男友，也没必要天天打电话，所以不被侦查部门发现也是很正常的。"我说，"但是，不可能不联系。所以，按照你们调出来的死者的通话记录，一个一个找，肯定能找得到一个木工！"

"剧情要变了吗？难道是储婷出轨？那凶手也应该去杀周天齐啊。"年支队嘟囔着，在微信群里布置下了调查工作。

这一调查，还真的很快就出了结果。

在储婷的通话记录中，果真有一个木工，叫贾博文，二十八岁。经查，这个贾博文和储婷都是龙东县人，而且两人的户籍在同一个村子。三年前，两人同时来到了汀棠市打工。表面看起来，两人就是普通的同乡，但是有了那么多法医学检验结论的支持，贾博文的嫌疑迅速上升。

巧就巧在，贾博文名下的一辆国产SUV因为违章停车，被交警依法拖移到了停车场。这就给我们节省了许多寻找车辆的时间。

得知了这个好消息，我们连夜出发，赶往交警停车场，对车辆进行勘查。

在勘查车强光灯的照射下，林涛老远就指着车轮说道："对的对的，就是这个花纹。"

"别急，看清楚磨损痕迹再下认定结论，光是花纹一样有啥用。"我嘴上这样说，其实已经注意到这辆车并没有清洗的痕迹，于是掩饰不住内心对破案的期待，打着手电对车内照去。

车的后备箱里，放着一个破旧的工具箱，而车后排的坐垫上，有殷红的斑迹。

"真的，那一天我真的回龙东老家了，怎么会杀人呢？"贾博文坐在审讯椅上，狡辩道。

"警察那么好糊弄吗？"陈诗羽杏目圆瞪，"你在不在汀棠我们调查不出来？"

"别狡辩了。"主办侦查员把鉴定书摔在审讯椅上，说，"这是鉴定，现场附近有你的车轮胎印痕，你的车上和木工锉有储婷的血，你的车里还有开封的502胶水，储婷家里的枕头上有你的DNA，你怎么狡辩？还有，你家阳台上，烧的是什么？需要我们提取微量物证回来检验吗？科学，是毋庸置疑的。"

贾博文看着眼前的鉴定书，知道这不是侦查员在唬他，艰难地咽了口口水，慢慢地低下了头。

"渣男！"陈诗羽喝道。

"渣男？"贾博文本来已现愧色的脸突然又狰狞了起来，"三年了！我当了三年备胎了！我还是渣男？这三年来，我对她百依百顺，她禁止我公开我们的关系，我去她家都要藏着掖着，不就是因为我没钱吗？就算是没钱，我也倾尽自己的所有来讨她的欢心，她喜欢什么，哪怕是名牌包，我都义无反顾地去买！我想尽一切办法对她好！我还是渣男？"

"你怎么知道你是备胎？"陈诗羽的口气软了一些。

"她的手机里存着那男客人的照片我不知道吗？"贾博文说，"她半夜三更和那人发微信我不知道吗？我只是装作不知道而已。那男人就是个骗子，他不会放弃自己的老婆孩子的，所以我希望她有一天能看清这一点，才能意识到我对她的好。"

"你要是备胎，她能给你怀孩子？"陈诗羽说。

男人的脸色突然变得青紫，像是深憋了一口气，许久才缓缓说道："确实，是我使了计策，我把套给刺破了，所以她才会怀孕。不过，那是我的孩子啊！双胞胎啊！我的两个孩子啊！她说杀了就杀了！我能不给我的孩子报仇吗？"

"你是什么时候知道她怀孕的？"

"就是那天晚上。"贾博文看着天花板，像是在抑制自己的眼泪，说，"前一段时间，我回龙东老家帮老乡做活儿，那天晚上我回到了汀棠。我们好久没见了，我心想她也有可能会想念我吧，于是我没回家，就直接去了她那儿。其实这三年来，我每周都会在她家住一夜，帮她整理整理房间，给她一些钱，所以我有钥匙。我去的时候，她还没有回来，我在整理房间的时候，发现了那一张医院的检查单。说真的，我当时都快高兴疯了。不久，她就回来了，我就拿着检查单问她，你猜她怎么说？"

陈诗羽盯着贾博文，摇了摇头。

"她说，那个姓周的，已经答应离婚了。"贾博文坐直了身子，盯着面前的两名侦查员，双眼通红地说，"所以，她必须把孩子打掉。而且，她已经把孩子打掉了。"

"于是你就起了杀心？"陈诗羽说。

"不，我太爱她了。"贾博文说，"怎么舍得杀她？我当时打了她，她反而笑了，说在她的心中，只有姓周的，我不过就是备胎。我们在一起的时候，她一直把我想象成那个姓周的。我的心就像是被一万根针不停地扎。我让她不要说了，她还喋喋不休地说，于是我就用枕头捂住了她的嘴，让她不能再说话。"

"事发之后呢？"主办侦查员问。

"后来我发现她死了，但我还是抱着她睡了一夜。"贾博文说，"第二天，我就想该怎么处理这件事情。好在没有人知道我们的关系，你们应该怀疑不到我，于是我把她家里我的东西全部都带走了，烧了。"

"我们是问，你怎么处理尸体的？"

"第二天晚上，我把尸体装在我的车里，带到了水库，扔进水里，结果发现尸体居然不沉。"贾博文说，"于是我又下水把尸体拉了回来，这个时候，我才发现她的眼睛居然是睁着的，这把我吓了一跳。所以，我就用胶水把她眼睛粘了起来。我寻思，是不是她的衣服有浮力，所以不沉，于是脱下了她全部的衣服，又扔进了水里，还是不沉，于是我又把尸体拖了回来。这次，我分析应该是她生气，所以肚子里有气，就把她拖回车里，用后备箱的锉刀捅了几刀放气。第三次扔进水里，还是不沉，我当时害怕极了，就开车走了。"

审讯完毕，我们和满脸阴沉的陈诗羽坐回了韩亮的车里。

"昨晚等检验结果，一夜没睡，你能开吗？"我问韩亮。

韩亮笑了笑说："你们没睡，我倒是睡得不错。对了，这女的为什么在水里不沉啊？"

"因为尸体停放了二十四小时，所以肠子里充满了腐败气体。"我解释道，"本身尸体的比重就比较小，加之腐败气体的作用，所以在水里就不沉了。这是有个体差异的，没什么好奇怪的。"

"真是冥冥之中有股力量啊。"韩亮说，"如果他第一次把尸体扔水里，就沉了，就不会有粘眼睛、刺腹部的行为了。那就得不出木工的结论，找不到贾博文了。等时间久了，万一车子清洗了，那就真的证据不足了。"

"至少'泄愤伤'这个推断，我们是错了，虽然没有影响熟人作案的结论，但是也是值得总结的。"我沉吟道，"这就是不在杀人现场刺腹的原因了。"

"女侠，这次你不会再怼我们男人了吧？"韩亮笑着侧头看了看副驾驶座上的陈诗羽。

陈诗羽看着窗外，我们无法看清她的表情，她缓缓叹一口气，说道："不知道这双胞胎是不是贾博文的孩子。"

"肯定是的。"我说，"如果是周天齐的孩子，储婷是不会打胎的。"

"你看看，这回是渣女了吧？"韩亮说道，"所以我早就说过嘛，渣不渣，不能分性别。感情里出现问题，不一定全是男生的错。假如老秦被铃铛姐姐家暴，你的第一反应是不是觉得，这应该不是铃铛姐姐的问题？那是因为你内心觉得女性一定是弱者，你的平权意识也不彻底啊。"

面对韩亮的挑衅，陈诗羽这次居然没有反击，而是自言自语道："我好像不太喜欢我的工作了。"

我心中一惊，若是陈诗羽真的辞职了，那师父肯定要怪罪到我头上，于是我想安慰她几句。可是，怎么安慰呢？我们这行，本身就是背抵黑暗、守护光明的行当，面对黑暗之时，究竟该用自己心中的阳光来照亮身边的黑暗，还是闭上眼睛去适应黑暗，每个人的选择不同。这道坎，难道不是我们每个人都曾经跨越过的吗？我知道我帮不了小羽毛，但我相信她，相信她一定可以调整好自己，顺利迈过这道坎。

4

接下来的几天，仍然是十一国庆节假期。虽然我们依旧是要准点上班的，但是整个龙番市的人似乎都出门了，条条大路显得格外通畅。所以，到十月八日恢复上班的时候，我反而不太适应了。

"不堵车的日子，真是怀念啊！"我一边骑着电驴，一边想着。

一进办公室门，发现大家都已经到齐了，似乎在争论着什么。

"去找到这个小孩不就行了？"大宝说。

"怎么找啊？就一个背影，而且这个时候是傍晚，视频监控还有色差，就连什么颜色的衣服都不知道，怎么找？"林涛说，"而且这个位置附近有三四所初中。"

"色差？子砚不是能调色吗？"大宝说。

"能调色，不过就算是知道颜色，也是大海捞针啊。你看看这个视频的时间。"程子砚指着电脑屏幕，说，"八月十号，已经过去两个月了。"

我赶紧放下包，走到大家身后，探着脑袋看屏幕。屏幕上，重复播放着一个视频。因为天色已暗，而且视频中的视野有限，只能看到在屏幕的角落，有两个背影。一个背影看起来是个中年女性，她喊住了一个背着书包、初中生模样的人影，说了几句话，然后径直向监控外区域走去。

"这是在问路？"我问道。

"是啊，我们也这样觉得。"韩亮托着下巴，说。

"谁啊？"我问。

"汤喆。"程子砚简短地回答道。

我反应了一会儿，才想起一个多月前的那一起自产自销灭门案中，那户人家的女儿失踪到现在还没找到。真没想到时隔这么久，程子砚居然还能找得到她的影像。

"汀棠的那个案子，贾博文不是说自己回老家做活儿吗？汀棠警方的意思，是要通过监控来确定一下贾博文去老家和回汀棠的时间路线。因为跨市监控不好调取，我又有高级别权限，所以他们就联系师父让我帮忙看看。"程子砚说，"在确定贾博文路线的时候，我无意中看到有一个和上官金凤有染的男性的行踪，就顺便往下看，没想到，居然还看到了汤喆。"

"这几起案件有关系吗？"我被绕得有些晕。

"没关系。"程子砚说，"可能是因为世界太小了吧，或者用宝哥的话说，冥冥之中天注定的？"

我曾经说过，所有的巧合其实都建立在有心的基础上。这一段时间来，需要让程子砚进行视频追踪的案件实在太多了，这些案件都压在了她小小的脑袋壳里，所以有所发现也就不难理解了。

"八月十日，和我们推断汤家自产自销案件的发生时间是吻合的。汤喆也恰恰就是在案发前失踪的。我们觉得，既然汤喆找这孩子问路，问的肯定是她要去的地方。这孩子肯定是在现场附近居住，假如我们能够找到这孩子，就知道汤喆失踪的当天要去哪里了。"林涛说，"可是，不太好找啊。"

"为啥不好找？"我按了一下电脑的空格键，让视频暂停，说，"这小孩子的耳朵后面，有一根线，你们没注意到？"

"那有啥？难道我们要去每个学校查喜欢下课走路听音乐的学生是谁？"大宝问道。

"这明显不是耳机啊。"我说，"电线两端，一端伸向后背，一端只到耳朵上面的头发里。你们看得到耳朵里有耳塞吗？"

"万一有耳塞，我们也看不清啊，这么模糊。"大宝说。

"可是，线的走向明显是不对的嘛。"我将视频放大，沿着线的路线用手指画了一下。

"那不是耳机是什么？"林涛问道。

"老秦觉得这是电子耳蜗。"韩亮在身后说道。

我点了点头。

大宝恍然大悟："去这几所学校找有听力障碍的孩子，还做过电子耳蜗的！"

"这孩子不会记错了吧？两个月前的事情还能记得这么清楚？"陈诗羽问道。

我们一行人按照找到的那个孩子的叙述，来到了这一座看起来非常偏僻冷清的大洋镇基督教堂的门外。说是教堂，其实就是一个尖顶白墙的平房，上面多了一个十字架而已。

"人家年轻，'零零后'，记性好正常。"林涛说。

"我不年轻吗？两个月前的事情我就记不住。"陈诗羽说。

"你年轻，你最年轻。"林涛笑着说。

"既然是有目的地找这座教堂，显然是有人约她来这里。"我说，"有人约就有调查的必要，总比没法调查来得强。"

"我一开始就觉得有人约，但是总以为汤喆是在问具体的门牌号，没想到是个教堂。"林涛说。

我看了眼林涛，他帅气的脸上似乎浮现出一缕担忧，于是我说："你说得对，如果是某个人的家里，这事情会正常点，约一个不信基督教的人来教堂，似乎就有一些不可理解了。"

"说不定是私奔呢？"大宝说。

"不会是私奔。"林涛接着说道，"你见过找人家私奔，约一个人家不认识的地方吗？坐公交转三轮车，还要问半天才找得到私奔的地方？"

"不约家里，不是私奔，那就只有一种可能了。"我说，"是在这里作案。"

在我们赶来这一座基督教堂的时候，侦查部门已经对教堂进行了调查。这是大洋镇和周围几个镇子的基督教徒众筹出来的教堂，已经有三十余年的历史了。不过现在这几个镇子的基督教徒越来越少，所以教堂也呈现出破败的迹象。这里平时没有常驻管理的工作人员，只是每周日会有教徒过来打扫，这些教徒会每隔一至三个月挑个周日进行聚会。

因为位置偏僻，人烟稀少，所以在我们的感觉里，这里越来越像是个命案现场了。不过，八月十日的晚间，汤喆的家里就出现了自产自销的案件，而汤喆是在傍晚就来到了这个虽然同属一个县但是相隔几十公里的镇子，所以无论怎么看，失踪的汤喆都不可能是被汤辽辽所杀，因为他没有作案时间。

如果汤喆真的在这里被害了，那么她和汤辽辽家里的自产自销案件有什么关联吗？似乎这一切都还是个谜。不过，我们当务之急是对教堂进行勘查，看能不能找出一些汤喆的线索。不过，这一定很难，毕竟已经过了两个月，而且每周都有人来这里清扫。

在林涛和程子砚进入教堂进行勘查的时候，我们剩下的四个人则绕着教堂，看看教堂的外周有没有什么可疑的地方。

很快，我们绕到了教堂后方的一片栅栏处。栅栏的后面，是一个化粪池。

这种敞开式的化粪池，在城市里已经看不到了，现在少数农村的屋后还会有这样的装置。越过了栅栏，我们瞬间闻到了熏天的臭气。也可以，这个不是经常来人的教堂，厕所的使用频率也不高，也不会有太高频率的清理。看起来，这个化粪池至少有一年没有清理了。化粪池周围，是湿润的泥土，我们踩在上面，可以清晰地感觉到鞋子有向下陷入一点的感觉。

这让陈诗羽感觉很不好，她打开勘查箱，拿出一双鞋套套在了脚上。

"你这个动作，倒是和林涛很像啊！"大宝一边笑着，一边不以为意地走到了化粪池边。

这个时候，我注意到韩亮脸色苍白，手指似乎都在轻轻地颤抖。

"你怎么了？"我走到韩亮身边，问道。

"没有，这气味，我有点受不了。"韩亮说道。

"至于么你？"我笑着说，"什么样的腐败尸体气味你都闻过，这粪便的气味，你受不了？"

韩亮摇摇头，作干呕状，没有回答我。

我拍了拍他的肩膀，让他不用在现场待着了，去车里等我们就好。

就在这时，大宝站在化粪池边，指着池子里大声说道："那不是个人，能是个什么！"

这个化粪池感觉比一般的化粪池要黏稠，所以池子中间那一处突出液面的黑色头发，很容易就可以被发现。

我的心里一沉，对陈诗羽说："让林涛过来，然后通知县局的同事们过来。"

常年和腐败尸体打交道的大宝，似乎对这化粪池的气味丝毫不以为意，他这时候不知道从哪里找来了一根竹竿，伸进池子里，说："哟，这化粪池不浅啊，搞半天汤喆淹死在这里了？"

"淹死在化粪池里？"我觉得有些不可思议，这种地方，一般人都不会乐意靠近，怎么会这么容易掉进去呢？

大宝放下竹竿，穿上现场勘查装备，然后又递给我手套，说："来，帮我一起捞。"

一般捞尸体这种事情，我们法医是不轻易去做的，但是在基层工作时间久的大宝，似乎已经习惯了这种工作。既然我们先发现了尸体，也没有等派出所找人来捞的道理，而且大宝提出来了，我也不能不帮他。

我们俩一人拿着一根竹竿，把远处的尸体，缓缓地向岸边拉近。我们可以感觉到化粪池里黏稠液体的阻力，我知道这些黏稠液体其实都是粪便，而且都是久经时日的粪便，顿时感到有些恶心。

当我帮助趴在化粪池边的大宝一起把尸体往池外拽的时候，林涛大喝了一声："你们别乱踩了！"

这一声，吓了大宝一跳，他手一滑，尸体重新落入池中，溅起了几滴污水，无情地打在了大宝的脸上。

大宝怒气冲天地瞪着林涛。

林涛看到了这一幕，抱歉地说："这里一般没人进来，又是湿土，一旦走进来，一定会留下痕迹。而且，时间再久都能保存下来，甚至还能看出留下痕迹的大概时间。对于痕迹检验来说，这是最好的地面载体了。"

"能看出时间，还怕什么？"大宝说，"你就找两个月前的就是。"

大宝这话肯定是不讲道理的，因为如果我们踩在了嫌疑鞋印之上，嫌疑鞋印自然也就不复存在了。

林涛笑着摇摇头，没说什么，开始蹲在地上寻找痕迹。

我和大宝又费了半天劲，终于把这一具不仅仅黏附了肮脏的粪便，更是已经大部分尸蜡化的尸体从化粪池里捞了出来。

"尸蜡化。"程子砚堵着鼻子，说道。

尸蜡化尸体是法医最不愿意见到的尸体现象，在夏天，阴冷潮湿的环境里，容易形成尸蜡化，成为最恶臭的一种尸体。更何况，我们面前的这一具，还沾满了粪便。

我摇摇头，和大宝合力把尸体塞进了尸袋里，似乎感觉气味清新了不少。

我们看着派出所民警在林涛的身后拉起警戒带，又看着殡仪馆的工作人员将尸体抬上了运尸车，林涛和程子砚留下来继续对现场足迹进行提取，而我们其他人则赶去县殡仪馆，和市局韩法医会合，共同对这具尸体进行检验。

在尸体打捞出来的时候，我们通过她身上衣着的花纹，基本断定，这人就是在视频监控里问路的汤喆。和我们推断的结果一样，她真的死在了这里。既然是有人约她，那多半这就是一起命案。所以，市局法医接报后，也立即赶来。

我们走近韩亮的车时，发现他并没有在玩那一部老式手机，而是坐在驾驶座上发呆。我们一进门，他立即深吸一口气，然后打开了所有的车窗。

"喂，你不至于吧？"我拍了拍他的肩膀。

他苦笑了一下，尴尬地说："这气味我真受不了，你们现在身上全是这气味。"

"幸亏没开你自己的车来是不是？"大宝嘲笑地说道。

"其实真不是我矫情。"韩亮一边打火，一边说，"你看你们每次解剖完腐败尸体，我都没嫌弃过你们吧？"

"粪便的气味和腐败尸体的气味不都是臭吗？"大宝说，"有区别吗？"

"你看，'人形警犬'都觉得气味一样，你怎么就那么容易分辨？"我问。

韩亮的表情似乎有些复杂，他没回答我，问道："我们去哪？"

解剖室里，即便是排风机马力全开，也依旧不能把这"臭破天"的气味给消除干净。死者已经被我们褪去了衣裤，躺在了解剖台上。因为尸体全身都被粪便覆盖，即便是尸蜡化这种保存型尸体现象，也依旧看不到尸体上的损伤情况，所以大宝和韩法医一人拿着一个自来水喷头，一点一点地清理着尸体。

而我，则在旁边的操作台上，慢慢清理这些肮脏不堪的死者衣物。

死者的衣着很简单、随意，上半身是一件带有广告的白色T恤衫，下半身则是一条碎花的布长裤。内衣和内裤都是位置在位、状态正常的。在夏天，这样的衣着，更像是家居服，而不是有准备出远门的状态。这和我们之前的推断是相符合的，凶手约她到这里来，目的就是杀死她。可是，凶手杀人的目的又是什么呢？性侵显然是没有迹象的；因仇？在查自产自销案件的时候，并没有查出什么矛盾关系；难道是侵财吗？

我在死者的长裤口袋里掏出了两样东西，都已经被泡得不成样子。

第一件物品，是一张建设银行的银行存折，里面的内容都只剩下模糊的痕迹，通过肉眼是看不出什么的。但是从这张银行存折来看，这起案件可能是和钱财有那么一点关系，不然谁穿着家居服临时出门，会带着一张使用不方便的银行存折呢？

第二件物品，是一张完全被泡软了的相纸。之所以说是相纸，是因为这张纸比一般的纸要坚硬很多，不然在化粪池里浸泡两个月，肯定也只能找到一些渣渣了。这张纸虽然已经完全泡白了，但是至少还是完整的，接触上去，仍旧能感觉到它的柔韧。这张纸的正面有模糊的画面，就像是一张照片经过长期浸泡后失去了它原来的画面而留下的痕迹。纸的背面，似乎还能看到有蓝色的文字痕迹，只不过也根本不可能通过肉眼来识别写的是什么字。

很显然，这一张相纸，可能就是汤喆死亡案件最关键的线索所在了。我尝试着用各种办法来显现这张相纸上的信息。先是在隔壁的病理室用显微镜来观察，再是用多波段光源等各种不同的光源来照射。可是，即便我使尽浑身解数，也始终没有能够识别出相纸上任何一点线索。

不知不觉，时间就这样过去了。等到我彻底放弃的时候，已经是下午时分，大宝和韩法医的解剖工作也已经完成了。

可能是因为尸体状况的原因，即便大家都没有吃午饭，但似乎都没有任何食欲。

"我们尸检都做完了，你还在这儿弄衣服呢？"大宝已经脱去了解剖服，站在我的背后。

"啊？"我愣了一下，随即问道，"怎么样？有什么发现吗？"

"我现在比较担心的是，这起案件和上官金凤死亡、汤莲花死亡的案件有所关联。"大宝沉思道，"汤喆也是先被击打头部致晕，然后被扔进化粪池里活活淹死的。这手段和前面两起一模一样。"

"可是，这汤喆没有被捆绑啊。"我说，"没见着尼龙绳。"

"这案子是最早发案的，是不是凶手没经验？"韩法医补充道，"死者的顶部有明显的头皮下出血，是钝器打击的痕迹。她的气管内都是粪便，死因也是溺死。"

我沉思了一会儿，说："还有什么发现吗？"

"喏。"大宝拎起手中的一个透明物证袋，里面装着一粒小小的、黑色的纽扣。就是普通到不能再普通的那种纽扣了。

"这是在死者的右手指缝中发现的。纽扣的中间有断裂，显然是暴力撕扯导致纽扣脱落的。"大宝说，"这说明死者在受伤前有搏斗，她抓住了凶手的纽扣，并且扯了下来。"

"可能是因为抓扯下纽扣后不久就入水了，人入水后就会下意识抓握，死亡一瞬间因为右手处于过度用力的姿态，所以死者的右手出现了尸体痉挛，这粒纽扣于是没有脱落，而是留在了死者的手心里。"韩法医补充解释道，"死者的右手是握拳状态，如果是化粪池里的杂物，是不太可能进入手心的。"

"只可惜，通过这粒纽扣来找人，太难了。"我说，"走吧，我们去专案组，看看其他专业有没有什么发现，尤其是林涛他们。哦，还有，在去专案组之前，我们要把这张存折和这张相纸交给吴老大，这才是破获本案最大的关键所在。我是黔驴技穷了，现在就看文件检验专业有没有什么好办法了。"

不知道什么原因，专案指挥部设立在龙番市公安局。既然要回到市里，这倒是给我们送检提供了方便。当我把沾满了粪便的物件交给吴老大的时候，吴老大现出了叫天天不应、叫地地不灵的表情。确实，文件检验部门哪里会接触到这样肮脏的物证？

在专案指挥部，首先汇报的是林涛他们痕迹检验专业，也确实，他们的专业起到了最大的作用。

"这起案件，我们可以和汤莲花、上官金凤被杀案串并。"林涛开门见山。

大宝用手肘捅了捅我，做出一脸骄傲的表情。

林涛接着说："我们在现场的湿土上，完整提取到了几枚立体足迹。经过比对，这和在上官金凤被'浸猪笼'的现场提取到的足迹，比对同一。"

确实，这是案件可以串并的最充分的依据了。

"和女德有关系吗？"陈诗羽一脸厌恶的表情，问道，"这个汤喆，又违反了什么女德吗？”

　　还是调查自产自销案件的那帮侦查员作为主办侦查员，所以他们对汤喆的背景比较了解，于是纷纷摇了摇头。

　　“不过，这次还有更进一步的发现。”林涛说，“虽然鞋印进库比对无果，但是可以断定的是，这双鞋子，41码，是运动鞋。”

　　“是男性作案。”侦查员们议论纷纷。

　　“还有，左脚和右脚之间，我们找到了轮胎印，这是摩托车的轮胎，韩亮，你看看，能看出什么型号吗？”林涛在幻灯机上放出一张照片，问韩亮。

　　韩亮显然还是能闻见我们身上黏附的气味，皱着眉头、煞白着脸，说：“汽车的还行，摩托车的，我看不出来。”

　　“骑摩托车，41码鞋子，基本就是男性作案了。”董局长说，“可是，这并不能指向是哪种男性，只能在有嫌疑人后作为证据进行甄别。监控呢？”

　　程子砚摇摇头，说：“事发在农村偏远地段，没有监控。”

　　“那，化粪池的打捞呢？”董局长转过头去，问另一个人。

　　这名侦查员说：“化粪池我们清理了，没有发现任何其他的可疑物品。”

　　原来市局已经安排人打捞了化粪池，看起来我们的工作并不是最苦的。

　　“现在除了秦科长送去省厅文检部门的物证以外，最好的线索，就是事发当天究竟是什么人用什么方式约了汤喆。”董局长说，“这人应该就是凶手了，而且应该是汤喆的熟人，不然他是用什么办法轻松把汤喆约出来的？”

　　“汤喆没有手机。我们查了汤喆家的电话，事发当天也没有可疑的电话。”一名侦查员说，“我觉得，最大的可能，是用寄信、递纸条的方式约的。”

　　我顿时想到了那张写着字的相纸，觉得这名侦查员的推断靠谱。

　　“以摩托车、运动鞋为抓手，调查所有和汤喆认识的人。”董局长说，“另外，这个人可能对‘女德’思想过于热衷或者过于反对，还和上官金凤、汤莲花有交集。”

　　“好的，我们先从三名死者的背景入手，看看有没有什么共同点再说。”主办侦查员应道。

　　“文检物证那边，就靠你们盯着了。”董局长盯着我，说道。

　　我点点头，说：“虽然吴亢科长对我给他送了这种检材很有意见，但是我会天天盯着他尽快出结果的。”

法医秦明

VOICE OF THE DEAD

|第八案|

水缸婴儿

骄傲、嫉妒、贪婪是三个火星,它们使人心爆炸。

——

但丁

1

"这都两天了，吴老大怎么还没出结果啊？"大宝说，"我去催催他。"

"别催了。"我说，"吴老大说了一周之内给结果，他一定可以做到。复原被浸泡了两个月的照片，哪里是那么简单的事情？"

"这小事儿对吴老大不算难好不好？"大宝一脸的仰慕表情，说，"想当年，他都能把警界第一大V宁江王拍的照片给处理清晰了①，那才是最难的好不好？"

"话说，调查那边，有什么线索吗？"我转头问陈诗羽。

陈诗羽摇摇头，说："都是按照董局长之前安排的，在按部就班地调查，暂时还没有结果。不过，毕竟不是没头苍蝇似的调查嘛，既然是找共同点，我觉得总是可以找出来的。"

"反正该找的物证我都给找到了，侦查部门可不能不给力了。"林涛双手交叉抱着后脑，舒服地靠在椅子里。

"是啊，这次林科长真是不容易。在那种气味里待了好久，才找到关键物证。"程子砚看了一眼林涛，双颊泛红。

说到"气味"二字的时候，一旁的韩亮颤抖了一下。

"这也叫不容易？那我们法医岂不是天天不容易？"大宝不服气地说道。

"那是，你们还是更辛苦的。"程子砚解释道。

"韩亮，你，没事吧？今天怎么改看书了？"我注意到了韩亮的反常。他没有一如既往捣鼓自己的诺基亚，今天倒是拿着一本书，似乎在看。可是，从他怅然若失的眼神中，我知道他的阅读效率肯定是很低的。

韩亮苦笑了一下，没有搭话。

---

① 具体事件详见@法医秦明和@江宁婆婆的新浪微博。

这也很反常，韩亮什么时候变成沉默寡言、不善言辞的人了？

"看书好啊，老秦你不是说过吗？'阅读小可怡情养性，大可定国安邦'。"大宝说。

"今天十月十号了，一级勤务解除了，我是不是可以调休了？"陈诗羽说道。

"你又没有男朋友，你调休干吗？"林涛试探着问道。

"谁说一定要有男朋友才能调休？"陈诗羽莫名其妙。

"现在是案发高峰期，所以不能调休。"林涛满意地说道。

于是乎，电话铃准时地再次响起。林涛一脸尴尬。

我瞪了林涛一眼，拿起电话，说："师父，又有案子？"

"八戒，你又着急了。"电话那头传来了董局长的声音。

这么一个钢铁直男般的汉子，居然这么幼稚地开玩笑，这让我很是意外。意外之余，又有着一些尴尬，于是我说："董局长？你怎么会来电话？"

"是这样的。"董局长瞬间转换为严肃模式，说，"我们摸排到一个人，和上官金凤、汤莲花都认识，而且是41码的鞋子，又有摩托车。现在被我们列为重点嫌疑人，已经控制起来了，现在需要林科长帮忙去看一看，痕迹能不能对得上。"

挂了电话，林涛高兴地说："你看，我就说我不是乌鸦嘴吧？我能和你们一样？"

"有破案的希望，我们一起去吧？"我没搭理林涛，看着大家说道。

"好啊！出勘现场……"大宝说。

还没等大宝说完，林涛就打断了他，说："这有啥好高兴的？这次是我们痕检出勘，你们打酱油好不好？"

我笑着摇了摇头，拍了拍仍然在发呆的韩亮，说："出发了，开车的时候可不能走神啊。"

看起来，这趟差对于我们法医来说确实只是打个酱油而已。针对目前这位嫌疑人的排查，主要是侦查部门和痕迹检验部门的工作。我们跑了三百多公里到了四省交界处的森原市来打个酱油，确实有些失落。

在森原市公安局的会议室里等了近两个小时，我和大宝等到了垂头丧气的林涛。

"不是，摩托车轮胎印否定了，对他家的搜查也没找出相似花纹的鞋子。"林涛说。

"我就觉得不是他。"我说，"虽说这个人和汤莲花、上官金凤都认识，但是我看了卷宗，也就是认识而已。毕竟他生活的城市和省城有这么远的距离，间歇作案的可能性实在是不大。而且，他和另一个死者汤喆，没有任何交集。"

"好不容易摸出来一个线索，这又落空了。"陈诗羽很是失望，将手中的调查卷宗扔在了桌上。

"我觉得侦查部门不仅要调查汤莲花和上官金凤之间的交集点，也要调查汤喆和两个人分别的交集点。"我说，"看卷宗，这方面调查得比较少。"

"这个可以理解。"陈诗羽说，"毕竟汤莲花和上官金凤死亡现场的多余动作比较多、比较典型、比较有指向性，而汤喆的死亡，更像是一场意外。所以，侦查员的目光放在汤喆身上的比较少。"

"可是，按照死亡时间的推断来看，汤喆才是第一个死亡的。"我说，"有很多系列犯罪案件，都是从所谓的'意外'开始的。"

陈诗羽若有所思。

"我知道，汤喆这个人几乎不和外人联系，所以可查的社会关系非常少。"我说，"虽然不好查，但是一旦查出一个线头，就很容易往下捋了。"

"这个，回头我来试试。"陈诗羽说。

"行了，那这次算是给韩亮练技术了，一天开个来回六七百公里。"我笑着拍了拍韩亮的肩膀，说，"走吧，任务完成，打道回府。"

韩亮被我猛地一拍，惊了一下，把面前会议桌上的茶杯打翻了，赶紧起身拿餐巾纸擦拭。

"你看，韩亮这是不想走啊。这天都要黑了，夜里开车不安全。而且，晚饭不能不吃啊，不让公务接待，我私人请客。"森原市公安局的肖大队笑着说。

肖大队是法医出身，又是我们的师兄，所以和我们说起话来，也没那么客套拘谨。他留我们吃饭，那是真心留我们吃饭。

"可别。"我笑着指着林涛说，"我们是被他乌鸦嘴弄来的，再不走，不吉利。"

"我怎么就乌鸦嘴了？又不是新案件。"林涛不服气地说。

"可不是我怼你啊林科长。"肖大队笑着说，"咱们吃完饭，就要去出现场了。"

"真有新案件？"大宝眉飞色舞地说道。

肖大队点了点头，说："咱们森原的案件很少，可没想到，今天还真给你们碰上了。二十分钟前，派出所来电话，说是一起命案。我们的先头部队已经过去了，先打开通道，我们吃完饭再过去。哦，我已经和陈总说过了。"

"现在还有什么好狡辩的吗？"大宝心满意足地拍着林涛的肩膀。

林涛则是一脸震惊的表情，说："近朱者赤、近墨者黑，你懂吗？"

"在食堂扒拉两口就行了。"我说，"是什么案件？"

"说是一户人家里进小偷了，然后小偷把孩子扔在院子里的水缸里，淹死了。"肖大队变得有些沉痛，说，"孩子只有半岁。"

陈诗羽肩头微颤，说："这案子，我可不可以不去？"

我看了眼陈诗羽，知道她工作时间越长，越是害怕遇见小孩被害的案件。可是，作为一名刑警，并没有选择案件的权利。我指望韩亮能来个激将法，但看起来这几天的韩亮并不会有心情去和陈诗羽打趣，于是说："你要迈过这道坎，就从这起案件开始吧。"

现场位于森原市东边的一个小村庄里，当我们赶到现场的时候，夜幕已经降临，漆黑的天空中反射着警灯闪烁出的红蓝色光芒。

现场是村庄中心的一个不小的院落，院落里坐落着的那幢三层楼房有着出众的外立面和独特的房屋造型，在一片平房之中"鹤立鸡群"。现在，整个院落周围已经被警戒带包围了起来，警方甚至在院落的外面搭起了一个小帐篷，作为临时指挥部。

对于一个胖子来说，以站着的姿势穿戴好勘查装备，一定是很累的一件事情。有了这个临时指挥部，就要好很多了，至少我们可以坐着穿戴装备。

当然，这不是临时指挥部的主要作用，在穿戴装备的时候，我们顺便听取了派出所所长的前期调查情况。

这个院落的主人姓叶，单名一个强字，今年虽然才三十一岁，但由他创办的一个村办企业发展得红红火火，所以叶强也成为周边区域一个比较有名的农民创业家。

说到这里，大宝感慨道："我说呢，怪不得这个小楼盖得这么夸张，这不就是明摆着拉仇恨了吗？小偷流窜到这个村，首选这家啊。"

"你可别再乌鸦嘴了。"肖大队笑着说道。

刑警们都知道，流窜作案的破案难度是最高的。

其实叶强倒也没有拉仇恨，他在村里是最有钱的，盖的房子也是最豪华的，甚至讨的老婆也是本村的"村花"，可是依旧人缘非常好。正所谓"木秀于林，风必摧之"，这根没有被风摧的木头，自然是有他成功的为人处世的办法。

叶强和他的妻子单雅一直为人低调、乐于助人，有着很好的口碑。两人结婚三年，也一直是和和睦睦的，邻居反映夫妻感情很好。半年之前，单雅诞下了一个男孩，取名为叶振森，取振兴森原经济的含义。因为叶强的父母早亡，单雅的父母又去千里之外的外省帮单雅弟弟打理家庭，所以小夫妻二人并没有什么依靠。原本在叶强工厂工作的单雅，在生下孩子后，就独自在家里带孩子。叶强则早出晚归，在十公里外的工厂工作。

据叶强反映，今天下午两点多，他接到了单雅的电话，说是自己的孩子被人偷走，于是立即驾车赶回了家里。他发现家里有明显的翻动痕迹，原本在摇篮里安睡的叶振森不知所终了。

后来经过两三个小时的询问周围邻居、在自己家里寻找之后，夫妻俩发现儿子的尸体倒栽在自家院子中的水缸之中。于是，叶强在五点半左右打电话报警。

因为单雅的情绪极度悲伤，经过叶强做工作，才大概问出了基本情况。今天中午十二点，单雅在喂奶之后，将叶振森放在院子里的沙发上，边晒太阳边睡觉，而自己则在一楼卫生间里洗衣服。据单雅说，当时院门和楼主门都是关着的，但是没有上锁。大约下午一点左右，单雅到一楼卧室取其他需要清洗的衣服时，还看了孩子一眼，孩子睡得正酣。可是在两点左右，单雅洗完衣服走到院子里准备晾晒衣服的时候，发现原本在沙发上睡觉的叶振森失踪了。于是开始在家里疯狂寻找。

半岁大的孩子，还不会行走，自己爬行不可能爬得太远。但是在家里上上下下寻找，都找不到，而且，二楼卧室有明显被翻乱的现象，单雅知道事情不妙，于是给叶强打了电话。

今天中午气温适宜，阳光温暖，单雅也知道婴儿多晒太阳有利于钙质的吸收，所以这种将孩子放在院子里晒太阳的行为很正常。因为是大白天，村子里行走的人并不多，谁也想不到会有人大白天入室盗窃，而且还会侵害孩子。

根据通话记录的调取，也证实了单雅在下午两点一刻给叶强打了电话，通话时间一分钟，随后叶强就交代了工厂的事情，驾车回家了。

综上，叶强认为是在单雅洗衣服的这两个小时之内，有小偷进入了家里，在二楼卧室进行翻找，在一点钟至两点钟之间，小偷准备从正门离开，走到院子里时，孩子可能醒来哭闹，小偷为了防止事情败露，将孩子从沙发上倒拎到水缸旁边并扔进了水缸里，导致溺死。随后，小偷离开。

经过叶强的清点，二楼卧室里装有黄金首饰的床头柜抽屉被撬开，里面价值数万元的七件黄金首饰不翼而飞；另外，衣橱里一堆衣服的下面压着的两万元现金也被盗走。

案情比较清楚，我们此时也已经穿戴整齐，于是沿着市局痕检员铺设的勘查踏板走进了这个不小的院落。

一进院落，就吓了我一跳。一个年轻女性正坐在水缸旁边的小马扎上，怀里抱着一个婴儿，低着头，面目呆滞。怀里的婴儿软绵绵的，皮肤苍白，头和手无力地下垂着，双眼微睁。婴儿褐色的头发一缕一缕地粘在一起，此时已经差不多阴干了。婴儿口鼻旁边黏附着一些白色的泡沫，显然是口鼻溢出的蕈状泡沫被擦拭后遗留的痕迹。

很显然，这是一具婴儿的尸体，是叶振森的尸体，而年轻女性就是他的妈妈单雅。按照常理，死者家属是不能待在现场里抱着尸体不离开的。可是，这是一个刚刚失去唯一儿子的妈妈，又有谁能忍心苛责她呢？

在单雅的身边，有一名女民警正蹲着劝说着些什么，可是单雅依旧无动于衷。

单雅的旁边有一个水缸，是积攒雨水用的。水缸的直径大约八十厘米，有一米高，水缸内有四分之三的水量，水面上漂浮着一些落叶和一些小虫子的尸体，缸周似乎还有一些青苔，显然是存放得久了。但总体看来，水并不肮脏，还能勉强看得见缸底。

林涛走到缸边，用相机拍摄水缸的状态，并尽可能保证不将单雅拍摄入画。

踏板上方院落中央的晾衣绳上，挂着数件衣服，沿着踏板进入屋内，必须要弓着腰行走。衣服刮在脸上，能感觉到这些棉质的衣物已经完全干透了。

我沿着勘查踏板走到了一楼屋内，屋门旁边放着一个连着线的小机器，不知道是何用处，我指了指机器，看着陈诗羽。陈诗羽此时正皱着眉头，尽可能地不让自己的余光瞥见门外那伤心的母亲。见我这么一指，赶紧拿起胸前的相机拍照。

整个一楼显得非常正常，干净而整洁，完全看不出这是一起凶杀案件现场。

"地面情况不太好，估计提取足迹的可能性……"我对刚刚走进来的林涛说。

"几乎没有。"林涛看了看地面，补充道。

"那就只有指望楼上了。"我指了指楼上，心想凶手主要翻动的地点是在二楼，可能在二楼会留下更多的痕迹吧。

"你有没有闻到烧胶皮的味道？"大宝此时缩了缩鼻子。

我抬眼望去，透过屋子的窗户，看到在夜幕之中，房屋的后面似乎有火光在跳动。

"现场就交给你了，我们一会儿去殡仪馆等着，等单雅同意把尸体交给我们，我们就开始尸检。二楼我们就不去了，去了也没用。"我对林涛说完，招了招手，带着其他人穿过房屋的后门，来到了屋后。

屋后没有院子，直接面对着村村通公路。公路的对面，是一幢显然废弃了很久的平房，而火光正是从废弃平房的门口释放出来的。

我走出路边围着的警戒带，脱掉了勘查装备，走到了火堆的旁边。

火堆的旁边，是一个三十来岁的男人，正在往火堆里一件一件地扔婴儿的衣物。显然，这个男人就是孩子的父亲，叶强。

"这是我家的老房子，也算是振森的祖宅吧。他走了，肯定会来这里，所以，我把他的衣服都在这里烧给他。"叶强感觉到我们站在他的背后，也没有回头，只是一个人幽幽地说道。在夜幕下，在夜风中，他的话让我们不禁起了一身鸡皮疙瘩。

2

我们在森原市殡仪馆等到了晚上九点，才看到一辆闪着警灯的警车飞驰而来，后面跟着一辆闪着黄灯的殡仪馆运尸车。

派出所所长跳下车来，一脸愧疚地说："我们工作不力，总算是把尸体运过来了。"

我见所长愁眉苦脸，知道他现在肩上的担子很重，于是摇了摇头，说："没事，所长你先忙，这里就交给我们吧。"

"好的，好的。"所长说，"我们钱局长亲自担任专案组长了，让我们派出所在天亮之前梳理出周边所有有前科劣迹的人员，并拿到这些前科劣迹人员的生物检材信息。我们所就六个正式民警，六个辅警，也不知道通宵能不能做完。"

现在的省厅有省厅民警联系基层派出所的制度，我们省厅的民警每年要花三天时间去自己的联系点跟班作业，体验基层疾苦。所以我知道全省很多农村派出所都是一个民警管一万人的现状，整个派出所两班倒。所谓的两班倒，就是全所民警和辅警分为两组，工作时间全体在岗，休息时间保证有一组人在岗。再简单点说，就是派出所每个民警每个月有二十六个白天和十五个通宵在派出所里度过。即便是这样，一组也只有三名民警和三名辅警，有三个警情同时发生，就基本难以运转了。

能保证民警休息，最起码要六班倒，但这显然只是一种奢望。前不久，我刚刚

水缸婴儿

去我的联系点工作，派出所的教导员一脸愁苦地和我发了一上午的牢骚，但是一来警情，单警装备一上身，立即精神焕发。那一次，我和教导员是接警去救助一名走失的老人。这名患有阿尔茨海默症的老人独自行走了二十公里山路，无法回家。当他在悬崖边徘徊时，被附近村民发现并报警。我们很快找到了老人，教导员一见他就认了出来，说他已经不是第一次走丢了。于是教导员驾车二十公里，轻车熟路地把他送到了家门口，并且很负责任地等到同村的干部来了，完成了交接，才收队。

我问教导员，既然认识这个老人，为什么不联系他的家人来接？毕竟警力的资源很是有限。教导员说，老人第一次走丢的时候，他们无法从痴呆的老人处问出详细的信息，于是调查了一个多小时，才明确了老人的身份。可是，当他们联系老人的老伴的时候，老伴不予理睬；联系老人的三个子女，他们却纷纷推诿说："没时间，你们就让他自生自灭算了。"警察当然不能让老人自生自灭，只能驱车送老人回家。家人不愿管，只有找村干部交接。

一件小事就让我长吁短叹、感触颇深，殊不知这些糟心事不过是派出所工作的日常。

看着教导员疲惫却闪烁的眼神，想着他之前的牢骚，我知道，公安工作没有最苦，只有更苦。公安工作最基层的派出所民警们承受了常人所不能承受之重，他们看透世态人性，他们像海绵一样吸收世间的负能量，自己却无处排解。他们也牢骚抱怨，说自己没有成就感，没有荣誉感，说这只是一份谋生的工作，可是，当他们戴上警徽，眼神里却满满都是他们不愿意承认的热爱。

相比于他们，虽然我们法医工作似乎更脏、更苦、更不被理解，但至少我们还能享受侦案时抽丝剥茧的挑战性，以及破案后的成就感；至少我们更容易收获那一枚枚勋章。不过，无论是法医，还是派出所民警，有一点是一样的，那就是胸中对这份职业的热爱。

看着派出所所长才四十多岁就有些佝偻的背影，我叹了口气，重新抖擞精神，转身走进了解剖室。

虽然早有心理准备，但是每次看见婴儿的尸体，我还是不禁一阵心痛，这似乎成为每一名法医的通病。

婴儿穿着的纯棉内衣已经被脱了下来，放在解剖台旁边的操作台上。这一次衣着检验没有那么复杂，我也只是戴着一层手套，摸了摸衣角，感觉到衣服微湿。

解剖台上的婴儿尸体，因为运输翻动、颠簸的原因，又有蕈状泡沫从口鼻内溢出。他面色青紫，手脚泡出来的皮肤皱褶看起来倒是不太明显。

"杀小孩，真特么禽兽不如。"大宝说。

我拿起止血钳，翻看了婴儿的眼睑，有明显的瘀血，说："你说脏话了。"

"这也算脏话？要是小羽毛在，她肯定骂得更狠。"大宝愤愤地说，"她倒是为了躲避尸检，跑去调查组了，我们还不得不进行尸检。话说，这案子杀人动作简单，尸检怕是也没什么好的线索信息吧？"

"人家是侦查员，天天把她绑在解剖室就是不对。"我说，"有没有信息，还得检验完再说。这种事情，哪里说得准。"

紧接着，我仔细检查了婴儿的口鼻腔黏膜和颈部皮肤。毕竟只是个六个月大的婴儿，黏膜和皮肤非常细嫩，不过，在细嫩的黏膜和皮肤之上，看不到任何损伤痕迹。

"全身找不到任何损伤痕迹。"大宝皱着眉头，机械地说道。

我不放心地又看了看婴儿的四肢关节，确实没有任何损伤。毕竟婴儿苍白的皮肤通透性很强，哪怕是一点点皮下出血痕迹，也很容易发现。

既然尸表找不到任何损伤，我们很快就进入了解剖环节。我拿起手术刀，说："准备开始解剖。"

大宝摆摆手，说："等会儿，等会儿。"

他深吸了一口气，稳住自己颤抖的手，拿起止血钳，屏住气，点了点头。

我用手术刀划开婴儿胸部的皮肤，又很容易地用手术刀切开了他的肋骨，露出粉红色的肺脏，说："水性肺气肿，可见肋骨压痕。"

"显然是溺死。"大宝在一旁说道，"你看，器官有明显的瘀血，心腔两侧颜色不一致。"

我点了点头，认可大宝的判断。

大宝的工作也开始了，他按部就班地找出了婴儿的胃，打开，说："胃内有大量的溺液，很浑浊。这应该和现场水缸里的水质比较吻合吧？"

我凑过去观察胃内容物。

"倒也不一定。"我说，"如果是清水，和原本胃内的奶液混合，不也应该是这种浑浊的状态吗？你把胃内容物清理一下，看看有没有落叶、小虫子什么的。"

大宝点点头，将胃内容物盛出来，放在纱布上，用清水慢慢清洗。很快，纱布上就什么都没有了。

"这，什么杂质都没有。"大宝说，"不过应该是可以解释的。你想想，根据当事人的描述，孩子是被倒栽葱似的扔进水里的，所以他的口鼻是朝下的。而水缸里的杂质，大多数是浮在水面上的，所以孩子吸进肺里和咽进胃里的都是下层的水，都是清水。"

"虽然大多数可见杂质浮在水面上，但根据沉淀的原理，也一定会有很多杂质沉在水下啊。"我看着大宝说道。

大宝挠挠头，说："那，也不一定吧？这有什么好纠结的？案情就是那样，还能玩出什么花来？"

我不置可否，想了想，转头问身后的森原市公安局的唐俊亮法医："你们这里有蒸馏水吗？"

"做硅藻检验是吗？"唐法医意识到了我的意图，说，"我们这里一般都是用自来水直接清洗器械的。"

"不，用蒸馏水才是规范的。"我说。

唐法医点点头，说："有，上次我们刚从医院拿来两桶。"

硅藻检验就是法医提取死者的肺脏、肾脏和肝脏，检验水中的硅藻微生物是否进入了死者的体内，从而为死者是否溺死的判断提供一项参考指标。硅藻检验常应用在尸体高度腐败，无法明确是否溺死的案件中。但毕竟只是微生物，所以在法医提取相关脏器检材的时候，很容易对检材造成污染。所以，硅藻检验一直不能成为判断溺死与否的确凿证据，只能在法医检验的基础上，给予一些参考补充。当然，此时我想的，并不是看检材里有没有硅藻，而是想看看硅藻的形态如何。

因为硅藻不仅在水中存在，也会在空气中存在，自来水中更是会有硅藻，只不过，空气中、自来水中、积水中的硅藻形态都是不一样的，所以为了不污染死者内脏，造成检验结论偏差，硅藻检验的规范是用蒸馏水清洗器械、取材后，再次清洗器械，再取其他脏器检材，保证不会有外界硅藻的污染的同时，也保证死者机体内各脏器之间不会有污染。在这个案子中，保护好硅藻的形态原始性尤为重要。

"这个小孩溺死征象非常明显，还有做硅藻的必要吗？"唐法医拎着两桶蒸馏水，问道。

"小孩子死亡的案件，影响大，所以我们要把事情做扎实。"大宝解释道。

"倒不全是这个原因。"我沉吟着，用蒸馏水清洗了器械，然后开始取材，"大宝，把十二指肠剪开，看看里面可有奶汁。"

大宝点了点头，在我的身边忙碌着，不一会儿，他说："没有，一点也没有。"

"没有？"我停下手中的工作，看了看大宝双手捧着的已经剪开的十二指肠，确实，粉红色的肠内壁上并没有黏附任何东西。

我皱着眉头一边思考着，一边把剩下的取材工作做完，然后和大宝一起格外用心地对叶振森的尸体进行了缝合。

尸体检验完成后，我们一起来到了森原市公安局主楼的楼顶。

之所以上楼顶，和接下来要进行的硅藻检验有关。

现在的硅藻检验其实已经有更加先进的办法——微波消解加滤膜富集法。这种方法就是将组织块进行微波消解，然后利用真空吸滤的办法，让已经液化的组织透过一层薄膜进行过滤。因为硅藻的大小大于滤膜的空洞，就会黏附在滤膜上。这时候用电镜观察滤膜，就可以发现硅藻了，原理和打鱼差不多。不过，这种方法是需要仪器支持的。森原市这个县级市，并不具备这样的仪器，于是我们只能使用更原始的办法——强酸消解加离心富集法。这种原始的办法，只需要有强酸、离心机和光学显微镜就可以完成了，但是检出率要比滤膜富集法低很多，而且污染会很严重。

当我们将强酸倒进盛有组织块的烧杯中时，现场顿时浓烟滚滚。唐法医赞叹我真是有先见之明，如果在楼下进行消解，估计明天局长就要来找麻烦了。

留下唐法医在实验室里继续进行离心、涂片、观察等后续工作，我和大宝来到了市局三楼的专案指挥室。

"所以，这绝对不是一起盗窃案件。"林涛指着显示屏说道，"你们看，一楼没有任何翻动，二楼的翻动也很局限，而且指向性明确。这一定不是流窜盗窃作案，而是熟人有针对性地作案。"

我和大宝默默地坐在了会议桌的旁边，看着显示屏上的照片。确实，二楼的翻动也不严重，只有装着黄金首饰的抽屉被拉开翻乱，然后就是衣橱里的衣服被直接搬到了床上。按照叶强的供述，这两个地方恰恰藏了现金和贵重物品。

那么，凶手是很有目的性地去翻找吗？

"监守自盗？"一名侦查员嘀咕道。

"监守自盗，为什么要杀死自己的孩子？"肖大队摇了摇头，扬了扬手中的DNA报告，说，"DNA确定了叶振森就是叶强和单雅亲生的孩子。"

"而且是男孩子。如果是女孩子，还得怀疑他们重男轻女。"另一名侦查员说。

"幸亏小羽毛不在，不然即便是侦查员的猜测也能惹得她发飙。"大宝低声和我说道。

　　"如果是凶手踩点，也顶多知道户内人员在不在家的规律，不可能知道财物藏在哪里。"肖大队说，"而且，流窜盗窃作案，很少会选择在大白天作案。没必要徒增风险嘛。对了，你们法医那边有什么结果？"

　　我见肖大队问我，便回答道："溺死，没有损伤。"

　　肖大队皱着眉头，在消化我这六个字。我接着说："我也支持林涛的判断。我们一开始认为是小偷惊醒了孩子，怕孩子喊叫，而将他扔进了水缸里。但是，通过我们的检验，死者的口鼻和颈部没有任何损伤。小孩子皮肤嫩，一旦受力，很容易留下损伤，尤其是口唇黏膜。我们设想一下，小偷惊醒了孩子，第一反应应该是捂压口鼻防止他哭喊。哪里见过小偷一见孩子醒来首先拎起来扔水缸里的做法？"

　　"这样看起来，叶聪生的嫌疑就更大了。"肖大队自言自语道。

　　"叶聪生是谁？"我问道。

　　"我们对叶强进行调查的时候，浮出来一个嫌疑人。"肖大队说，"据叶强反映，他开车往家赶的时候，在县道上看见叶聪生一个人低头在走，表情很古怪，所以有点怀疑。因为这个叶聪生是一个刑满释放人员，所以引起了叶强的注意。经过后续的调查，我们发现这个叶聪生是单雅的前男友，在四年前，因为故意伤害致人重伤，被判处有期徒刑七年。因在狱中表现良好，被提前释放。距离今天案发，他也就刚刚被释放了不足一个月。"

　　在我的脑海中，立即浮现出我们曾经办过的一个案子。一个姓石的男人，在老婆怀孕的时候在外面有了一段婚外情。在自己的爱子降生后，这段婚外情的女主角居然纠集了几个人来把男人的老婆、孩子都给杀了。[①]

　　确实，杀害婴儿的案件，多半都是因为父母的罪孽。

　　"叶聪生坐了四年牢，而叶强和单雅结婚三年。看起来，这两者是不是应该有一些什么关系呢？是不是有可能是叶聪生为了报复叶强和单雅，潜入他们家杀害了叶振森，然后去二楼顺手牵羊呢？据我们了解，叶聪生刑满释放后，仍没有找到工作。如果他释放后来过叶家，是不是就有可能知道他们家财物的存放位置呢？"

　　"他来过吗？"我问。

　　"单雅目前的状态，不适合询问。据叶强说，他是有可能在叶强不在家的时

---

① 见《法医秦明：天谴者》"死亡快递"一案。

候，来过他家和单雅发生过纠纷。只是，他不能确定。"侦查员说。

"还有，今天上午八点多，村支书去各家各户抄水表，在单雅家附近看到了叶聪生在闲逛。"另一名侦查员说。

很多农村地区，仍是沿用每个月抄水表计水费的习惯。

"没了吗？"我看向林涛，说，"有没有可靠的证据？"

林涛舔了舔嘴唇，说："我们在现场的一个小马扎上，发现了一枚残缺指纹。就是我们进去的时候单雅坐着的那个小马扎。可能是因为破坏，所以指纹不太清晰。目前程子砚正在处理，处理完成后，我再对比一下。"

"你们取了叶聪生的指纹作对比？"我问。

"小羽毛带着几名侦查员正在叶聪生家周围蹲守，没敢惊动他。"肖大队说，"但叶聪生是刑满释放人员，他的指纹信息在库里有。"

说话间，程子砚走进了会议室，拿着两张照片递给林涛说："林科长，应该是的。"

林涛低头看着两张照片，少顷，说："指纹认定同一。"

肖大队一拍桌子，说："抓人！"

3

抓捕和审讯，和我们无关，于是我们几个收拾收拾回到了宾馆。

"明天早晨起床，就破案喽，然后就可以打道回府喽。"大宝伸了伸懒腰。

我没有回话，脑子里乱乱的。回到房间后，倒头就睡。

一觉醒来，天已大亮，我牵挂着陈诗羽和韩亮，于是早早地就和大家一起赶到了专案会议室。

一进会议室，林涛最先叫了起来："呀！你怎么了这是？"

这时候我才发现，陈诗羽的左臂上绑着绷带，斜吊在胸前，显然是受伤了。

"一惊一乍的干吗？吓我一跳。"陈诗羽白了林涛一眼。

"你这怎么受伤了？"林涛走过去捅了捅陈诗羽的绷带，问，"断了吗？"

"你才断了呢。"陈诗羽一脸疲惫，说，"小伤。"

听她这样说，我才放下心来。

陈诗羽身边的韩亮刚才正趴在桌子上睡觉，这时抬起头来，无精打采地说：

"真不愧是女侠，大胳膊快给扎对穿了，也叫小伤。"

"夸张。"陈诗羽说。

我又重新担心起来，但是看到两天没怎么说话的韩亮情绪似乎好一些了，又有一些欣慰，于是问道："去医院了吗？"

"在乡下的卫生院做了清创缝合。"韩亮说。

陈诗羽看了眼韩亮没说话。

"怎么回事？"我问。

"追那个叶聪生。"韩亮说，"当时他从后门跑，小羽毛就跟着后面追。结果在翻越一个铁栅栏的时候，她胳膊被铁栅栏的尖端给扎了，流了不少血。"

"你一个大男人，怎么保护她的？"林涛愤愤地看着韩亮。

"我还能保护得了她？"

"我还需要他保护？"

韩亮和陈诗羽几乎是同一时间回应道。

陈诗羽随即有些尴尬地岔开话题："不过就是天黑看不见，脚底滑了一下。意外而已。"

"人抓到了吗？"我接着问。

"当然。"陈诗羽说。

"真的是他干的？"我有些半信半疑。

"到现在审讯还没结束，他一直不承认。"肖大队在旁边说道。

"不是他干的，跑什么跑？"林涛依旧愤愤不平。

"他说是在号子里蹲久了，看到警察下意识就跑了。"肖大队说，"而且，他说他出狱后，确实到过单雅家里，就坐在那个小马扎上，和单雅谈了话，算是了断了这段感情。这样看来，他的指纹留在现场成了合理情况，所有的证据似乎就失效了。"

"狡辩！"林涛说。

"不，没有证据，咱们就不能做什么。"我摇了摇头，沉思。

"他妨碍公务，还因为逃跑的行为导致了我们民警受伤，现在已经办好了拘留的手续。"肖大队说，"所以不急，我们有的是时间来审查他。"

"准确说，我们不仅仅是没有证据。"我说，"而且这案子现在是疑点重重。"

"怎么说？"肖大队有些担忧地看着我。

"我觉得不是他干的。"我说。

"你还是觉得是流窜作案？"林涛问我，"可是现场真的找不出其他的线索、痕迹和证据了。"

我摇摇头，打通了唐法医的电话，说："抱歉打扰，你昨晚很晚才睡觉吧？硅藻处理得怎么样了？"

唐法医说："刚刚处理好，我马上把显微镜照片送到专案组。"

我挂断了电话，说："其实我昨晚想了一晚上，还是没能完全将清楚，但是得出的结论，就是疑点重重。首先，咱们先来看看死亡时间、发现时间和出警时间的问题。"

"时间，有什么问题吗？"坐在我对面的肖大队翻开了笔记本，问道。

"我们尸检的时候，发现死者的十二指肠内没有奶。"我说，"胃里浑浊，看不清有没有奶。"

肖大队点了点头。他是法医，自然能意识到我提出的问题。根据单雅的供述，自己在中午十二点喂完奶后，一点钟见叶振森还是正常在睡觉，直到快两点，才发现事发。这样的话，死者的死亡时间，应该是末次进餐后一至两小时，这时候胃内容物肯定进入十二指肠了。既然没有进入十二指肠，则要考虑在餐后更短时间内就死亡了。

"奶液是液体，不是固体食物，进入胃后，幽门闭锁的时间会很短。"我说，"即便死者当时是在睡觉，但在半小时之内，他应该就死了。"

"这个好解释。"肖大队说，"毕竟单雅目前的精神状态比较恍惚，记错时间也很正常。"

"当然不仅仅如此。"我说，"根据单雅的描述，她是中午洗衣服，然后晒衣服的时候，发现孩子找不到了，一直找到了下午五点左右，才找到了孩子的尸体。我们七点钟抵达了现场，九点钟开始尸检。而我在现场勘查的时候，发现现场晾晒的衣服已经干透了；在尸检的时候，发现孩子身上的衣服也基本都快干了。"

"你是说，这几个小时不可能干透？"肖大队问道。

我点点头，说："今天空气湿度挺大，纯棉衣服晾晒七个小时完全干透的可能性不大。晾晒四个小时后尸体上的衣服基本干透了，这就更不可能了。"

"这个咱们没有做过实验，仅仅是依靠生活经验，不准确吧？而且你在家又不洗衣服。"大宝拆台道。

"如果说我的生活经验不靠谱，我的验尸经验应该靠谱吧。"我说，"如果尸体从下午两点到下午五点一直在水里泡着，他的手脚指端皮肤应该出现明显皱褶了。可是，我们尸检的时候发现，基本是没有皱褶现象出现的。这说明，尸体并没有在水里泡那么久的时间。"

"可是，这又是为什么呢？单雅没道理编假话吧？"肖大队说，"会不会是婴儿的皮肤弹性好导致的？"

"如果你们觉得时间问题不牢靠，我就再问一个问题。"我说，"按照单雅的描述，她在院子正中晒衣服的时候，发现院子旁边的沙发上的孩子丢了，那么在这种情况下，她还有心思把衣服晾完，再去找孩子？孩子毕竟只有六个月大。"

林涛沉思着，说："确实，家里没有洗好未晒的衣服。"

大家都在纷纷思考着，林涛打开现场勘查时的照片，慢慢地看着，说："这是什么？"

图片里，是一台小小的机器，就是我进门的时候看见的。

"电动充气泵，估计是给小孩做气球玩，或者是给那种塑料玩具打气用的，也可以给车轮胎打气。"肖大队说，"这种东西在我们这儿很常见。"

林涛点了点头，说："听老秦这么一说，我也觉得是疑点重重了。你想想，如果是叶聪生杀人，他的指纹为什么会留在小马扎上呢？杀人又用不到小马扎。而且，既然作案没有戴手套，为什么在二楼家具上没有找到他的指纹呢？"

"所以说，这个指纹的证明效力在继续下降。"我说。

"怎么听来听去，感觉你们是在怀疑单雅？"陈诗羽此时插话道。

"怀疑很正常吧。"林涛说，"杀婴儿的案件，要么就是和孩子父母有仇，要么就是自己父母杀害孩子。这是咱们公安部法医专家总结出来的'被害人学'理论。而且，老秦的推断有道理的话，那就证明单雅确实有可能在说谎。"

陈诗羽摇摇头，说："反正我是绝对不会相信一个新生儿的母亲会残忍到杀害自己的儿子，而且经过调查，没有发现任何可能导致单雅杀人的动机。她没有产后抑郁症，也没有精神类疾病，生下孩子的这半年，对孩子疼爱有加、无微不至。对于这个孩子，叶强也从来没有怀疑过不是他的孩子，夫妻对这孩子都视为掌上明珠。至少通过外围调查，他们绝对没有杀死自己孩子的动机。"

"没有杀死自己孩子的动机，不代表没有说谎的动机。"我说，"别着急，等等唐法医。"

大家显然没听懂我的话，也不知道要等唐法医做什么，于是只能一脸疑惑地沉默着。

过了一会儿，唐法医拿着一个U盘走进了会议室。他用投影仪播放着U盘里的几张照片。第一张照片，圆形的显微镜视野里，密密麻麻地堆积了各种形状的半透明物体。我知道，这就是硅藻了。

"因为死者的胃内以及气管内并没有发现水缸内的植物和昆虫杂质，所以我觉得有必要分析一下死者体内的硅藻情况。"我解释道。

"这是用现场水缸内提取的水样进行的硅藻分析。"唐法医说，"硅藻数量非常多，主要是以羽纹硅藻纲的长形和舟形硅藻类为主。"

紧接着，唐法医切换了一张照片，说："这是死者肺脏、肾脏和肝脏经过消解、离心后提取出来的硅藻，数目非常非常少。"

"非常少？是不是因为你们使用旧方法，导致检出率低啊？"大宝问道。

唐法医摇摇头，说："如果是检出率的问题，那么在水缸内的水里提取的硅藻也会少。方法是一样的，所以对比是有效的。"

"而且不仅仅是少。"我说，"死者体内的硅藻类型是中心硅藻纲的圆形硅藻类为主。"

"所以，你们的意思是，死者并不是在现场水缸内溺死的？"肖大队瞪大了眼睛，说，"会不会是在别的地方溺死，然后又转移到现场水缸内的？"

"如果是这样，又有谁能做得到呢？"我反问道。

肖大队顿时语塞。

"后来，我查了资料。"唐法医接着说，"我们这边地域的自来水里，就是中心硅藻纲的圆形硅藻类为主。"

"硅藻这么少，确实有可能是自来水里的。"大宝说，"而且，我们是用蒸馏水清洗器械的，不可能是污染。"

"是啊，我也是害怕污染，所以又把死者的胃内容物送去进行了毒化分析。"唐法医说，"也确实检出了氯的成分。"

我们都知道，自来水中确实含有氯的成分。半岁大的孩子，当然不会直接饮用自来水，所以死者是在自来水中溺死的可能性再次被增强。

"怎么会在自来水中溺亡呢？"肖大队问道。

"这个，我还没有想明白。"我挠了挠头，说，"但至少证明了叶强和单雅在说谎。"

"你说，会不会是单雅和叶聪生之间发生的事情，因为某种原因导致了孩子的溺亡？"大宝说，"然后单雅做了假现场来包庇叶聪生？"

"不会的！杀了自己的孩子还包庇他？怎么会有这种母亲？"陈诗羽愤愤地说道。

"确实，我觉得可能性不大。"我说，"孩子身上没有任何损伤，哪怕是有一点争夺孩子的动作，都应该会在尸体上留下痕迹。而且，现场并没有可以用自来水溺死孩子的场所啊。"

"听你们这么一说，看来这个案子还真是有蹊跷了。"肖大队说，"那下一步怎么办？"

"还是去现场看看吧。"我说，"只有在现场才能找得出线索。"

现场已经封存，叶强和单雅被派出所安排去叶强的工厂宿舍居住。警戒带围着的现场房屋，显得很孤寂。

我绕着警戒带在现场外围观察，看到了现场房屋后门相对的老宅子门口的那一堆灰烬，不禁想到了当天晚上叶强在此焚烧死者衣服时候说的话，心中一寒。不过，很快我又转念想到了当时的情景。

当时，大宝说："你有没有闻到烧胶皮的味道？"

可是叶强焚烧的是死者的衣服，怎么会有胶皮的味道？我想着，不由自主地来到了灰烬的旁边，用一根树枝拨弄着灰烬。

这是一堆不小的灰烬，里面果真有类似于塑料、橡胶燃烧后留下的黏稠物体。而且，这种燃烧后变成的黏稠物体体积还不小。看起来，像是燃烧了很多塑料。

小孩的玩具，或者衣服上的塑料制品确实可以有，但是有这么多，似乎就有一些不太正常了。

可惜，这些物体燃烧得比较彻底，根本看不出形状。我仍然没有放弃，继续用树枝拨弄着灰烬。苍天不负有心人，很快，我从灰烬里找出了一块树叶大小的碎片。碎片周围已被烧焦，但是碎片的质地、形态和花纹依旧保存了下来。

我戴上手套，捡起这一块碎片，对着上午的阳光看着它。这是一小片类似于软质PVC材质的碎片，厚度大约有一毫米，上面似乎还有蓝色的碎花花纹。捏起来软软的，弹性十足。

"你看，这像什么？"我捏着碎片，问大宝。

"反正衣服上不会有这个的。"大宝说，"我怎么看着，像是游泳圈呢？"

"游泳圈？"我转头看了眼大宝，两眼发亮。

游泳圈具备了"水"和"塑料胶皮"的关键要素，所以大宝的这个第一直观感觉给了我极大的启发。虽然游泳圈的质地不会这么柔软，也不会用这么厚的材质，但我依旧有一种醍醐灌顶的感觉。

"你还记得不，我们在现场看到的那个小机器？就是肖大队说是充气泵的那个？"我问道。

大宝点了点头。

"叶强平时是开车的，又没有电动车自行车，更没有找到所谓的小孩玩的气球。"我说，"那这个充气泵是用来做什么的？"

大宝转了转眼珠，说："难不成，你是怀疑这个充气泵是用来充游泳圈的？你别逗了，你见过这么小的小孩用游泳圈的吗？而且，即便是游泳圈，又能说明什么啊？他家又不是那个谁谁开的温泉酒店，家里又没有游泳池。"

"这个，怎么证明呢？"我的脑子里似乎已经有了推理的雏形，但是仍需要一个证实的依据。

于是，我和大宝一起重新走进了现场，在院落里，我细细地观察着地面，但是仍旧找不出什么线索。无意中，我看见了那个所谓"事发"的水缸。

我走到水缸旁边，看了看，眼睛的余光却看见了水缸旁边隐藏在院墙之下的水表。

我蹲了下来，打开了水表的盖子，看着里面的刻度，说："大宝，让外面的侦查员把村支书请来，我有事情要问他。"

4

"这个不会错的，他家的水表是888.8方，因为数字好嘛，所以我印象深刻。"村支书说。

"如果真的不会错，那问题就来了。"我指着面前的水表，说，"现在是多少，书记您来看看。"

村支书凑过头来，看了一眼，肯定地说："889.7方。"

"让您看，是保证读表标准的统一性。"我说，"我还记得，您说昨天上午八点钟抄水表的时候看到了叶聪生对吧？"

村支书点了点头。

我接着说："昨天上午八点抄水表，昨天中午就出事了，然后下午都在找人，下午五点半就封存现场了。那么，在这么几个小时的时间内，是怎么用了快一方水的？"

"对啊！用一方水洗七件衣服？"大宝指着院落中央晾晒着的衣服，说道。

"虽然我没有太多的生活经验，但是每个月的水费是我缴的。我知道，我一个三口之家，一个月最多最多只用十来方水。几个小时用一方水，这不太可能吧？"我说道。

"继续。"肖大队也有些两眼放光。

"之前我就一直在想，单雅没有任何动机杀害孩子，但是为什么会说谎。"我说，"有一种可能性是存在的。那就是，孩子是因父母的失职而意外死亡的，所以，孩子并不是被谋杀，单雅才会说谎。"

"那，叶强知道事情的真相吗？"肖大队问我。

我指了指屋子后面，说："灰烬是叶强烧的，名虽在焚烧衣物，其实是在毁证，你说他能不知道吗？"

"既然叶强知道，那单雅就没有说谎避责的理由了呀。"林涛说，"意外死亡，处理起来就很方便了。为什么非要编一个命案出来，给公安添麻烦，给自己添麻烦，给邻居添麻烦？"

"自己的孩子意外死亡，居然还有心思利用孩子的死亡去设计陷害情敌。"我冷笑道，"这样的男人心胸狭隘，果真是衣冠禽兽啊。"

陈诗羽皱了皱眉头。

"这，你们公安有依据吗？他可是我们村经济的支柱，可不能乱说的。"村支书插嘴道。

我斜眼看了看村支书，说道："如果我没有猜错的话，你们这个小村子里没有卖婴儿家用游泳池的吧？那么，这个游泳池一定就是在网上买的。"

"确定了，从单雅的某宝账号里，已经找到了相关的购物记录。"程子砚走到我的身后，给我看了看手机上的截图。

"婴儿家用游泳池，超厚PVC材料，蓝色碎花花纹，长105厘米，宽75厘米，高90厘米。送婴儿颈圈和充气泵，特价208元。"我看着截图说道，"大宝，你算一下多少体积。"

大宝翻着眼珠，掰着手指，念念有词。

韩亮说："0.70875立方米。"

"正好。"我笑了笑，说，"单雅家里并没有这个游泳池，而房后的灰烬里有一模一样的碎片。这个父亲真是有心啊，人死了，第一时间就把衣服和游泳池一起烧给他了。"

"明白了明白了。"大宝说。

我点点头，说："我来复述一下吧。这几件衣服，并不是单雅中午洗的，而是早晨或者更早的时间洗的。中午喂完奶后，单雅就给游泳池放水，让婴儿戴着颈圈在池子里游泳。只是在这期间，她没有尽到一个母亲的责任，可能是在玩手机又或者在做别的事情。可惜，她买的东西质量不过关，颈圈过大过松而脱落，导致孩子沉入水底，而单雅却不知道。就这样，孩子溺死了。单雅发现的时候，应该是下午两点之前，这有通话记录证实。单雅给叶强打了电话，叶强随即赶回。在这个时候，叶强的选择，居然是栽赃。叶强花了几个小时的时间，伪造了一个小偷侵入的现场，准备好了相关的证词，烧掉了可能让警方发现真相的物证。他的这个行为有什么意义呢？毕竟这只是意外，单雅并不可能因此而被追究刑事责任，也没有其他的家人会追究单雅的责任。直到我想到，叶强给警方提供了叶聪生的信息，提供了叶聪生和单雅几年前的关系，我才猜到了叶强的用意。"

我顿了顿，接着说："叶聪生是刑满释放人员，又在前几天来过他们家，可能留下痕迹。如果再加上叶强和其他人的证词，证明叶聪生案发时间段在现场附近出现，那么警方一定会怀疑到叶聪生。如果再在现场提取到叶聪生的什么痕迹，那会让警方坚信不疑是叶聪生作案。即便最后的证据不足，也能让叶聪生受一点苦头。这一招，够毒的。不过，叶强还是低估了警方啊。"

"这样就说明白了。"大宝说，"孩子皮肤的皱褶程度不高，是因为浸泡的时间本就不长。孩子的死亡时间和单雅描述的不一致，是因为他吃完奶很快就溺死了。孩子游泳的时候，是不穿衣服的，后来死亡后再穿上内衣，所以孩子身上的水浸透衣服，造成了微干的情况。最重要的就是这种推测，解释了孩子体内硅藻的问题，以及孩子身上没有任何损伤的问题。"

"你刚才说，叶强的证词再加上其他人的证词，是什么意思？"林涛问道。

我冷笑着看着村支书，说："叶强是村里的经济支柱，和书记的关系应该不一般吧。我现在很怀疑，书记您说您查水表的时候看到了叶聪生，是事实呢，还是叶强事先和您打的招呼。"

"没，没有。"村支书见我话锋一转开始问他，顿时结巴了，"我，我也不确定看到的是不是叶聪生。"

我没有继续逼问，因为这不是我的工作。我相信通过我的推断，已经击溃了村支书的心理防线，他一定会把事实交代出来，如果真的是叶强和他串通伪证的话。

"单雅显然是不太想配合叶强的陷害的，所以她选择了沉默。"我说，"她的沉默让我们不忍心再去询问，但是一旦询问，我相信她一定会如实招供的。"

下午的时候，侦查部门查实的证据就已经基本牢靠了，案件的真相和我推测的一模一样。我们一行人终于离开森原，赶回龙番。我一心牵挂着吴老大那边的检验结果，感觉有些心不在焉。

"男人吃起醋来，也怪吓人的。"程子砚说，"叶强的心胸太狭窄了，利用死去的孩子做文章，实在是令人不齿。"

"极端占有欲是不是因为内心觉得自己配不上对方？就好像前阵子有个热门的情感话题——'男朋友老是怀疑我出轨，我该不该跟他分手？'的讨论一样。"林涛说，"你们要不要各自发表一下意见？"

林涛的提议，并没有得到大家的响应。韩亮开着车，沉默着，我再次通过后视镜发现，他的眼神里出现了说不清道不明的情绪。这是我认识韩亮这么多年，第二次发现他的这种奇怪眼神。第一次，是在不久前。

而陈诗羽也没有拿出招牌评论"渣男"来对案件进行总结。她的眼神里已经少了前几天的那种迷茫，最近也没再提到不喜欢自己的工作的事。她挪动了一下她受伤的胳膊，漫不经心地看向窗外，身影中多了一些坚定的感觉。

突然冷场使得气氛似乎显得有些尴尬，我只能开口转移话题。我对陈诗羽说："你没事吧？回去得到省立医院去复查一下，看看清创得彻底不彻底，感染了可不得了。"

我说话的同时，注意到陈诗羽包扎的绷带外侧，居然包出了一个蝴蝶结的模样，心想这丫头还真是外表犀利，内心少女啊。

"你之前说，单雅的大意行为是够不上刑事处罚的？"林涛担心地看了一眼陈诗羽，又转过头来问我。

我点点头，说："我们经常在网络上看到父母大意将孩子丢在车上，导致意外死亡，这些都不会追究过失致人死亡的刑事责任。我的一位老师，是著名的律师，他曾经说过，法不外乎人情，判断行为是不是构成犯罪，应该先用我们的正常的是非观来进行衡量。他认为，所谓的法不容情，用现代法治理念来看是错误的。当然，单雅会不会被追究刑责，这个不是我们操心的事情。不过，叶强的行为，则涉嫌诬告陷害了。"

"作为父母，实在是需要太强的责任心了。"林涛说，"连对自己的孩子都没责任心，还奢望这些人对社会有什么责任心吗？"

"那些吃自己孩子的人血馒头的人，真不知道心里是怎么想的。"韩亮虽然一夜没睡，但情绪似乎比前两天要好一些了，说道。

"我说这个叶聪生也真是够奇葩的，没干什么亏心事，看到警察跑什么跑？害得小羽毛还受伤了。"林涛皱着眉头说道。

"一点小伤，总拿来说什么。"陈诗羽说。

"他究竟有没有干亏心事，当地警方还是需要审查的。"我说道。

说着话，这三百多公里的路程也显得不那么长了。到了厅里，我见大家都十分疲惫，于是说道："大家都回去休息吧，我去吴老大那里看看有没有结果。"

"好咧。"大宝和林涛异口同声道。

"我也要去办公室把信访报告整理一下。"陈诗羽说。

"那我也要去办公室……"林涛连忙改口。

"你回家。"陈诗羽说道。

"哦。"林涛悻悻地下车离开。

我直接去了吴老大的实验室，见他依旧在实验室里忙碌着，想了想，觉得还是不要打扰他，于是重新回到了办公室。

陈诗羽果然在办公室里，但并不是在写什么信访报告。我一进门，她就站了起来。看起来，她是有什么话要在私下里和我说。怪不得她要把林涛给逼回家，我这样想着，坐在她的对面，说："怎么了？有啥事情吗？"

陈诗羽低头一笑，欲言又止。

"你这个，"我指了指陈诗羽的胳膊，说，"说不好以后会留疤。"

"留就留，没什么关系。"陈诗羽看了看自己上臂中段说道。

"还是得去大医院看一看，防止感染，确保安全。"我说，"不过，这个包扎倒是很用心，说明这卫生院也不错。"

"什么呀。"陈诗羽双颊一红，说，"这个是韩亮包的，他说卫生院包得太不专业。"

我看着陈诗羽胳膊上的绷带蝴蝶结，哑然失笑。

"韩亮说他妈是医生，所以他从小就会包扎。"陈诗羽见我笑得不善，连忙解释道，"我当时也懒得和他推辞，反正谁包不一样呢？"

"他妈？你是说，他亲生母亲？"我问道。

陈诗羽点了点头。

这个倒是稀奇了，对于他的家事，韩亮从来都是只字不提的，即便是说到了这个话题上，他也一定是想尽办法岔开话题。还有就是韩亮的那部诺基亚手机，自从被我们发现之后，他摆弄这台手机也不避讳我们，但是从没提到过这台手机对他的意义。可是没想到，韩亮居然和陈诗羽主动提到了他的母亲。

倒不是出于八卦，而是对韩亮的担心，我于是问道："他和你说过他母亲的往事吗？"

"我似乎应该信守承诺，不把这事儿说出来的。"陈诗羽低头想了想，说，"不过，在我看来，那不过是韩亮心中的一个坎罢了，也没什么大不了的。"

我靠在椅子上，端起了茶杯，心想这时候要是有个瓜就好了。

陈诗羽说道："其实也不是他主动和我说的哈，是在包扎的时候，说到他这两天情绪不好，以及他不能闻化粪池的味道的时候，他就自己说起来了。也可能是看到叶强的奋斗经历诱发了他的思绪吧。

"韩亮他妈家境很好，之前在龙番的大医院上班，但是爱上了在农村开办工厂的他爸，于是不顾家里反对，放弃自己的工作到了农村，嫁给他爸，在镇卫生院上班——哎呀，这些絮絮叨叨的爱情故事没多大意思，我就简单概括一下吧——总之就是他妈以前有个城里的对象，他爸心里一直耿耿于怀。后来，他妈在韩亮生日这一天，去城里给他买了个最新款的诺基亚手机，准备当作生日礼物送给韩亮。结果韩亮他爸不仅忘记了儿子的生日，还误认为这是他妈前男友给他妈的礼物，于是发生了争吵。韩亮他妈不堪其辱，跑出门了，也正在这个时候，韩亮正好放学回家。回到家里，韩亮看见了手机和他妈给他写的贺卡，才说清楚事情的真相。然后韩亮就跑出去追他妈，结果看到他妈的时候，发现他妈因为横穿马路，被一辆大货车给撞了，当场死亡。从此以后韩亮就一直无法原谅他爸，虽然他爸和他后妈对他是真的很好，他自己心里也清楚，但就是一直无法接受他们对他的好。"

"这是多久之前的事情了？"我问道。

"韩亮说，是他十三岁生日的那年。"陈诗羽说，"那就是十七年前的事情了。"

"自己的生日是母亲的忌日，怪不得韩亮从来不过生日。这也就是为什么韩亮在过往的旋涡里一直走不出来的原因。"我蹙着眉头说道，"可是，这和他害怕化粪池的气味有什么关系呢？"

"哦，是这样的。"陈诗羽说，"韩亮说他记忆有些模糊了，当时放学回家，好像有个同班女同学站在他家门口偷听。本来父母争吵就已经很让人心烦了，还遇到来围观看热闹的，韩亮心里就很反感。当他走到门口的时候，发现这个女同学全身都散发着无法描述的臭味，于是就感觉更加不舒服了。后来韩亮回家和父亲争吵后，追出去，发现母亲当场死亡——他说他当时鼻孔里全是那种化粪池的味道，这种味道和母亲的死带来的冲击混杂在一起，所以看到母亲倒在地上，他的第一反应是呕吐，感觉胆汁都吐出来了。后来他就没办法在农村生活了，因为化粪池这种东西农村到处都有嘛，他一闻见就会出现各种不适。于是他父亲就带着他到了城里打拼，经过十几年，他父亲成了富豪，就这样。"

"这是在应激状态下的心理暗示。"我说，"并不是他真的怕化粪池的气味，只是一种心理回避的表现。"

"哎呀，说了这么半天，还是没说到点子上。"陈诗羽捂着额头，说，"之前的都算是铺垫吧。我要说的是，因为汤喆的'喆'字是生僻字，所以韩亮说他似乎幼时听过这个名字。"

"啊？你是说，汤喆就是你刚才说的韩亮的同学？她小时候就有化粪池味儿？却死在了化粪池里？"我问。

陈诗羽盯着我忍了半天，"噗"的一声笑了出来，说："你脑洞真大。"

"不是这个意思？"

"什么和什么啊。汤喆比韩亮大七八岁，怎么会是同学？"陈诗羽说，"而且怎么会有人小时候就带化粪池味儿？是这样的，我当时听说韩亮对这个名字有印象，就调取了汤喆的资料，然后发现这个汤喆十七年前的住址确实不是现在的住址，而是龙东县栗园镇。"

"啊，果真和韩亮是一个镇子里的人。"我说，"韩亮就是栗园镇人，对吧？"

陈诗羽点点头，说："然后我就把汤莲花和上官金凤的资料也调出来看。"

"都曾经在栗园镇住过？"我问道。

陈诗羽摇摇头，说："不，上官金凤没有。但是，汤莲花在十多年前，也是住在栗园镇。"

"嗯，汤喆，汤莲花，她们都是老汤家的人，这个我们之前没有注意到。"我说，"虽然并不是三起案件受害者的共同特点，但两个人都是一个镇子出来的，还是该调查一下的。"

"这个信息侦查部门肯定之前就掌握，但是并没有重视。"陈诗羽说，"侦查部门没有必要把这么不明显的线索点和我们沟通。"

"这个可以理解。"我说，"一个镇子出来的人，也有可能是巧合。"

"虽然住址有可能是巧合。"陈诗羽说，"但是，化粪池又是一个巧合吗？"

"你是说，十七年前韩亮家门口女同学身上的化粪池味，以及汤喆死于化粪池中？"我说，"这两件事之间一定有什么关联吗？"

"韩亮不记得女同学是谁了。"陈诗羽说，"当然，肯定不会是汤喆。但我觉得，这会不会有什么我们没有想通的关联性呢？"

"所以你想说的是？"我问。

"我想去那个栗园镇走一趟。"陈诗羽说，"很多事情，侦查员是不容易调查出来的，但我要是以一个普通女生的身份去走访，说不定能问出一些线索。比如，和化粪池有关的线索。"

"可是你这个……"我指着陈诗羽的胳膊说。

"说不定是个很好的伪装呢？"陈诗羽说。

"蝴蝶结，是为了伪装侦查吗？"我笑着说。

陈诗羽白了我一眼，单手把包甩在肩上，头也不回地离开办公室，说："我就当你同意了。"

法医秦明

VOICE OF THE DEAD

| 第九案 |

撕裂的母亲

疯狂滋生疯狂。

————

丹·布朗

1

第二天一早，大家急急忙忙地赶到了厅里，上了那辆有些破旧的SUV现场勘查车。

林涛发现坐在驾驶室的居然是我，于是问道："韩亮呢？"

"韩亮和小羽毛去执行侦查任务了。"我说。

林涛像是从座位上弹射起来一样，脑袋重重地撞击到车顶棚，然后揉着脑袋说："为什么是他俩？"

"你的脑袋不值钱，要是把车撞坏了，我们就没车出任务了。"我探身检查了一下车顶棚，说，"有什么不行的？你想去？你是车技好呢，还是路况熟悉？长得帅可不能成为条件。"

"我倒没想去，只是他们直接承担侦查任务，符合规定吗？"林涛欲盖弥彰。

"组织上批准的，本来小羽毛要自己去，但是领导考虑到安全问题，以及韩亮对侦查区域地形比较熟悉，所以就这样安排了。"我一边调整座位，一边说，"韩亮的腿这么长吗？"

"大清早就出勘，都怪林涛。"大宝揉着惺忪的睡眼，说，"我还没睡饱。"

"和我有什么关系？"林涛靠在座位上说。

"和他没关系吗？子砚？"大宝指着林涛说道。

程子砚没有反应。

"子砚？"大宝从最后一排探过头来，问道。

"啊？"程子砚怔了怔，说，"和我说话吗？"

"最近也是，连续出勘，确实有些疲惫了。"我发动了汽车，"不知道是不是因为这个季节太好，所以犯罪分子总是不消停？"

"我有个反电诈部门的同学，叫李俊翔，天天累得要死。我就问他，为什么在现在这种高压态势之下，还有这么多骗子顶风作案？他和我说，反电诈，是他们的事业，而电诈则是骗子们的人生。你说，这些犯罪分子能不拼吗？"林涛说，"所以啊，有人的地方，就有犯罪，这个是不需要回避的。"

"那对于我们来说，"大宝说，"我们的事业就是终结对手们的人生。"

"正因为这样，所以我们才要慎之又慎啊。"我说。

"只是，我们出差有点多了。"大宝说，"最近你们宝嫂有点牢骚了。"

"怪不得你今天没喊你的名言呢。"我笑着开车，说道，"省厅法医，根据各省的情况不同，工作内容也不同。有的省份，省厅法医只做科研、考核和培训，有的省份只有两个以上死者被杀或者有广泛影响的案件省厅法医才会出马。以前我们省就是后者，但是近年来，命案已经下降了一大半，所以师父为了保障我们的出差量，只要发案伊始没头绪的案件，我们都要去。这样的话，即便治安更稳定了，但出差还多了一点。"

"师父是为咱们好。"林涛说，"破案这种事情，没有大量的实践经验堆积，哪里能保证能力？那些就坐在办公室里看卷宗的，显然会缺乏很多技巧。"

"这次我们去的，据说又是个自产自销的案件。"我说，"自产自销案件，咱们的实践经验不少了吧？这次要赶紧把证据给扎实了，尽早回来。我看，吴老大那边，这两天也就该出结果了。"

很久没开车，一开车的目的地就是距离省城最远的雷影市，就是韩亮的技术，也要开四个小时才能到达的地方，可真是开得我腰酸背痛腿抽筋。

五个小时后，我们总算赶在中午饭之前抵达了雷影市。为了防止没吃早饭的大家低血糖，我们在雷影市公安局汪海杨法医的带领下去吃了碗牛肉面，然后匆匆赶往现场。

很多人问我是不是喜欢吃牛肉面，其实这不过是一种比较迅速、便捷的食品罢了，至于喜欢，实在是谈不上。

现场位于雷影市中心地段的一个高层小区，小区内有近二十栋高层房屋，而事发现场就是其中一栋的楼下。

此时，这栋楼房的楼下草坪已经被警戒带围了起来，周围围着不少群众。我远远地看去，草坪里并没有尸体，所以很不能理解大家在围观什么。

"这怎么会在草坪里？"我疑惑地问道。

"男性尸体就在草坪里，高坠。"汪法医的回答证实了我的猜测。

"不是自产自销吗？"我问道。

汪法医点点头，抬头看了一眼草坪的上方，说："另一具女性尸体是在楼上的室内现场。目前，痕检部门还没有完全打开现场通道，所以需要等一等。"

我挤过围观的人群，走到了警戒带旁，往里面看了一眼。草坪里已经没有警察在工作，显然这个现场已经处理完毕。

"男性尸体已经运走了。"汪法医小声在我耳边说道。

我点了点头，见草坪里用白色粉末浇洒出一个人形，显然坠楼的男性尸体原来就躺在那里。人形的头部旁边，有一摊并不是很明显的血迹。血迹渗入了泥土不易被发现，但是黏附在绿草之上的血迹依然触目惊心。

我穿上了鞋套，走进了警戒带里，蹲在人形的旁边看了眼。头部旁边的草坪，似乎有一小片缺失，看起来像是被高坠力量砸出来的浅坑。

"男性死者穿着一条短裤，没穿上衣和鞋子，躺在这里，被晨练的老人发现的。"汪法医介绍着情况，说道，"本来看起来并没有多大的疑点，但是……"

"什么叫没有疑点？"我打断了汪法医的话。

"我们法医到现场的时候，身份调查还在进行。"汪法医说，"但是通过初勘法医的检验，死者的颅骨崩裂，头部有挫裂创，都是很明显有生活反应的。然后就是左侧肢体有擦挫伤，小腿骨折呈假关节。"

"外轻内重，一侧为甚，一次外力可以形成，巨大暴力性损伤非人力可以形成。"大宝说，"损伤又有生活反应，这明显是生前高坠伤的特征。"

"高坠死亡多见于意外和自杀，罕见于他杀。"我说，"然后呢？"

"然后，死者的身份调查结果就出来了。"汪法医说，"死者就是住在这栋楼上的退休干部，住在1701室。"

"十七楼，那么高跳下来，是没什么生还的可能了。"大宝抬头眯着眼，顶着刺眼的阳光向上方看了看。

"明确身份之后，侦查员发现死者还有一个老伴和一个儿子。"汪法医说，"于是侦查员就去1701敲门，怎么敲都敲不开，于是电话联系死者的老伴和儿子。老伴的电话打不通，儿子接电话后，从单位赶了回来。一开门，就发现在客厅里躺着的死者老伴，周围全是血，显然已经死了。"

"因为死者是高坠死亡，又没有什么疑点，所以你们认为是先杀人，然后跳楼自杀的，对吧？"我点了点头，说道。

汪法医说："这种自产自销的方式，倒是经常遇到，也不算是什么稀罕事。但死亡两人，按照规定，则必须请你们过来，害得你们跑了好几百公里。"

我笑了笑，说："应该的，职责所在。目前证据链扎实吗？"

"勘查工作还没有结束，尸体还没有检验，物证更是没有检验。所以说什么证据链还为时过早。"汪法医说，"不过通过初步勘查，室内似乎除了老两口的痕迹，就没有外人的痕迹了。房门门锁和窗户都是完好的，也没有外人侵入的痕迹。虽然窗户没有安装防盗网，但是你看看，十七楼，无论从下面上去，还是从上面下来，几乎都没有多大胜算。"

"你的意思是说，基本上算是个封闭现场。"林涛说。

汪法医微笑着点点头。

"看来这个案子，又是个简单的案子了。"我拍了拍手上黏附的草屑，站起身来说道。

"坐了五个小时车啊，我不甘心啊不甘心。"大宝说道。

我拍了一下大宝的后脑勺说："简单的案子，总比复杂到难破的案子强，对不对？"

"因为考虑到自产自销，专案组就设在局里了，这里也没有个临时指挥部。"汪法医伸手指引道，"我们到勘查车里去坐，派出所所长在那里等我们，和你们介绍一下死者社会矛盾关系的背景。"

我点头离开现场，往勘查车走的时候，碰见了刚刚跟过来的程子砚。

"我查了附近的监控，小区附近凡是能照得到出入口或者现场的监控，都坏了。"程子砚遗憾地摊了摊手，说，"网上都说一发案，监控就是坏的。其实现实中发生这种情况的概率还真是挺高的。"

"那是因为监控维护费用高，所以很多民间的监控都是摆设罢了。"林涛说。

"我估计监控没多大用了。"大宝笑着脱去了鞋套。

"确定是自产自销了？"程子砚好奇地问道。

"基本上吧。"我说，"走，去听听前期情况。"

来到了勘查车里，派出所所长已经等候在这里了。专案沟通、指挥，在某种程度上是需要严格保密的。犯罪分子杀人后返回现场探听情况的事情并不少见，如果专案部署不注意保密，很有可能会把警方的牌亮给犯罪分子看。所以虽然在现场没有征用或搭建临时指挥部，我们听取前期情况的地方依旧设在比较私密的勘查车里。

"两名死者，夫妻关系。"所长简明扼要地介绍案件前期调查情况，"男性死者叫管天中，原来是我市某大专院校的讲师。今年六十九岁，已经退休九年了。女性死者叫田莹，原来是市政府下属某事业单位的职工，事业编制，今年六十五岁，已经退休十年了。两个人有一个独子，叫管文博，今年三十岁，龙番大学工科博士毕业之后，分配在龙番市某科研院所。因为这个科研院所在雷影市有个分支机构，所以管文博自己主动要求调动到家乡来工作。"

"应该是个孝子吧？回来照顾自己年迈的父母。"大宝说。

"嗯，准确说，也不完全是这样。"所长说道，"据我们了解，这个管文博从小娇生惯养，生活自理能力比较差。夸张的是，他在龙番上大学，因为离家很远嘛，所以每个月会把自己的脏衣服寄回家里，让自己的母亲洗干净后再寄给他。"

"那得有多少套衣服！"大宝吃惊地说道。

"反正就是因为夫妻俩是三十好几才有的孩子，所以很溺爱，从小就不让他做任何事情。"所长说，"不过这个管文博虽然不会做事，但为人处世倒还行。同事、同学都觉得他为人内向，但还是比较真诚的。但目前，还没有谈对象，可能是专心于自己的专业吧。"

"而且智商也高啊。"大宝说，"重点大学的博士，那可是尖端人才。"

"再尖端，那也是个'妈宝男'。"林涛讥讽道。

"妈宝就妈宝，只要为国家、为社会做贡献，也是可以给他点赞的。"大宝认真地说道。

"管文博回来以后，这一家看起来还是很和谐的。"所长说，"我们反复调查，也没有邻居反映看到或者听到他们家有什么异样情况，是很和睦很有爱的一家子。管文博有的时候回来居住，有的时候则在研究院的宿舍里居住。我们这里的研究院的分支机构里以前还没有过博士，管文博是第一个。所以，单位专门给了他一间一室一厅的宿舍单独居住。"

"回家来都是来洗衣服的对吗？"林涛说。

所长笑了笑，说："不过这个管天中，性格倒是比较孤僻。经过调查，他原来在大学里当讲师的时候，就不太会为人处世，和同事发生矛盾，是很经常的事情。但是基本上都是一些鸡毛蒜皮的小事，要说什么深仇大恨，还真是没有。毕竟校园里还是很干净、纯洁的地方嘛。管天中的能力和他儿子就不同了，到老了退休，也没能评上个副教授，以讲师的职称退了休。因为这个事情，据说他的退休生活是比较颓废的。和邻居之间，也经常会拿职称没评上的事情来发牢骚，对职称评定的制度表达自己的不满。但据调查，管天中在家中是毫无地位的，被老婆管了一辈子，什么事情都没有自己的主见。在小区中，也是个出了名的'妻管严'。"

"好像儿子是'妈宝男'，那爸爸一定是'妻管严'，这是不是有什么定律？"大宝说。

"田莹的性格，倒听说是比较强势。"所长接着说，"但也只是对自己的老公比较强势而已。邻居、同事对田莹的感觉，就是对不太熟悉的人比较随和，也没有和谁发生过大的矛盾。可是一物降一物嘛，在家里，田莹那是有绝对权势的，说一不二。她这一辈子，虽然是在事业单位，但也不太专注于事业，上班就是获取工资的一个方法吧。她的唯一事业，就是儿子。从管文博很小的时候开始，田莹就想尽办法、节衣缩食，也要让管文博的生活得到最无微不至的照顾，让他在我们这个小城市里也能接受到最好的教育。你可别小看这个'妈宝男'，他不仅仅是工科的博士，他的英语、吉他、跆拳道什么的，都已经有很高的水准了。"

"这个，厉害了。"林涛吐了吐舌头。

"这么说吧，对于田莹来说，世界上没有什么大事，除非是和他儿子有关的。"所长说。

"所以，这一起惨案，就应该和管文博有关系了？"我追问道。

"我们和管文博聊过了。"所长说，"他看起来精神头非常不好，估计是这几天连续工作熬夜加之突如其来的噩耗打击的缘故吧。据管文博说，他从三天前就开始在单位搞科研，这三天以来，他基本上除了在自己单位宿舍里睡觉的时间，都是一个人在实验室里科技攻关。就连手机都没有开机，更不用说关注家里的事情，也没有电话和父母联系。所以，对于昨天晚上事发的情况，他是毫不知情的。据他说，他的父母一直关系很好，很多年了，很少有吵嘴打架的事情发生。不过在他的印象中，自己的父亲被逼急后，也有一些摔碟子砸碗的行为。但是对于他父亲杀死自己的母亲这件事情，他表示不太能够接受。但是如果警方下达了这样的结论，他也会相信警方。"

"受过高等教育的人，还是通情达理的。"大宝说。

"所以，如果真的是自产自销，那么事情的起因就永远不会有人知道了？"我想起了汤辽辽家集体死亡的事件。

"我们分析，这么严重的矛盾，可能和管天中常年被妻子压迫，最终忍无可忍、终于爆发有关。"所长说，"毕竟是个男人，一辈子忍气吞声。等到他不想再忍气吞声的时候，终究有一些不可预测的事情会发生。"

"室内，有打斗痕迹吗？"我问道。

"没有，之前应该是没有明显的打斗。"汪法医说，"更没有摔碟子砸碗的事情。不过，正是因为没有打斗，所以更加证实这是一起家庭内部矛盾而导致的惨案。"

"当然，这一切都只是我们的推测。"我说，"具体案件事实，还是需要证据依据来证实。"

汪法医点了点头，说："室内现场通道已打开，要不，我们去室内现场看看吧。"

2

1701室的大门紧闭着，门口拉着警戒带，还放着装有现场勘查装备的收纳箱。我从收纳箱里重新拿出一双鞋套套在脚上，从口袋里拿出刚才脱下来的手套、口罩和帽子，重新戴好。为了响应低碳环保、勤俭节约的号召，为了避免多次进出现场而浪费大量的现场勘查装备，我们几乎都习惯了在走出现场的时候，将不易污染的帽子、口罩和手套脱下并装进口袋里，以备重复使用。

这个现场是一个装修得简单大方的三室两厅房屋，屋内陈设整齐，打扫得也很干净。从大门口开始，一直延伸到各个房间，都铺设了现场勘查踏板。屋内的地面上铺着提取足迹的静电吸附仪，墙面、家具上，也有很多为了提取指纹而被刷黑的痕迹。

可想而知，在过去的几个小时内，几名痕检员把这个房屋三百六十度无死角地勘查了一遍。

房屋大门门口，放着一个半人高的鞋架，上面的鞋子也都摆放得整整齐齐。鞋架的旁边，歪歪扭扭地散落着一双男式拖鞋，一只底朝天，可以看到鞋底黏附的殷红血迹。

走进玄关，就看见了躺在客厅沙发上的老年女性尸体。尸体的上衣被翻卷至乳房下，整个衣服的前襟都已经被血液浸染。因为大量血液的黏附，头发胡乱地遮盖着死者的面孔，根本看不清容貌。这倒是没什么，更加触目惊心的是，死者的腹部有一个巨大的切口，腹内的大网膜和肠子都已经流出了体外，随意地散落在尸体的身旁。死者所躺的灰色布艺沙发似乎都快要被染成红色了。

"血流得多，更容易让凶手留下血足迹、血指纹等痕迹。"我说。

"哦，这个我们都仔细看过了。有血迹的，全部只限于客厅。"名叫孙宇的痕检员指了指往内侧房间的通道，说，"其他区域都没有血迹。而且，客厅所有的角落、摆设我们都看了，只有血迹擦蹭的痕迹，没有发现有鉴定价值的血指纹。"

"这个也正常，染血的手指移动擦过物体，是留不下指纹的，只有去拿或者去按某个东西，才会留下指纹。"林涛给我解释道。

"那足迹呢？"我问。

"血足迹更清楚了。"孙宇指了指地面上圈出的红圈，说，"地面的血足迹有不少，有交叉、覆盖，看不出行走路径，但是有一点可以肯定，只有一种鞋印花纹。"

"一种？"我问。

孙宇指了指门口的拖鞋，说："就是那一双拖鞋。"

"管天中的脚上没有穿鞋。"汪法医提示我道。

我点点头，说："那，田莹的拖鞋印，也没有在现场留下？"

"没有。"孙宇说，"说明田莹在受伤之后，就没有离开沙发了。她的拖鞋穿在脚上，但并没有在地面上留下痕迹。"

"这个痕迹很能说明问题。"汪法医说，"说明穿这个拖鞋的人，就是凶手，不会有其他人了。而管天中本应该穿鞋，又没有穿鞋。那，还能是谁作案？"

我走到尸体的旁边，蹲了下来，看着这一具惨不忍睹的尸体。死者的颈部有几个创口，看起来是单刃刺器反复刺击颈部而导致多根颈部血管断裂而死亡的。她的腹部，确实被锐器切开了一个很大的裂口，弯弯扭扭的，却剜开很大的面积。腹腔内的大网膜和小肠拖出了体外很多。

"腹部切口导致肠管溢出，这倒是很常见。"我说，"但是连腹腔内的大网膜都流出这么多来，显然就不是自然溢出了。"

"啊？那是？"林涛和程子砚同时哆嗦了一下，齐声问道。

"是凶手主动将死者的腹腔内容物拽出体外的。"我沉声说道。

"这就更能说明这起案件的性质了。"大宝说，"这个管天中看来是压抑得够狠的啊，这种愤怒一直无处宣泄，在田莹死后，才这么残忍地宣泄。"

我回头看了眼大宝，余光瞥见林涛和程子砚此时已经脸色煞白说不出话来。程子砚更是低垂着眼帘不去看尸体，强行压抑住呕吐的欲望。

"我觉得，不一定。"我沉吟道。

"不一定什么？"大宝说，"反正不会是侵财了，对不对？痕迹也不支持嘛。"

我见死者躺的沙发旁边的茶几上，有一把水果刀，于是拿起来看了看，没有回答大宝的话。这是一把不小的水果刀，准确地说，用匕首来形容更加确切。之所以第一感觉是这是一把水果刀，是因为刀的旁边，有一个已经削好了的苹果，还有一个削了一半的苹果，此时两个苹果已经被喷溅状的血液污染了。水果刀上满是血液，无论是刀刃还是刀柄。

我从口袋里拿出比例尺量了量，刀宽三厘米，刃长十厘米，刀背的厚度一毫米，是个单刃刺器，和尸体上的伤口完全吻合，显然这就是作案工具了。

"能看出指纹吗？"我把水果刀递给林涛。

林涛摇了摇头，说："全是血，什么也看不出。"

"哎，如果有指纹，就是最好的证据。"我轻声叹了口气，又看了看那染血的还有一半果皮的苹果。

"在削苹果的时候发生的惨案啊。"汪法医说。

我点点头，又想了想，觉得自己似乎想到了一些什么。

"我看你用静电吸附仪提取灰尘足迹了。"我说，"除了血足迹，房间里还有其他人的灰尘足迹吗？"

孙宇摇摇头，说："这个现场还是比较干净的，所以这一点我是可以肯定的。现场只有三种灰尘足迹，田莹穿在脚上的拖鞋、散落在大门口鞋架旁的男式拖鞋，还有另外一种男式拖鞋的足迹。"

"管文博的？"我问道。

孙宇点点头，说："对，还有就是他们儿子管文博的拖鞋了。这双拖鞋在管文博的房间里，摆放在床边，正常状态。"

"杀人的时候导致大量出血，鞋子是不可能不沾到血迹的。"汪法医说。

似乎这个案子的证据链已经慢慢形成了，于是我如释重负地点了点头，说："你们分析管天中是从什么地方坠楼的？"

"这里有血足迹。"孙宇指了指客厅尽头的阳台，说，"从死者田莹的身边，到阳台地面，都有潜血痕迹，虽然看不出鞋底花纹，也分析不出足迹方向，但是可以确定凶手在杀完人后去了阳台。而其他窗户附近都没有潜血痕迹，所以只有可能是从阳台上坠楼的。当然，如果一个人想跳楼，翻阳台，比翻窗户简单多了。"

我点点头，沿着勘查踏板走到了阳台中央。阳台的护栏是圆润的金属质地的上沿以及有机玻璃的栏板。护栏到我的胸口高度。

我扶着护栏探头向下看去，可以看到下方地面草坪上白色的人形框，以及警戒带外，依旧没有离去的围观群众。

我从口袋里掏出激光笔，朝地面上照射过去，看了看，陷入了思考。

想了一会儿，我走到了客厅电视墙背后的书房。书房的窗户大开，窗帘被卷入房间之内，无力地飘荡着。整个书房也很整洁，书架上陈列着不少书卷。书房的窗户下方，放着几盆盆栽。

"书房里，没有发现血迹？"我问孙宇。

孙宇坚定地摇了摇头。

我若有所思地说："行，我去其他房间看看。"

我们几个人沿着勘查踏板到每个房间，包括卫生间和厨房都走了一圈。因为这些现场区域里不仅没有任何翻动的痕迹，而且没有除了三名主人之外其他人的痕迹，所以看来看去，也看不出什么问题。

此时已经是下午时分，我想到还得让殡仪馆的工作人员把田莹的尸体运走，我们还需要检验两具尸体，时间已经是非常紧张了，所以就挥手收队，准备赶赴殡仪馆进行尸检。

重新出大门的时候，我发现鞋柜的台面上，摆放着几个保温杯、玻璃杯之类的器具，于是随手拿起一个塑料的旅行杯看了看。奇怪的是，这个旅行杯的杯盖上，被人为钻了两个孔。

大宝也注意到了这一点，于是笑道："这个'妈宝男'总不会喝水还要用吸管吧？不然在杯盖上钻孔做什么？"

"用吸管喝水，也不至于要钻两个孔啊。"林涛说。

"插两根吸管。"大宝推了推我，说，"走吧，干活儿去。"

我看着大宝，想着他说的话，似乎有所悟。于是，从门口的勘查箱里拿出一个物证袋，把杯子装进了物证袋，递给孙宇，说："让理化部门现在就检验这个杯壁上，有没有什么可疑的物质。哦，对了，这一双染血的拖鞋，也要提取。"

雷影市公安局法医的动作，比我们想象中要快。在我们赶到雷影市公安局法医学尸体解剖室的时候，两名法医已经开始穿针引线，准备缝合已经解剖完毕的管天中的尸体了。

"等会儿，等会儿。"我连忙制止两名法医的动作，急急忙忙地穿上解剖服，走到了尸体的旁边。

我拿出一根注射器，用手指探到死者的膀胱，将注射器刺入，抽出一管黄色的尿液。提取尿液，并不是尸检的必备项目，所以我知道他们在尸检的时候应该没有做这项工作。

"死者之前身上黏附有很多血吧？"我问道。

此时的尸体已经经过了清洗，所以看不到大量的血液黏附。但是尸体表面一些完全干涸成固体的血迹残留痕迹还没有被彻底清洗掉。

"死者的头部有挫裂口，胸口的肋骨骨折刺破胸部皮肤，也形成了裂口，还有右手，手腕骨折断端也刺出了皮肤，形成了挫裂口。所以死者的头面部、胸部和手部都有不少血迹。"雷影市公安局年轻的陈法医说道。

"这些血迹提取了吗？"我连忙问道。

陈法医摇了摇头。

"虽然法医检验中没有要提取死者身上附着血迹的硬性要求，但是这种案件还是要提的。"汪法医指导年轻法医道，"很简单的道理，如果在他的身上找到了他和田莹的混合血迹DNA，是不是就能证明问题呢？"

陈法医恍然大悟。

"没关系，还是可以补救的。"我一边说，一边拿起蘸着蒸馏水的棉签，把死者身上还残留的血痂一一提取了下来，尤其是死者手指间的缝隙，我着重擦取了一下，说，"一会儿记得送去DNA实验室进行检验。"

"这个，我们以后就记住了。"陈法医说，"不过，您刚才提取他的尿液，又有什么意义呢？"

我微微一笑，说："这个想法啊，源于现场勘查的时候无意中发现的一个很普通又不普通的物件。"

当陈法医一脸莫名其妙的时候，孙宇开着的现场勘查车刺的一声刹在了解剖室的门外。

孙宇跳下车来，跑进解剖室，说："秦科长，真的检出了甲基安非他明。"

"冰毒？"我沉吟着。

"哪里检出的？"大宝好奇地问道。

"我们离开现场的时候，我发现鞋架上有个杯盖被钻了孔的旅行杯，当时你还说插吸管用的。"我呵呵一笑，说，"没想到吧，还真是插吸管用的。因为，那个旅行杯根本就是个'溜冰壶'。"

"哦，您当时就是这样怀疑的，所以才会提取他的尿液做检验？"陈法医问道。

我点了点头，说："从现场的迹象来看，这不是一个仇杀的现场，更不是一个激情杀人的现场。"

"可是削苹果的时候遇害，看起来还真是像一个激情杀人的现场。"汪法医说，"而且是夫妻之间的事情嘛，所以激情的概率更大。"

"可是，你见过激情杀人之后，还要剖腹拽肠子的吗？"我说，"死者的小肠有明显的被人为拽出来的迹象。无论是仇杀，还是激情杀人，这种行为都显得过于极端了。"

"是哦，一般都是有深仇大恨的，才会做出这样的泄愤行为。"大宝补充道。

我点点头，说："所以，这么残忍的侮辱尸体的行为的发生，大多数是精神病杀人，或者是吸毒后产生幻觉而杀人。这两种都是因为幻觉。"

"所以，作案动机，我们需要重新考量了？"汪法医若有所思道。

"管天中的尸检，有发现什么异常情况吗？"我问道。

"没有什么异常情况。"陈法医指了指尸体，说，"体表损伤和骨折基本都有对应，另外，体表右侧肩部以下的胸部皮肤有明显的刮擦伤。其他的，就是死者头部右侧、胸部右侧和右手腕的皮肤创口，其下都对应着严重的骨折。头部创口符合直接和地面碰撞形成的，其他创口都是骨折断端戳破的。而且，这些骨折都很严重，非人力可以形成。另外，骨折断端处都有明确的生活反应，且出血较少。综合分析，死者身上所有的损伤，都符合高坠伤的特点。而且也没有威逼伤、抵抗伤和约束伤之类的附加伤。"

"所以，结论可以明确死者是生前高坠死亡，对吗？"我问道。

"可以确定。"陈法医坚定地点点头。

我用手指摸索了一下管天中肩部以下的刮擦伤，根据皮瓣的方向，可以明确这处刮擦，是有钝器从肩部向下方刮擦而形成的，似乎是在高坠的过程中，和中间的障碍物有轻微的刮擦所致。

我闭着眼睛，让自己在脑海中又回到现场草坪处，回忆着我站在草坪之上抬头向上方观察的景象。

然后，我的思绪又回到了室内现场阳台上那个光滑的护板栏杆以及书房窗户的窗沿。

"不对，不对。"我摇着头自言自语道。

"啥不对？这具尸体可以缝合了吗？"大宝此时已经穿好了解剖服，抢过了陈法医手里的缝针，问道。

"可以。"我说，"田莹的尸体送过来了吗？"

陈法医指了指解剖室角落里的一个运尸床上的黄色裹尸袋，示意那就是田莹的尸体。

我走到尸体旁边，拉开尸体袋，用手指撑开死者腹部的那个切创，侧脸向腹腔内看去，恰好可以看到膨隆的膀胱，于是用一支干净的注射器直接插入膀胱，提取了一管尿液，说："既然是在老两口家里发现的吸毒工具，那么两名死者都要进行毒品的检验筛查。当然，最靠谱的，还是去找到管文博，也提取他的尿液一起检查。"

"这个，恐怕不太合适。"汪法医说，"他毕竟是尖端科技的科研人员，而且刚刚同时丧父丧母，尿又很难去秘密提取，我们也不忍心提出这个要求。"

我转念一想，觉得汪法医说得在理，于是没有再坚持，拿着两管尿液递给孙宇，说："还是一样的检测，麻烦你送去局里，然后有结果第一时间通知我。"

3

法医工作就是这样，为了提供详细、客观的法庭证据，即便是对案件侦破不那么重要的工作，我们依旧要做好。

田莹的颈部有十几处创口，我们在清洗完创口之后，逐一测量并拍照。这还不是最麻烦的，我们仍需要对田莹的颈部皮肤、肌肉逐层解剖，慢慢地暴露出食管、气管和所有的颈部血管。颈部血管本身就很多、很复杂，我们不仅要暴露血管，还要明确这十几刀究竟切断了多少根血管，皮肤上的每一刀对应着的创道切断了哪根血管。

所以仅仅是颈部解剖，我们就做了一个多小时。最后的结论是，所有颈部创口，可以是一种工具形成，和现场的水果刀形态相符。死者的死因是，颈动脉、颈静脉破裂导致急性大失血而死亡。

"这种死亡是很迅速的。"我指了指死者腹部的创口，说，"所以虽然是捅完颈部后，立即剖腹，剖腹的切口生活反应也很弱了，只能说是濒死期的损伤。"

"这显然是熟人作案了。"大宝说。

我看了看死者的双手和双臂，虽然死者的手上沾染有血迹，但是并没有损伤。既然没有抵抗伤，就说明这一次夺刀突袭，来得非常迅猛，甚至让田莹根本来不及做出反应。正是因为没有抵抗伤，也说明了凶手和田莹是很熟悉的人，所以大宝的分析很正确。

我们继续用解剖术式打开了死者的胸腹腔和颅腔。

被扯出体外的肠道，因为脱水而干枯，没有了肠道本身应该有的润滑。甚至有两段肠管已经粘连在了一起，难以撕开。我们整理了死者的腹腔，发现肠系膜因为肠道被牵扯，而造成了多处挫伤出血。死者体内的小肠也有几处打了结，这说明凶手不仅将死者的部分肠道扯出了体外，更是在死者体内"翻动"过。

做出了这样的判断，我身边的程子砚终于撑不住了，她冲出解剖室，在门口呕吐着。林涛跟了出去，轻轻拍打着她的后背。

"这也太惨无人道了吧！"大宝说，"没有正常人会对尸体做出这样的行为。哪有在死者肚子里像是找东西一样地翻动？"

"是啊，管天中也是文化人，不可能这样剖腹找东西。"汪法医说，"老秦判断的吸毒后产生幻觉，倒是有可能的。"

我苦笑了一下，但心里想的并不是凶手这反常的行为。我心里想着，既然有这么多多余动作，那么凶手手上一定可以提取到死者的DNA。即便是清洗过，也很难把手指间都清洗干净。证据，才是我们顺利解决此案的最重要的东西。

大宝此时打开田莹的胃，说："假如，我们假如，田莹是吃了什么，管天中要在她肚子里找出来的话，那也应该看她的胃内有什么。"

可是，死者的胃内容物都是很正常的食糜，并没有什么奇怪的、可疑的东西。食糜的消化程度还不严重，还能看得清楚胃内的面条形态和青菜的碎片。

"死者的胃内容物推移到了十二指肠末端。"我说，"应该是末次进餐后一个小时左右死亡的，最后一餐吃的是青菜面。"

"死亡时间应该没有问题。"陈法医说，"管天中的胃内容物和田莹的一模一样，说明两个人的死亡时间也很接近。而且根据尸体的尸僵、尸斑等形态特征，可以肯定这一顿青菜面就是昨天晚上的晚餐。"

"侦查员们调查发现，两个老人的饮食习惯，是晚上八点钟吃晚饭。"汪法医说，"因为有的时候管文博也回来吃饭，而他的工作很忙，经常加班，回家的路也比较堵，所以老两口这些年就养成了晚饭吃得晚的习惯。如果是这样的生活习惯，他们的死亡时间就应该是昨天晚上九点钟左右。"

"那个时候，即便是小区里还有人走动，因为小区里的照明并不是很好，所以很难有人发现草坪里还有一具尸体。"陈法医说。

"所以，尸检做完了，我们还什么结论都没有得出。"我说。

"正常，自产自销的案件必须要靠DNA检验结果来确定证据。"汪法医说，"所以，我们耐心等一等就好了。检察机关已经提前介入了，证据一出，就可以撤案了。"

"怕是，没有那么简单。"我又重新走到了管天中的尸体旁边，脱下外层的手套，触摸着他的双手。

话音刚落，孙宇再一次冲进了解剖室，这一次的表情比上次更加惶恐，他急着说道："各位领导，经过检验，两名死者的体内都没有冰毒的成分！准确地说，是两名死者体内都没有任何毒品的成分！"

"没有吸毒？"汪法医瞪大了眼睛，说，"老秦，难道你'吸毒后幻觉杀人'的推断结论是错误的？"

"如果我的结论是错误的，还会是哪种可能呢？"我微笑着说。

"精神病杀人？"大宝说，"那应该不会吧！精神病又不是说得就得，说发病就发病的。管天中如果有精神病，不可能警方调查不出来啊！"

"那还会是什么情况？"汪法医问道。

"走，我们去专案组说。"我脱去了解剖服，和大家说道。

因为基本断定是一起自产自销的案件，所以领导们对这起案件的重视程度并不够。我们在专案组会议室等了半个多小时，才等到了提前介入的检察官。

这半个小时，我着重翻看了管天中死亡现场的照片。

看照片和听介绍还是有所不同的。介绍过程中，并没有人和我说过，死者管天中侧脸朝地，但是朝上的脸上似乎黏附着一些断草。高处坠落，把草坪里的小草砸断，黏附在脸上，这样的分析似乎在我以前办过的高坠案件中没有见到过。那么，断草是如何黏附到死者的脸上的？

我将照片放大，慢慢移动，画面来到了死者的腿上。我赫然发现，管天中的左侧膝关节外侧，有几条条索状的擦挫伤，很轻微，以至于我们在尸检的时候居然没有注意到。我盯着屏幕看着，想着，直到检察官的话打断了我的思路。

"你们可以开始汇报了。"检察官说。

于是，我开始了分析："这一起案件，可以断定的是，熟人作案，作案手段极其残忍，非正常人可以完成。另外，现场是基本封闭的现场，可以排除有流窜作案、外来人作案的可能性。"

"你挑重点说。"检察官打了个哈欠。

"好，那我就简单说。"我无奈地摇摇头，说，"本来，大家都认为是管天中作案，因为仇恨或者激情，故意杀人。后来，我们在现场提取到了一个自制的'溜冰壶'。如果是吸毒后产生幻觉杀人，这一切残忍的手段，就可以得到解释了。只可惜，现场的两名死者，都没有吸毒的过程。"

"那就是你分析错了呗。"检察官说。

"我也不是不会分析错。"我接着说，"可是，这个案子充满了疑点，从我走进现场的那一刻开始，我就觉得处处不对劲。"

"啊？"汪法医有些意外地坐直了身子看着我。

我说："其一，根据调查，田莹在家里非常强势，而且不太把老公当回事。可是，事发的时候，显然她正在削苹果，而且是在削第二个苹果。不太把老公当回事的人，会给老公削苹果吗？"

"对哦。"检察官抖擞了一下精神。

"说不定这是管天中在削？"汪法医说。

"对哦。"检察官说。

"你说的也有可能。"我点了点头，说，"其二，现场的足迹有点问题。现场只有一种血足迹，是大门口的拖鞋形成的，这说明这双拖鞋就是犯罪分子穿的。可是，管天中明明是从阳台上坠楼的，他的拖鞋不穿在脚上就算了，为什么会在大门口呢？"

"也许是，管天中穿着拖鞋杀完人，走到大门口脱掉，然后再返回阳台跳楼呢？"汪法医说，"如果杀人后的意识出现了模糊，这种情况也不能排除。"

我承认，汪法医说得有道理，而且从客厅到阳台确实有潜血痕迹，虽然不能确定这种潜血痕迹是喷溅血形成的，还是赤脚踩踏血迹形成的。我想了想，说道："可是，我们都知道，拖鞋一般是放在鞋架子上的，这样进出换鞋比较方便。可是管文博的拖鞋居然是在自己的房间里，这不太合常理啊。"

"毕竟我们对他们家的情况不了解，每家都有每家的习惯嘛。"汪法医说。

"好，我们接着说。"我接着说道，"其三，是管天中坠楼点的问题。我站在疑似他坠楼的阳台上往下看，和他着地点是有偏差的。着地点并不在他家阳台的正下方，反而是在他家书房窗户的正下方。恰巧，他家书房的窗户也是大开着的。"

"这个不好说吧。"汪法医说，"如果是起跳的时候有个向侧方向的作用力，着地点自然就有偏移。"

"着地位置我们不说，但尸体的损伤则不得不说。"我说，"管天中的损伤确实符合生前高坠致死的损伤特点，也有很多血迹附着，让我们无法分辨这些血迹究竟是他自己的，还是田莹的。确实，管天中的尸体上没有'三伤'，也就是抵抗伤、约束伤和威逼伤这三种附加性损伤。可是，说他完全没有附加伤，也是不对的。比如，我觉得他肩膀以下的擦伤，就是附加伤。"

"这个是高坠的时候和障碍物刮擦形成的损伤。"汪法医看着照片，说，"方向是从上到下，正好和他头下脚上的下坠姿势吻合了。"

"你说的障碍物是什么呢？"我问道，"我去了现场，这种高层连晾衣架都不让装，他高坠的过程中，会擦到什么障碍物呢？"

汪法医回答道："说不准是起跳的时候和阳台护栏刮的？"

"阳台护栏是圆润的不锈钢。"我说，"连棱边都没有，如何刮擦？"

"那你的意思是？"检察官终于找到了空隙，插了句话。

"书房的窗框下沿，则是凸起的棱边，人体和这个棱边刮擦，才会形成那样的刮擦伤。"我说。

"那说不定不是从阳台跳楼的，而是和你刚才说的一样，是从书房窗户上跳楼的。"汪法医说道。

"如果他杀完人之后，走到书房，为什么没有在书房地面上留下潜血痕迹？"我问道。

"这……"汪法医终于语塞。

"而且，这个损伤也很有意思。"我说，"如果是翻窗跳楼，我量了，书房窗台的高度是90厘米，厚度是50厘米，他要么就是踩上窗台跳下去，要么就是直接翻越窗台跳下去。而肩膀这个位置，又是如何和窗框发生摩擦呢？"

汪法医比画了一下，说："确实，这种俯身到90厘米高的窗台上，向前方俯冲的姿势，确实不像是自己冲出去的感觉。”

“有一种可能。”我伸出一根手指，说，“如果有人抱住他的左腿，他失去平衡，上半身则会贴到窗台上。在这种时候，抱腿的人将他向窗外推出，他的肩膀就会和窗框发生从上到下的摩擦了。”

汪法医一怔，说：“这个损伤，我们确实没有研究得这么细致。看起来，还真是这样。”

“抱腿？谁啊？田莹吗？”检察官问道。

我没有回答，接着说：“恰巧，我刚才看照片看到了一处我们尸检的时候都没有注意的极其轻微的损伤。在管天中的左腿上，有三个条索状物体形成的三处条索状擦挫伤。”

“手指形成的。”大宝给一脸茫然的检察官解释了一下。

“你是说……”汪法医似乎已经意识到了我的推断结论。

“其四，”我说，“通过对田莹的尸体检验，我们确定凶手在杀人剖腹后，对田莹的腹腔内进行了翻动。我们知道，腹腔内的肠道外壁，也会有很多保持肠道润滑的黏液。如果翻动腹腔，手上除了黏附血迹，也会有黏液的附着。可是管天中的手掌、手指间，都并没有黏附黏液。”

“我明白了。”汪法医说道。

“明白什么了？别神秘兮兮的。”检察官说。

“当然，这一切都只是我的推断，还没有得到证据检验的验证。”我抬腕看了看手表，说，“估计DNA检验结果也快出来了。”

话音刚落，陈法医拿着一叠DNA报告单走进了专案组，说：“各位领导，DNA检验结果出来了，我大概介绍一下重点部位的DNA检验情况。死者管天中的体表擦拭物，没有检出田莹的DNA，只有他自己的DNA。现场提取的‘溜冰壶’上没有检出DNA。现场提取的沾血的拖鞋上，检出田莹的血，以及管天中、管文博的DNA。现场提取的各处血迹，均是田莹的血。”

“好了，DNA检验结果，证实了我的推断。”我说，“杀完人，而且是断了颈部多根大动脉，凶手身上、手上是不可能不沾染死者的血迹的。所以，杀田莹的人，并不是管天中。”

“那是谁？”检察官问道。

“管文博？”汪法医问道，“这个拖鞋上检出他的DNA是没意义的啊，一家人互穿拖鞋很正常。"

"现场除了血足迹，还有很多灰尘足迹。这些足迹提示，这个现场，除了三名主人，没有外人进入。"我说，"现场是个基本封闭的现场，杀人的动作提示不是外人作案。更有意思的是，管天中的脸上，黏附了断草，现场尸体旁边，有青草断裂的迹象。这说明凶手走到了尸体的旁边，拽了一把青草，盖在了死者的脸上。这是非常明显的愧疚行为。所以，凶手应该是管文博。"

"管文博当天不在场啊。"检察官说。

"管文博不在场的证据，只有他自己能证实。"我说，"这个证据有效吗？"

"可是，我还是想不清楚管文博的作案轨迹。什么样的轨迹，才能形成现场的这种情况呢？"汪法医说道。

"很简单。"我微微一笑，说，"管文博在自己的房间里吸毒，因为吸毒而产生了幻觉，这时他没有穿拖鞋，光着脚走出了房间，看见正在书房窗口照顾花草的父亲，趁其不备抱住他的腿将他扔下了楼。因为这个抱腿的动作，管天中的拖鞋脱落了。这个时候，不知道是出于什么目的，或者就是简单的下意识动作，管文博穿上了管天中的拖鞋，走到了客厅。客厅里的田莹正在给管文博削苹果，被突然冲出来的管文博夺了手中的刀，连续刺击颈部致死。杀人虐尸后的管文博此时可能已经慢慢清醒了过来，他走到阳台，向下看了看楼下的管天中的尸体，然后走到大门口，脱掉拖鞋，换上自己的鞋子来到楼下，拽了一把青草覆盖在管天中的脸上，离开了现场。"

"似乎都说明白了。"汪法医点了点头，说，"刚才也提取一下管文博的尿液就好了。"

"杀亲案件中，物证的提取确实是一个很麻烦的事情。"我说，"比如现场有管文博的灰尘足迹，但是却证明不了什么。刚才就拖鞋的问题，我也说了，即便在现场提取到管文博的指纹和DNA，也一样证明不了什么。如果有管文博吸毒的证据，也只能说明他有作案的可能，却不能直接证明他就是凶手。我们分析了这么多，没有能够拿上法庭的有效证据。"

"那怎么办？"检察官问道。

"好就好在一点，这个管文博从小到大，连衣服都没有洗过。"我微微一笑，说，"那么，这次他要么把他的衣服给烧了，要么就会不干不净地洗了。现在去管文博他们单位的宿舍搜查，重点寻找吸毒工具，以及衣服、裤子、鞋子。除非他烧得干干净净，不然一定可以在他自己洗的衣服上，找到残留的血迹。毕竟，他一定不可能把衣服完全洗干净。"

4

"《男博士疯狂虐杀亲生父母，原因只为这个？》，这些标题党，真是让人无语。"大宝坐在车子的后排，拿着手机，说道。

"这是现在很多媒体的习惯性动作了。"我一边开着车，一边说，"不过，这个标题我倒是不觉得不好，毕竟他将重点引到了吸毒上，突出了毒品的危害性。毒品这个东西，实在是太害人了。"

"是啊，毒品害死人。"林涛说，"只是没有想到，一个堂堂的高科技人才，也会去吸毒。"

"也不知道他当时是怎么想的，能用那么残忍的手段去杀害自己的父母。"大宝说。

我说："现在还不确定，询问笔录一会儿会传给我。我们必须得先赶回去，他们雷影市的同行还有很多工作要做。"

"是啊，你们宝嫂以前经常犯这种错误。一看到网上爆料我们的案子破了，就来质问我怎么还不回家。"大宝说，"其实她不知道即便是案件破了，对我们刑事技术人员来说，工作还没有完成。我们还需要扎实各种证据，完成各种法律程序。案子破了，工作才做完一半。"

"那是宝嫂对你不放心好不好！"林涛嬉笑道。

"这个案子的证据应该问题不大。"我说，"对管文博的尿检结果已经出来了，确定他是长期吸食冰毒的瘾君子。虽然他杀人的水果刀看不出指纹，但是他的衣服还真是被他塞到洗衣机里去洗了，不过肯定是洗不了那么干净的。而且，管文博在杀完人之后，满脚都是血，就穿着现场自己的鞋子离开了，所以他的鞋子里也是有血迹的。另外，人身检查，汪法医他们也在进行，我相信这个管文博的身上，一定会黏附有死者的血液。"

"那是肯定的。"大宝说，"我们都安排过了，管文博的手指、脚趾之间，头皮里，都要去仔细寻找血迹。田莹的失血那么多，肯定会沾到他身上的，再怎么洗都不可能洗干净。"

"我相信他杀完人后心存愧疚，被抓住后，一定会很快招供的。"我说，"毕竟他正常的时候和他的母亲那么亲。"

话音刚落，我感觉腰间一振，知道自己的手机响了。于是我单手拿出手机，递给副驾驶上的林涛，说："估计笔录来了，你先看一下。"

林涛拿起我的手机，默默地看了十几分钟，然后将手机递给自己后排的程子砚，对我说："管文博招了。"

我微笑着点点头，说："交代得详细吗？"

"和咱们推断的过程差不多。"林涛说，"都是吸毒惹的祸。"

"他说他的科研压力太大了，又没有对象，内心空虚无助，所以在一年前染上了吸毒的恶习。"程子砚说。

"说是案发的当时，他正在房间里吸毒，听见他妈在客厅喊他。"林涛说，"我猜是在叫他出来吃苹果。结果因为毒品的作用，他产生了幻觉。根据讯问笔录，他当时坚定地认为，自己的屋外有两个恶魔，正叫着他的名字，准备来索他的命。他走出了自己的房间，就听见书房里的恶魔正在絮絮叨叨地说什么，于是他走了过去，将恶魔从窗户上推下了楼。可能是听见了异响，田莹在客厅里大声询问怎么了。管文博说，他走出书房的时候，真真切切地看见了一只恶魔钻进了田莹的肚子里。于是，他走到田莹身边，夺过田莹手里的水果刀，将田莹刺死，然后剖腹，想从她的肚子里把恶魔给揪出来。可是滚烫的鲜血喷溅到他身上的时候，他的神志慢慢地恢复了过来。他开始努力回忆刚才发生的事情，想起他似乎将自己的父亲推下了楼，于是到阳台上去看了一眼，果真如此。母亲尸体的惨状，他根本不敢多看一眼，于是慌忙逃离现场，并抓了一把草遮挡楼下父亲的尸体的面部，表达了自己的愧疚之情。"

"侦查员后来给你留言了，说管文博交代以后，痛哭流涕。"程子砚一边说，一边把手机还给我。

"哭有个屁用。"大宝恨恨地说，"谁也没逼着他吸毒，后悔也来不及了。"

"明明知道孩子吸毒，不仅不把孩子送去戒毒，还听之任之，简直匪夷所思。"程子砚说道，"这对父母难道不知道自以为'保护'孩子的行为实则是在杀害他吗？"

"也是在杀害他们自己。"林涛摇头叹息道。

"所以，对子女的溺爱反而是不负责任的表现。"我说，"负责任的父母，应该及时制止、纠正子女违法或触碰道德底线的行为。"

一路无言，我们经过五个小时的颠簸，回到了省厅。

回到了办公室，我发现韩亮和陈诗羽并不在办公室，而在办公室里正襟危坐的，是吴老大。

我心头一喜，连忙问道："是不是出结果了？"

"我告诉你，我最近这些天都耗在这上面了，好几份鉴定都压在那儿呢！"吴老大的开场白就是在邀功，"你不知道，这玩意不仅仅是臭，还原难度那可真是不小。我敢说，在国内都没多少人能给它还原到这种程度。"

"一顿小龙虾。"我伸出了一根手指，说，"管饱的那种。"

吴老大嘿嘿一笑，说："那行吧。还原的物证不太好移动，我拍了照，你们看看吧。说白了，这就是一张相纸。正面是照片，背面有字儿的那种。"

我连忙接过吴老大的U盘，插在办公室电脑上看。

"别急，我和你说就行了。"吴老大说，"照片是一张婴儿的照片，看起来就不像是正常的生活照，更像是摆拍的那种。我放到搜索引擎里面搜了一下，找到了一模一样的网络图片。显然，是从网上下载下来打印的。后面的字，是用中性笔手写的，具体是什么字，你看看再说。"

电脑屏幕上，出现了由吴老大拍摄的，经过修复处理的相纸背面。

"什么，什么，来什么教堂，给什么费，不来后什么自什么？"大宝皱着眉头看着屏幕说道。

"汤辽辽，来大洋镇教堂，给抚养费，不来后果自负。"林涛说。

"啊？你是怎么看出来的？"大宝问道。

"你总是要结合一下案情的吧。之前的案情你都了解了，结合一下就不知道这些看不清的字是什么了嘛。"林涛说。

"厉害厉害，佩服佩服。"大宝竖着大拇指说道。

"也就是说，有人从网上下载了一张网络图片，冒充是汤辽辽的孩子，拿去敲诈勒索汤辽辽的？"我说道。

"也许是敲诈勒索，也许就是单纯地想骗他到僻静的地方杀害。"林涛说。

"因为汤辽辽不仅是个'妈宝男'，甚至还是个'姐宝男'，从小被家里人照顾着，一旦出了事情，自然有他姐姐出面帮他解决。"我说道。

"所以，凶手是想杀汤辽辽，而没想到去现场的是汤喆。"林涛说，"于是，他一不做二不休，把汤喆杀了。"

"但尸体身上的存折没有被拿走，凶手直接把她推进了粪坑里，说明这不是侵财。"大宝补充道。

我点了点头，十分认可大宝的判断，说："这是一起仇杀啊，和其他所谓的女德没有关系。"

"但确实三起命案并案了呀。"大宝说。

我没回答大宝，说："汤辽辽的仇人，是不是该细查一下？"

"之前一直是围绕三名死者调查，对于汤辽辽，确实没有细查。"程子砚翻着笔记本，说，"但是在办自产自销的案子时，对汤辽辽的社会矛盾关系有过大概的调查，不是很复杂，我觉得应该可以调查出来。"

"我们有结果了！"陈诗羽的声音从门口传了进来。

随后，我们看见陈诗羽和韩亮风尘仆仆地进了办公室。

"果真是和汤辽辽有关。"陈诗羽说，"我们这次去栗园镇，调查也是有结果的。"

"先坐先坐，喝杯水。"林涛服务到位。

"我们找了几个老人，分别问了一下。"陈诗羽说，"他们不认识韩亮了，但是对韩亮的母亲许医生还是记忆犹新的，说许医生经常给他们义诊，很怀念她。"

我看了一眼韩亮，韩亮面色惨白，在自己的座位上喝着茶水，故作镇定。

"所以，对于许医生的不幸离世，他们都是耿耿于怀的。"陈诗羽说，"既然对这一天有印象，自然就对这一天许医生做的其他的事情有印象了。"

"什么事？"我问道。

"有两名老人都陈述，许医生在去世的当天，曾经带着一个小女孩去一户人家吵过架。"陈诗羽说。

我的脑海里，开始梳理陈诗羽之前和我说的有关韩亮的故事的时间线。看起来，这次所谓的吵架，应该在韩亮放学之前。

"后来在我们的引导下，一名老人可以确认，他们是去汤辽辽家吵架的。"陈诗羽说，"因为后来不久汤辽辽全家就搬走了，所以老人们对他们家的印象没有那么深刻。"

"为什么事情吵架？"我问。

"据老人说，他们都没有亲眼见到，只是从一个妇女口中听闻有这回事。"陈诗羽说，"他们说，那个妇女传言，似乎是汤辽辽强奸了那个小女孩。"

"那个小女孩是谁？"我顿时警觉，问道，"是韩亮家门口的那个小女孩吗？"

韩亮一怔，似乎明白了陈诗羽已经把事情告诉我。他并没有不高兴，只是默默地低着头。

"因为这个过程老人们没有亲眼见到，所以对当时说的是哪家的闺女，没什么印象。"陈诗羽也发现我说漏嘴，有些抱歉地看着韩亮，说，"但是，我觉得多半就是韩亮家门口的那个。"

"为什么？你有什么依据吗？"我问道。

"因为世界上不会有那么巧的事情。"陈诗羽说，"传言说出来的那个妇女，就是汤莲花。"

我似乎明白了什么，沉声说道："所以，她才会被泥巴封嘴。"

"化粪池的事情，你也别忘了。"韩亮幽幽地说道。

确实，根据陈诗羽的转述，韩亮家出事的那天，韩亮清楚地记得他的某位女同学一身化粪池的臭味，待在他家门口偷听。而和这事有关的汤辽辽，却被威胁去一个有化粪池的现场。而且，替汤辽辽赴死的汤喆恰恰又是死在化粪池里。

虽然汤辽辽家一家四口是自产自销无疑，但是汤喆、汤莲花的死亡似乎和十七年前的这桩旧事有着某种联系。

"只是不知道上官金凤又和此事有什么关系。"我说道，"上官金凤不是栗园镇的人，当初也不可能和这件事情有什么瓜葛。"

林涛、大宝和程子砚满脸迷茫的表情，完全听不懂我们在说什么。林涛问道："你们在对什么暗语吗？韩亮家门口的那个？哪个？"

我打算一会儿再跟他们解释，先问韩亮："对了，这个女同学，韩亮你想起来是谁了吗？"

韩亮摇了摇头，说："我回到我家的老房子，找了一张小时候班级春游的照片，现在送给我的班主任去辨别了，如果老人家能想得起来我圈出的那个女孩的名字，我们就有侦查的方向了。"

"侦查部门，我们都通知过了，现在对栗园镇所有的居民都在进行筛查。"陈诗羽说，"只是，这是很多年前的事情了，当时也没有闹大，所以大多数人都是道听途说一些小道消息而已，现在也都记不清了，所以侦查难度很大。"

"我说你也是的，小学同学的名字都想不起来？"我转头问韩亮。

"我本来就不太和女生打交道。"韩亮说，"而且事发的时候，我初一了，那个女生是小学同学。"

"你不太和女生打交道？"大宝惊讶道，"听到现在，我就听懂这一句。"

"他是说都是女生往他身上贴。"林涛取笑道。

"我们回来，就是叫你们一起去市局指挥部的。"陈诗羽说，"目前所有的信息都会汇总到指挥部，包括韩亮班主任回忆的情况。"

市局专案指挥室里，一片忙碌的景象。这明显不像是一个久侦一个多月未破命案的专案指挥室，倒像是刚刚组建起来的现发命案指挥室。

显然，出现这样的景象，肯定是好事。

"董局长？您的办公室搬来这里了？"我见董局长坐在会议桌前，于是问道，"是有什么突破吗？"

"八戒，你来了。"董局长抬头看了看我，脸上的表情一点也不像是在开玩笑。

"您还记得这个梗呢？"我一脸幽怨地说。

"那个女生的身份查到了。"董局长说，"嗯，现在已经不是女生了，三十岁了嘛。"

"对，他也不是男生了。"我指了指身后的韩亮，笑着说道。

"叫向三妹。"董局长用征询的目光看着韩亮。

韩亮一拍脑门，说道："是的是的，就是叫这个名字。"

"目前我们对向三妹进行了调查，调查结果是这样的。"董局长说，"她在十七年前那次事件之后不久，就随着父母到市里来打工了，初中辍学。二十岁的时候，嫁给龙番市东城区郊区的一个工厂工人，罗全起，比她大九岁。根据调查，这两人结婚十年，向三妹主要是一个家庭妇女的角色，不工作，在家做家务。对丈夫百依百顺，在邻里间口碑极好。但唯一的缺憾就是到目前为止，他们还没有孩子。"

"那当年的事情呢？"我问，"是汤辽辽强奸了向三妹，然后将她推进粪坑吗？这件事情被汤莲花传出去了？"

"这件事情已经无从查证了，汤辽辽全家都死了，涉事的人也都，都不在了。"董局长看了一眼韩亮，说，"所以，没法查。你的推断应该就是事情的真相了，因为经过我们的调查，罗全起在上官金凤出轨男人的名单之内。"

"啊！"我拍了一下桌子，说，"那还说啥！这么多巧合就不是巧合了！就是必然了！为什么还不去把罗全起抓来？"

"你别急。"董局长说，"我也知道罗全起现在的嫌疑非常大。但是我们不能从作案动机上断案。罗全起和上官金凤有染，并且最近也到医院去治疗过梅毒，所以他确实有杀死上官金凤报复的动机。同时，他也有为自己妻子报十七年前之仇的动机。但是，我们没有一项证据指向他啊。"

"谁说的？我们不是有摩托车轮胎印和鞋底花纹吗？"林涛说道。

"是，我知道。"董局长说，"但我们必须要求稳，所以我们先取证，再抓人。不然万一有什么纰漏，打草惊蛇，反而会乱了阵脚。"

"秘密取证吗？"我问道。

董局长点了点头，说："已经派人去蹲守了，目前罗全起和他的摩托车都不在家里，我们也不好直接进去搜查鞋子。因为这双鞋子既然两起案件都有痕迹留在现场，说明是他常穿的鞋子，说不定现在也穿着。所以蹲守民警决定等待他回到家后，他们先去比对轮胎印痕再说。"

董局长说得很平淡，但是我的内心却异常澎湃，看起来，这起案件离破案已经不远了。

在市局等消息，我和韩亮一起走到了走廊拐角处。

"这么多年了，你的心结也该解开了。"我劝说道，"你父亲当年是因为误会才说出不该说的话，虽然你母亲的去世和他有脱不开的干系，但是他比你更加悲痛和悔恨，不是吗？"

"母亲去世的景象在我的脑海之中，挥之不去。"韩亮说，"我也想走出来，但是总感觉有一股力量束缚着我。妈妈是个很冷静的人，因为一次吵架就乱了心神，横穿那条我们都非常熟悉的马路，我总觉得有些说不过去。"

"然而事实就是那样。"我说，"你没有理由去怀疑你父亲什么。"

"这个，我知道。但我就是控制不了自己的情绪。"韩亮说，"其实这些事情一直压在我的心头，我却从来没有细细地思忖过、整理过。这次和小羽毛无意中说起，反而让我仔细思考了一番，释怀了许多。"

"很多事情，自己憋屈自己，就会越憋越迷糊。"我笑着说，"说出来，自然就好了。我相信，咱们组里的每一个人，都愿意当你的垃圾桶。"

我正准备拍一拍韩亮的肩膀，口袋里的手机响了起来。

"师父？不会又有案子吧？"我吓了一跳，接通了电话。

"辛苦，马上去青乡。"师父简短地说。

"可是，我们在市局，串并的案子现在有重大突……"

我还没说完，师父就打断道："抓人和你们有什么关系？马上去青乡，这边有消息我会通知你。"

法医秦明

VOICE OF THE DEAD

| 第十案 |

如雷轰顶

巧合是上帝默默操控世界的方式。

——

爱因斯坦

1

青乡市最北边的郊区地带，有一个不小的镇子，镇子下辖几个小村庄。事发时，正是其中一个村庄的村主任儿子结婚办喜宴的日子。

青乡市北郊有个民俗，就是孩子结婚，家长会在自家的院落当中摆上三天三夜酒席，无论是谁来，有礼没礼，都可以吃饱喝足。虽然这种民俗让结婚的家庭备感疲倦，但是三天三夜院落里人声鼎沸、热热闹闹的，总是好事。

开始的两天，村主任儿子的婚礼办得很成功，偌大的院落里熙熙攘攘、人来人往。礼物红包收了不少，两班倒的厨师也累得够呛。

事情发生在第三天傍晚的晚席即将开始的时候，十几桌几乎依旧是人满为患，大家都在翘首以盼，盼望着镇里最有名的厨师做出的美味佳肴。

可是偏偏此时天公不作美，在热菜即将上桌的时候，突然几声惊雷，天空乌云密布。眼看着就要下起大雨了。

为了吃一顿饭，被淋个透心凉，即便是在初秋，这显然也是不划算的。于是，在豆大的雨点滴落之前，十几桌客人作鸟兽散。

其实这也不是什么稀罕事，既然下雨，酒席不继续办也是常规，算不得什么不好的兆头。可是，就在天空惊雷声声的时候，村主任看见一名客人随着一声巨响，应声倒地。

有人被雷劈了，这一幕出现在婚宴现场，似乎就不那么吉利了。

这名客人是和另一个人一同前来的，人太多了，看不清眉目，村主任甚至不知道自己认识不认识他们。在这名客人被雷劈倒之后，村主任远远地看见了，很担心因此被"碰瓷儿"。可是很快他就放下心来，因为这名客人立即被同行的人边抬边架地艰难地离开了院落。

很快，豆大的雨点扑打下来，村主任忙着张罗收拾摊子，所以也就没太在意。

第二天，村主任原以为会传遍全镇的"被雷劈事件"却丝毫没有动静。这就很奇怪了。在一个镇子里，有人被雷劈，一定是最大的新闻了，肯定会很快传播开来。可是，就连村主任主动去找那些平时好事之人询问，他们都表示没有听说这个事儿。

难道，这人被雷劈了，没事儿？那，医院总是要去的吧？

所以村主任又亲自赶赴镇卫生院，问了昨天的值班医生。医生一脸茫然，显然从来没有听说这个事情。

被雷劈了，就凭空消失了？如果是被送去城里的大医院，这种稀罕事也很快会传回小镇的呀，怎么可能杳无音信呢？

百思不得其解的村主任，毕竟还是有觉悟和警惕性的，他于是选择了报警。

派出所所长亲自来到村委会了解了情况，同样觉得这个事情突然销声匿迹很是反常。可是，村主任并不知道是否认识那两个结伴而来的年轻人。所长又派了民警询问了那天来参加酒席的人们，问来问去，就是没人注意到这两个人，更是没看见有人被雷劈。

难道是村主任老糊涂了吗？这时候就连所长都有些怀疑了。

不过，出于职责所在，所长还是决定抽调派出所非备勤民警，以村主任家为中心，向四周进行外围搜索。所长认为，如果被雷劈了，那估计是要一命呜呼了。一具尸体，可是死沉死沉的，即便是个青壮年，也未必能给尸体搬出多远。所以这件事情如果是真的，那么尸体一定就在离村主任家不远的地方。

昨晚大雨下了一夜，整个村庄都十分泥泞。十余名民警、辅警一脚深一脚浅地在村庄里漫无目的地寻找着。本来这项工作只是派出所尽责的表现，可没想到，这么一找，还真的给找出了事情。

一名辅警在跨越一条小旱沟的时候，被沟边的泥巴划了一下，直接一个嘴啃泥摔倒在沟里。他在稀软的沟内淤泥里挣扎着想爬起来的时候，一只手五指交叉地抓住了另一只手。这个另一只手，不是他自己的另一只手，可是沟里此时只有他一人。

显然，淤泥里，还有一个有人手的家伙。

好在这个辅警也是在派出所工作好几年的老辅警了，这种架势也不是没见过。所以他也没有惊叫跳跃，而是干脆一用力，就把淤泥里的尸体拉出来了一半。

一具青年男性尸体，还没有什么腐败程度，根据衣着情况来看，和老村主任描述的被雷劈的人，衣着是一模一样的。

刑警部门很快就接手了此案，法医也在第一时间来到了现场。

因为尸体被淤泥污染，所以法医无法在现场进行尸表检验，只有运回殡仪馆，清洗尸体后再行检验。只是，经过痕检部门的现场勘查，确定尸体并不是自然倒伏在沟内的，而是被人埋在沟内的。只可惜因大雨的破坏，已经无法从埋尸的现场提取到有用的物证了。

不过，这个事件就变得很蹊跷了。

一个被雷劈死的年轻人，还有同伴随行，为什么没人报警，而且尸体被草草掩埋？

疑点重重，法医不敢怠慢。他们把尸体第一时间运回解剖室，并清洗干净。尸表检验刚刚开始，就立即结束了。

因为法医在死者的头顶，摸到一个大洞。

头皮没有缺损，但是有一个弧形的裂口。在裂口之下，颅骨明显缺损了一个直径约五厘米的圆形。就像是医院进行的去骨瓣清除颅内血肿的手术一般。但显然，这个缺损不是手术遗留下来的痕迹，因为头皮的损伤是新鲜的，有生活反应的，只是出血不太明显罢了。

被雷劈，如果死亡迅速，即便身上有开放性的创口，也不会有太多的流血，这个是可以理解的。但是这么严重的穿孔性颅骨骨折是不是就有些夸张了？雷能劈出这种效果？

可是如果不是被雷劈，人力也形成不了这么规则、严重的损伤啊。

法医顿时不知如何是好。雷击死大家也是学过的，但是从来没有见过。书本上并没有说过雷有这么大的威力啊。

为了保险起见，青乡市公安局领导决定暂时停止尸体检验工作，立即打电话向省公安厅求援。

一个什么都不知道的蹊跷命案发生，师父当然是很紧张的。所以，他指令我们立即放下对连环案件的跟踪，赶往青乡市指导工作。

大宝是青乡人，以前在青乡市公安局工作，所以他和青乡市刑警部门上上下下都熟稔得很。虽然师父并没有和我们详细介绍案情，但是大宝坐在SUV的后排，一通电话下来，事情的前情起因就基本清清楚楚了。

"雷击死？雷击死对于法医来说并不难好不好？因为雷击损伤太具有特征性了。"大宝说。

"那个叫什么来着？"林涛说，"雷神纹？"

"雷击纹！还雷神锤呢！"大宝拍了一下林涛的后脑勺，说，"雷电通过人体皮肤，因为局部轻度皮肤烧伤以及皮下血管扩张所致，可伴有血液渗出，就会留下红色或蔷薇色树枝状、燕尾状的斑纹，这些花纹多见于死者或伤者的颈胸部，也可以位于肩膀、腋窝、大腿或腹股沟处。这被称为雷击纹。这种特殊花纹可以是雷击死特有的证据，有非常大的价值。你们没见过雷击纹，有的面积大的，整个胸部都是伞状、树枝状的花纹，炫酷得很。"

"大自然文身。"程子砚低头说。

"但是雷击纹并不是永久存在的，在人体死亡后，这种花纹可以在二十四小时之内褪色或者消失；在雷击后存活的机体上，也会在短期内消失，最多可以保持数日。"我说，"虽说死者的尸体是在二十四小时之内发现的，雷击纹完全消失的可能性不大，但也不是说就不可能完全消失。"

"那也容易看出来啊，雷击死有那么多特征。"大宝说。

"派出所所长可能不知道雷击以后还能存活。"陈诗羽说。

"是啊，他歪打正着。"我说，"他是认定了这个被雷击的人肯定死了，所以才会在现场周围寻找。其实他不知道，如果雷电释放出的电流直接通过人体，因为超高的电流作用，人体必然会发生死亡；如果雷电分散落地后，再间接接触人体，因为电流急剧降低，致死概率将会大大降低；如果雷电通过金属物产生感应电流作用人体或人体在电弧之内，可能会导致电休克，但大多数可以存活。根据雷电作用于人体位置的不同，结果也不同。如果电流通过心脏或脑干，导致心脏麻痹或者生命中枢麻痹，可以直接导致人体的死亡。如果形成电休克或者雷电严重烧伤之后，也可以引发继发性休克或器官功能障碍而死。甚至有人因为过度惊吓而产生神经性休克死亡。如果被雷击后不死，也有可能导致意识丧失、脑神经功能暂时障碍、传导性耳聋、皮肤烧伤等'雷击综合征'。雷击后的幸存者，也会有很多人留下皮肤营养不良性改变、神经痛、感觉障碍等雷击后迟发效应。"

"对对对。"大宝说，"有文献报道，妊娠六个月以上的孕妇，即便是遭受了雷击，发生电休克的情况也很少，而且大多数存活。但是，腹内的胎儿可能死亡，或者引发流产。可能，这是因为，孩子都是妈妈的保护神吧。"

"听起来好残忍。"陈诗羽皱着眉头说道。

"所以，青乡警方的疑点，确实可疑吗？"林涛问道，"雷击有可能导致那么长的头皮裂口吗？能造成穿孔状的骨折吗？"

"那是大家小看了雷击的力量。"我说，"雷击死最常见的损伤点就是头部了，而且雷击不仅仅可以造成颅骨骨折，甚至可以造成皮肤广泛撕裂、体腔开放。"

"这么狠？"林涛打了个冷战。

"当然狠，不然天打雷劈怎么会出现在毒誓的誓词里？"我说，"还有更神奇的，雷击有的时候可以将死者的衣服撕裂并且抛出一段距离，看起来就像是强奸案件一样。"

"幸亏这是极少见的情况，不然就会被网络喷子利用了。多好的谣言啊。"大宝说。

"既然都符合，那还有什么疑点。"林涛说，"雷劈当然是意外，又没有什么人可以操纵雷电。"

"疑点，倒是也有。"我说，"从尸检的角度看，雷击死经常可以看到雷电烧伤，尤其是死者身上的金属物件，有可能直接被融化、黏附在尸表，即便不融化，也会在皮肤上留下和金属物件形态一致的烧伤。可是，从大宝得来的消息看，并没有类似的情况。从现场勘查的角度看，既然是被雷击死，就应该是当场死亡，被人拉出去两公里埋在沟里，自然是不正常的，我们必须要查清楚是怎么回事，要有合理解释。"

"这人肯定是干了坏事，不然怎么会遭雷劈？"陈诗羽说。

"不要迷信。"我说。

我们一路聊着雷击死的知识和案例，不知不觉中就来到了青乡市殡仪馆。按照约定，青乡市公安局的法医和技术人员们都已经等候在了解剖室的门口。

我们马不停蹄，立即穿上了解剖装备，和大家一起走进了解剖室。

解剖台上的尸体，是一具青年男性尸体，正常体态，穿着花短袖衬衫，普通的牛仔裤，以及白色的慢跑鞋。尸体虽然经过了清洗，但还是可以看得到到处都有淤泥的残痕。尤其是头发，目前还没有被剃除，也不易清洗。

"衣服果真没有任何雷击烧伤的痕迹。"我走到尸体旁，左右检查着尸体，说，"他还戴了一个金属的手环，手环没有异样，也没有在手腕皮肤上留下痕迹。你们的怀疑，是有依据的。"

我让大宝剃除死者的头发，而自己则将死者的手环取了下来，看着，说："尸体的尸源没有找到？"

"特征不多，正在调查，但是还没有线索。"青乡市公安局的孙法医说道。

"这个手环呢？"我问，"查了吗？这个手环上面刻了字啊。"

"这种刻字的金属手环，在某宝上一找一大堆啊。"孙法医说。

"不，这种刻字，是手刻的，不是机器刻的。"韩亮凑过头来看了一眼，说，"现在这种手艺人不多了，建议你们在附近查一查。"

"这写的是什么字？"我问道。

"隶书，做一个比财神爷更有钱的人。"韩亮说道，"字体很特殊，能找到这家店，就一定能被刻字的人认出来。而且这么二的寄语，也一定会给刻字的人留下印象。"

大宝那边的进度也很快："头发剃完了，头顶确实有个创口。"

我走到尸体的头侧，触摸了一下他的头皮创口位置，发现下面的颅骨确实缺失了一块。我拿过一只长止血钳，从头皮创口的位置伸了进去，不久，我感觉到钳头碰到了一个硬物，接触起来，发出叮叮的脆声。

"果真不是雷击死！"我直起身来，慌忙地说，"赶紧开颅，他的颅内有异物！"

当然有异物，任何人的颅底，都不应该有金属制品。

分离头皮、分离颞肌、电动开颅，取下颅盖骨的时候，我们全都惊呆了。

死者的颅底已经被完全摧毁，有一个规则的圆柱形的物体正扎在颅底，露出黝黑的尾部。周围的脑组织已经全部被挫碎了，像是碎豆腐渣一样被挤压在金属物体的周围。

"我去，这是什么鬼东西？"大宝比画了一下，设想着他该如何把金属物体给取出来。

还没动手，大宝就被韩亮拦住了。韩亮朝我们说："大家都退出去，赶紧联系特警排爆部门。因为这是一枚没有爆炸的火箭弹弹头。"

机械地退到了解剖室外安全的地方，我的脑子里还是蒙的。不是雷击死，这个我们有心理准备，但是脑袋瓜子里有一枚火箭弹弹头，这是我从来都没见过，而且从来都没敢设想过的事情。

"好悬，要是你拿止血钳戳的那几下，万一触碰到了底火，我们就全完了。"韩亮擦了擦额头上的汗珠，说道。

"这，这也太夸张了吧？用火箭弹杀人？"大宝说，"林涛说雷击不能人为操控，所以是意外，但现在看起来是被炮打死的，可以人为操控了吧？"

"我们国家连枪都严格禁止，哪来的炮？"我问道。

"不会是用炮杀人。"韩亮说，"炮弹和枪支子弹不一样，它的威力主要来源于弹头爆炸产生的杀伤力。这是一枚没有爆炸的火箭弹弹头，难道是有人要轰炸村主任的喜酒酒席，没想到弹头不仅没炸，而且恰好钻进了一个人的头颅？"

"这不是制式火箭弹吗？"我问。

"是的。"韩亮说，"但是具体的型号，还是需要特警排爆部门给取出来再说。但不管怎么说，这种东西一般人是弄不到的。"

我看了看韩亮，他的表情中是有后怕，但是没有多少担忧。我便知道他想的是什么可能性了，于是说："那就不着急，等着吧。"

2

将一枚没有爆炸的弹头从死者的颅骨里取出来，这不仅仅对我们来说是一件稀罕活儿，对于特警来说，也是一件稀罕活儿。

看着死者被扒开的头皮，以及被锯开的脑壳儿，特警排爆队员也是露出了一丝惧色。后来我硬是壮着胆子重新进入解剖室，给特警队解释了一下人的颅底的大概构造，并且给他鼓气加油之后，才重新离开了解剖室。

估计是比较有把握的原因，特警队员并没有像我们想象中那样，穿着厚重的防爆服，而是拎着工具箱直接走进了尸体解剖室。也没有像我们想象中那样，特警队员并没有多费事，只花了十分钟，就将那一枚沾着血迹的弹头装在一个防爆桶里拿了出来。

"等会儿，等会儿。"韩亮走到防爆桶的旁边，侧着脑袋看着里面的弹头。

"你们准备怎么处理这个弹头？"我问道。

"引爆。"特警队员说。

"这种40毫米火箭弹，在越战之后，就已经被报废了。现在军队里不用这个了，民间也不可能有这个。"韩亮说。

我想了想，对特警队员说："麻烦你们在附近找个安全的地方，就近引爆。碎片请立即送往市局理化实验室进行检验。"

"我猜啊，这个弹头里面填充的，是碘化银。"韩亮胸有成竹地说，"我陪他们去引爆吧，车你开。"

排爆结束，我们还得继续进行尸体解剖。

"你刚才和韩亮在说什么？"大宝问道。

"这个，等鉴定结果出来，就知道了。"我一边说，一边检查着死者已经被摧毁的颅底，"死者颅底完全崩裂，脑组织完全挫碎，他死于重度颅脑损伤。"

大宝按照解剖术式，打开死者的胸腹部，动作显得小心翼翼，他说："这家伙肚子里不会还有个炮弹吧？"

"怎么可能？"我笑着帮助大宝打开死者的胸骨，说，"这种事情，属于千万分之一的极端巧合事件，怎么会在一具尸体上出现两次极端巧合？"

"胸腹腔脏器位置正常、未见破裂出血，胸腹腔内未见出血。"大宝说，"不过有瘀血的征象，说明他的死亡过程非常快。"

"你把胃打开。"我指了指死者的腹腔。

大宝点点头，麻利地找到死者的胃，说："嗯，显然是刚刚进食就死亡了，食物没有消化程度。"

这和我们之前了解到的案情是吻合的。

就在此时，我听见不远处发出"轰"的爆炸声，于是停下手中的工作，说："大宝，你把死者的耻骨联合取下来，找尸源用。我要去和韩亮会合，一会儿我们在市局见面。"

"没问题，去吧。"大宝说，"估计老孙去部署调查手环也该回来了，我们见面的时候，说不定就有查找到尸源的好消息了。"

从市局理化实验室出来的时候，大宝的骨骼提取工作还没完成，尸源的调查也一样还没结束。所以我和韩亮二话不说，直接驱车赶往青乡市气象局。

坐在气象局的会议室里，我们把解剖现场提取到的完整的、沾着血液和脑浆的弹头照片出示给局长看，说道："经过理化检验，弹头里确定是碘化银。正是因为确定了这个结论，我们才敢过来冒昧地找您。"

局长皱着眉头，强压着心头的恶心，说道："你们的判断，应该是没有错的。不过，我要去查一下最近的人工增雨记录。"

我点了点头，看着局长离开会议室，走到会议室门口还干呕了两声。

不一会儿，局长重新返回，问道："事情，是什么时候出的？"

"现在准确的时间，没有人能说明白。"我说，"不过，是昨天晚餐之前左右的时间，这个是可以确定的。"

局长面色凝重地点点头，说："那就不错了，那个时间段，我们确实进行了人工增雨。"

"所以，可以确定这一枚是你们人工增雨发射的火箭弹头，对吧？"我稍感安心，说，"没有爆炸的。"

局长叹了口气，说："这种弹头不爆炸的情况，已经是非常罕见的情况了。没有爆炸，居然还会砸死一个人，这情况真是百万分之一的极端概率事件啊。"

"按您这么说，没爆炸、砸了人，弹头居然还会隐藏在死者的颅内，那就是小说中才有的事情了。"韩亮耸了耸肩膀说，"结果被我们碰上了。"

"无巧不成书。"我说，"但这个概率也没有你们说的那么极端，我在《法医学杂志》上看到过类似的报道，那个案例更夸张，同样是被炮弹砸死后，不知道怎么就拿到了火化证明，于是尸体在炉子里火化的时候，体内的弹头爆炸了，把整个殡仪馆的火化炉都炸坏了。那才是真的危险啊。局长，我们回去后，会走正规程序，将弹头弹片的检验情况，以及弹片一起给您送来，经你们的检验认可，完善证据链条。"

"死者的家属，不会来闹吧？"局长问道，"我这边也需要向上级主管部门汇报，这个赔偿和安抚工作，我们一定会积极进行的。"

我点头认可局长的表态，说："尸源会找到的，但是目前我们警方还在努力。"

"居然不知道死者身份？"局长瞪大了眼睛，"遇到这种事情，老百姓不是应该第一时间报警吗？难道是在荒山野外被击中的？"

"不，是在一个人的婚宴现场。"我苦笑着说道。

看着局长不解的表情，我心想，哪里是第一时间报警，人家是第一时间埋尸好不好？话说这个埋尸动作实在是让人费解，不查清楚，也让人不得安生。

也算是查清楚了死者的死因和事件的源头，我们心情不错地返回了市局。走进了市局大院，就看见陈诗羽、大宝、林涛和程子砚正下楼到门口，面色焦急。

"怎么了这是？尸源找到了吗？"我问道。

"走，跟着前面孙法医的车，车上说。"陈诗羽一个箭步就跳上了车，指着前面，说道。

原来，之前的调查工作并不顺利。陈诗羽带队的一路，主要是依据死者的面貌和衣着特征，进行了访问调查。虽然依旧不清楚这个人的具体身份，但是仍有几名群众对他的外表有一定的印象。调查的最终结果，只能锁定这个人曾经在附近几个村落的中心点——青林镇多次出现，分析他应该在青林镇里居住。

另一路，孙法医在尸检进行的时候，及时把死者所佩戴的金属手环信息传达给了侦查员，侦查员依据这一线索，在原先框定的镇子的范围内进行了搜索，果真找到一家制作手工饰品的店面。毕竟想比财神爷还要有钱的人不多，所以刻字的老师傅对同行而来的两名年轻人还是有一定的印象的。

掏钱买这个手环的，是一个年龄偏大一些的年轻人，二十四五岁的样子，没有什么体表特征，喜欢穿一件花衬衫，就是在出事那天死者穿着的那种衬衫。陪他一起来的，是一个只有二十出头的年轻人，因为文着一个花臂，所以给老师傅的印象深刻。

老师傅断言，这两个年轻人，肯定不是镇子里的原住民，而是外来在镇子里租房子住的年轻人。一般人会去市区租房子，在偏僻的、市区附近的镇子里租房子的，要么就是在镇子上做小生意的或者在镇子上的工厂里打工的农村居民，要么肯定就是不干好事的人。

做小生意的人，都要和镇子上的居民交往，不可能人人都不认识。镇子上的工厂也就那么两三家，能租出房子的房东也就那么十几个人。所以，警方立即兵分两路，一路去工厂进行调查，一路去询问租房的房东。

毕竟文花臂比穿花衬衫的特征性要强很多，而且在这个小镇子上，文花臂的人实在是罕见，所以有了这个信息，警方寻找起来也更加方便。虽然镇子上的几家工厂都明确自己的厂子里并没有这样的打工者，但是对那些离开镇子生活、把镇子里的居所出租出去的人的调查，很快就摸出了线索。

确实有一名居民因为全家移居市区，而将自己的老宅子租给了两个年轻人，其中一个年轻人就是花臂。

警方再次兵分两路，一路根据租房时留下的租客身份信息进行外围调查，而另一路则立即前往位于镇子最东边的居所进行调查。

可是没有想到，消防车超越了民警的警车，先行一步赶到了目标居所。这个时候，民警才发现，这个独门独院的平房，此时火光冲天。

在消防队用水枪灭火的同时，侦查员了解了情况。因为这一栋平房院落和其他房屋之间有一些距离，所以平时即便是住在周围的人，也没有注意到租住在这里的租客是做什么的，甚至对文身、花衬衫这些线索都毫无印象。但是今天中午的时候，周围的群众就似乎闻见了有焦煳的气味，当时正好是午饭时间，所以也没有人注意。直到下午大火烧起来了，浓烟滚滚，镇民这才意识到这里失火了。

附近的镇民立即组织起来，企图救火，但是院门紧闭，没有消防器材的镇民根本不可能自行灭火，于是拨打了119报警。然后就是民警们看到的现状了。

水龙和火舌在房顶上交锋，此消彼长了好长一段时间，大火才被压住了火势。但此时平房房顶的房梁已经有一半烧毁，全部瓦片都已经塌陷，整个平房残垣断壁，已经呈现出完全露天的状态。整个房内都向天空中冒着青烟，还不断有一些房梁上烧煳的炭屑掉落下来。

消防员戴好了安全帽，小心翼翼地进入了火灾现场，一是要确定火点全部扑灭，二是要确认火场内是否有伤亡人员。

很快，消防员在平房卧室内，发现了一具完全炭化的尸体。

不管他是不是花臂，这毕竟是一起亡人火灾。侦查员立即向指挥部汇报，于是指挥部要求刑侦和刑事技术部门能抽调的力量都赶往火灾现场。

他们在准备出发的时候，我和韩亮正好回到了局里。

到了现场，我们的眼前一片焦黑之色。地面有大量的积水，但半空中仍然飘浮着燃烧粉尘的颗粒。

我蹲在院门口的地面上，看着从屋内不断流出的积水，说："水的上层没有漂浮油污。"

"你是说，没有助燃剂？"大宝问道。

如果有汽油、柴油助燃，那么大火被扑灭之后，因为油比水轻，所以油污会浮在水面之上。那么在因为大火、灭火而破坏了的现场，最直观判断有没有助燃剂的办法，就是观察积水的状态。

而现场有没有助燃剂，对于案件性质的判断也会有一定的帮助。

"只能说，没有汽油、柴油之类的助燃剂吧。"我说道。

我们并不能直接进入现场。因为房屋随时都有坍塌的危险，消防部门正在进行现场内的清理，不允许我们进入现场。于是，我们只能站在院门之外，看着全身武装的消防官兵进出于现场。

不过，尸体此时已经被从现场里抬了出来，裹在尸体袋里，放在院落的一角。

"死者烧得怎么样？还能辨别出什么不？"我问身旁的消防战士。

小战士摇了摇头，说："全烧焦了，男女都看不出来。"

"你说，事情怎么就会这么巧？"我问孙法医，"我们查到哪里，哪里就出事？"

"此事定有蹊跷。"孙法医说。

"现场这么多人围观，确实不方便，但我还是很想看看尸体的状态。"我看了看不远处黄色的尸体袋，说道。

"我也想。"大宝摩拳擦掌。

"反正现场也进不去，不如先看看尸体什么情况。"林涛说，"不知道是不是那个埋同伴的花臂。"

"一个被雷劈，哦不，是被炮轰，一个被火烧，这俩人究竟是干了多大的坏事啊。"大宝说。

"哦，对，忘了告诉你们。"我说，"那个死者的死因搞清楚了。是气象局人工增雨的火箭弹弹头没有爆炸，直接扎到他脑袋里了。气象局那边已经确认了。"

大宝难以置信地看着我说："我在杂志上看到过相似的案例报道。"

"极端巧合吧。"我耸了耸肩膀，走到消防车旁，和驾驶员沟通了几句，让驾驶员开车挡住尸体的位置，防止被围观群众拍摄。然后我戴上手套，拉开了尸袋。

一具完全烧毁的尸体躺在我的面前，看上去无比脆弱。甚至只要我轻轻施力，都有可能导致那完全烤酥的手指断掉。

我小心翼翼地将尸体摆放平整，看了看他的左手。虽然尸体左侧胳膊几乎完全炭化了，但他左手掌却大部分保存完好。这个很是奇怪，因为手掌、手指是肢体的末端，软组织也少，是最容易被烧毁的部位。尸体的右手就已经完全烧毁，看不出形状了，但是他的左手是完好的。既然左手大部分完好，左手腕的一部分皮肤也是完好的。

而正是从这个保存下来的左手腕皮肤上，我们看到了文身的痕迹。

"是了，应该不错，这个人就是那个被火箭弹砸死的人的同行人。"我指了指尸体的手腕，说道，"这事儿就更蹊跷了。他为什么要埋一个意外死亡的人，他又为什么会在这个节骨眼儿上，被烧死？我看，这事情没有那么简单，他很可能不是意外死亡。"

"殡仪馆的同志来了。"陈诗羽拿着一个笔记本和一支笔，用笔指了指刚刚停在消防车后的运尸车，说道。

"好，赶紧运走尸体，我们要立即开展尸体解剖工作。"我说。

"好的。"陈诗羽点点头，说，"另外，侦查这边，结果也反馈回来了。"

"身份查清楚了？"我问道。

"基本查清楚了，等待死者家属来采血进行DNA验证。"陈诗羽说，"这两个人，花衬衫叫钟强，花臂叫钟大发，是同村的堂兄弟。他们是我们的邻省南和省人，一年前，两个人结伴来青乡打工。但具体做什么，他们的亲戚朋友搞不清楚。只知道他们跟了一个挺有本事的'老大'，跟着老大挣了不少钱。"

我见陈诗羽停了下来，于是问道："就这么多？"

陈诗羽点点头，说："其他的，就什么都不知道了。所有的侦查资源都用上了，并没有这两个人的踪迹。他们老家的人，也什么情况都不了解。现在两个人的父母都在往青乡赶，是我们要求他们来采血的。不过通过和他们的交流，感觉他们对孩子的死并没有什么痛心疾首的反应，更多的还是关注政府会不会因为这种意外事件，给他们赔钱。"

"肯定是要赔一大笔的，他们如愿以偿了。"我叹了口气，挥手让韩亮发动汽车，赶往青乡市殡仪馆。

3

烧焦的尸体被放在解剖台上，除了左手略显僵直以外，其他三个肢体都已经被烧弯曲了，呈现出近似"斗拳状①"的姿势。

我们穿好解剖装备，走到尸体的旁边，从上到下进行了一遍检验，发现尸体全身的衣物都已经消失殆尽。但是从还没有完全炭化的外生殖器可以判断，这是一具男性尸体。

除了尸体的左手，其他部位的皮肤都已经烧毁，露出的肌肉纤维也因为高温的作用，而变得坚硬，一缕一缕规则排列的坚硬肌纤维，就像是被梳紧的发束一样遍布尸体的全身。

我用手术刀试了试肌纤维的硬度，几乎是难以切断，于是改用剪刀，将尸体胸口处的肌肉逐层分离开来。

高温的作用，越往体内，效果越小，所以分离到肋骨的时候，我们发现肋骨似

---

① 人体遇到热反应后，肌肉组织收缩，导致肢体挛缩，尸体会形成看似拳击的姿势，故称为斗拳状。

乎保存良好。

"先取一截肋软骨，送DNA实验室。"我说。

因为高温的作用，尸体内部的血液都高度浓缩，甚至成为干渣状，提取起来不容易，还不如提取肋软骨检验，更能保证DNA的准确性。

"哎呀，最怕闻见这样的味道，又是几个月不用吃烤肉了。"大宝皱了皱眉头，熟练地用手术刀切开尸体的胸锁关节，又用咬骨钳剪开第一肋骨。

"等会儿等会儿。"我制止了大宝的动作，用手术刀和止血钳分离开一半烧焦、另一半烧熟的胸锁乳突肌。

"你看，这是不是出血？"我用止血钳指着肌肉上一块暗红色的斑块，说道。

"可惜没有颈部肌肉了，没法印证这是不是损伤。"大宝用手背推了推鼻梁上的眼镜，说，"不过按照经验来看，还真像是损伤出血。"

我点了点头，放轻了动作，用"掏舌头"的方法，整体提取出尸体的喉部组织。

"舌根部没有烟灰炭末，喉头没有烟灰炭末。"我一边说，一边剪开尸体的气管和食管，说，"气管和食管内没有烟灰炭末，没有热呼吸道综合征。好吧，没的说了，这是死后焚尸，极有可能是一起命案。"

大宝凑过来看了看，说："这事儿，不会是巧合了吧。"

我想了想，继续分离出死者的甲状软骨和舌骨，虽然周围的软组织都已经高温变性，但还是能将两根骨头从容易骨折的地方分离出来。

"舌骨大角骨折，甲状软骨上角骨折。"我说，"骨折附近软组织可以看出出血痕迹，说明死者应该是被掐扼颈部致机械性窒息而死的。"

"对，颈部肌肉没有索沟①，所以肯定不会是勒死或者缢死。"大宝补充道。

"扼死不能自己完成，说明这就是一起命案了。"我说。

"我有点听不懂了。"程子砚在一旁负责拍照，问道，"既然确定了死后焚尸，那不就已经可以确定是命案了？"

"万一是死者上吊自杀，有人怕某些事情暴露，烧毁现场呢？"我微笑着看着程子砚，说，"就像是那具被莫名其妙地埋葬的尸体，不也确定了是一起意外事件，而不是他杀吗？"

---

① 人体软组织被绳索勒、缢后，皮肤表面受损，死后会形成局部皮肤凹陷、表面皮革样化，会完整地保存下被绳索勒、缢时的痕迹。这条痕迹被称为索沟。

"是啊。"程子砚恍然大悟，说，"看来死亡方式的推断，还真是不能想当然。"

"是啊。"我说，"死亡方式的推断，一定要建立在死亡原因、现场状况等综合情况的基础之上，而不能简简单单地根据一种现象而推断。就比如我们以前说过的，自杀碎尸的事儿。"

"这两个人，是跟着那个什么'老大'干活儿的。掐脖子这活儿，可没想象中那么简单。"大宝说，"说不定就是那个'老大'的武力值爆表，给他杀了。不然，镇子里的人都不认识他，他一个打工仔又没钱又没色的，谁杀他啊。"

"是啊，你说的可能性比较大。"我说，"不过，咱们也不能瞎猜。作案动机这事儿，还是需要侦查外围调查提供更多的线索。"

"死者的头部，有硬膜外热血肿，但是脑组织没有明显的外伤和出血征象。"同时在检验尸体头部的孙法医说，"可以排除颅脑外伤了。"

我点了点头，说："死因基本是明确的，胃内容物也是空着的，说明今天的中午饭他都没吃就死了。另外，已经有了身份信息等待DNA验证，也不需要提取耻骨联合了。其他也没什么好检验的了。"

"那我缝合？"大宝双手拍了拍，试图把手套上黏附的黑色颗粒给拍掉。但因为高温作用，尸体的脂肪都会溢出，所以很容易黏附在手套上，使得整个手套很滑。大宝试了试戴着手套去缝合，最后还是决定换掉手套。

"等等。"我指了指尸体的左手，说，"你说，一般尸体烧了以后，就会斗拳状，这个尸体的左手为什么没有被烧毁？"

尸体的左手没有被烧毁，我们也是通过手腕的文身才大致确定了他的身份。

"是啊！"大宝翻了翻眼睛，说，"难道，是左手被压住了？"

"压住了？"我觉得大宝说得有道理，于是问道，"那会是什么东西压住的？"

"那，那是不是只有自己的屁股能压得住？"大宝比画了几下，说道。

"对啊，尸体背面我们还没有仔细检查呢。"我说完，连忙帮大宝一起简单地将尸体正面缝合起来，然后将尸体翻了个身。

被烧焦的尸体，因为软组织都硬化了，基本是不太指望能像正常尸体那样完美缝合的。我们只能简单用线将切口闭合，防止体腔内容物溢出。

尸体的背后，同样焦黑一片。因为尸体一直是仰卧位，所以背后黏附着大量的烟灰炭末，从而遮盖了其真实的面目。我拿来了一块毛巾，用水浸湿，慢慢地清理着满是烟灰炭末的尸体后背。

清理了许久，整个后背的真实面目终于暴露了出来。后背和前胸一样，都是像发束烧焦了一样的肌纤维成块地排列着。唯独在左侧的腰间，有一块熏黑了但是没有烧焦的皮肤。

"这说明尸体被烧的时候，是仰卧的。"大宝说道，"因为背部朝下，所以烧毁的程度轻一些。"

"可是，大部分后背还是烧毁了呀。"程子砚在一旁插话道。

"对啊。"我说，"烧毁程度，是由周围有没有充足氧气而决定的。如果有物体在左侧后背紧贴，那么这一块皮肤周围氧气就不足了，就不会被完全烧毁了。"

"你是说，他的左手紧贴着这一块腰部皮肤导致其没有被烧毁？"程子砚问道。

"聪明。"我笑了笑，将尸体的左手背过来，压在那一块没有烧毁的皮肤上。

确实有一部分可以吻合，可是，仍有一块方形的皮肤，并不能被左手背覆盖。

"那，这又是怎么回事？"大宝问道。

我蹲在尸体的旁边，盯着这一块没有烧毁的皮肤，说："剩下的这一块皮肤，太规则了，你不觉得吗？"

"啥意思？"大宝也蹲了下来。

我用止血钳沿着皮肤的周围画了一圈，说："除非，他的手上拿着一个东西。"

"这么急急忙忙地赶去现场有用吗？"程子砚坐在车的后排，说，"还不知道消防会不会让我们进去。"

"那是必须的，就是你们市局的勘查车，也太难开了。"我一边开车，一边说道，"我说几个方面的问题。第一，凶手杀完人为什么要烧房子？这是一个很偏僻、没有人关注的房屋，如果有人死在里面，即便是腐败了、白骨化了，依旧很难有人发现。烧房子无异于自行暴露，那么凶手为什么要这么做？我觉得有一种可能，就是他要寻找一个东西却没有找到，只能烧了房子，毁尸灭迹的同时，毁物灭迹。"

"然后呢？"程子砚问道。

"第二，"我说，"死者在临死之前，左手藏在自己的后背。即便是被掐死，都没有改变这个姿势。结合他后背皮肤的保存，证明他的左手拿着一个东西，压在了后背。为什么要这么做？说明这个东西很重要，他不想让凶手得到。即便是死，也不能被对方得到。既然燃烧的时候，东西还在后背，说明这个东西果真没有被凶手拿走。结合以上两点，说明这个东西，无论对死者，还是对凶手，都非常重要。"

"你不是要找这个东西吧？"大宝问道。

我点点头，说："第三，消防官兵在清理现场的时候，发现有尸体，第一反应是将尸体运出来。因为现场已经大部分坍塌，所以他们不会注意到尸体下方的不起眼的物件。而拉出尸体的时候，也会破坏尸体原始的姿势。因此，我们差一点就没有发现这个蹊跷所在。如果我们现在不立即去寻找这个物件，万一有火点复燃，很有可能就会将没有遮盖的物件烧毁。"

"可是，这个物件真的有这么重要吗？"大宝说，"火灾现场进去是有危险的。"

"这个物件，很有可能就是破案的关键。"我说，"所以无论有多危险，我们都必须去找。"

不一会儿，我们来到了现场的附近。夜幕已经降临，几辆消防车上的探照灯向现场房屋投射强光，仍有几名消防队员在对现场进行清理。

林涛蹲在现场院落的附近，百无聊赖地玩着树枝。

"你，不会还没进去吧？"我走到林涛的旁边，指了指院内。

林涛耸了耸肩膀。

"他俩呢？"我指的是韩亮和陈诗羽。

"说是通话记录有线索，他们去移动公司了。"林涛又一次耸了耸肩膀，说，"他们现在成搭档了？有官方文件吗？"

我笑了笑，说："走，我们进去看看。"

"不行，消防不让进。"林涛第三次耸了耸肩膀。

我四周看看，走到一辆消防车旁边，打开储物箱，拿出几个消防头盔，伸手递了出去，说："这次我们一定要进去。"

"好啊！"林涛一下跳了起来，一手小心地按住头发，防止头发变形，一手将头盔戴上，说，"我快无聊死了！再不让我进，我就要疯了。"

"唉唉唉，你们干吗？"一名消防战士看出了我们的企图，伸手拦着我们。

"有这个呢。"我拍了拍头上的消防头盔，说，"我们都是一样的逆行者，你们可以在危险中穿梭，我们也可以。加油！"

消防战士愣了一愣，我们瞅空钻进了警戒带，来到了满目疮痍的室内。

因为没有了房顶，所以探照灯透过房梁将屋内照得雪白。

"尸体在哪里发现的？"我拉过身边的一名小战士问道。

"这里。"战士指了指屋内东北角的一堆焦炭，说道。

"死者的原始位置，就是他死后固定的位置。"我说，"也就是那个物件应该所在的位置。勘查铲带了没？"

林涛从屁股后面摸出一把铲子，说："必须的。"

"挖吧，找一个方形的东西。"我指了指那一堆焦炭，说道。

"体力活？那大宝干比较合适。"林涛把铲子递给了大宝，说，"我这衣服干洗一次二十块呢。"

"我来就我来。"大宝说，"你干我还嫌慢呢。"

说完，大宝开始挖掘燃烧残骸。

从残骸的形态看，这里有木块的碎屑，甚至偶尔还能看到花色的布片，还有裸露的电线头。看起来，死者躺卧的位置，应该是一张床。只是烧得非常严重，看不出床框的形状了。

"重点是这一块。"我指了指废墟的一片范围，说，"如果是一个人正常躺卧在床上，那么他的腰间，就应该是在这一块。"

先是床和床上用品的燃烧，再是房顶的塌陷，让燃烧废墟很厚。再加上水枪的冲刷，让那些废墟黏合起来，更加难挖。不一会儿，大宝的额头上，就满是汗珠了。

"大宝，加油。"林涛在一旁鼓着掌喊着。

"别喊了，找到了，是不是这个？"大宝费劲地弯下腰，从一堆瓦片之中，拽出了一个方形的东西。

"方形的？"我眼前一亮，说，"这是什么？"

大宝扔下勘查铲，说："一个笔记本。"

"太好了！"我上前两步，抢过笔记本，翻了起来。

这是一个硬皮笔记本，因为高温的作用，笔记本的硬壳封面已经烤焦，但是里面的纸张除了每个页角都有烧焦的痕迹以外，其他部分大多保存完好，只是被烟熏得微微发黄。

笔记本有一半都记满了看不懂的数字，看起来像是电话号码，又不完全是。

"这是什么鬼？密码本？搞间谍的？"我一边翻着笔记本，一边说道，"这，这完全看不懂啊，这是要我们找密码专家吗？密码专家是不是只有军方才有？"

说话间，本子里夹着的两张照片掉落了出来，在落到积水上之前，被手快的林涛一把抓住。林涛说："这有照片，哎呀我去。"

　　我凑过头一看，两张照片上，是两个不同的女孩，都十分美丽。相同的是，两人都是全身赤裸，拿着一张身份证。

　　"搞了半天，这个重要物证，原来就是黄色照片。"大宝鄙夷地擦了擦额头上的汗珠，估计心里面为这一番忙活感到不平。

　　"你见过黄色照片的模特，手上还拿个身份证的？"我说。

　　"啥意思？"大宝瞪了瞪我，说。

　　"这是套路贷。"我说，"如果我没有猜错，这是套路贷的手段，而这两个死者，就是实施套路贷的犯罪分子。"

　　"你咋知道？"大宝问道。

　　我说："现在在大学校园里，有些女生互相攀比，而不考虑家庭的实际状况。于是，有些犯罪分子就有机可乘了。他们先是用低利率或者无息贷款的方式，引诱这些女生上钩，然后诱使或迫使被害人签订'借贷'等相关协议，通过虚增借贷金额、恶意制造违约、肆意认定违约、毁匿还款证据等方式形成虚假债权债务，并借助诉讼、仲裁、公证或者采用暴力、威胁以及其他手段非法占有被害人的财物。说简单一点，就是先用小恩小惠引诱，然后增加借贷金额，最后使用诸如'裸照抵押'等方式，威胁女生就范。"

　　"这实在是太可恶了！"大宝说，"这些女生不报警吗？"

　　"因为对方手上有被害人的裸照，很多女生不愿意报警，害怕自己的名誉受损。有些被害人，甚至因为绝望，放弃生命。"我说，"这样的犯罪，一般都有严密和固定的犯罪组织，一般都是三人以上共同犯罪。"

　　"其实遇到这种事情，报警才是最好的选择。"林涛说，"警方不仅可以帮助她们解决这些套路贷的问题，还会严格保守她们的秘密，帮助她们消除所有的隐患。不过，现在'扫黑除恶'如火如荼，这些套路贷的人，就是黑恶啊！怎么还有人敢冒天下之大不韪？"

　　"所以他们才会选择这么隐蔽的地方，作为他们的窝点。"我想了想，说，"对了，林涛，你曾经说过，有个同学说，反电诈是他们的事业，但电诈却是那些犯罪分子的人生。说这话的人，他所在的部门，不是不仅反电诈，也打击套路贷吗？"

　　"对啊！"林涛说，"我明白了，我马上把这一本密码给他发过去。我们看不懂的东西，他们说不定就能看得懂呢！"

　　我们四个人围坐在勘查车旁，凭着勘查车的灯光，把笔记本的每一页都拍成照片，然后由林涛通过微信发送给他的同学李俊翔。

"行了。"林涛收起手机，说，"我们不如就静待结果吧。"

4

第二天一早，刚刚过六点半，我就被一阵急促的敲门声给惊醒了。

我睡眼惺忪地打开门，发现门口是陈诗羽和韩亮。

"怎么？案子破了？"我揉着眼睛问道，此时的我，胸有成竹。

"破了，不过，龙番市局希望我们能尽快回去，因为向三妹夫妇已经失踪一天了。"陈诗羽说道。

一听见陈诗羽的声音，和我同屋的林涛一下从床上弹射了起来，抓住被子挡在胸口。

"几点了都？"林涛问道。

"别管几点了，龙番的案子才是最重要的。"我走进卫生间，开始洗漱。

"案子是怎么破的？"我们坐上了韩亮的车，我问道。

"其实也挺简单的。"陈诗羽说，"你们找到的那本笔记本传到省厅之后，很快就明确了这个团伙最近正在龙番疯狂作案，这本笔记本就是设计套路贷的一个犯罪团伙的所谓'账本'以及被害人的联系方式。另外，我和韩亮这边，也找到了钟强死亡之后，钟大发立即和一个陌生电话进行了通话的记录，很有可能是商量如何处理钟强的尸体。这个号码虽然是虚假身份证明办理的，但是也是一条线索。顺着这个电话号码，我们又找到了那几名套路贷被害人，根据辨认，这个号码正是最初和她们联系的号码。也就是套路贷犯罪集团的'老大'。"

"然后你们花了几个小时的时间就把'老大'给抓住了？"我好奇地问道。

"出乎我们意料的是，几名受害人反映，这个号码的主人，是一个女孩子。"陈诗羽说，"是一个天天在校园门口发贷款传单的清纯女孩。因为每个学校的门口其实都有监控录像，所以我们很快就掌握了女孩子的外貌特征。有了手机号和外貌特征，我们没费多大力气，在今天凌晨三点就把她抓获了。在她的住处，我们搜到了钟大发和钟强使用的手机。去了刑警队，没过多久，她也就交代了。"

我瞠目结舌，过了许久才问："清纯女孩？你说这个清纯女孩掐死了她的同伙？点燃了现场？"

陈诗羽点点头，说："是啊，怎么了？"

"这个'老大'是女孩？"我还是不放心地问道，"一个女孩如何掐死一个小伙子？"

"一个女孩怎么不能掐死一个小伙子了？"陈诗羽晃了晃拳头，说，"你们谁能打得过我？"

韩亮缩了缩脑袋，说："打不过，打不过。"

"根据这个女孩，也就是犯罪嫌疑人吴昊交代，她今年二十八岁，之前十年都是在青乡市做足浴城的技师。"陈诗羽接着介绍道。

"怪不得手劲那么大。"大宝吐了吐舌头。

陈诗羽说："后来她的老板总是诱惑她卖淫，她拒绝了，于是辞职。但毕竟还是要在这个城市生活的嘛，于是就跟着一个犯罪集团混事。混着混着，她就成了'大哥的女人'。这两年，吴昊一直跟着她的男朋友，也就是犯罪集团的头目干着套路贷的勾当，而她就是负责发传单的那个。再后来，那个男朋友被警方抓了，而她却侥幸逃脱。于是她总结了经验教训，出来带着以前的两个小弟自己单干。她还是发传单的那个，毕竟她一个女孩子发传单，很容易获得大学生的信任。"

"最前台的，居然是幕后的boss。"大宝说，"这个很意外。"

陈诗羽接着说："她平时在青乡市居住，两个小伙子在偏远地区居住，掌握被害人的信息，并且在适当的时候出来吓唬被害人。结果两个小伙子贪吃，去别人家蹭酒席的时候，出了这么一档子事。一旦此事报警，那他们套路贷的团伙自然就被曝光在阳光之下了。于是她嘱咐钟大发把钟强埋了，想想还是不放心，就在第二天一早赶到了镇子上，却恰巧遇见村主任在到处询问被雷劈的事情。她知道这事情很有可能瞒不住了，于是起了杀心。她到了钟大发的住处，威胁他把账本交出来，可是钟大发却拐弯抹角地就是不告诉她账本在哪里。言语中发生了冲突，她一气之下，就骑上钟大发的身体，掐他。他们这个犯罪集团虽然只有三个人，但是从过去那个犯罪集团开始，这两个小弟就非常顺从于她，不敢拂逆她，甚至在被掐的时候，也没有反抗。于是，她就这样把钟大发给掐死了。"

"其实不是不敢反抗。"我说，"而是钟大发把账本压在身下，没手反抗。他一定没想到这个关系很好的'老大'居然真的会掐死他。"

"后来这个吴昊就后悔了。"陈诗羽说，"她翻遍了屋子，除了两个人的手机之外，根本找不到那本账本。为了防止警方从两个人这里查到她的身上，她放火烧房，然后自己逃窜回了青乡。之所以把两人的手机带走，是因为女学生们的裸照都是在这两个人的手机里的。至于钟大发为什么会打印出来两个女学生的裸照，吴昊也不知道，可能是因为这两个人比较好看吧。"

"好看为什么要打印？"韩亮问道。

"谁知道这些猥琐男人想什么呢？"陈诗羽甩了甩头发，说，"不过要不是这两张照片，我们可能想不到去找反套路贷的部门协助调查，破案速度也会因此下降。我们抓捕吴昊的时候，她没有太多的反抗，她说她自己知道是逃脱不了法网的。"

"那是，也不看看都是些什么人在背抵黑暗，守护光明。"大宝骄傲地说道。

"你可拉倒吧。"我出了身冷汗，说，"要不是我们注意到了尸体背后的空白区域，这个案子还不知道能不能破解。如果真的破不了，虽然两个死者罪有应得，但终究是冤魂。让这个吴昊继续逍遥法外，就会有更多的女学生被害。可见，我们的仔细认真，是有多么重要啊！"

"对，我们就是维护生命尊严的最后一道防线。"大宝握了握拳头。

"但我想不明白的是，同样是女生，吴昊怎么忍心对其他女生下手。"陈诗羽摇摇头，"残害同类，这也是人类的阴暗面吗？"

"向三妹那边，是什么情况？"我看陈诗羽最近有点多愁善感，便换了个话题。

"侦查部门首先排除了向三妹父亲的嫌疑，然后询问了他一些关于向三妹的情况。"陈诗羽咬了咬嘴唇，有些气愤地说，"这个向父，是个不折不扣的'女德'分子。他居然说向三妹活到这么大了，还没生孩子，就是因为不洁，小时候被侵犯过。被侵犯过，怪女人？"

"都聊到这么深了？"我问，"那向三妹的丈夫什么情况？"

"说是向三妹的丈夫对她很好。"陈诗羽摇摇头，说，"向父说的'好'，就是不经常打她。还说什么女人不打不行，对向三妹太好有什么用？如果不让她吃足够的苦，她的脏就排不干净，就生不出孩子，还说什么生不出孩子算什么女人。"

"这，是向父说的？向三妹不是他亲生的吗？她的人生也够苦的吧。"大宝摇着头说道。

"谁说不是呢。"陈诗羽满脸愠色，说，"向三妹从小就受这种'三从四德'的思想影响，结婚后一直在家照顾丈夫，但是没有孩子。"

"那，对于过去的事情，向父有说吗？"我看了眼正在开车的韩亮，问陈诗羽。

"向父应该比我们更加了解那段历史。"陈诗羽说，"虽然他记不清具体时间了，但是说的时间段应该是不错的。那个时候，向三妹十三四岁，初中辍学，在家里干农务，并且在工厂里打小工，赚钱给弟弟上学。有一天，她在下工以后，遇到了汤辽辽，被汤辽辽性侵，而且在事后被汤辽辽推进了粪坑。按照向父的话，向三妹要么去死，要么就回家洗干净别提这事儿了。可没想到，她居然跑去和一个医生说了。"

说完，陈诗羽瞥了一眼韩亮，见他并没有什么情绪变化，于是接着说："后来，医生带着向三妹到汤辽辽家大闹了一场，但因为没有证据，所以最后也没法对他家怎么样。可是，大闹一场的过程，被当时汤辽辽的邻居，长舌妇汤莲花看见了。于是，包括向父在内的很多村民都知道了向三妹被侵犯的事情。可叹的是，这个奇葩的村子里，除了医生，居然没有人谴责汤辽辽，反而都在取笑、诅咒向三妹。当天向父就毒打了向三妹一顿，并且断言她以后肯定嫁不出去了，要拖累家人了。后来也是向父想尽办法，才把向三妹嫁给了现在的丈夫，比向三妹大九岁的罗全起。据说，这个罗全起也是个十足的男权主义，和向父一丘之貉，经常殴打向三妹。"

"都对上了。"我说，"因为没孩子，所以这个罗全起把罪都归在汤辽辽和汤莲花头上，于是有了汤喆和汤莲花之死。而他又因为被上官金凤染上梅毒，至少近期没法生孩子，所以已经快四十了的罗全起杀了上官金凤泄愤。现在，就看证据的问题了。"

"罗全起和向三妹同时失踪了，现在指挥部怀疑他们注意到了我们蹲守的民警。"陈诗羽说，"所以现在对罗全起和向三妹家的搜查工作已经开始，对罗全起的搜捕工作也即将展开。现在就害怕罗全起拿他的妻子当人质，这个可怜的女人的生命安全，我们一定要保护好。"

"那就加速吧。"韩亮咬了咬牙，踩动了油门。

我们的车刚刚进入龙番境内，在龙番北站，也就是高铁站的附近时，陈诗羽接到了电话。

"有消息了吗？"陈诗羽把手机调成了免提。

"师妹，现在有消息说，罗全起带着向三妹在高铁站出现。"电话里的声音说。

"那你们赶过来了吗？"陈诗羽给韩亮打了个手势，示意他掉头。

"正在赶，不过恐怕来不及。"电话里的侦查员说，"有监控显示，这两人在10号检票口候车。"

"车次查了吗？"陈诗羽坐直了身体。

"查了，没有这两人的购票信息。"侦查员说，"两人很有可能是用假身份买票的，这要慢慢查就很难了。不过，10号检票口是有两班车，一班是八点半开往南和省的最早的高铁，一班是八点四十五开往东边的高铁。"

"东边的路线，是最早班车吗？"我插话道。

"不是，去东边的高铁多，最早六点就有了。"侦查员说。

"那他们肯定是八点半去南和的。"我说，"既然是对我们有所察觉而跑路，肯定要找最早到目的地的高铁。可能他们在南和省有关系户，所以逃往那边。"

"我马上通知乘警。"侦查员说。

"一趟车上就两个民警，而且他们对情况也不清楚。"我抬腕看了看手表，显示的时间是早晨八点二十。

"还有十分钟，我上车去。"陈诗羽说。

韩亮狠踩了一脚油门。

"还来得及。"我说，"要不我们都去。"

"是啊。"林涛说。

"我和师妹你汇报一下，是希望你们省厅可以协调下一站的城市的刑警给予我们配合。"侦查员急忙说道，"你们不可以贸然行动。"

"高铁到站就停一两分钟，而且下一站的民警一样对案情不了解。他们在下一站不下车怎么办？下了车又能找得到吗？"陈诗羽说，"无论什么方案，都是我先上去定位，然后再商量下一步情况最好。既然只是定位，你们也不用一起去，目标太大了。"

"那我陪你去。"林涛说。

"你们还是去搜查罗全起家里吧。"陈诗羽说，"韩亮和我去。"

林涛脸涨得通红，却没憋出话来。

韩亮又是一脚油门，把车停在了进站口，然后和陈诗羽直接下车冲向了安检门。我们坐在车上，静静地看着他俩出示警官证后，向站内奔去，而此时距离那班高铁开车还有六分钟，绰绰有余了，这才由我发动了汽车，向市区驶去。

"问一下罗全起的具体住处，我们直接开过去。"我对林涛说。

林涛半天没动，我用肘部戳了戳他，他似乎突然梦醒一般，说："啊？怎么了？"

"我来打。"大宝笑了笑，拨通了董局长的电话。

按照董局长的指引，我们花了半个多小时的时间，疾驰到了罗全起的住处。这是位于郊区的一处建设得不错的二层小楼。根据前期的调查，罗全起之前很穷，后来因为拆迁，一夜变富，这栋小楼就是罗全起在获取拆迁款之后，在自家宅基地上盖起的小楼。

但即使生活条件变好了，罗全起的邻居却依然会在半夜里听到这幢小楼里传来的斥骂声和哭泣声。因为生不出孩子的事，向三妹在家里一直是罗全起出气的对象。还有邻居反映，只要罗全起家里来客人，向三妹忙前忙后，最后还是不能上桌吃饭，只能抱着一个碗蹲在院口吃。罗全起家严重的男尊女卑现象，即便是在农村，也显得和其他家庭格格不入。

我们赶到的时候，龙番市公安局的技术人员已经封锁了现场。

"妥了，就是这个姓罗的干的。"韩法医见我们的车到了，于是从小楼里走了出来，说，"证据确凿。"

"是提取到什么了？"我很是高兴，毕竟获取线索是一码事，而提取到证据是另一码事。

"两个现场都提取到的41码的男式运动鞋，我们刚才在他们家里找到了。"韩法医说，"经过痕迹部门初步勘查，确定鞋底花纹完全一致，磨损程度也是一致的。"

"如果摩托车轮胎印也能确认，那才是铁证啊。"林涛说。

"喏。"韩法医指了指院内，说，"摩托车在那里，痕检的同事正在看。"

林涛也是眼前一亮，走到院内摩托车的旁边，和市局同事一起将摩托车放倒，转动轮胎仔细看着。

少顷，林涛站起身来，说："确认了。"

"是这辆？"我指着摩托车，问道。

"是的，没问题。"林涛拍了拍手，说，"就看小羽毛那边能不能把人抓住了。"

"鞋子，还需要DNA检验。"我转头和韩法医说，"从他家搜出来的，不能说明什么，是他穿的，才重要。"

"提取了，和现场的牙刷一起，都已经送去市局了。鞋子里的DNA出来，和牙刷的DNA比对就可以了。"韩法医说，"他们会很快得出结果的。"

"家里还有些什么吗？"我接着问道。

"提取到一把锤子，疑似在夹缝中有血。"韩法医说。

"对，每个死者都有头部遭重击的痕迹。"我说，"这也应该是个很好的证据。"

大宝叹了口气，说："终于，终于破案了。"

"还没完呢。"林涛从一楼走了出来，说，"看见没有，黄色的尼龙绳。"

我见林涛拎着一大卷黄色的尼龙绳，心想这个案子已经铁板钉钉了。

"尼龙绳的断口是用剪刀剪断的。"林涛说，"回去进行整体分离的检验，以及尼龙绳材质的鉴定，都是对案件很好的证明。"

我点了点头，和林涛一起从小楼的一楼开始进行搜索。

房子内所有的陈设，都是普通的两口之家的样子，按理说没有什么特别之处，可是从走进屋子的那一刻，我就总是觉得有些别扭。整个屋子被打扫得一尘不染，在任何一个拐角处摸一下，我的白纱手套都不会沾染上一点灰尘，这个家真的是干净得有些过分了。可是纵观整个屋内的装饰，色调都显得非常沉闷。按理说，一对夫妻的小家，总应看出一些温馨之色，可房子里所有值钱的物件，都像是一夜暴富后的罗全起为了彰显自己的有钱而购置的，红木的茶几上摆着硕大的水晶烟灰缸，就连烟灰缸里都被擦拭得干干净净，与其说这座房子里还有一个女主人，不如说这里住着一个尽心尽职的清洁保姆罢了。

正搜索着，我看见窗外似乎有影子闪过，于是站到床边朝天上看去。十几只鸽子向两层小楼的楼顶飞去，然后消失不见。

"楼上有鸽子笼。"我说。

林涛立即明白了我的意思，和我一起顺着二楼通往楼顶露台的竹梯爬了上去。果然，楼顶摆着一个鸽子笼，是用竹子制造的，有点粗糙，但是和浸猪笼的那个小笼子看上去极为相似。

"真看不出来，这个罗全起还真是挺心灵手巧的。"林涛蹲了下来，对着笼子里面的鸽子说道，"不好意思了，你们的家，我们得拿回去当物证比对。"

"所以说嘛，只要细心，证据就一定可以找全。"我用尼龙绳吊住鸽子笼，递给楼下的勘查员，然后和林涛顺着竹梯回到了二楼。

"那个向父不是说罗全起和他观念很相似，也是个男权主义吗？居然还会做这么多家务活儿。"林涛拍了拍手，说道。

林涛的一句话，让我的心头瞬间有一种异样的感觉，但又不知道从何说起。

二楼是由两间卧室组成的，其中一间应该是准备给孩子的，有小床、床头柜、写字台等家具。尽管孩子还没出现，但所有家具都被擦得干干净净，小床上还摆着一个穿戴得整整齐齐的洋娃娃，让人看了不禁有些心底发毛。

而另一间主卧室，则是正常的生活状态，各种家具一应俱全。

我随手拉开几扇联排衣柜的柜门，里面的衣物摆放得很整齐，并不像仓皇逃走而导致的凌乱状态。

罗全起的男式衣服谈不上什么大牌，但都被洗得干干净净，还都被精心熨烫过。而向三妹的衣服则显得比较粗俗，且做工粗糙，都是一些碎花、布织的衣服，很有可能都是镇子上裁缝店做出来的。

"不知道这么老土的衣服，对你们图侦有没有用呢？"林涛转身问程子砚。

程子砚微笑着说："这个，可以试一试，毕竟这种衣服在监控里的识别度还是很高的。"

我点点头，取了一件花布外褂，说："那就提取几件做标志物，回去试一试，证据是不嫌多的。"

说完，我突然愣住了。

这一件花布外褂前襟，有一排黑色的小纽扣作为装饰物。

然而，很显然，这一排黑色的小纽扣少了一枚。

我颤抖着双手，用手指撑起缺了纽扣的那一块，断裂的线头还比较新鲜。

这一刻，我的脑子里很乱。

"这是在死者的右手指缝中发现的。纽扣的中间有断裂，显然是暴力撕扯导致纽扣脱落的。这说明死者在受伤前有搏斗，她抓住了凶手的纽扣，并且扯了下来。"

此时，我脑中浮现出大宝在解剖室里说话的场景。

还有陈诗羽在车里晃着拳头的场景：

"一个女孩怎么不能掐死一个小伙子了？你们谁能打得过我？"

"糟糕！我们先入为主了！"我跳了起来，"谁说41码的脚一定是男人的脚？谁说摩托车一定要男人骑？"

林涛、大宝和程子砚一脸茫然。

"向三妹不也同样具备所有的作案动机吗？"我咽了口口水，接着说道，"而且她的动机应该更加强烈！"

林涛、大宝和程子砚盯着我手中花布外褂的纽扣缺损，恍然大悟。

"怪不得她家里都没女式鞋子！"林涛说道。

"怎么办？我们必须马上通知陈诗羽，向三妹才是第一嫌疑人！"我喊道。

此时，我的脑海里全是陈诗羽对罗全起一脸憎恨的表情，以及对向三妹一脸同情的表情。

"现在就害怕罗全起拿他的妻子当人质，这个可怜的女人的生命安全，我们一定要保护好。"

陈诗羽刚才的那句话在我的耳边萦绕。

"我在打小羽毛的。"林涛的声音都有些发抖。

"我打韩亮的。"大宝也掏出了手机。

"您所拨打的电话，暂时无法接通……"

"您所拨打的电话，暂时无法接通……"

法医秦明

VOICE OF THE DEAD

| 尾声 |

遗忘者

曾经，我们由男人决定女人该不该受教育，后来我们都认为这是荒诞的。

———

李银河

1

陈诗羽和韩亮一路狂奔，在检票口关闭之前，赶到了10号检票口。出示警官证后，两个人顺着楼梯跑到了高铁边。

"糟糕，这种和谐号是16节车厢的。"陈诗羽站在高铁车厢边，左右看了看说道。

"很稀奇吗？"韩亮不明所以。

"这种16节车厢的和谐号，是由两组8节车厢的车体组成的。车头对车头连接在一起。所以，车厢之内是互通的，但是两组车厢之间是不通的。"陈诗羽的语速非常快。

韩亮想了想，还真是这么回事，说："明白了，8号车厢和9号车厢之间是不通的。幸亏你发现了，平时都知道这个常识，但关键时刻还真没注意到。差一点我们只有五成的概率找到他们。"

"叮……"开车铃响起。

"我上8号，你上9号。"陈诗羽见乘务员站在车门旁朝他们招手，于是小声对韩亮说，"开车后我会把照片发到你微信，我们只能通过户籍照片来寻找了。"

"可是，我脸盲。"韩亮很是担心。

"可是向三妹是你同学！"陈诗羽说，"小心别让你同学认出你就行了。"

韩亮还想说些什么，陈诗羽却已经一个箭步上了车，他也只能无奈地跑到9号车厢门前，上了车。

陈诗羽靠在刚刚关闭的车厢门口，拿出手机将刚刚收到的向三妹和罗全起的证件照发给了韩亮。信号很不好，但好歹是发送了出去。

她打开照片，细细端详了良久。这两个人实在是普通得不能再普通的大众脸了，一点辨识度也没有，混在人堆里根本就难以看见。不过陈诗羽毕竟是警察学院的毕业生，对于看图识人这种入门级的本领，还是掌握得比较扎实。

陈诗羽收起了手机，从8号车厢向前，慢慢走去。好在高铁每节车厢也就几十个人，并不多，寻找起来也没有那么困难。可是，陈诗羽从8号走到1号，也没有发现罗、向二人。

"难道是我们的推断有误？"陈诗羽站在1号车厢和2号车厢的连接处，拿出手机，准备和市局侦查部门再联系一下，无奈手机根本没有信号。她重新看了看照片，深吸一口气，给自己鼓了鼓劲，又从1号车厢向8号车厢走去。

在陈诗羽的希望即将泯灭的时候，她终于在8号车厢的中段，发现了一个静静坐着的中年女人。刚才从这边走过来的时候，这个座位是空着的。看起来，刚才她可能去卫生间了。陈诗羽站在7、8号车厢的接口处，拿出手机，再次进行确认。

这个明明只有三十岁，却看起来像是有四十出头的女人，静静地坐在11C的座位上，穿着普通的花布衬衫，头上扎着一个发髻。因为邻近过道，所以陈诗羽可以清晰地看到她的眉眼。确认无误！

陈诗羽拿着手机，继续斜着眼观察着向三妹的周围。11A是一个母亲，她十岁左右大的儿子坐在11B。11D和11F是一对如胶似漆的小情侣，正依偎在一起低声细语。

"罗全起不在？"陈诗羽继续观察着向三妹的周围。直到她把大半个车厢都看完一遍，也没有一个可能是犯罪嫌疑人罗全起的人。

"发现向三妹，在8车11C，可是没有看见罗全起。请示下一步工作。"陈诗羽拿起手机，轻声说道。

这一条语音信息前，一个淡色的小圆圈不断地转着，最后变成了一个感叹号。车上没有信号，无法和外界联系。

陈诗羽失望地深吸了一口气，做出一副若无其事的表情，重新看了一遍车厢内的人。确实，没有罗全起。

既然不确定罗全起的位置，如果下一站的刑警冲上车来，那势必会暴露目标、打草惊蛇。即便能把向三妹安全转移下车，也很难保证可以抓获罗全起。但是，如果在下一站向三妹可以自己下车，或者从向三妹那里确定罗全起的位置，即便信号不畅，陈诗羽也有独自控制住罗全起的信心。

所以，陈诗羽决定从向三妹下手。

陈诗羽将手机揣好，束紧衣服，慢慢地向向三妹靠近。在这个过程中，她将那些座位位于视觉死角而无法观察到的人，又看了一遍。确定了没有和罗全起相似的人后，才走到向三妹的身边，靠在她的椅背侧面。

向三妹感觉到了有人靠在身边，于是迟钝地抬头看了陈诗羽一眼，重新又低下头去，静静地坐着，一言不发。

"你是向三妹吗？"陈诗羽左右警惕地看着，同时低声问道。

向三妹肩头一震，又抬头看了看陈诗羽，少顷，才点了点头。

"罗全起在哪？"陈诗羽的第二个问题是她最关心的。

向三妹举起手指，向后方指了指。

陈诗羽心中一凛，向后方看去。后面还有六七排座位，虽然都已经坐满，但是并没有和罗全起相似的男人。

"哪？"陈诗羽半蹲了下来，再次问道。

"在9车。"向三妹的声音很柔弱。

8车到9车之间，是不通的。陈诗羽顿时放松了下来，原来他们俩买票没能买到一起。这实在是天时地利人和啊。

"我是警察。"陈诗羽出示了自己的警官证。

向三妹肩头又是一震。

"你不要害怕，我们会保护你的周全。"陈诗羽说，"不过你得告诉我罗全起的具体座位号。"

"好像是7B。"向三妹因为惊恐，又或是紧张，声音有些发抖。

"好的，没事的。"陈诗羽拍了拍她的肩头，重新站直了身子，拿出手机。

可是，手机依旧没有任何信号。

此时陈诗羽的心头笼罩了一丝阴霾。为什么刚才她要选择1~8车？把韩亮独自留在一个危险的境地，去直面犯罪嫌疑人，实在是极其危险的一件事情。罗全起带着向三妹离开龙番最大的可能性，就是罗全起狡猾地发现了自己家附近的盯梢民警。这么一个狡猾的犯罪分子，同样可以发现并没有太多侦查经验的韩亮。敌人在暗处，韩亮在明处，如果韩亮有个三长两短，她陈诗羽肯定会愧疚终生。

现在能做的，一是不惊动罗全起，二是可以在下一站到站的时候，及时和刑警接上头。再或者，是不是可以找一下车内的乘警，让他们通过内部信息渠道去联系下一站的刑警？对，这才是最好的办法。

"你，要坐一下吗？"向三妹向内挪了挪身子，把本就不大的座位让出来一小块。

　　显然，向三妹见陈诗羽一直站在身边，有些过意不去，所以腾出空隙让陈诗羽坐着休息。多好的女人啊，为什么要承受如此不堪的人生命运。陈诗羽这样想着，但是并没有放下警惕。

　　"不用了，我要去找乘警。"陈诗羽说。

　　"唉，你是怎么找到我们的？"向三妹突然一把拉住了陈诗羽，声音也高了起来，问道，"全起，他，他怎么了？"

　　陈诗羽低头看了眼向三妹抓住她的手，胳膊上尽是红色的皮疹。而且，陈诗羽的皮肤上立即感受到了那生满了老茧的手掌对她皮肤的刮擦感。这是做了多少粗活累活，才能磨出的一双手啊。

　　皮肤梅毒疹。陈诗羽似乎记得有这么个说法。看来，她的丈夫罗全起已经把梅毒传染给了她，并且没有让她接受正确的治疗。真是个可悲的女人。

　　向三妹注意到了陈诗羽的目光，于是像触电了似的收回了自己的胳膊，并用衣袖遮挡住那些触目惊心的红疹。

　　见向三妹如此反应，反倒让陈诗羽有些不好意思。

　　"你丈夫的事情，回头我再和你细说。"陈诗羽没有把掌握的情况说出来，只是用安慰的口气说道，"不过，现在我必须得找到乘警。你坐在这里不要动，我一会儿再回来找你。"

　　向三妹的眼神里充满了说不清楚的情绪，她没有回答陈诗羽，而是重新在座位上坐好，把自己的双腿重新放正。

　　陈诗羽低垂的目光，突然注意到了向三妹的脚。

　　那是一双不该是女人拥有的大脚，比自己38码的鞋子还长了一截。而且，她穿着的，明明是一双男式的运动鞋。是啊，女式鞋子确实不容易找到这么大的码。

　　陈诗羽表面上不动声色，内心却疑窦丛生。刚才自己表明身份的时候，向三妹的表现；自己声称要去找乘警的时候，向三妹下意识的阻拦……如果向三妹是被罗全起挟持的，哪有两个人不在一起的道理？

　　这，似乎有点问题。

　　无数的思绪涌向她的大脑：自己现在是一个人办案，孤立无援；自己已经不是刚刚入警的愣头青了；自己不应该被先入为主和单方面的恻隐之情蒙蔽了双眼……这时候，陈诗羽知道自己需要冷静地思考，一旦做出错误的决定，可能会给下一步

抓捕工作带来极大的麻烦。

正思考着，高铁广播里播道："前方即将到站，汀棠南站，在汀棠南站下车的乘客请拿好自己的行李，在列车行驶方向左侧车门下车。"

陈诗羽一惊，不知不觉中，高铁已经行驶了一个多小时的时间，即将到站。也不知道下一站的刑警，来了多少。也不知道韩亮那边是什么状况。

而在此时，向三妹也再次抬头看了一眼陈诗羽，似乎有一些蠢蠢欲动。

陈诗羽决定搏一搏，所以故意拍了拍向三妹的肩膀，说："那我走了，你坐这别动。"

"好的。"向三妹的声音里似乎有一些紧张。

陈诗羽故作离开的样子，实际上却在紧盯着向三妹的动向。果然，陈诗羽还没走出两步，向三妹就盯着坐在她身边的十岁男孩，准备伸手去抓。心存戒备的陈诗羽反身一跃，抓住向三妹的后领，直接拽到了过道之上。

已经和向三妹拉开距离的母子俩，此时才反应过来，回想着刚才的一幕，十分后怕。母亲把孩子紧紧地搂在了怀里，惊恐地看着已经摔倒在地上的向三妹。周围的乘客也因为突如其来的变故纷纷侧目。

向三妹从过道上一个翻身站了起来，伸手拔下自己头顶的发簪，向陈诗羽刺了过来。

进入高铁，是要经过安检的，所以她并没有能够带入凶器。但是在这种人群密集的地方，一根锋利的发簪，同样会是致命的武器。

人民公安大学侦查系毕业的陈诗羽，对于一个普通农村妇女的普通一击，有无数种处置的方式。这些处置方式迅速在陈诗羽的脑海中过了一遍，然后她选择了一种对她有危险，但对周围民众较安全的方式。

陈诗羽没有直接格挡，而是惊险地侧身避过这一刺，然后顺势抓住了向三妹的手腕。随着陈诗羽的发力，向三妹一声惨呼，发簪应声脱手。陈诗羽一脚将发簪踢远，将向三妹的胳膊反背，一个绊腿，将她按倒在地。

向三妹并没有放弃抵抗，她长嘶一声，猛地一仰头，后脑勺硬生生地撞击到身后的陈诗羽脸上。陈诗羽一阵钻心的疼痛，手力略松，向三妹趁机翻过身来，一把抓住了陈诗羽绑着绷带的胳膊。

这一用力，陈诗羽几天前缝合的手臂创口立即崩裂开来，纱布中央顿时被血染红。

陈诗羽没有想到这么一个普通的农村妇女，居然能迸发出这么大的能量。她强忍剧痛，用擒拿手法，再次控制住向三妹的双手。

虽然陈诗羽额头上有豆大汗珠滴落，虽然她控制向三妹的双手在微微发抖，但是，她毕竟是公安大学侦查系的优秀毕业生，向三妹尽管使出吃奶的力气，依旧无法挣脱。

于是，向三妹使出了最后一招，她张开焦黄的牙齿，向陈诗羽的手腕咬了过去。

目前这个状态，陈诗羽是没有办法躲避的。因为只要躲避，向三妹会重新具备攻击力，而自己头部和手臂的伤口是越来越痛。更关键的是，周围这么多无辜群众，只要被向三妹劫持一个，就会给下一步抓捕工作带来极大的麻烦。如果陈诗羽能再坚持五分钟，增援的乘警和应该等候在站台上的刑警就会冲上来，那一切就妥了。

只是，这个女人有梅毒，又或者会有更加严重的传染病。一旦被她咬伤，自己会不会被传染？陈诗羽不具备医学知识，她不知道。她只知道这个时候她是无论如何也不能放手的。为了这起案件，更是为了周围群众的安全。

"噗"的一声响，陈诗羽眼前出现了一只锃亮的皮鞋。这只皮鞋狠狠地踹在了向三妹的脑门上。瞬间，向三妹昏死了过去，躯体各处的力量也瞬间消失。

陈诗羽愣住了，瞪着眼前这只皮鞋的主人。

是一个长得挺帅的白领模样的小伙子，他看见情形不对，一脚将向三妹给踢晕了。

"你……"陈诗羽猛然放松，头上和胳膊上的剧痛让她说不出话来。

"我什么我，我在帮你好不好？"小伙子说，"一看就知道你是好人，她是坏人。没事儿，我以前开快车的时候，还帮过一个年轻的刑警追坏人呢。那个刑警虽然脸上有疤，但和你一样，一眼就能看出是个好人。"

此时乘警已经赶了过来，确认了陈诗羽的身份，连忙用手铐将向三妹铐了起来。而列车的速度也逐渐降了下来，在站台停稳之后，数名刑警冲上了列车。

"韩亮那边，怎么样？"陈诗羽瘫坐在地上，不敢移动自己的手臂，问身边的一名刑警，"就是，我的另一个同事。"

说话间，韩亮已经绕过了两组车厢的接头处，来到了8号车厢，看见陈诗羽狼狈的模样，连忙将她扶了起来，说："我没事，我电话联系了老秦他们。我早就盯上9车的罗全起了，刚才汀棠的同事已经把他抓了。"

"我的手机怎么没信号？"陈诗羽咬着牙问道。

"早就让你换手机，那么抠。"韩亮表情很复杂地说，"回头我送你个吧。"

"谁要你送。"陈诗羽白了韩亮一眼。

"不送就不送，你能不能动？赶紧下车，我可不想被拉去南和。"韩亮说道。

2

龙番市公安局刑警支队办案区审讯室外，我们几个人坐在玻璃墙的背后，看着两名侦查员审讯向三妹。

向三妹在拘留所里待了三天，每天的审讯她都一言不发。今天，她终于准备开口了。

我们背后的门突然开了，韩亮和陈诗羽走了进来。

陈诗羽的左眼周围肿起来好高，大眼睛都被挤压成了一条细缝，乌紫色的皮下出血在她白皙的脸上格外扎眼。虽然我们在之前和韩亮的通话中，大概知道了陈诗羽抓捕向三妹并受伤的具体过程，但是完全没有想到她居然伤得这么严重。如果知道她受了这么重的伤，我们早就该赶去汀棠看望她了。我知道，一定是陈诗羽不准韩亮说的。

"你怎么伤成这样！"林涛从座位上跳了起来。

之前韩亮带着陈诗羽在汀棠市就近就医，做了全部检查后，应医生要求在省立医院汀棠市分院住院。没想到今天回来，恰好赶上了向三妹准备交代。

"没事，皮外伤。"陈诗羽说。

"这还皮外伤？"韩亮说，"眶上壁粉碎性骨折，医生说要是撞击点再往下一点，眼睛就废了。"

"医生那是危言耸听。"陈诗羽皱皱眉头，意思是让韩亮不要夸大其词。

"这都第几次了？"林涛心疼得不行，又不知该从何安慰，埋怨道，"你总是不顾自己的安全，今天这儿伤一下，明天那儿伤一下，再过几年，你都全身是伤了……"

"你可行行好，别乌鸦嘴了。"大宝捂住林涛的嘴巴。

"哪有那么夸张。"陈诗羽想起了之前林涛替她挡住一击的事[①]，语气一软，坐了下来，转移话题道，"怎么明确就是向三妹作案的？"

---

① 见法医秦明系列万象卷第六季《偷窥者》的"魔术棺材"一案。

"哦,这个没什么问题。"我说,"根据调查,罗全起对向三妹的往事是不太清楚的,更不用说把涉案的人都搞得清清楚楚。还有,我们在他们家的现场勘查中发现,汤喆手掌里握着的那一枚扣子,是来源于向三妹的衣服。另外,对鉴定同一的那一双41码运动鞋的DNA鉴定,确认是向三妹的。也就是说,那双鞋子是向三妹的鞋子,而我们都认为是罗全起的。目前,我们分析是向三妹发现自己身患梅毒之后,引发了她一系列杀人行为。"

"那就是证据确凿喽?"陈诗羽问道。

我点点头,说:"还是要拿到口供才稳当。"

我们在这边讨论激烈,隔壁似乎也能听得见声音。

玻璃墙的那边,向三妹侧头朝我们这边看了看,虽然她什么也看不见,但是我们还是能听得见她说出了被捕后的第一句话:"放了我丈夫,都是我一个人的错。"

"你能把事情说明白,那就最好不过了。"侦查员说道,"听说,你丈夫虐待你?"

"没有,那是我罪有应得。"向三妹很平静地说道,"我身子不洁,不能给他传宗接代,他没休了我,已经是对我最好的恩赐了。"

"休?什么年代了,还有这个词吗?"一名负责审讯的女侦查员说道。

"中华传统几千年,都是这样的。作为女人,就应该三从四德。"向三妹抬起头来看了看女侦查员说,"我劝你,这种抛头露面、打打杀杀的职业,不适合咱们女人去做。你早点回头,不然对你不好。"

女侦查员不屑地摇摇头,说:"你从小到大都是个什么环境?"

"相信我,我说的不会错的。"向三妹说,"从小到大,我父亲就用身边的各种例子来教育我。确实,那些不遵守中华传统美德的女人,都有报应。现在想起来,我爸爸每天都会打我,全起也经常打我,但他们其实都在为我好。"

"那种说什么不孝、不贞就得癌的'女德'教育?"女侦查员问道,"这你也信?"

"这不是信不信的问题,事实就是如此。"向三妹说,"我生不了孩子,也是报应。"

"对了,你刚才说你身子不洁什么的,你解释一下,是怎么回事?"另一名侦查员问道。

"不用套话,汤喆是我杀的。"向三妹说,"不过我不是想杀她,是她自己找死。"

"我们不是套话，你的故事，我们都不知道，总得把原委说明白吧。"

"没什么原委，我的人生不幸，就是从汤辽辽开始的。"向三妹依旧是一脸平静，"十七年前，汤辽辽强暴了我，还把我推进了粪坑。从那时候开始，我的身子就脏了。按照我父亲的话说，就生不了孩子了。后来因为许医生非要带着我去闹，加上莲花阿姨的那张大嘴巴，加重了我的罪孽。我既然不能生，我也理解全起要给他们罗家留后的愿望。他出去生孩子，没关系，只要不休了我，我就阿弥陀佛了。可没想到，上官那个贱女人，不仅不给全起生孩子，还把病传给了他。"

说完，向三妹撸起了袖子，展示她那只长满了皮疹的手臂，说："当然，这可能也是因为我身子不洁导致的，是天意，是报应。"

"拘留所体检，说你这是二期梅毒，很快就会危及生命，你为什么不去治？"

"这次我们去南和，就是去看一个老中医，帮全起除病根的。"向三妹说，"我们没钱，只够他一个人治。等他治好了再说吧。"

"十七年前的事情，你既然都记得，为什么要从两三个月前才开始杀人？"女侦查员问道。

"两三个月前，我发现自己得了病。"向三妹说，"我当时非常痛恨上官，因为她有自己的老公，居然如此浪荡。但是，我细细思考了事情的源头，如果不是汤辽辽强暴我，还把我扔粪坑，我就不会身子脏了。如果不是许医生和汤莲花，我就不会罪孽加重，就不会生不出孩子。如果不是我生不出孩子，全起就不会去找上官。如果他不找上官，就不会得病。他不得病，我就不会得病，就不会死。既然这些可恶的人都想让我死，我就要让她们死。"

"许医生？"侦查员显然不知道这件事情，于是问道。

我感觉到身边的韩亮的身体在微微颤抖。

向三妹没有回答侦查员，而是继续投入地自言自语："汤辽辽这家伙，他们全家人都维护他。我知道他最近刚刚认识了女朋友，准备结婚。我当时设计得很好，我知道如果这时候有人以子要挟，他肯定会赴约的。所以我用假照片骗他出来，准备到时候抱着一个假婴儿，趁他不注意，让他也尝尝粪坑的滋味。可没想到，看到我那假照片的，居然是他姐姐。当然，他们家一切都围绕着汤辽辽转，所以汤喆捡到了照片，一定会代替汤辽辽来的。本来我是想作罢的，但是这个不长眼的汤喆居然认出了我，还说要报警。说她把家里的存折都带来了，没想到是我在搞诈骗。我诈骗？笑话！于是我就将她打倒了。她央求我说，她身上的存折是给汤辽辽结婚的钱，家里发现钱没了可不得了。因为怕弟媳知道这件事情，所以她是偷偷出来的。她希望我把她放回去，她把钱还给弟弟，然后任凭我处置。呵呵，当我是傻子吗？她回去报警，我不就完了？而且，当时我看见了她头上流下来的血，我一下子就感觉到了，那是一种，一种久违的快感。"

"久违？久违是什么意思？"侦查员皱着眉头问道。

是啊，这是她第一次杀人，怎么会有"久违"的感觉？不过在玻璃墙后面的我，似乎明白了一些事情，我说："看来汤辽辽杀死全部家人再自杀的动机，很有可能就是因为这张存折找不到了。他说不定认为这些钱被父母给了姐姐偷偷带走了。"

"为了这个，就灭自己家的门？"大宝吃惊道。

"你都说过，妈宝男，能不能做出这种事情，还真不好说。"林涛说。

向三妹仍然没有理会侦查员，继续说道："后来，我就让她代替她弟弟去尝尝粪坑的滋味了。不过，这一次见血，让我决定再做些什么。"

"于是，你杀了汤莲花和上官金凤？"女侦查员问。

向三妹似乎从自己沉浸的梦中清醒了过来，她点了点头，说："是啊。这两个傻子，一骗就出来了，似乎没有任何防备。可见，她们做了多少坏事啊，心里愧疚就容易上当。出轨的女人，我就帮老天把她浸了猪笼。长舌妇，我就帮老天堵了她的臭嘴。"

事已至此，向三妹算是全部交代了她的罪行。后面就只差她慢慢把作案过程描述出来了。加之我们之前获取的证据，这个案子可以宣布破案了。

不过，侦查员依旧还有些不解。

"许医生，你刚才说了一个许医生。"侦查员问道，"下一步，你是不是准备去报复她？"

向三妹冷笑了一声，说："那个女人更假，表面上好像很关心我，可是我遇到那事儿了，她居然硬拉着我去汤家'评理'。什么评理？那明明是陷我于不贞，陷我于不洁！"

此时的韩亮，已经面色惨白。

而林涛、大宝和程子砚似乎也已经猜出，这个许医生，就是韩亮过世多年的母亲。

"而且你不知道，那天我被我父亲毒打之后，我是想去许医生家寻求帮助的。

可没想到，居然在门口听见了她家也在吵架。你猜猜，是为什么吵架？"向三妹一脸邪恶的表情。

两名侦查员茫然地摇了摇头。

"是因为许医生也有外遇！哈哈哈哈！"向三妹突然大笑了起来，"表面上道貌岸然，实际上男盗女娼！还带我去找说法？这真是天大的讽刺啊！实在好笑啊！好笑！"

"放屁！"韩亮从牙缝里挤出了两个字。

"那是韩亮父亲误会他母亲了，他母亲是个很好的人。"陈诗羽连忙向其他不明所以的几个人解释道。

"我是问你，是不是准备去报复许医生？"侦查员打断了向三妹的歇斯底里。

"报复啊，当然要报复！要不是她，我哪会从此低头做人？"向三妹一脸坏笑地看着面前的侦查员，说，"不过，十七年前，我就已经报复过了。"

"你这是又要交代一起命案吗？"侦查员皱了皱眉头。

"无所谓啊，杀一个也是杀，杀两个也是杀。"向三妹说，"所有人都认为许医生是被大货车撞死的，实际上，她确实是被大货车撞死的。"

侦查员认为向三妹在言语戏谑，把笔狠狠地摔在了桌上，瞪着向三妹。

向三妹接着说："只不过，我帮了她一把。"

韩亮腾地从座位上站起身来，直接冲进了审讯室。我伸手拉他，却没有拉住，心想不好，连忙跟着韩亮冲了进去。

"哎？你是……韩亮？"向三妹被突然冲进来的韩亮吓了一跳，却很快反应了过来，"好多年不见，你还是这么帅啊。"

"你帮了她一把，是什么意思？"韩亮站在向三妹的身边，恶狠狠地瞪着她，两只拳头攥得像铁锤一般。

我担心地拉着韩亮的臂弯。

"我只是觉得，她这种女人，必然不会有好下场，所以推了她一把而已。"向三妹转头不看韩亮，说，"果然，就那么巧，她就被撞死了。"

我感觉到韩亮全身都在颤抖，连忙用力拽住了他。

"许医生明明是在帮你，你怎么颠倒黑白，恩将仇报？"女侦查员问道。

"帮我？哈哈哈，如果不是她硬拉着我去闹，这事儿怎么会全村皆知？我怎么会遭受报应？"向三妹的笑声里隐藏着疯狂的味道，"我看到她被车撞飞，我看见她身下的血。那个时候，我还很小，所以吓坏了。不过现在我仔细想想，当时，我确实有巨大的满足感。也是那一次，我彻底知道，女人不守德，真的会遭报应。"

看到这样的向三妹，韩亮反而渐渐不再颤抖。

他默默地盯着向三妹，许久，说道："你小时候的遭遇，不是你的错，是汤辽辽的错。你的父亲和丈夫打你，辱骂你，不是你的错，是他们的错。

"确实，你很不幸，你有个不幸的童年，长大后也没有逃离不幸的婚姻。但你选择了杀人，甚至把帮助你的人，当成是你的发泄对象。许医生没有婚外情，她不仅是一个好医生，她还是一个好妻子，更是一个好母亲。你所谓的女德，除了轻贱女性，抬高男性，压根就没有任何意义。你本来就是女德的受害者，却又以同样的方式去伤害其他人，这样的选择，就是你犯下的最大的错误。

"不是每个家庭不幸的人，长大都会变成凶手，也不是每个被虐待过的人，都会成为虐待别人的人。谁都可能有童年阴影，但人生是自己选择的。你是这样，所有人都是这样。"

说完，韩亮转身走出了审讯室。我也算是长舒一口气。

事已至此，我们没有继续跟进的必要了，于是我们坐上了韩亮的车，打道回府。

韩亮还是像往常那样，丝毫没有刚才的激动表情，也没有激荡的情绪，只是静静地开着车。我们其他几个人倒是因为担心他，而显得有些尴尬。坐在副驾驶上的陈诗羽，一改平时纹丝不动的镇定风格，不停地侧眼看韩亮，似乎怕他分心驾驶而出危险。

我们几个沉默了好久，才由林涛打破了寂静："韩亮刚才说得真好，错误不能归咎于童年的阴影。每个人的童年其实都有挫折甚至阴影，但是犯罪的也就那么几个。童年的阴影不能成为犯罪的理由；除了正当防卫，受害也不能成为施暴的理由。"

大宝连忙附和："是啊，有些媒体就喜欢'挖掘'犯罪分子犯罪的'原因'，用诸如'是什么让六旬老汉拿起了手中的猎枪''他为什么会走上滥杀无辜的道路'为题，似乎觉得自己很明理、很透彻，其实不过就是在为犯罪分子'洗地'。把一个人的错误，归咎于他的成长环境、归咎于社会甚至归咎于国家。这种行径，可笑至极！犯罪就是犯罪，难道犯罪者自己的不幸，就可以成为剥夺受害者生命的理由吗？那受害者的不幸，又有谁去倾听呢？"

"不管怎么说，这案子总算是告一段落了。"林涛揉揉自己的脑袋，"女德这个东西，真的是害人不浅的毒药，向三妹如果不是对女德深信不疑，或许结果就不一样了。"

"嗯，"陈诗羽也若有所思，"或许是因为大家被男尊女卑的时代压抑太久了，所以有时候就会希望女性的地位要高一些，再高一些，高到让男性仰视的地步。我以前一直觉得，我要证明自己比男生强。但看到网络上有些人说'女生负责貌美如花，男生负责赚钱养家'，又总觉得有什么不对劲。其实我们女生要得到的，只是一个平等竞争的机会，并不是要反过来走向另一个极端。"

"哇。"大宝发自内心地感叹道，"其实最近这一年来，咱们遇到了不少这样的事儿，老秦也常常让我们反思一下，自己习以为常的这些观念是不是那么站得住脚。我以前觉得对宝嫂好，就是全心全意宠着她，不让她做任何辛苦的事情。现在我感觉，真正对她好，应该是尊重任何她想做的事，即使这件事会很辛苦，也要像她支持我一样支持她去做。其实，女权就是人权，就是追求人人平等，就是平权——小羽毛，我说得对吧？"

"对。"陈诗羽看大宝一脸求肯定的表情，忽然有些不好意思，"当然，在女权或者说平权这件事上，我们还有很长的路要走。至少，我们可以少一些向三妹这样的悲剧。"

"我赞同你们的观点。"我见时机已到，于是说，"向三妹虽然很可悲，但绝大多数人即便遭遇了童年的挫折和阴影，依旧会自我调整，顺利走出阴影。如果走不出来，也不会犯罪，这就是好人。是好人，终有一天会走出阴影，继续前行，过更加精彩的人生。"

说完，我特别注意了一下韩亮的表情。

他依旧是那么平静地开着车，无话。

3

"快，快，快，八点整全处大会，赶紧换制服。"我一边催促着大伙，一边准备着党支部学习的发言材料。

"你不早说，我的制服送去干洗了。"林涛傻了眼。

"你穿韩亮的制服，在他衣柜里。"我说，"韩亮休公休假了。"

"还能休假！真好。"林涛羡慕地说着，打开了韩亮的衣柜。

"嚯！好精致的盒子啊。"林涛从衣柜里拿出了一个红木的小盒子，雕刻精美，"这家伙肯定又买了礼物撩妹。"

"人家的东西，别动。"我说。

林涛放回盒子，准备拿制服时，却不小心翻开了那个盒子，盒子顺势打开了。

盒子里是包着灰色锦缎的缓冲海绵，海绵的中心，只包裹着一个物件。

那是一款诺基亚8310手机，已经非常陈旧，小小的屏幕上甚至已经有一小块黑斑。受到长期磨损的影响，诺基亚淡蓝色的外壳以及十几个按键已经有大部分都脱了漆，使得整个手机看起来十分斑驳。

手机已经关机，静静地躺在盒子里，就像是一段记忆，被人安放，却永不曾被遗忘。

（未完待续）

图书在版编目（CIP）数据

法医秦明. 遗忘者 / 法医秦明著. -- 北京：北京
联合出版公司, 2020.7（2025.6重印）
ISBN 978-7-5596-4237-0

Ⅰ.①法… Ⅱ.①法… Ⅲ.①长篇小说—中国—当代
Ⅳ.①I247.5

中国版本图书馆CIP数据核字(2020)第078612号

法医秦明. 遗忘者

作　　者：法医秦明
出 品 人：赵红仕
选题策划：北京磨铁图书有限公司
责任编辑：高霁月
封面设计：蜀　黍
内文排版：刘珍珍

北京联合出版公司出版
（北京市西城区德外大街83号楼9层　100088）
嘉业印刷（天津）有限公司印刷　新华书店经销
字数363千字　700毫米×980毫米　1/16　21印张
2020年7月第1版　2025年6月第21次印刷
ISBN 978-7-5596-4237-0
定价：48.00元

她们，不该被遗忘

父母终于迎来了男婴，家庭合照里再也没有了她的位置；
在公交车上遭遇"咸猪手"，她却反而被人指指点点；
就算拿了"最佳员工"奖，她还是只能辞职回家带孩子……

即使世界已经日新月异，
性别歧视依然没有完全从我们的身边消失。
你是否也遭遇过由性别而导致的偏见？
你是否也有过因性别而"被遗忘"的经历？
《遗忘者》里的故事改编自一个个真实的案例，
我们真心希望，现实中这样的结局不再上演，
希望她们的悲剧，能唤醒每一个被忽视的女性。
让遗忘者不再遗忘，为你和身边的女性发声吧！

参与方式

请将故事发布在：
1）微博：带话题#法医秦明遗忘者##她们，不该被遗忘#发表微博@法医秦明
2）豆瓣：搜索"法医秦明：遗忘者"，打分并在"我要写书评"区发表

参与福利

有机会获得《遗忘者》法医秦明亲笔签名书！
新书上市半年内，获奖名单将在微博@元气社 微信公众号：法医秦明 上公布，
敬请关注！

扫码关注法医秦明微信公众号
追踪冷门悬案，揭秘法医专业，细说高分影片
撕破黑暗，和法医秦明一起，给世界一束光

你也可以关注微博@磨型小说豆瓣@法医秦明
了解#法医秦明遗忘者#更多有趣活动
众生卷独家tips：观察书脊和胶卷碎片，你能
找出隐藏的彩蛋吗？

法医秦明所有作品

法医秦明系列

万象卷

死亡不是结束，而是另一种开始

第一季《尸语者》   第四季《清道夫》

第二季《法医秦明：无声的证词》 第五季《幸存者》

第三季《法医秦明：第十一根手指》 第六季《偷窥者》

众生卷

众生皆有面具，一念之间，人即是兽

第一季《天谴者》   第三季《玩偶》正在创作中，敬请期待

第二季《遗忘者》

守夜者系列

无论黑暗中有什么，我都是你的守夜者

第一季《守夜者：罪案终结者的觉醒》 第三季《守夜者3：生死盲点》

第二季《守夜者2：黑暗潜能》   第四季《守夜者4：天演》（暂定名）

              正在创作中，敬请期待。

科普书系列

《逝者之书》   《法医之书》（暂定名）

            正在创作中，敬请期待。